网络文学名家名作导读丛书

子与2

《唐砖》

第二辑

马文运

著

肖惊鸿

主编

作家出版社

网络文学名家名作导读丛书

主　　编：肖惊鸿

第二辑编委：马文运　桫椤　庄　庸　周志雄
　　　　　　薛　静　林庭锋　侯庆辰　杨　晨
　　　　　　杨　沾　翟笑叶

序

20世纪90年代以来，文学与这个伟大的时代一道，经历了巨大的发展变化，其中一个标志性的现象，就是网络文学的兴起。以通俗大众文学之魂，托互联网与媒介新革命之体，网络文学如同一个婴儿，转眼已成为青年。网络作家们朝气勃发，具有汪洋恣肆的创造力，架构了种种可能的和不可能的世界。科技与商业裹挟着巨大变革中释放的青春、激情和梦想奔腾向前。时至今日，作者是有的，作者群体大到过千万人；作品是有的，作品总量已逾两千万部；读者就更多了，读者群体数以亿计。

网络文学是新生事物，也是一片充满活力的文化热土，是中国特色社会主义文学生机勃勃的组成部分。习近平总书记高度重视包括网络文学在内的网络文艺的发展，勉励广大网络作家加强精品创作，以充沛的正能量满足人民群众特别是青年一代对美好精神文化生活的新期待。

所以，这套《网络文学名家名作导读丛书》生逢其时，它将有助于探索网络文学艺术规律，凸显网络文学的艺术价值和社会价值，推动网络文学的主流化、精品化；同时，它也是精确的导航，通过这套丛书，我们将能够比较清晰地认识网络文学的重要作家和重要作品，比较准确地把握网络文学的发展历程和发展前景。

这套书的入选作者是目前公认的网络文学名家，入选作品是经过一段时间检验的代表作，而导读部分由目前活跃的网络文学青年评论家群体担纲。预计这套丛书的体量将达到 10 辑至 20 辑、全套 50 册至 100 册。无疑，这是一项浩大的工程，但也是值得耐心地、持续地做下去的工作。网络文学必须证明自己不是即时的快消品，它需要沉淀、甄别、整理，需要积累经验，逐步形成自身的传统谱系，需要展开自身的经典化过程。这套丛书就是向着经典化做出的努力。

这套丛书的主编肖惊鸿长期从事网络文学相关的研究和组织工作，她的眼光和能力值得信赖。尽管网络文学的理论建设近年来已经取得重大进展，但是，将理论落实为面对作品的、具体的分析和判断，实际上仍然是艰巨的课题，也是网络文学理论评论工作的薄弱环节。希望肖惊鸿和其他评论家们深入学习贯彻习近平新时代中国特色社会主义思想，以习近平总书记关于文艺工作和网络文艺的重要论述为指导，自觉运用历史的、人民的、艺术的、美学的观点评判和鉴赏作品，向现在的读者，也向未来的读者交出一份令人信服的答卷。

李敬泽

2019 年 3 月 7 日

于北京

目　录

导读

第一章
逆袭的大神

作者子与2是四十出头的西北大汉，真名云宏，全职网文写作。云宏与网文圈的交集始末，恰似一部富有传奇色彩的小说，本身就是个逆袭的故事。

一、艰难的转型

子与2居住在甘肃白银市，一座纯粹的矿产型城市，全家几乎都在白银公司工作。"我父亲是一个多才多艺而且学问渊博的人，他是老一辈的师范生，在当时，考中渭南师范就和考中进士没什么区别，他写得一手好字，唱得一嘴的好歌，尤其是秦腔，他老人家可以一折子一折子地唱毫无困难，只可惜，他只陪伴了我十年就离开了人世，这是我此生最大的遗憾，至今在我的记忆中印象最深的是我父亲站在梨树下教我唱戏的模样……如果说父亲对我有什么影响，唯一的影响就是唱着歌生活，我喜欢唱歌，却长着一副公鸭嗓子，人生的痛苦莫过于此！"[①]

少年失怙总是一件苦痛之事，然而父亲"唱着歌生活"深深影响了他今后的生活和创作。整整十七年，子与2是矿业公司的一名探矿工，每天背着24公斤重的行囊步行穿越腾格里沙漠，漫步西藏和新疆的旷野。"近看知道是地质队，远看就像是要饭的。"工作辛苦，子与

---

① 引自《子与2：我不要写闷闷不乐的历史　我要写快乐的历史》，北青网，2017年3月30日。

2也无可奈何。那时的他上有生病老母，下有三岁小儿，加上还房贷，一家人一个月的生活费只有三百元。他被沉重的生活负担折磨得喘不过气，而且欠了一大堆的债务，这些钱都是他借穷哥们儿的，需要尽快还上。为了多挣钱，他不得不去条件艰苦的西部工作。那是他的人生最低谷，"那时候我在西部，过得很惨，还被人打……一般都是忍着！男人嘛，你总不能挨揍了之后趴老婆怀里哭吧？"

虽然生活得那么艰难，他都没有丢掉手里的书本。"如果我说我看过的小说可以拉一卡车，不知道有没有人信？我因为看书被老娘揍过，因为看书被领导咆哮过，被老婆埋怨过，被别人指责过……一度如同过街之老鼠。"

想赚钱，云宏发现自己又没有别的赚钱本领。他从小喜欢写作，写诗歌，写小说，写散文，写了二十年，但是这都不赚钱，听说网文赚钱，他就抱着试试的态度进行了创作。子与2可以算是从传统写作转型成网络写作的。初中时，他就自己办刊物。一本《芳草地》，他从撰稿、印刷到装订，一人全包。各种文体，从诗歌、散文到短篇小说，他都写。过去很长一段时间，云宏都是按照传统文学的路数前行，写诗歌、散文、小说……但收益甚微。家庭生活不宽裕，2006年，像许多走出家门外出打工的技术工人一样，云宏也将自己的目标地锁定在了上海、北京。一次他看到两个招聘广告，一个是招收机械工种，另外一个就是招收编辑，这两个都还适合自己，最后一咬牙一跺脚，选择了编辑这个工作。在外工作，亲人朋友不在身边，看网络小说就成了他消遣的方式。在最初的几年里，他的生活并没有出现多大的起伏。闲暇之余，有爱好阅读的朋友将看过的几本流行网络小说推荐给他。看完之后，他觉得这样的小说自己也可以写，甚至可以写得更好。直到读到《寻秦记》，云宏才萌生了写历史题材网络小说的冲动。"原来现代人是可以回去的（穿越），那可以写的东西实在太多了。"云宏的祖籍是陕西，陕西人对李世民太有感情。在陕西乡下，唐朝的历史传说简直多到无以复加，但凡上了年纪的老人都可以对李世民的历史说上一说。在云宏眼里，所有英雄梦都能在唐朝实现。随着年龄的增长，云宏实在是跑不动了，也想尝试用网络小说来改善家庭的生活状况。

2011年，成为云宏人生的重要界碑。经过反复构思，他决定将自己对唐朝的幻想、对李世民的崇拜带入到文学创作中。他选择了穿越题材的历史军事类小说下笔，初步计划字数260万字左右。为了尊重史实，写好这段历史，他开始翻阅所有关于唐史的书籍。他把《资治通鉴·唐纪》《旧唐书》《新唐书》通读了一遍，甚至唐诗也成为他经常翻阅的资料。同年9月，云宏开始动笔，第二年，他妻子单位发了一笔钱，买回来一台戴尔台式机，云宏拥有了人生第一台电脑。学习了简单的拼音输入法之后，他就在电脑上用二指禅笨拙地打下了"唐砖"两个字……

"子与2"这个颇令读者费解的笔名完全是云宏乱滚键盘的结果。他早先的本意想用"水东流任东"做笔名，但是起点的作者太多了，几乎所有好的笔名都被占用了。一连输入七八次都失败之后，云宏就在暴怒中一巴掌拍在键盘上……然后，"子与2"就出现了……"子与2"，这个独一无二的笔名横空出世，然后是网文作家身份的意外开启。

历史小说《唐砖》是子与2的处女作，这个穿越回唐朝的故事让子与2"一战成名"，成为起点中文网第一个以四个月网文白丁身份直入大神堂的作家。2012年9月16日于起点中文网发布，此书刚一上架，就以轻松、幽默的风格和深厚的历史功底给历史小说带来颠覆性的突破，点击量过千万，日搜索量超过20000。

云宏苦难的人生终于翻篇，进入了子与2的兴旺期。他挖到了人生中的第一桶金子，云宏自己万万没有想到，写《唐砖》的第一笔稿费，竟多达2.6万元，当编辑通知他时，自己完全不敢相信，还拉着妻子夜里12点钟偷偷下楼查银行卡。"写东西平时稿费几百块，上千块钱已经够我开心一阵子，没有想到这次一下子有2.6万（元），人家还告诉我这是最少的一笔，以后会越来越多的。"拿到首笔"巨款"，云宏第二天就带全家人花完了——"以前欠他们的"。那一天，云宏是一种类似李白的"仰天大笑出门去，我辈岂是蓬蒿人"的感觉，"从那次兴奋、肾上腺素飙升到极致了以后，就彻底觉得自己成为一个网络人了"。

二、唐穿第一人

正式转为"网络人"，云宏确定了自己的创作方向，专攻历史题材。按类型划分，成名作《唐砖》属于历史穿越类小说，书中主人公"毛头小子"云烨穿越到唐朝贞观初年，作为大唐贵族的他面临种种考验，"不懂政治，也不懂军事，他不能翻云覆雨，也不能乾纲独断，但他注定要改写这段由剑和笔渲染的时代"。这其实何尝不是作者自身的写照呢！

《唐砖》被誉为唐穿第一书，子与2凭此书一战封神。喜欢《唐砖》的读者，评价这部小说有情怀、热血、踏实、基调欢快。《唐砖》半部就让子与2成神了，最初可是被其他网站毙掉的。子与2坦言道："《唐砖》的名字取得不好，前面写得过于拖沓，语境也有问题，唯一能占优的就是有趣。与其说是起点编辑选择了这本书，不如说是他们代替读者选择了这本书。"

《唐砖》写了五六万字就签约了，子与2没想到自己很快就成了一块烧红的铁块。原来，随着《唐砖》故事的展开，他说："天啊，我被读者挂在论坛上天天骂……您能想象吗？他们竟然骂了我足足三个月之久，每天被置顶，只要打开论坛，不是《唐砖》就是子与2，说好话的兄弟名字我至今还记得，说我坏话的就浩如烟海了，好在网文是一个靠成绩说话的地方，三个月后，我很牛的订阅成绩出来了，也就没人骂我了。"

他在《唐砖》后记中写道："子与2就是一块被你们烧红的铁块，被你们的口舌之锤，一锤锤地击打得火星四溅。哈哈哈，火星其实是炭，想要成为百炼钢，这是必需的过程，感谢你们锤打过我，这样的经历一生都不会忘怀。两年来，为这本书我笑过，怒过，悲伤过，痛苦过，彻夜难眠过，马上就要结束了，却恢复了最初写书时的平静。"

这两年里有许多让子与2感动的读者，"有读者告诉我他把《唐砖》读了七八遍，还有读者说他每天都要读完《唐砖》才能入睡，更有人说看《唐砖》是他一天中最愉快的时候，我很惶恐，真的，这本书算不得多好，我甚至觉得它算不上完整意义上的一本小说，充其量是讲了一个开心的故事，能这样被人喜欢，完全是我没想到的。"

两年的创作，子与2写得累，为了想桥段，据说他脑袋上长了很多包，椅子腿硬是把地板砖都磨出两道槽子，半夜为了清醒一下脑子，在楼下瞎转悠，竟然被人当作贼。"社区认为我这人整天无所事事地待在家里，孩子又在上高中，是个废人，要给我报低保，还安排了撕街边小广告的工作……很暖人心的事情。我不敢要低保，撕小广告清扫街道，我去了两回，这就是生活，有好有坏。"

写得那么累，子与2却认为自己没有遇到写作上的坎，"只要出现难过的坎，只能说明写作前期准备没做好"。此时，子与2已经是全职写作，业余写作已经无法应付每日繁重的写作任务，以及繁多的社会性事务。他说："网文写作是一种压榨性的写作方式，我每日的工作状态，你可以想象成一头拉磨的驴子，不转够足够的圈，就无法脱离磨盘。或者说，写作是我的全部生活，我喜欢写作，喜欢这种被拧干的感觉，这让我有重新学习的欲望，顺便说一句，我是一头懒驴，没压力一般就没效率……"

说到作为作家的长远雄心，便是这位从传统文学转型的网神有许多作家朋友，写了很多东西却不能发表或者获利，他想带着他们一起脱离无效写作的泥潭。这一点，子与2与他笔下的云烨相似，善良、仗义。

子与2的作品很受学生读者欢迎，而他对学生的建议是"得批判地看历史，人云亦云最讨厌了。看书其实是一个实习生活的过程，找对自己生活的方向，就成功了一大半"。

虽然被称为"唐穿第一人"，但这个靠李世民火爆的网神，如果可以生活在别处，他居然最想住在北宋庆历五年的东京城郊，"那样的话，我可以看大佬们倒霉，可以看奸臣上位，可以和皇帝一起看女子相扑！"这种搞怪的本性也是《唐砖》写作的基调。

2014年1月9日，子与2在继续保持《唐砖》每日两更的同时，发布又一震撼力作《大宋的智慧》，是为数不多能同时更新两部作品且又保持作品质量的网络作家。2015年，他加入中国作协。2015年11月2日，凭借《唐砖》获第一届网络文学双年奖铜奖。2017年2月，第二届网文之王评选中位列百强大神。2017年2月21日，阅文集团正式发布"2017年中国原创文学白金作家名单"。连续四年历史题材小说销售第一、月票第一、有"历史类小说第一人"之称的子与2成为新晋的四大白金作家之一。子与2还当选了白银市作协副主席、甘肃省作协理事。2016年，他参加了第九次全国作家代表大会，亲耳聆听了习总书记对文艺工作者的要求。他幸福地回忆道："从人民大会堂出来之后，我就有一种紧迫的使命感，这是以前所没有过的经历，这样的经历将伴随我一生，成为我永生的收获。"

前年子与2"宅"在云南深山里创作新小说《汉乡》，他说："我想让读者知道汉人是怎么来的，他们面对匈奴、面对自己人、面对皇权、面对奴隶是什么样子；贵族、游侠、纨绔子弟又是什么样子，这些都要写出来，类似于《清明上河图》的细描。""当然，写书最终还是要传播正能量的。写书就是写书，要干干净净的文字，干干净净的内容。""我写的书得让我十八岁的儿子能看。"子与2笑言，"他看了很喜欢。"

如今子与2创作完成了《唐砖》《大宋的智慧》《银狐》《汉乡》这四本书，正在创作的《明天下》已在起点中文网上线。《唐砖》获得首届华语网络文学原创双年奖铜奖，2013年历史军事之王；《大宋的智慧》荣获2014年历史军事之王，2015福布斯·中国原创文学风云榜排行第七；《银狐》获得2016中国原创文学风云榜第十。两获历史军事之王，两登中国原创文学风云榜。

从个人发展来看，子与2跨越了"传统文学"和"网络文学"界限。子与2认为："网络作家和传统作家最大的不同在于，网络作家是写给读者看的，读者怎么愉快我怎么写。但是传统作家是写给自己看的。这也是为什么有的传统作家的文章'不耐看'，太苦涩、阴暗。""网络小说的价值就在于书里的正能量，能够带给读者精神快乐，这就很好了。"不过现在，他拒绝划分和比较这两种身份，"大家用文字述说自己的故事就够了"。子与2觉得，当前整个网文行业的局面早已不仅是"百花盛开"，更是走到了"结果"之时，"应该会有一部真正的好作品出来，就看他什么时候出来、爆红"。他表示，目前虽然还没有"真正意义上的扛鼎之作",但他相信,只要是好作品,读者就一定能够"认出来","网络文学最大的好处,是给所有人都带来了一种'把自己介绍给世界'的可能"。

《唐砖》全书420万字,叙述当代青年云烨穿越到初唐,原来只想做一个碌碌无为的纨绔勋贵,不料却卷入了凶险复杂的朝堂环境,因为机缘巧合承担了许多看起来力所难及的责任,他只能借助前世的技能和自己的智慧,逢凶化吉,遇难成祥,创造了许多世间奇迹,成为哪里需要哪里搬的唐朝一块砖,为自己为家族为国家和民族挣得了一个灿烂的前程。本书选文部分节选的是《唐砖》前半部分中的20万字。

第二章

盛世危机与警世喻言

　　《唐砖》是一部历史传奇，包蕴了万千的历史气象和宏阔的历史视野。当然，它的独特还在于它的穿越价值，一个当代社会平常无奇的年轻人，因为偶然的机遇穿越到了大唐，从最初的无助到后来不断在大唐的学习和历练，逐步适应了大唐的生活，并且爱上了大唐。从混吃等死的消极心态，到改变家国命运，甚而促使了历史的转变。作者通过大胆想象，创造了艺术化的"历史"描写，使我们如临其境，重获那段历史的新知，"真实而深切"地把握历史的本质和规律。

一、危机突如其来

　　人类历史就是一部灾难史，人类在困境中的大智大勇的精神就是在灾难之中锤炼与升华的，灾难也是变革的契机和动力。与网络小说中大量的"宋穿"（穿越到北宋或南宋末年）、"明穿"（穿越到明朝末年）不同，《唐砖》描写的是大唐开国之初，不是像宋末或明末的危亡景象，从盛唐之初就看出潜在的危机，需要作者更多的历史素养和艺术功力。

　　《唐砖》一开篇就是主人公面临生存危机：当代青年地质工作者云烨在野外工作时，突然穿越到唐朝的荒原，举目无亲，一睁开眼就遇到饿狼的袭击，险象环生，为了自保，他先托庇于野马群，打退野狼后，他也被赶出马群，这时候只有他救下的小马愿意跟着他，不离不弃。终于他遇到了大唐的陇右军，献上精盐制法后获得了职位，此时云烨的想法很简单："从今天起做一个高尚的人，从今天起做一个纯粹的人，从今天起做一个胸无大志的人，从今天起做一个混吃等死的人，我只愿面朝南山，春暖花开。"他只是想着怎么消除自己个人的危机，改善自己的命运，这也许是人之为人的本能。但当他从牛进达那里得知自己的家族还在的时候，他不能淡定了，他知道作为唯一的男丁，肩膀上的责任有多大。

> 云烨凌乱了，自己不是一直想逃避这样的人生负累吗？怎么一背上负担就精神百倍？人生的意义难道说就在于此吗？生命的延续，亲情的维系，为年长者送终，为年幼者觅食，然后再被别的长成者埋入泥土？变成鬼魂在异次元空间看后辈一代又一代如此循环？……以己推人，芸芸众生中像自己的绝对是大多数，要不然中国历史不会绵延五千年。越是变态就越会被历史记住，这是真理。……循规蹈矩的蚂蚁没人会理睬，但是戴帽子的蚂蚁就不同了，它已经超越了蚂蚁这个概念，被蚂蚁历史记住也就成为必然。
>
> 云烨虽然是一只与众不同的蚂蚁，但他决定一定要向大众蚂蚁看齐，努力成为大众蚂蚁的一员。所以他就和军营中其他人一样，刻苦训练，刻意模仿他们的言行，努力学习古文，练习毛笔字。
>
> （《唐砖》第一卷第三十二章）

为了家族的兴旺，云烨决定要融进大唐这个古代社会里，为自己和家族挣一个光明的未来。从孤儿到家族，这是主角从浑噩懵懂到奋发有为的第一次转折，这个重要转折与他的身份家族渊源是分不开的。云烨有了亲人，责任感油然而生。云烨一直希望着自己像猪一样活着。在以前的世界中结婚、生子、买房几乎耗尽他全部的时间和精力，幼时发下的宏伟大志早被生活的战车碾轧得粉碎。现在人生归零了，重新来过，他却找不到目标。亲人的出现让他重新焕发了拼搏的热情。长安，到底有一个家在等着自己，不管是冷漠的，还是温暖的，云烨都急切地想投入它的怀抱，并愿意为它付出任何代价。

这个时候的大唐已经初步具备开唐盛世景象，但也危机四伏，首先就是周边的民族危机：

　　这是最坏的时候，也是最好的时候。

　　贞观初年，年轻的唐帝国迎来了最险峻的时刻，突厥两寇中原、泾州、武功告急，颉利直趋渭水河畔。李二陛下挟尉迟恭泾州阵斩两千突厥铁骑之威，轻车简从，六骑出长安，与颉利会于渭水，次日在渭水便桥上与突厥会盟，杀白马为誓，突厥退兵。云烨知道这是李二陛下的缓兵之计。现在大唐内有藩王未平，民生维艰，隋朝留下的粮食也快消耗殆尽。十八路反王，七十二股烟尘，相互厮杀，男丁十不余一，人口自一千七百余万户锐减至六百四十万户。汉民族犹存，却无往日之威。周边异族蠢蠢欲动，突厥劫掠边关不休，吐谷浑也想浑水摸鱼，吐蕃的松赞干布也已长大成人，开始自己的征途。新罗、高句丽更是对东北平原垂涎不已。纵观历史长河，照耀千古的伟大君王无不是从荆棘路上杀出一条血路来的。现在，李二陛下收起自己的爪牙，蜷缩自己的身躯，舔干伤口上的鲜血，等待腾跃九天的时刻。云烨知道，唐王朝的光辉必将照耀千古。一想到这些，他就激动得瑟瑟发抖。

　　　　　　　　　　　　　　　　　（《唐砖》第一卷第七章）

不仅周边民族危机，存在各种军事威胁，在国内也危机四伏，存在着经济和政治危机：

　　多年战乱耗尽了中原大地的元气，虽然李二与群臣兢兢业业地打理这个国家，但是底子太薄，一时半刻改变不了国家依然贫困的事实，再加之李二毕竟得国不正，弑兄杀弟逼老父，自己登上皇位，这就给野心家一个绝好的造反借口，这次幼良造反就有息王的影子。这时急需一个天大的好消息来平息弑兄杀弟的后果，云烨此时献上土豆无疑是最好的礼物。翻遍史书，历朝历代谁有过亩产五十石的粮食？这不是祥瑞，还有什么能称为祥瑞？土豆的出世不但解决了粮食不足的忧虑，在政治层面上更加对李二有利，借此天降祥瑞的名头，可兵不血刃地平息国内的反动势力，借天之名行王霸之事。

（《唐砖》第一卷第三十七章）

这种危机感和忧患意识来自仁爱。

　　看着农户蹲在墙角捧着老碗往嘴里刨稀饭的样子，云烨心里就一阵阵发酸，这可是地球上最勤劳的一群人啊！总得为他们做点什么，飞机大炮造出来有个屁用，把这些人的生活水平提高才是最该干的事，还得快，还得长久。

（《唐砖》第三卷第二十章）

　　云烨自从显露了自己是白玉京的传人，就被各种势力觊觎、打击和劫持，个人的安危一直受到威胁。从个人、家族、国家民族层面都充满了危机，这就为改变和变革提供了动力和机会。

二、路在何方

　　"侠之大者，为国为民。"《唐砖》穿越的思想价值就在于新旧思想交锋的火花对今人的启迪，用新思维来改造旧思维，打破旧制度的樊笼，挣脱出一条新的出路，从而避免历史和时代的局限。从云烨来说，虽然一开始他只想做一块唐砖，守护好自己和家人就行了，快快乐乐地过完一辈子，自从被李二封为与国同休的男爵后，他再也不能漠视危机、淡定自守了，他承担了更大的责任，他不得不审视这个时代，考虑它的危机，他知道自从来到大唐以后，他就身不由己，他必须为大唐做点什么，这样他自己和他的家人才能得到更好的保障。

　　在接下来的叙述中，我们可以看到大唐盛世中的危机接踵而至，从经济、民族、政治到文化危机，这位后来者是如何化解的？云烨的办法是建立书院，改造国民，从勋贵子弟开始，到有教无类，潜移默化，用教育来改造社会，引入先进科学理念，增强国民科学素质。

从云烨的实践来看，他成功了。政治上他化解了李二和李渊的父子情仇，也化解了李承乾的继承危机，朝堂上的文官与勋贵的矛盾用利益关系逐步化解，特别是对外发展和开疆拓土使中国传统社会的内斗习惯化为了外向发展，缓解了内部矛盾，又扩大了内部实力。从经济上来说，他的新作物提高了农业亩产，发展商业，促进了市场流通，建立银行，已现现代经济雏形，用商业税代替农业税，解放了农民的生产力，解决了千年来农业社会的负担，工商业的发展为大唐对外扩展奠定了坚实的物质基础。

实践背后，体现了云烨的医者仁心和由爱产生的责任。

云烨发现自己爱上了这个没有污染的时代，人与人之间充满了信任，一诺千金，真正的千金！

（《唐砖》第二卷第四十五章）

云烨痛心疾首地对李二说：

我大唐百姓是天下最好的百姓，他们勤劳善良、忠厚淳朴，凭什么每过几百年就要遭受一次重创？为什么就不能平平安安地过下去？每一次改朝换代，我们的文明就会遭受一次重创，然后我们再从废墟上建立新的文明，楼车失传、炒钢失传、琉璃失传，就连鲁班造的在天上飞了三天三夜的木鸟也失传，我们丢掉了太多好的东西。

（《唐砖》第六卷第三十三章）

网络小说的爽点，并不局限于主角获得了多少财富和荣耀，更重要的是主角能够给别人带来什么收益。读者都是芸芸众生，他们既能够把自己代入主角，更可以把自己代入龙套。许多穿越小说的失败之处，恰恰在于主角太贪心了，自己发迹了，周围的人全部成了药渣，这样的小说是没有爽点可言的。独乐乐不如众乐乐，看着主角发明的煤炉子养活了一个产业，让过去云家的老邻居们过上了好日子，何乐而不为？《唐砖》的爽点，来自主角不断推出的新技术，制盐、种土豆、造煤球炉子等，随便一样拿出来都足以改变世界。但所有这些，主角都奉献出去了。

三、跳出历史怪圈

如何改变命运？如何改善民生？如何富民强国？如何解决内斗？如何提升民智？如何提升科技？科技是第一生产力。云烨通过观察和思考，感到根源是文化危机，是中国传统社会中长期存在的重农抑商和漠视科技的思想观念。救世就必须改变人们的旧思想旧观念，改造国民性是为首要。云烨对传统社会漠视自然科学痛心疾首：

> 传承是个大问题，中华民族从来就不缺少智慧，多少智慧的光辉湮灭在异族的铁蹄之下。每一次中华的社会发展到极致，都会遇到强盗来袭，他们用铁蹄和马刀肆意地踩躏这个星球上最伟大的民族。我们善于从废墟上建立华厦，这是我们的骄傲，也是我们的悲哀。善于创造的民族却不善于战斗，上苍之主在它的周围布满了最凶悍的饿狼。……每割一次，先人的智慧财富就被伤害一次。……炒钢法没了，楼车没了，传说中的五彩琉璃没了，秦朝的流水线工作法没了，只有那支死亡的兵团在地下默默守护那些逝去的辉煌。

（《唐砖》第二卷第三十九章）

云烨向大儒孔颖达求教如何不随波逐流，恪守本心，孔颖达为他取号："不器"——"君子不应该像器皿一样，只有一种用处，应该担负起治国安邦的重任。对内可以妥善处理各种政务；对外能够应对四方，不辱君命。"于是云烨顿悟，打算不再乱开金手指，而是致力于推广科学，改造国民性，带动整个民族素质的提升。

历史发展和社会进步自有它本身的规律性，违反历史发展的逻辑会受到反噬。云烨当然也知道其中的利害，因此他不得不慎重。

对如何适应大唐的环境，"云烨不想揠苗助长，以自己多出来的一千多年的见识，搞个革新是轻而易举的事，在自己还活着的时候，格物院不愁没有新发现，但是自己死了之后呢？停滞不前是轻的，恐怕格物院会湮灭在历史的长河之中。中华历史上曾经出现过多少惊才绝艳之辈，而今安在？白驹过隙，惊鸿一瞥要不得啊！要想长久就要站稳脚跟，踏踏实实地一步一个脚印往前走，带动社会发展不是一个人的工作，而是一群人、一代人，甚至几代人倾其所有才能有所成效的。"（《唐砖》第二卷第四十六章）

救，还是不救，面临生死抉择，云烨就觉得有一股火在胸中燃烧，抓心挠肺得让他无法入睡。"我知道社会会朝哪一个方向前进，我知道什么时候会出现王朝的更替，更重要的是大唐这样天下一统的政治格局就是孔夫子的时代无法比拟的。"（《唐砖》第二卷第四十六章）终于，云烨下定了决心，发出了尼采式的呐喊："我回南山隐居，我回南山等着看日出，我回南山调教我的弟子，我回南山等着给世人最振聋发聩的强音，当我格物院出世之时，我要每一个人都要知道，上帝已经死了！"（《唐砖》第二卷第四十六章）

云烨抛出了一个又一个问题，就像屈原的《天问》一样，幸运的是李世民不是楚怀王。云烨向李二讲述人类演化史，说人类掌握火之后，开启灵智，到各种工具的发明，每一次发明都带给人类社会巨大的前进动力。云烨说："儒家的确可以武装我们的头脑，那谁来武装我们的双手呢？""只有发扬格物之学才可以解开这个疙瘩，让我大唐永远在军械、筑城、百工处在世界的最高峰。"（《唐砖》第二卷第四十七章）

事实胜于雄辩，云烨显露的来自后世的科技力量让李二动容，李二通过云烨的实践终于明白知识的力量，同意成立玉山书院，来培育各方面的人才。想吃鸡蛋，先要有下蛋的鸡。书院很重要，在云烨看来，自己的梦想就是要靠书院来实现，这里是培养高端人才的地方，将来要开枝散叶的。云烨认为没有民众基础的高等学府，只能是空中楼阁。

"钱不是万能的，但没钱却是万万不能的。"云烨还意识到中国千百年来的重农抑商的观念与制度严重阻碍了经济发展。云烨通过自己的工商贸易甚至拍卖会的举措，告诉人们无工不强，无商不富，他和魏徵等朝廷大臣就发展工商业掀起激烈的冲突，他用事实教育了魏徵，他还喊出了"发展工商业，可以让农无税"的口号。在云烨鼓动下，勋贵们积极投资工商业，长孙皇后和公主们踊跃投资商贸活动，为工商业者正名，使商者不再是卑贱的代名词。云烨还积极开拓海外商贸，通过征伐和货物贸易让财富滚滚而来，终于大唐朝堂上下理解了工商业的好处。制度上的变革，极大地促进了工商业的发展，盛世大唐蒸蒸日上。

知识改变命运。对于皇家惯常见到的权力继承之争，云烨认为把李泰培养成一位数学狂人，也许可以转移权力对他的吸引力。想想那些伟大的数学大师，有哪位表现出了极强的权力欲？他们都沉浸在自己的数学王国里，没空理会那些尔虞我诈的权力游戏。结果，云烨成功了！

科技是第一生产力。显然来自后世的云烨对科技的作用实在是太清楚了，他为了促进农业生产力，提高产量，大力制造各种先进的农业机械，让大唐农民喜出望外，让贵族们大开眼界。他还大力促进钢铁等工业，特别是玉山书院成为了大唐的科技研发中心，各种"奇技淫巧"让人们爱不释手，有力促进了工业军事国防的进步。

这样层层递进的思考使主角的形象更加丰满可信可爱，也使本书具有一般历史穿越所没有的思想深度和思辨价值。历史题材创作怎样取材于史，在历史真实与艺术真实方面做到最大的平衡，怎样既传递一种历史精神，也能为当代人接受，这是历史小说成功的关键。历史是时代之镜，在此意义上，《唐砖》作者追求的是小说的当代价值，强调的是文学的警示意义。中国人重史，究其核心是由于鉴往知今的历史意识所决定的。在一些历史事件、历史人物的立身行事中，就包含了极其宝贵的历史经验和深刻的历史教训。这些核心内容，对于重视总结历史经验教训的中国人来说，具有无穷的吸引力。

《唐砖》不是一部简单的草根逆袭的传奇故事，作者其实有着巨大的"野心"，就是对于民族发展走向的纠偏矫正，希望从唐代就开始走向现代化的道路，这当然是作者的想象，但确是历史的启示。全书从对大唐初期的社会、经济、文化、军事、国防、民族、宗教等各方面的描述中，全方位展现了当时中国社会的景象，也揭示出一些内在的矛盾和危机，用文学的想象为中华民族的长远发展提出了补缺补差的方案。

云烨的发展路径的设计主要是取法于近代现代化发展的路径，也有当代改革开放的思维，如何发展经济，如何对外交往，如何维护国家和民族利益，都是我们现实的课题。还有如何改变国民性，这些鲁迅先生曾经思考过的问题，到现在都具有现实意义。

对穿越小说来说，史实不可不重视，但我们应该超越表层史实，从高处着眼，应该关注的是在历史叙事转化为文学叙事后，文本是否具备比较高的文学价值，在人物塑造上是否有特别之处，在描写手法上是否有创新之点。要看作家的取舍是否营造出了使读者感觉得到的真实的历史氛围，在对重大人物与重大事件的描写与评价上是否符合历史的真实，是否符合历史前进的基本规律。同时，作者在创作时也要根据塑造人物的需要，运用"移花接木"等方法进行大胆的想象和虚构，创造文学中的历史，使小说既有历史的厚重感，同时也是作者心灵想象的空间，实现诗与史的结合。

当然，网文的特点使小说《唐砖》的叙述有夸张的地方，比如主人公云烨受到的阻力基本上都不大，李二和长孙皇后的支持和宠爱无处不在，勋贵们的无条件支持使他无往而不胜，云烨的运气实在是好得过分，等等。但瑕不掩瑜的是《唐砖》作者对历史材料的把握和深层次的思考，使本书具有了不一样的思想价值，比普通的穿越小说多了一些厚重的历史感。

四、圣地与乌托邦

白玉京是贯穿全书的一个重要线索。云烨在向世人解释自己的来历时，如果说出自己来自后世会让人匪夷所思，于是他想到用当时人们能够理解的东西来解释自己的来历以及自己那么多超越时代的技术发明和见识。由此云烨就虚构了自己的师父，以及师父的传承之处——白玉京，这个虚无缥缈和无处可考的地方。神奇的师父逍遥子已经去世了，白玉京也无处可寻，这样云烨就可以很好地掩盖自己是后世穿越这样无法令唐人理解和接受的说法。可是，唐人对白玉京的热情是高涨的。如田襄子这样一心求仙、求长生不老的隐世大家，一再纠缠云烨，打听白玉京的下落，不惜牺牲自己的所有弟子，前往北极探险，最后死在了寻找白玉京的路上。道家势力也希望找到白玉京，要在天山上建一座道观，以此来宣示道家的强大。李二作为皇帝对长生有天然的兴趣，在云烨的一再劝说下，他放弃了对长生的虚妄追求。李泰和孙思邈也对白玉京很感兴趣，主要对白玉牌的来历好奇，白玉牌是天池宝藏的地图，最后白玉牌作为光源被李二放在了宫殿中间，成为皇权天授的最高象征。

作者笔下的白玉京实际上有三个指向：一是神仙居——一个充满智慧和神力而且能长生不老的地方，这是云烨虚构的师父知识的来源，这也是田襄子等人修道求仙向往的地方；二是远方，后期云烨对人说白玉京的实际所在都指向了远方，对道家说了西北的天山昆仑山，对田襄子说了北极，无色大师找到了北美大陆，侯君集的儿子找到了大洋洲；三是后（前）世世界，云烨与辛月一起翻看手机照片，向她描述他穿越前的前世当代生活，指出这就是师父曾经去过的真实的白玉京。

其实作品中现实的白玉京就是玉山书院。玉山书院是作者着力刻画的理想世界，是主人公的精神寄托。书院既是一所现代化的学校，又是云烨的科研基地。建设、发展和保护书院成为贯穿全书的一条主线。云烨把书院当作自己的安身立命之地，在此他尝到了心灵自由的滋味，他告诉徒弟小武和狄仁杰，书院才是自己真正的依靠，教化人才桃李满天下，将思想融入大唐，才能改造社会。

云烨痛惜唐人对科技知识的漠视，希望用现代知识的教育来改造社会改造人们的思想。特别是在李二对云烨来历的疑惑之际，云烨提出要建立玉山书院，把自己神仙师父的传授教给天下人的时候，李二同意了，并且担任了皇家玉山书院的院长，任命云烨做玉山书院的院判，并让太子太傅李纲和牛进达来担任教习，搭起了书院的架子。接下来，云烨以书院为基础，在玉山开始了他的社会实践。在这一方小天地里，他建立了整齐的书舍，还进行了房地产开发，几乎在玉山建立起一座新城，他用新知识、现代金融手段和技术支撑，建立起一座壮丽辉煌的新城。而且亲自教授数学和物理等自然知识，开启了民智。通过第一批勋贵子弟的教学的示范作用，吸引了一大批贵族子弟入学，后来又通过有教无类的入学考试，让贫困子弟也能通过入书院学习来改变命运，培养了一大批帝国精英。军队和文官中许多官职都从这里选拔，成为了社会的中坚力量。书院还在孙思邈和李泰的带领下，对医学和自然科学有许多研发成果，为医学、经济和军队建设做出了贡献，成为各国各种势力觊觎的目标。

在小说中，云烨为了保护书院成果，让公输甲设计了书院大门的迷宫，这个大门曾经让来寻仇的窦燕山无功而返，还设计了密林和保险箱，使偷窃者无法得逞。作者对书院的描绘是生动的，令人向往的，它将坏学生教成好学生，让愚笨变得聪慧。玉山的建筑让人叹为观止，水泥、吊车纷纷出现。玉山的滑翔机、水车和火药，还有人称穿越三件宝：造酒、制铁、火药，云烨都在玉山书院研究出来，占全了。玉山书院寄托了作者的抱负和理想，让云烨武装到牙齿，在大唐大显身手。书院成为知识和智慧的殿堂，年轻人在这里学习、休憩，成为人人向往和羡慕的地方。

于是，我们就看到这样的历史书写：

> 他注定要改写这段由剑和笔渲染的时代：长孙不再早逝，李靖不再抑郁，李承乾不再造反，突厥不再是心腹大患……历史从此走上一条截然不同的岔路。这里没有史册缺失的遗恨，这里没有百年难却的屈辱，这里没有千年不迭的兴亡……这是梦里的大唐。

这是子与2在重重危机中突围的华丽转身，借由历史又超越历史的微言大义。

第三章

写一部"快乐"的历史

《唐砖》作者具有扎实的文学功底,其诙谐幽默的语言,生动鲜活的人物,波澜壮阔的历史画卷,环环相扣的情节,一波三折的故事,让人回味无穷。全书四百多万字,洋洋洒洒,一气呵成,在轻松欢快的笔调中为我们勾勒出了初唐的壮丽画卷。

一、温馨基调与伤逝情怀

孑与2一出手就下定决心要写一部快乐的历史。孑与2认为:"我国的历史跨度太长,积淀太深厚,所以难免就有些不近人情,总体上来说,我们的历史呈现的都是厚重和灰暗的一面,读这样的历史书太多,难免就会把人带入一个满是阴谋诡计和悲剧的时代,我想快乐地阅读历史,不论是《资治通鉴》还是前后唐史都不能带给我快乐,所以就动笔写一部写给自己看的历史。"

那么,什么样的岁月是快乐的?历史上最辉煌的时代,却未必成为最快乐的岁月。但是,孑与2看中的就是中国历史上这个辉煌朝代。他说:"我为什么要写唐朝,完全是出于一个老秦人对李世民的怜悯,那样一个气吞山河的帝王,却在个人生活上一片狼藉,他几乎杀遍了自己所有的亲眷,写一部《唐砖》安慰一个伟大的灵魂,是一桩很有意义的事情。"

用现代人的观点来看,李世民是事业成功生活不幸的人,他的人生终究还是不完美的。要让唐朝辉煌的历史闪烁出快乐的人性之光,子与2必须派出穿越者，亲身慰抚这段历史。

要让一段历史快乐起来，那必须让生活在那段历史中的人快乐，而人的快乐源泉很大程度上是来自家庭的幸福。子与2用现代人流行的"美好生活就是用来浪费的"理念，直接打进了相隔近一千四百年的唐朝。《唐砖》说的就是家天下，我以为这个很适合我们现状，不敢说全部表达出来了，至少把我要说的话说完了。"

在《唐砖》这部作品里，最令子与2骄傲的就是"感情、温情和家的温暖"。他认为："一个人所谓生有时，死有地，而一个完整的家能满足我们对生死的所有要求，不论是帝王家、将相家、百姓家，实际功能都是一样的，这本书我写了一个很大的国家，写了很多小家，每一个家对外或许是卑鄙的、残酷的、阴冷的、无情的，在家里面，父亲是父亲，兄长是兄长，母亲、姐妹、妻子各守其道，书里面的家是虚幻的，不可能千篇一律地温暖，我只想说维护最珍贵的人伦，我觉得这是我们生活在这个世上，最有意义的一件事。"

如此与民同温暖的快乐历史，每位读者都是难以拒绝的，都会由衷地喜爱。所以，这位工科男主角穿越到唐朝，携带着那么多农业新项目、现代高科技，明明握着大把大把的赚钱机会，却毫不珍惜。当习惯于看历史权谋的读者，高声呐喊"小子，快上位"，主角毫不理会，用现代技术制盐、种土豆、造煤球炉子啥的，随便一样拿出来都足以改变世界，但所有这些，主角都白白奉献了出去，慢条斯理地让老百姓过好小日子。殊不知，子与2其实要的就是生活质量，要的就是人间烟火般的世俗温暖。

这类情节比比皆是，写得有趣，又贴近我们的生活。子与2用这种温暖去展现辉煌的唐朝，喜欢过好小日子的读者，谁会不喜欢呢？

除了这种家天下的温暖，有读者称《唐砖》是仙草，其他不说，就说文笔，牧羊女那日暮那句"你，睡觉；我，放羊"是最近几年里网文圈里最动人心魄的爱情表白了。此言与前后情节和人物描写匹配起来，实在是点睛之笔。网文圈里战斗战争场面写得好的，让人念念不忘的不少，但是纯真的爱情描写得如此好的，真的很少见。

有老婆孩子的子与2非常谦虚，他将自己感情戏的功底归功于他的城市。他生活的城市是个半牧半农耕的地方，子与2少年时期的女神就是那些纯真的牧羊女，她们大多数生活得非常简单，大戈壁上难得见到一两个人，所以她们对每一个遇见的人都很热情，因为原始，所以淳朴。他说："感情戏之所以会这样写，我只想留住这份纯真……"真诚的才会是动人的、有温度的。

《唐砖》中的场景繁多，既有威武的大军也有威严肃穆的朝堂、神秘的后宫、凶险的江湖、广漠的西域、神秘的岭南和诡异的北疆，同样书里大量描写的云家庄园、玉山书院都充满了浓浓的人情味，农耕、集市、家庭生活场景都充满了烟火味，让人感受到了生活的真实，营造出了亲切的大唐。

然而，现实不会永远充满欢乐，面对深重危难，作品中也透露出悲悯的情怀，"若得其情，则哀矜而勿喜"。

歌德曾说没有情感也就不存在真正的艺术。作者通过主角境遇和感慨抒发对民族的热爱，笔端带着真诚，自有一种荡气回肠的力量。作者浓墨重彩描绘了开唐之初的种种危机和人民的苦难，表现这个古老民族在灾难面前的顽强坚忍的奋斗精神，作者笔下的主人公热爱大唐子民，为了让他们过上好日子，云烨想方设法帮助他们摆脱贫困和饥饿。云烨对太子说："子民是国家的根本，咱们要想稳稳当当地享受荣华富贵，就需要善待他们，让他们都有肉吃、有衣穿。大唐的百姓是天底下最好的子民，不善待他们才是头被驴踢了。"（《唐砖》第六卷第三十章）

作为穿越人物，双重身份几乎让主人公抓狂，对前世妻子和儿子的怀念让他痛不欲生，"每个人心头都有最虚弱的一点，云烨最虚弱的一点就是斩不断往事。抬头看着那个虚拟化的灵位，还有那幅虚拟化的师父面像，云烨安安静静地上了一炷香，只为祭奠自己永远失去的岁月。对后世来说，自己是一个没有未来的人；对大唐来说，自己又是一个没有过去的人。就像一个站在十字路口的人，不管朝哪个方向走，都是崭新的旅程。"（《唐砖》第七卷第四十七章）

云烨对前世最后的念想就是他保留下来的手机。他无法向世人展示和解释这个前世的科技产物，只好在夜深人静的时候自己拿出来翻看里面的照片，向自己逝去的生活表达缅怀。后来他也只能与自己最亲近的妻子辛月分享手机的秘密，把前世的生活描述成神秘的白玉京世界，用这个说法来向自己最亲爱的人描述自己前世的生活。当手机终因电池耗尽变成黑屏永远沉默，云烨号啕大哭，如与前世的妻儿永别一般……对于前世亲人的怀念，让他特别珍惜穿越后拥有的家人、与自己共同战斗的同伴和师生，这种感情弥漫在整部书中，让人回味无穷。

随着时间流逝，大唐越来越强盛，海外领地在不断拓展，国内歌舞升平。可是人也随着时间都纷纷凋零。云烨经常来到颜老先生和李纲先生的墓前，他在李纲家门前的松树下挖出当年埋下的几坛美酒，云烨觉得喝这美酒就像是和李纲进行了一次深层次的对话，他醉倒在树下……

作品的结尾是诗意的，一切都是那么美好，国泰民安、福寿绵长，没有什么是主人公做不到的，但有些爱的人终归要远去，就像永远回不来的前世，这一世也有割舍不了的亲情终将逝去……

正是这伤逝的意味和"快乐"笔法的相得益彰，更凸显了小说的独特魅力。

二、幽默诙谐的文字

一个作家文字的驾驭能力和叙事水平对作品的艺术表现力有着决定性的作用。好的文笔应该简洁而又准确，正是所谓的"增之一分则太长，减之一分则太短"；而好的叙事水平则要求作者具备对作品高超的整体把控能力，以精准独特的视角、氛围和张弛有度的节奏来展现作品。《唐砖》的文字诙谐轻松，语言俏皮流畅。云宏总是能够言简意赅地将事件的来龙去脉交代得清清楚楚，辞藻并不追求华丽，但好读耐看，有文心，到处洋溢着诙谐幽默的文趣，比如，云烨刚到陇右军的描写：

经过两个月艰难的奔波，云烨终于过上了猪一样的日子。

每天睡到自然醒，再不用担心食物缺少，也不用担心没衣服会裸奔。早晨会有人端来洗脸水，连牙棍都准备好了。所谓牙棍就是把细柳枝一头弄毛，蘸上青盐用来刷牙，简易版的牙刷。不过云烨有牙刷，自然用不到柳树枝，只是当他用自己的牙刷边抖腿边刷牙时，却遭到飞来横祸。

　　程处默见云烨满嘴白沫浑身发抖，便飞身扑过来紧紧将云烨压倒在地，努力把他四肢撸平，捏开嘴，塞进一手巾并横绑在脑后，然后解下腰带，在腿上绕几圈死死勒紧，手也被绑在腰上，全身被绑成一根躺着的人棍，他瞪大眼睛，莫名其妙地看着程处默，不明白为什么刚才还好好和自己一起刷牙的程处默突然把自己绑起来，还绑得这么变态，莫非这家伙有什么特殊爱好？

　　绑完后，程处默长舒了一口气，转身就跑，边跑边喊："大夫，大夫，快来，快来人啊，我兄弟羊角风犯了。"

　　听这家伙这么喊，云烨死的心都有，老子只是刷个牙而已，至于把我绑起来，还诬陷老子有羊角风吗？你他娘的用什么塞的嘴？千万不要是你那条手巾，昨天还见他用手巾擦过腋窝。想到这儿，嘴里传来酸甜苦麻各种怪味，重中之重还有一股奇怪的咸味，云烨两眼一翻，彻底昏了过去。

　　　　　　　　　　　　　　　　（《唐砖》第一卷第十二章）

　　当云烨告诉牛进达，他儿子牛见虎的脚可以接好的时候，并说自己可以造一个给虎哥哥安上，听到这句话牛进达激动得不行，书中描写道：

　　坏就坏在这句话上了，云烨回想起这段就有拿头撞墙的冲动。老牛听到这句话又抓住云烨胳膊使劲摇晃，地上牛见虎还搂着腿不让跑。要不是牛夫人见云烨面色痛苦给救下了，胳膊被捏断也不稀奇。

　　去的时候鲜衣怒马，回的时候被装车里抬回，这就要了老奶奶的命了，眼见孙子俩胳膊乌青发紫哭晕过去两回，小丫头们哭号不止，小北还踹老牛两脚。老牛面色尴尬，搓着手立在院子里不言语。牛夫人不断地给老奶奶赔不是，云烨也说没事，一点小伤无损筋骨，过几天就没事了，好说歹说才劝住老奶奶不晕过去。

（《唐砖》第二卷第十七章）

这样的描写画面感很强，各个人物的不同反应各有特点，生动鲜活。

李二听老牛说到云烨要给老牛的儿子造一只脚，一口茶水就喷了出去，……刚刚给老秦来个夺血续命，这就要给牛见虎重造肢体，这是什么本事？神话里太乙真人能用莲藕重新给哪吒塑造身体让他重生，难道说云烨这小子也有这本事不成？这事引起李二浓厚的八卦心思，虽说心底里告诫自己上次用人命来检验云烨话语的真实性已算出格，这种事除了殷纣王干过，还没有别的帝王这么干过，得封锁消息，不能让大臣们知道。

（《唐砖》第二卷第十七章）

作者的心态是放松的，文字行云流水，幽默诙谐，灵动鲜活，读来轻松愉悦，让人欲罢不能。再如文中写到李二将他的两个不成器的儿子李黯、李祐送到书院学习，对这两个飞扬跋扈、人神俱嫌、似乎无药可救的纨绔子弟，云烨采用了非常手段，一到书院就被云烨押到地下室里捆绑起来抬上手术台，说他们的心坏了，要换心，并且在李祐的注视下，给李黯换了一颗羊心，吓得李祐昏了过去，从此两个跋扈的皇子对云烨言听计从、服服帖帖。读完这段文字，在捧腹大笑中让读者领略了云烨的狡黠智慧。类似生动夸张风趣的描写在文中比比皆是，让人忍俊不禁。

三、传统与现代手法杂糅

作者深谙"话虽通俗方传远，语必关风始动人"的传播诀窍，明白艺术的生命与价值是通过接受者的欣赏实现的，越是为社会普遍关注的作品，越是以一种大众传播方式为人们所共赏的作品。作者充分了解大众的审美心理，在创作中植根大众审美的土壤，以普通读者的审美趣味为阅读期待，叙事时借重传统叙事方式，坚守已被广大读者认可的传统叙事技巧。本书主线辅线交叉进行，环环相扣，悬念紧张刺激，层层递进，跌宕起伏。作者吸收讲史小说注重娱乐消遣的特点，继承古代小说以生动曲折的情节来推进故事、塑造人物、描写事件的传统，使他的小说靠生动惊险的故事情节取胜，故事套故事，或惊心动魄，或优美动人，波澜起伏，妙趣横生。他的全景式宏大叙述方式，寓雅于俗的手法，将历史、军事、侠义、爱情小说熔于一炉的写法赢得了读者的欢迎。

故事开场的设立往往决定情节的后续发展，开场要有吸引力，要有故事延展力，既吸引打动读者，又为随后的故事埋下伏笔。在这里，孑与2没有像其他穿越小说一样，把主角重生在一个特定的历史人物或原有的角色上，而是重生在一个无名少年身上，这个少年只有穿越者的记忆，而没有自身的记忆，身世来历需要自己设立，环境是荒郊野外，没有亲朋好友，必须克服自然环境的困境，比如野狼的觊觎。主角一出场就有生命之忧，危机四伏，一下子便抓住了读者的眼球。主角解危脱困后必须尽快地融入社会，使异能得到承认，获得立身之本。于是，云烨以食物烹饪为手段取得了一个又一个成功，烹饪、培育作物、建筑、生产、经商……主角成为生产能手、经营全才，这些技能成为作者塑造人物形象和推动情节开展的重要抓手，所以《唐砖》也被网友们称为开创了"生活流历史小说"的先河。

密集的叙述后需要一个缓冲，这方面孑与2比其他的网络作家要做得到位，以前写传统文学作品的经历，让他懂得了处理叙述节奏。在一段紧锣密鼓的化解危机的动作之后，必会有一个缓冲段落，让主角充电和思考今后的路怎么走。正是在这个缓冲阶段，作者对历史的思考和学识深度就展现出来了，也提高了整本书的思想高度。如书中云烨预言的蝗灾终于如期而至，山东的世族大家们乘机以天人感应之说来攻击李二无德不仁导致老天的惩罚，山东大儒卢寿还想用闪电雷击自己来殉道。不料云烨却用铁矛和铁丝做成避雷针，成功地将雷电引入地下，破解了世族大家的攻击。儒学与科学的争执以一个喜剧收场，为云烨发展科技争取到了正当性。

在主角每次出征历险间隙，作者总是安排他的家庭生活和庄园生活，安排他的科学实验，在紧张刺激的历险之余又展现大唐生活化的另一面，使全书有了更深厚的历史氛围和鲜活的生活气息。如埃及圣女希帕蒂亚因国家战败，被掳掠到长安贩卖为舞姬，被云烨救下安置在书院里教书。希帕蒂亚精通自然科学，她与李泰比赛做大气压强实验，在社会上引起强烈反响，长安贵妇们纷纷赞助，这种科学研究的推广，引起人们对科学的关注和兴趣，有利于改造国民性。

网络文学一大叙述技巧就是如网络游戏一般，不断出现对手，让主角一路打怪升级，提高自身的能力。这里子与2也是为主角云烨设计了众多的对手，让主角不断身处危机中，用自身的异能不断化解，不断立功，不断受到嘉奖，地位不断提升。潜藏在暗处的对手随机出现，使情节充满了张力，也吸引读者一直跟着主角不断探险，化解危机。

作者善于在故事中套故事，让枝蔓丛生，摇曳多姿。如云烨在出征途中遇到鲁班家族，破解了鲁班锁的秘密，降服了公输木和公输甲父子，邀请他们去书院做教习，并让他们传授自己马拉爬犁的技术。这样的传奇故事又叠生出技术流，从而使主角不再是单打独斗，而是能与唐代的技术大咖合流，为时代的科技进步打下合理和雄厚的人才基础。

《唐砖》的结构既像长篇电视连续剧，又像电视系列剧，一个个故事既可以连续起来，也可独立成章。大唐的万里江山都是主角驰骋的疆场，如果将主角只局限在长安，这个故事是无法铺排的，为了让主角有更广大的表现舞台，作者为主角画了一个巨大的地图，我们看到主角有各种机会在大地图上奔波忙碌。这也从一个侧面表现了大唐的中心地位和八方来朝的盛世气象。

东南西北的战争描写使整部书充满热血；江湖恩怨使全书充满了神秘色彩。整部书头绪繁多，繁而不乱，一波即平，一波又起，跌宕起伏，波澜壮阔，蔚为壮观，让人心旷神怡，叹为观止。开地图与打怪升级，使小说波澜起伏，高潮不断，让读者一直保持高峰体验。

就像好莱坞大片一样，大结局必定是一场正邪大决斗。在不断地开疆拓土中，主人公越来越强大，大唐也越来越强盛，引起四夷不安。对内，云烨已经功高震主，对皇权造成威胁，李二要不断敲打云烨，又要不断拉拢收服他，云烨也深谙帝王心术，尽量低调自污，显出对权位的淡漠，但是外在的威胁正在酝酿聚集，这个危险只有云烨才能化解，这也是全书高潮，让坏人们聚集在一起与主角来一次大对决，解决所有的问题，也为全书画一个圆满的句号。

第四章

众神与众生

《唐砖》将盛世大唐，如同画卷一般徐徐展开，让人目不暇接，流连忘返。这样的阅读体验是新鲜活泼的，历史不再是陈旧枯燥的史书，而是一个个人的鲜活故事，既有作者像神一样崇敬的历史真实人物如李世民、程咬金等宫廷庙堂，又有众多灵动感人的虚构人物构成的田野江湖社会，他们的矛盾纠葛组成了这段恢宏的时代，他们的悲欢离合、喜怒哀乐就隐藏在这逝去的风云中而袅袅不绝。

一、主角：平凡与神奇

文学是人学，塑造人物形象是作品的中心。一部小说的成败关键就在于塑造的人物是否逼真，是否富有意蕴，是否具有典型性。主人公云烨是作者自身的写照，不仅采用了作者的姓氏，而且人格特征也是按照自己来塑造的。从某种程度上说，《唐砖》就是作者自己穿越到初唐的黄粱一梦。云烨和作者同为西北人，都好吃，又会烹饪，都博闻强记，都有些惫懒，他本想安安稳稳地做大唐不起眼的一块砖，结果却不得已卷入了历史洪流，不经意间掀起了狂涛巨浪，改变了历史的方向。

作者对主人公的塑造达到了"入乎其内、出乎其外"的境界。"入乎其内"，云烨从现代穿越唐代，并彻底融入，与大唐百姓同呼吸共命运；"出乎其外"，云烨又以现代人理性和冷静的眼光审时度势，用如神一般的能力经世济民。作者对云烨的设定还是比较克制的，一是人设不是穿越成如帝王一般的权力最高者，因此不能为所欲为，作为一个逐渐上位的青年，他要受到各种限制，被各种势力敲打，遭遇种种阻碍；二是书中主角的"金手指"也开得比较节制，除了一开始云烨的制盐术，土豆、玉米种植术的贡献外，后期主要是靠玉山书院师生们的研究获取成果，云烨只是提供一些来自现代的知识和思路；三是书里也没有把云烨写成"种马"，他的妻妾相对较少，而且也各有来历，云烨并不滥情，情感描写的文字比较干净、节制。云烨的穿越让他有先知的地位，他伪造了一个神仙师父来保护自己。云烨的对手不多，在和对手的一次次交锋中，创造了一次次奇迹，如高山打鼓、船炮、驼城等，具有较强的代入感和可信度。在书中，云烨一开始并没有想利用时空错位的优势来谋取利益，他起先是这么想的：

　　一直以来云烨都以一种局外人的态度来看待大唐的一切，将自己置于先知的地位，就仿佛穿越在一部非常真实又非常漫长的历史长剧中，他知道李二的死期，知道皇后的死期，知道李承乾必然的结局，所以对皇家没有敬畏感。如今，梦境照进了现实，剧中的人物忽然对自己产生了威胁，这就让云烨茫然间不知所措。……老程说得对啊，入世就要有入世的样子，不要人人了世，心思还是世外的一套，迟早要吃亏，还是大亏。……云烨明白，只要自己舍弃尊严，抛弃骄傲，凭自己的性子一定能讨好长孙皇后，做一个彻头彻尾的大唐臣子，这种幸福的生活就会一直延续下去，甚至更加幸福也不是不可能。

　　坚持自己的尊严？坚持自己的骄傲？封建社会不存在这些东西，家天下的制度注定永远有一个人站在你的头顶吆五喝六，除非你干掉他。无论是历史上，还是演义里，李二都是响当当的主角，千古一帝的名声不是白来的。造他的反，纯属活腻了。

（《唐砖》第二卷第二十一章）

　　云烨一开始没有过高的理想，只想着自己安稳地活在大唐就可以了，但后来来自现代的能力赋予他更多更大的责任，推着他不断地向前走。云烨是"仁"的，他热爱大唐的子民，觉得他们是天底下最善良勤劳的人，为了他们，云烨决定放下官职要做农民，帮助农庄里的人们摆脱贫困和饥饿。他的知识和善举赢得了老臣们的心，牛进达对李二说："至于蓝田侯，老臣的断语是：这是一个好孩子，一个真真正正的高人子弟。……大奸大恶之人老臣见得多了，云烨绝对不是，臣敢以身家性命担保。能告诉朝廷明年有大灾，就足以证明这孩子的赤子心怀。"

作者对云烨心理活动着墨很多。这部小说的显著特点就是在层层推进的情节里，加以人物直抒胸臆的心理独白，将人物剖白在读者面前，像是一个人物的心灵剖白史。作者似乎特别钟意这样的叙述方式，在作品的前半段，密集的剖白更能深入主人公的内心，让读者更贴近理解主人公内心的褶皱。于是我们看到作者不惜笔墨剖白云烨的内心世界，展现他悲天悯人的情怀和济世救人的动机：

> 我本是人世间的一介蜉蝣，打算在人世间自生自灭，阴差阳错地步入殿堂，就该做一些大人物应该做的事。我见过恐怖的大洪水，见过赤地千里的旱灾，承受过瘟疫的肆虐，我清楚人的生命在大自然的淫威下是如何地脆弱。刚刚我心里明明知道我是一个脆弱的鸡蛋，却忍不住要和将要到来的灾难做一番碰撞，不求建立多大的功勋，只求我心平安。求人不如求己，我打算谢绝娘娘的好意，离开长安，在封地做一些布置好应对灾难。

（《唐砖》第二卷第二十八章）

得知皇家和自己开办的煤窑和煤场对工人的污染残害，云烨带着太子进宫自请责罚，被李二打了三十板子。

云烨又是"智"的，他献土豆，吃蝗虫，制造耧车、水车、热气球、火药和大帝号战舰，建书院传知识，设钱庄聚财富，化解各种危机，帮助李安澜在南诏站稳脚跟，帮助李承乾保住太子位，输血安假肢，多智近乎妖，难怪李二对云烨非常疑虑，这样的人是人是妖，是祸是福，让李二着实纠结。但云烨自有自己的办法解除李二的疑忌，他躲避权力，不贪权不恋栈，没有野心，足以让皇权统治者安心。

云烨是"义"的，他对兄弟两肋插刀，忠肝义胆，不抛弃不放弃，如化解李承乾和李泰的危机，排解李渊的心结，对熙童的"捉放曹"，救助被侮辱和被损害的称心，拯救爱上自己妹妹的刺客单鹰。

云烨是"勇"的，他不爱权，不愿意出风头，最喜欢无拘无束的慵懒的生活，但当大义当前，他义不容辞，比如他多次临危受命只身赴险，西南、西北、南海、辽东战役都是如此，他充当了救火队和抢险队的任务，让人感觉就像"二战"中苏联的朱可夫将军，接到最高统帅的指令，二话不说，立即奔赴最危险的前线，力挽狂澜，只手回天。

云烨是有"爱"的，他对家人的爱，对云氏老祖的敬爱，对几个妹妹的宠爱，对几个妻子的情爱，对孩子的宠溺，十足表现出顾家好男人的形象，在家人眼里他是天，为大家挡风遮雨，他又是地，并不高高在上，与女人孩子闹成一团。

平凡又神奇的云烨有着韦小宝的圆熟博爱、张无忌的执着淡泊、令狐冲的洒脱担当、萧峰的无畏牺牲，自然这样全能的主角理所当然地成为全书的中心，让读者充分感受到代入的快感。

二、个性鲜活的众神与众生

如果说云烨和李世民、长孙皇后以及程咬金等勋贵及勋贵弟子是奥林匹斯山上的众神，那么辛月、那日暮等就是山下的芸芸众生。众星捧月，主角周围配角形象的塑造也很重要。历史穿越小说必须符合历史的逻辑。本书的虚构人物也很符合当时历史环境下的人物设定，没有超越时代的安排。

温婉传统的女主人辛月。比如在书中，女主角辛月，是一个具有传统美德的善良美丽姑娘，她爱上了书院的第一才子云烨，在云烨出征之前毅然梳头来到云家，以待嫁新娘的身份伺候老奶奶，在云烨最困难最潦倒的时候不离不弃。对云烨的其他女人，她是嫉妒的，但她又必须违心遵守传统妇德做到不妒。她闯进了云烨与那日暮的新房，不让那日暮独占夫君，但又用皇室赐予的服饰以大妇的身份来管教那日暮，这些都看得出辛月身上所受封建思想的影响。这些描写都使人物打上了那个时代的烙印，显得真实可信。

人们都说每个成功的男人背后都有一个女人，对云烨来说，他的成功离不开多位爱人的支持。黑格尔认为，男女在爱情中的地位和投入是不对等的："爱情在女子身上特别显得最美，因为女子把全部精神生活和现实生活都集中在爱情里和推广成为爱情，她只有在爱情里才找到生命的支持力，如果她在爱情方面遭到不幸，她就会像一道光焰被一阵狂风吹熄掉。"①爱情对于女性来说尤为重要，云烨的爱人们也坚信没有了爱情就没有了生命的支持力。

辛月的父亲只是个蜀锦商人，爷爷是辛玄驭，又称玉山先生，是《晋书》编撰者之一，史学大家。但是辛玉山的官职却只有五品，所以很多人觉得辛月是高攀了云烨。但事实上，历史记载中的辛玄驭，名骥，字玄驭，陇西狄道人（今甘肃临洮）。其祖上可谓陇西望族，名门之后。在门阀制度鼎盛的唐代，辛月这个身份，配云烨这个刚刚被平反的受谋反案牵连的犯官之后，完全可以算是下嫁。至于很多看惯了后宫文的书友，希望看到云烨娶公主，抑或跟程咬金建议的一样，与关中大家族联姻，其实是不现实的。要知道，唐朝公主不是用娶的，而是驸马尚公主。尚公主以后往往不允许再娶妻妾。所以，对于需要开枝散叶的云家来说，迎公主进门是不合适的。至于大家族的女性，往往受到了家族势力的影响，也只会束缚云烨。这也不符合随性却不逾矩，想努力融合进大唐社会做一块唐砖，哪里需要哪里搬的云烨的形象。所以在云家需要开枝散叶、书院需要快速发展的前提下，将书院的共同创始人和云家捆绑成利益集团，才是上策。这才有了李纲做媒，让云烨和辛家联姻，离石和云家姑姑结亲的动作。而作者将辛家的地位略微降低，以平等甚至相对弱势的姿态，将辛月嫁给云烨是非常合适的。所以，我们完全可以将辛月的出场同云烨的"偶遇"，理解成双方家长认可并策划的两个适龄青年的相亲活动。

辛月主动到云家帮厨，她的贤惠温柔和勤劳善良很快就得到云家

① ［德］黑格尔著，朱光潜译：《美学》，商务印书馆，1982年版，第二卷第327页。

的认可，其至比云烨还得奶奶的欢心，这段描写也非常精彩，笔法简练，寥寥数笔就将辛月形象跃然纸上。

娇憨淳朴的那日暮。这个一眼就爱上云烨的匈奴女孩不懂汉人的上下尊卑，就是一根筋地看上云烨，要跟他好，用骨头给云烨下了定情礼，认定云烨就是她的人了。她在草原上放牧，收集羊群和流落的匈奴孩子，形成了一个部落，她收集羊毛，为云烨经营草原羁縻匈奴人提供了途径，但对她来说，只是为爱，为所爱的人的奉献。她敢跟辛月抢老公，为爱要孩子，她跟随云烨远征西域。云烨也逐渐爱上这个敢爱敢恨的异族女孩，为她冲冠一怒，整治纨绔和吐蕃使者，全心全意维护那日暮和她族人的利益不受侵犯。那日暮那句"你，睡觉；我，放羊"让读者心动不已，成为爱情的金句。

独立自强的公主。李安澜也是作者着墨较多的一个女子，她是李二和一个婢女的孩子，由于母亲地位低下，作为李二实际上的长女，她没有享受到应有的待遇，因而性格坚强独立。她渴求离开令人窒息的皇宫，到远离长安的地方去夺取属于自己的权力，主动要求以公主身份去"和亲"。李安澜知道云烨的心意，她对云烨的爱也并非无动于衷，她毅然决然地将自己给了云烨，希望以孩子来羁縻云烨的心，是个有心机的女人。但云烨最柔软的地方还是被打动了，他心甘情愿地为李安澜谋划，筹集物资，提供保护。最后他们还是走到了一起，虽然她的爱不是很纯粹，但很真实。

家族定盘星的老祖宗。老奶奶云赵氏是云烨家族的象征，她使云烨认识到自己在大唐不是一个人在战斗，还有一群孤女需要养护，这使云烨有了担当。老奶奶是坚强的，在家族危难之时她没有垮下来，艰难地抚养小孙女，当得知孙子还在人间时她喜极而泣，从此一心一意地呵护这个孙子和这个家族，把孙子的一笔一画一张纸片图都当作宝贝一样收藏起来。在她眼中，天才的孙子一切都是好的，把云烨当作家族复兴的希望。

另外，小说中的一些次要人物也塑造得让人过目不忘。如黄鼠，这个最底层的盗墓贼，祖祖辈辈都做着见不得光的活儿，他在被云烨抓住后，又被李泰戏弄，云烨看中了黄鼠在土木工程方面的才能，觉得是个人才，聘请他在书院里做教习。从此黄鼠的人生发生了变化，他终于堂堂正正地成为了受人尊重的老师，他可以光明正大地娶妻生子，过上正常人的生活了，这是云烨给他带来的变化，也给大唐人带来了不同的新风气。

比女人还像女人的称心。他原来是汉王李元昌养的一个男宠娈童，被这个不怀好意的王叔送给太子李承乾，为了太子名声不受损害，云烨把称心接收下来。云烨将这个被人蔑视的可怜人放在庄园收养，希望他能学会一技之长来养活自己，用自己的双手来赢取自己的尊严。后来云烨发现他对香味比较敏感，就发挥他的特长，在书院专门从事香水的研制和生产推广，为他赢得了新生。

书中像这样的人物描写还有很多，既表现了主人公云烨的善良敦厚，又揭示了当时社会底层人民的困苦生活。

一些老顽童式的叔叔伯伯是云烨的保护伞。程咬金、牛进达、尉迟恭、秦琼、李靖等一帮老军头，他们把云烨当作自己的子侄辈，一旦对云烨的才华和性情投了脾气，就把他当作自己人和自己的晚辈来看待，护犊子的心态特别浓。每当云烨受到文官的打压时，他们就出头为云烨打抱不平，也成为云烨除了李二夫妻外最大的靠山。他们对云烨也不客气，叹服于云烨的本领，对他的制盐本领和带来土豆等作物的行为很感激，惊讶于他输血换命等本事。当得知书院招不到学生时，首先把自己的子弟送到书院读书，当得知开发两湖领域缺少资金时，首先带头到岳州新城买房，云烨的任何举措他们都无条件地支持，这一群可爱的"铁粉"，为云烨在大唐编织起了一道防护网，使云烨勋贵家族的身份异常稳固，不容他人小觑。

调皮捣蛋但又义气的伙伴。李承乾、李泰、程处默、牛见虎、李怀仁、长孙冲、薛万彻等人是云烨的同龄伙伴，也是密友和死党，他们大都在陇右军中相识，属于一起上过山、扛过枪的战友。后来云烨创办玉山书院，他们又都在书院学习成长，成为云烨改造社会的中坚力量。李承乾、李泰、程处默更是与云烨好得像兄弟，"出则同行，入则同寝"，经常在云家蹭吃蹭喝，无话不谈，一起闯祸，一起受罚，一起逛青楼，一起闯南海，可以说是肝胆相照、生死与共的好兄弟。

通人性的动物兄弟。旺财也是作者倾注感情和心血所塑造的一个成功的艺术形象，表面上是动物，其实是云烨不会说话的兄弟。这个与云烨一起经历荒原生死的小马，在云烨的精心呵护下茁壮成长。云烨把它当作兄弟，舍不得使用，以致膘肥体壮，为了延长寿命，只得让单鹰训练它，让它减肥，那旺财的哀怨的眼神与云烨的不忍都书写得活灵活现。特别是旺财每天脖子上挂钱袋，独自去集市上喝甜酿，让人从钱袋掏钱的举动让人印象深刻。最后已经衰老的旺财，被云烨带回到荒原上，让它回到原来的野马群。旺财终于回到它出生的地方，永远地离开了云烨，那种场景和情绪的描写让人动容，好多读者说看到这里已经落泪。

> 从那以后，旺财大爷成了庄子里最受欢迎的动物，没人把它当马看，没见过这么聪明的马。首先是庄子上的孩子，从山里割来最鲜嫩的青草，洗干净了喂旺财，再把它全身痒痒挠一遍，然后从钱袋子里掏一文钱，买糖吃。农户的孩子都是淳朴的，没有赶上喂马的孩子宁可含着指头看其他孩子吃糖，也不会私自掏旺财的口袋。

（《唐砖》第三卷第二十章）

还有一些人物，比如武则天和狄仁杰，写得也很生动。被云烨改造后的武则天，保持了历史人物原本聪慧、狡黠、骄纵的特点，但又被云烨赋予了善良纯真的品格，最后云烨坚持没有把武则天送进宫去，而是嫁给了狄仁杰，找到了自己的幸福，改变了她的人生走向。

还有一些江湖儿女，如熙童、寒辙、无色师太、小苗、单鹰、红拂女、虬髯客等等，都人各有貌，秉性各不相同，有声有色。不管是云家庄拄杖而立的老农、蒙寨外吃饱喝足的大象，还是李纲身畔的一只熊猫，都是栩栩如生，真实温馨，构成了一个斑斓多姿的人物形象画廊，让人目不暇接，回味无穷，奠定了全书温暖、大度、开放的总基调，符合开唐初期恢宏的气度。

作者笔下的大唐人总体是善良的。人民勤劳勇敢，文官和亲贵们都比较和睦友好，对云烨大多是宠溺和偏爱，即使是文官系统有些嫉妒，也都被云烨随手化解，勋贵与文官的矛盾也都在云淡风轻处化为虚有，所以作者借云烨的口说出——我爱大唐。这种把平民生活化、贵族高官平民化的描写，拉近了我们与古代社会的距离。

"众神与众生"本是大唐泾渭分明、等级森严的金字塔的两端，却因为云烨的穿越而融化，云烨因穿越而亦人亦神，他通过启蒙和变革，调和化解了社会矛盾，让众神人性化、平民化，让众生不再低贱卑微，融通了阶层藩篱，构成众神与众生和谐共生相依的盛世图景。

三、敌人与最大的对手

各显神通的邪恶势力。正像游戏里的打怪升级，《唐砖》里云烨的对手也一个个蹦出来与云烨搏斗，又一个个倒下，助推云烨不断升级，长见识、升本事。田襄子、窦燕山、虬髯客、高山羊子一个个跳出来，又一个个消失，有的化敌为友，如寒辙；有的对抗到底被消灭，如窦燕山；有的逃生远避，如高山羊子。他们给云烨带来了危险，又带来了机遇，在化危为机的转折中，云烨成长强大起来，也构成全书跌宕起伏、峰回路转的情节，引人入胜。

其实，云烨最大的对立面就是他最大的依靠——李二和长孙皇后。他们俩是"众神之神"，处在权力金字塔的塔尖。

气度宏伟、雄才大略的盛世帝王和威严慈祥的皇后演双簧。李二的形象塑造是很独特的，小说塑造了一个气度宏大的帝王形象，开创了一个伟大的时代。他的形象复杂真实，既有开放自信，又多疑，又有负罪感。唐太宗李世民在书中被称为李二，背负着杀兄弑弟的心理阴影，这个阴影也笼罩在他与父亲李渊的关系上。他一直担心自己的孩子会重演自己的悲剧，云烨通过书院化解了李承乾兄弟的权力之争，也使李二放下心结。

云烨改造国民的理想，没有李二的支持是实现不了的，李二对科技的接受是云烨成功的关键。作为封建王朝的最高统治者，对权力的掌控是其心病，维护皇权、玩弄权谋是其拿手好戏。他对云烨既有看重和支持，又有刁难限制，怕革新会动摇国本，权力旁落，显示了他的历史局限性。云烨以过来人的睿智，以亦庄亦谐的进退举止，表达自己对权力的不屑，打消了李二的疑虑，为云烨改造社会打开了大门。

李二和长孙皇后对云烨又打又拉，总是一个扮红脸一个扮白脸，像是在演双簧。李二、长孙像严厉的父母，虽然经常训斥，动不动就踹一脚，但也是打是亲骂是爱，越爱越要拿脚踹，显示了对云烨的宠溺和亲昵。疑忌防备和宠溺喜爱混合在一起，构成了欢喜冤家式的人物关系。这种人物设计既符合历史人物性格特征，也符合历史逻辑，丰满了人物形象。

历史小说的人物塑造的难点在于主要人物是历史上确有其人，对人物的刻画不能天马行空而要有据可依，只能在历史的框架中描摹人物，既要基本符合历史事实，又不能完全拘泥于历史，在对人物的拟实与虚构中找到一个最佳的平衡点。

《唐砖》里描写的真实的历史人物都很符合历史原型，没有走形走样，虚构人物也符合时代特征，有着自身的性格行为逻辑。作者善于在矛盾冲突中塑造人物，在穿越人物与历史真实人物和历史虚构人物错综复杂的纠葛中展现栩栩如生、鲜明个性的人物形象，表现出驾驭宏大场面和众多人物的非凡功力。作者以现代理念与当代精神为史料注入了活的灵魂，以全新的角度来重新理解历史。对书中人物以人文关怀、人道主义的情怀去刻画历史人物的心灵与行为，生死荣辱。小说里的人物大多是可爱的，让读者们特别喜欢。

正如网友评论说："一本好书最重要的是人物和文笔，《唐砖》落笔，温情四溢，前所未有。一本书，如果没有'你睡觉，我放羊'的大巧不工；没有智慧的长老、强壮的汉子、美丽的女人千里驰援这种不计得失；没有'我乃唐人曲卓，谁敢一战'的横刀赴死；没有安吉姐姐单人匹马，血染长街的惊天一怒；没有郭孝恪孤城困守，誓不低头的铁血意志；没有寒门学子求学，发妻不惜卖身入娟，数铜板求赎身的两情期许；没有书院吃货熊猫的绝食而死、家人旺财的绝情转身；

没有书院瀑布下轰鸣一月，不问世事的惺惺相惜；没有孙思邈万家生佛，自残避世后的功成弗居；没有拼死力战，自河北而长安只为一块伪玉的千金一诺；没有娟门学子，耻于人前，束发受教后的一言立身……那么这样的书不看也罢。"

这就是《唐砖》让人欲罢不能的奥秘所在吧！

第五章

历史穿越小说的艺术魅力与价值坚守

　　《唐砖》是一部历史穿越小说，它本身就具有历史的属性，而历史是民族文化记忆的载体，它包括已经发生的成为符号的人与事，也一定会"成为当代史"，进入到当下的语境，历史记录者会以他本人的价值观介入和引导当代生活。历史的文学叙事者，通过对历史的一次次重新梳理，审视现实，面向未来，获取进步的智慧并凝聚成共识，这种特殊的文化价值和社会意义，对于一个历史悠久、饱经沧桑的民族来说显得尤为重要。

一、历史穿越小说的前世今生

　　穿越历史小说演绎当代人穿越到过去时空，是一种崭新的、来势"凶猛"的小说类型。观看当代人穿越的故事，而过往的"社会历史变迁"以现在进行时发生着，给读者强烈的现场体验感，犹如戴上了 VR 视镜，遨游在真实却又虚幻的境界。

　　事实上，不同地域、不同时期都出现过以穿越为题材的文学佳作。1773 年，赛穆尔·马登的小说《20 世纪回忆录》中，一位天使曾穿越到未来世界带回了一份 1998 年的文件。如果要追寻"穿越历史小说"的肇始者，恐怕当推美国作家马克·吐温，他于 1889 年创作的《康州美国佬在亚瑟王朝》（又译《重返亚瑟王朝》或《亚瑟王朝上的康涅狄格州美国人》）是现代意义上的第一部历史穿越小说，开创了一百年后风行的"穿越小说"这一类型，被誉为穿越文鼻祖。马克·吐温以一贯擅长的第一人称著文，讲述康涅狄格州一个工业时代的美国人，倒退一千三百年穿越到公元六世纪的英国亚瑟王朝（该段历史并不存在），跻身圆桌骑士之间，在到处是比武的骑士、奴隶和魔灵幻术的世界，运用科学知识和历史开了一个玩笑。这个美国人利用自己对历史以及现代科技的了解，以自己的智慧化解危机，并冲破种种阻碍，传播现代科技文明。作者通过野蛮与文明、保守与进步的碰撞，来说明文明的传播与进步并不是一帆风顺的，是需要突破重重障碍，有时甚至是铁与血的阻碍。

二十世纪初，爱因斯坦发表相对论，他提出一个假说，如果物体超越光速就可以使时空扭曲，这似乎为时空穿越提供了自然科学的依据，成为西方时空穿越小说的科学理论来源。在后来的欧美文学作品中，"穿越"这一题材，大都被作者应用于科幻作品中，如《时间机器》《火星公主》《苍穹微石》等众多作品。在这些作品中，穿越者到另一世界，并非以自己的能力去影响和改变那个世界，而大都是以一个观察者的视角，去向我们展示新世界的形态，并通过与我们现实世界之间的差异，引起我们的警示或者反思。

在我国，广义上的"穿越"作品，也有着悠久的历史。典型的如：唐代传奇《南柯太守》、清代汪寄的长篇章回体小说《海国春秋》。《海国春秋》中的主角通过梦境"穿越"到异世界，并在里面建立功勋与伟业，可是梦境终有醒时，梦中所得终也是镜花水月，作品中也饱含着作者对世事的一番慨叹。再后来，现代著名作家老舍的《猫城记》，也有些穿越小说的意味，主角乘坐的太空飞船失事后降落在火星之上，通过观察向读者展现了火星"猫人"社会的病态，这其实就是在影射我们人类自身的社会形态，从而引起我们的反思。这些作品都有很高的文学艺术水平。

"穿越历史"本来是历史题材小说中的细分门类。在当代华文世界里，最早的有李碧华的《秦俑》，1989 年被程小东拍成由张艺谋、巩俐主演的穿越电影《古今大战秦俑情》；其后于 1993 年出版的台湾作家席绢的处女作《交错时光的爱恋》却被广泛称为中国穿越小说的开山之作。黄易的《寻秦记》在当今的中文穿越小说尤其是网络穿越小说中占据着更高的地位，它吹响了"穿越流"的号角，开创与发扬了中文穿越时空小说的诸多标准与要素。之后网络穿越历史小说的优秀作品有《新宋》《窃明》《宰执天下》《庆余年》等。随着网络文学的兴起，"历史穿越"这一题材的小说便一直深受读者的喜爱，其原因就在于作品中的穿越者在"穿越"之后，依然保留原来的记忆和人格，相当于在异世界有了一个重新来过的机会，并以"前世"的生活经验和阅历化解成长路上遇到的各种危机，并开创一片广阔的天地。这就能满足读者对一种新生活的向往，借此来舒缓或者逃避来自现实生活的压力。

相对于传统小说中的穿越，一般是穿越到过去或未来，最后还是穿回来，回到现实，如同做了一个梦。现在的穿越有的来回穿，有的只是穿回过去，《唐砖》的穿越就是单程票，主角被穿到唐代，再也不能回来。传统小说中穿越的意义在于揭示时空交错后的荒诞以及历史的不可逾越，现代的穿越的魅力在于改变，通过后世的知识改变历史的进程，改变自己的命运，达到人生的辉煌。相对来说，传统小说里的穿越多为悲剧荒诞剧，现代穿越多为喜剧正剧，传统穿越多为灰暗、批判、荒诞，现代穿越多为积极、正面、成功奋斗，同为"穿越"之名，二者的内容和形式还是有着迥然的差异之处。

二、文学想象的边界

当代穿越历史小说在网络文学中非常热门，作品质量也参差不齐，有的文质兼美，有着深刻的思想性和独特的艺术性；有的内容低俗，或金手指乱开，广开后宫，或为谋上位成功不择手段，陷入宫斗；有的颠覆历史，歪曲真实人物形象；有的肆意渲染民族仇恨，价值观历史观混乱。鱼龙混杂的局面，读者需要沙里淘金，慧眼识珠。

穿越小说从某种程度上说，也许比其他类型文学艺术更需要放飞想象的翅膀，但放飞不是盲目"乱飞"，飞鸟需要能够栖息的"大树"，穿越需要坚实的历史根底。"穿越历史"的目的是"改变历史"，但要想做到真正的"穿越历史""改变历史"，作者必须知道真正的历史发展轨迹和历史真相。当然与既定历史的重合，也是穿越的失败，反而达不到小说的创作目的。因此，作者在展开历史穿越之前，必须对历史知识做严格的考证和辨析，并且向读者展示既定的历史发展如何，才能展开自己的虚构和想象。

真事不隐是历史小说具备历史特性的基本点，为此，《唐砖》作者子与2对唐代历史资料进行了深入研究，而且收集了大量的稗官野史。在写《唐砖》时，他把《资治通鉴·唐纪》《旧唐书》《新唐书》通读了一遍，甚至还去研读唐朝诗歌。为了写《唐砖》，他除了查阅很多史料外，还购买了六百多册唐史书籍和古代历史地图册，许多都已经被翻烂。作者全方位掌握了唐代皇帝宫廷生活知识，诸如君臣的衣帽服饰、宫廷礼仪、典章制度、膳食规律，还有政权机构设置、官员配置方法、权限职责范围，等等，都有详细的交代和表现，这对营造作品的历史氛围，即历史小说所设置的必要的历史背景，还原历史时代特征是非常重要的。在对待重大历史事件和重要历史人物时，作者严格按照正史进行书写与描绘，注重考据与实证，力求做到"书必有据"。如玄武门之变后李渊李二父子关系、南诏羁縻、高句丽征伐、吐蕃西域、侯君集叛乱等唐初政治、经济、军事、文化方面的重大历史事件，作品都有或详或略的交代与展示。读《唐砖》有时犹如在读一部专业性很强的唐代历史文化研究著作，这也显示出作者的深厚学养。

《唐砖》小说还涉及很多领域的知识，比如农业方面就有土豆玉米种植、大棚技术、酿酒、烹饪、制盐等；还有工业技术、建筑技术、制造技术、商业、铸币、银行等。军事技术方面，小说注重科技在军事领域的运用，比如炸药、军舰、滑翔机等。教育方面，小说涉及书院建设，知识结构的调整，对物理和自然科学的重视，弥补了中国传统教育体系的缺憾，考试制度的变革，等等。在政治方面，小说没有像穿越历史小说《新宋》那样主人公超越历史阶段用西方现代政治制度取代帝制，而是调和皇室矛盾，从而度过继承危机。《唐砖》没有着重描写宫廷斗争，但也揭示了文官与勋贵的矛盾，以及文官制度的弊端。宗教方面，小说描写了唐初政府对佛教的打压和对道教的扶持，交代了两大宗教力量在社会的影响，以及云烨对两个宗教势力的调和与利用。小说还描写了邪教组织和神秘社会力量对社会秩序的破坏。

在民族问题方面，小说对东西南北的民族部落都有涉及，对当时严重的民族矛盾做了深刻全面的揭示，并试验毛纺织加工，力图用经济融合来促进民族融合，实现双赢。《唐砖》全方位地展示了大唐开国之初的社会生活，揭示了中国传统社会运行中的矛盾困窘和坚忍不拔的民族精神，视野广阔，气势恢宏，显示了作者广博深厚的历史知识，这是孑与2除了"思接千载，视通万里"的虚构穿越的想象能力外，特别令人称道的地方。

可见，历史写作的情节不是设计出来的，细节不是凭空想象出来的，而应当从掌握的材料的内部去发现、分析，理解，洞悉，从而创作出来的。和执着于跌宕剧情的一些网文作家不同，孑与2对自己的创作要求，略有学者打捞史料的味道，他很希望读者能跟随文字，一脚坠入他所铺展的真实历史时空。我们虽然不能把历史小说特别是穿越历史小说当作专业性很强的历史著作，但小说能不能最大程度地还原出历史的真实，营造出主人公穿越的历史环境真实，会极大地影响作品的艺术感染力。

章学诚在《文史通义》中指出："能具史识者，必知史德。德者何？谓著书者之心术也。夫秽史者所以自秽，谤书者所以自谤，素行为人所羞，文辞何足取重？"成为历史小说家，须才、学、识三者兼得。历史穿越小说虽然不是史学著作，却因为与历史的紧密关联而必须用历史学的眼光加以检视。评价穿越历史小说首先就要看作者是如何对待史实，又是怎样以艺术的审美方式去把握史实，升华史实，将枯燥的、严肃的历史存在化成一个个灿烂的文学殿堂，使人在阅读作品时，既有艺术审美的愉悦，又能感受到厚重的历史感和浓郁的历史氛围。

研究历史还要深入到历史发生地，采集传说和民间故事，通过口口相传的故事和当地的传统风俗，来体会和还原历史风貌。何况历史从来都不是简单的过往陈迹的叙述，它直接关系到民族的历史记忆与民族性格的塑造，关系到民族凝聚力的养成。孑与2在创作《唐砖》时态度是真诚的，赋予了对家族历史的爱，印证了历史小说是文明的梳理与道德的寄托。孑与2曾说："写《唐砖》就不用说了，西安是一座我生活过10年的城市；写《大宋的智慧》，我把茶马古道整个走了一遍；写《银狐》，我把西域哈密那一带的风土人情也看了一遍。"子与2酷爱采风，写《唐砖》时他走过了西域，写《大宋的智慧》时他走遍蜀中。"采风也是传统作家的一个好习惯。现在你想写什么人物，上网一查也都知道原型，但'宅着写'还是有问题，你缺少细节，写出来的东西不像那个地方，就很麻烦。虽然我们写的是虚幻故事，可如果里面能有些厚重的东西，就能吸引更多读者。""我的家在甘肃，那里有广袤的戈壁，有纯净的星空，开车进入戈壁的深处，躺在车顶上看天上的银河，戈壁的风吹过，我就像是身处遥远的古代，听着匈奴人的胡笳，枕着冰凉的铠甲，在梦中与美丽的王昭君相见，倾听著名的《胡笳十八拍》。"[①] 子与2在创作中注重资料的收集和采风，为还原历史积累了素材，为作品夯实了历史的积淀。

因此，穿越历史小说的想象是有边界的，历史和生活是它的源头和根基。

三、史实和虚构之间的平衡

历史小说文体的特殊性在于其主要素材来源于历史，历史小说创作是作者对历史的一种艺术的掌握方式，作家的优势在善于把史料化为艺术。《唐砖》作者之所以在唐初时代氛围中游刃有余，与之不"隔膜"，写什么像什么，紧紧地吸引着现代读者，使之产生共鸣，就是他能以极近人之笔写惊人之事。近，是对古人的贴近，也是对今人的贴近，是对历史的贴近，也是对现实的贴近，这贴近就是体察、包容、切合。鲁迅先生在谈及历史小说的作法时，曾将历史小说分为"博考文献，言必有据"的"教授小说"和"只取一点因由，随意点染，辅成一篇"这两类，声称自己常取后一类。鲁迅作为我国新文献创作尤其是现代小说的开拓者，在对待历史小说的态度上采取的是开放的态度，读鲁迅先生的《故事新编》就可意会这一特点。小说是虚构的艺术，不是历史教科书，但是，优秀的历史小说有时比历史教科书更真

---

① 引自《子与2：网络小说的价值就在于书里的正能量》，澎湃新闻，2017年3月4日。

实更精彩更宝贵。

德国著名学者彼得·盖伊在《历史学家的三堂小说课》中说，"在伟大的小说家手上，完美的虚构可能创造出真正的历史"。穿越历史写作是虚构写作，是具有创造性的艺术。历史是一种客观存在，而穿越历史小说在本质上是一种在生活基础上的主观虚构，是对现实的加工与升华，穿越历史小说的创作就好像在兼顾史实与虚构之间达到一种平衡。

郁达夫在二十世纪二十年代所作的《历史小说论》中对"历史小说"作了定义："现在所说的历史小说，是指由我们一般所承认的历史中取出题材来，以历史上著名的事件和人物为骨干，而配以历史的背景的一类小说而言。"他强调历史小说主体内容应是历史上实有的著名事件和人物，故事的氛围是事件发生和人物活动时的社会背景。历史小说作家对史实的态度与取舍以及将其艺术化的方式就成为评价历史小说的一个重要内容。郁达夫认为："历史小说，既然取材于历史，小说家当创作的时候，自然是不能完全脱离历史的束缚的，然而历史是历史，小说是小说，小说也没有太拘泥史实的必要。往往有许多历史学家，常根据精细的史实来批评历史小说，实在是一件杀风景的事情。小说家当写历史小说的时候，在不致使读者感到幻灭的范围以内，就是在不十分违反历史常识的范围以内，他的空想是完全可以自由的。"郁达夫强调了历史小说家面对史料时有选择的自由，有虚构与想象的自由，触及了一个根本问题：即在取材于史的历史小说中，作家的创作自由度的问题。

一部好的历史穿越小说必须把握好史实可信性和文学虚构性之间的关系，在历史真实的基点上完成文学的虚构，把握历史小说的审美特征，在创作中寻求历史与文学的有机融合。作者子与2在处理这个问题时候展现了自己想象虚构的艺术本领，他在浩繁的史实中艺术地构建了一座独属自己的雄伟瑰丽的艺术世界。

在穿越小说中，小说主角可以穿越到历史时空或未来时空。故事可以依据真实的历史展开，也可以只是借用穿越的形式。前一类故事相对比较尊重历史，对历史人物、历史事件的交代也比较清楚，这类小说对作者的文史知识修养也提出了更高的要求。后一类又可以分为两种，一种是故事依托于历史，但随着故事的发展而改变了历史，这种改变可能是无伤大雅的，也有颠覆性的；另一种则是与历史无关的，这类小说是穿越小说中一个更贴近于科幻或魔幻的类型，亦即"架空"小说。

《唐砖》无疑是属于前一种的小说。孑与2在创作时，面对的是浩如烟海的历史资料，诚然这为作品的完成提供了丰富的素材，但与此同时查阅史料、剪裁史料对作者而言也是一个极大的工作量，也检验出作者大胆取舍的魄力。在《唐砖》中，到底应该选择哪些史料进行艺术加工，又怎样以艺术的手法对枯燥的史料进行想象、渲染、推衍，在对史料进行了借用、腾挪等一系列基于情节需要的改造后，又怎样对待来自严谨的历史学界和网友读者们将这种写法称为"知识性硬伤"的批评，这次过程中，孑与2的写作风格和手法也在不断成熟。

作为穿越小说中比较优秀之作的《唐砖》，在营造历史真实环境中下了功夫，对历史人物做到了性格特征与原型的高度吻合，重大历史事件符合当时的历史条件，为小说主人公的故事开展提供了一个真实的前提，营造了一个逼真的历史氛围，虚构出大唐初期的历史，特别是边疆征战和京都风俗史。

历史穿越小说质的规定性是小说，但既然它取材于史实，创作目的也是借史事言时事，因此，历史主义的精神对历史而言是必不可少的。历史小说的虚构是有限度、有制约的，只有在符合历史基本规律、符合历史基本面目的前提下，作家才能重新阐释历史，给读者以凝重的历史感、浓郁的历史氛围、深邃的历史智慧。

穿越历史小说也属于历史小说的范畴，而历史写作要求高度的真实性或文献性，还应具有创造性。历史写作包含的创造力一点儿不亚于小说家写作时运用的想象力，最好的历史作家是能够把事实证据同"最大规模的智力活动、最温暖的人类同理心以及最高级的想象力"相结合的人[①]。在文学世界中展开天马行空的想象，享受时空错位所带

---

① ［美］巴巴拉·W. 塔奇曼著，张孝铎译：《历史的技艺：塔奇曼论历史》，中信出版社，2016年2月版。

来的新奇感似乎是人类的天性使然。历史穿越小说会对历史做一些改变，如何在穿越中尊重历史、探索规律而不戏说历史、颠覆历史价值，这考验作者的功力。《唐砖》里将主人公穿越后的故事与正统的历史书的记载经常对照，告诉读者何是历史真实、何是小说里的改变，有一种剧场的间离效果，使读者既有纵横历史风云的快感，又有历史理性的清醒；既给历史以不同的结局，丰富人们的想象，弥补历史的缺憾，抚慰人们的心灵，又不会混淆史实，把穿越的故事当作真实的历史，让读者能充分感受到穿越小说的艺术魅力。

四、在历史想象中表现历史进步

中华文明是世界上最古老的文明之一，中国是世界上最富于史学传统的国家，中国的史学家也是最有道德责任感的群体。善善恶恶、秉笔直书是中国历代史学家最基本的道德原则。所以，司马迁说孔子著《春秋》是"礼义之大宗"，司马光说自己主持编撰《资治通鉴》要"叙国家之兴衰，著生民之休戚"。鲁迅先生说："历史上都写着中国的灵魂，指示着将来的命运。"[①] 中国传统的思想家始终把过去、现在和未来视为一个连续不断的整体。一代又一代的中国人，具有把自身的社会活动置于"古""今""后"相互联系的历史长河中加以看待、考察的历史自觉和自律意识。历史小说一直是网络文学创作的热门。中国古人历来讲求文以载道，历史穿越小说作为一种特殊的艺术形式，必须也应该对社会责任有自己的担当。诚如李大钊所言："故历史观者，实为人生的准据，欲得一正确的人生观，必先得一正确的历史观。"[②] 善于读史、写史者，就是能够将前人的经验化为自己的智慧，从中总结规律，得出结论，引导人们向真、向善、向美。

五千年来，人们对国家和民族的历史已形成基本共识，并得出了明确结论，对历史阶段的性质、重大历史事件的名称和评价，对重要历史人物的是非功过，已有了认知和定论。网络作家不能肆意篡改、

① 鲁迅：《华盖集·忽然想到（四）》，北新书局，1926 年版。

② 李大钊：《史学要论》，上海古籍出版社，2013 年 4 月版。

任性臧否。对此，子与2有着清醒的认识，他在回顾自己创作历史小说的过程时说："该尊敬的我不亵渎，该批判的我不维护，无论如何，丑陋的不能成为美丽的，被钉上历史耻辱架的我不会把它放下来，这就是我的历史观。我想从历史的天空中，撷取一段段最美好的时光，把带着我体温的历史星辰献给我的读者们。让所有的读者在品味故事的同时能够心情愉悦，不求他们能记住历史上曾经发生的事，只求他们不要忘记自己的祖宗，至少要知道我们过去曾经有过的辉煌。"①无疑，子与2的这种态度是值得赞许的。《唐砖》之所以成功，是因为它比较真实地还原了大唐初期的历史风貌，那些社会矛盾和人物的基本思想基调，小说基于历史事实，尊重人们对历史人物的基本认知和价值评判。在人们的固有认知和价值判断基础上，去发挥想象，补充和丰富细节，获得了读者的认同和喜爱。

历史不仅仅是事件和人物的记录，更是历史观念和价值内涵的凸显。历史学家吕思勉说："历史虽是记事之书，我们之所探求，则为理而非事。"② 时代变迁，对于历史的认知、评判越来越多元，这是文明进步的标志之一。但绝不能因为对历史认知、评判的多元，就抛弃正确的历史观，不去把握历史的主流和发展规律。优秀的历史作家要以思想家的高度、历史学家的深度、文学家的热度和新闻记者的锐度，能够用文学艺术的手法，把历史事实中最有情感价值和智识价值的部分呈现给读者，或者说把最有价值的历史传递给读者。何为最有价值的历史？就是推动民族、国家和社会不断发展进步，有利于民族、国家和人民根本利益的那部分历史。当然，其中也包括对历史上的错误和挫折的反思，并提出建设性的批评和意见。

历史小说是认同性、回溯性和反思性的小说类型，传统历史小说主要告诉我们历史是怎样的，我们是从哪里来的。而历史穿越小说的观念却是说历史不应该是这样的，或者说我们应该成为怎样的。例如酒徒在小说《明》中质问："如果明朝没有边患会怎样，会不会开放一

---

① 引自《历史中有民族自尊心和自豪感——第一期网络作家研修班学员学习讨论习近平总书记重要讲话》，《文艺报》，2016 年 12 月 21 日。

② 吕思勉：《中国通史》，群言出版社，2016 年 2 月版。

些？如果当年郑和之后国家继续支持航海，不在民间禁止海运会怎样，会不会连美洲都是中国人发现的？如果明初的资本主义萌芽能像西方的资本主义一样可以茁壮成长起来，中国会怎样，会不会没有那些被屠杀的惨剧？"《唐砖》也借云烨之口对朝廷不重视科技发明和重农抑商痛心疾首。

中国悠久的历史给我们留下无比丰富的素材，但是在传统历史小说那里，表现对象主要集中在军事与政治方面，历史舞台只是局限在战场和官场，似乎推动朝代更替、历史发展的原动力只是这些。孑与2的《唐砖》却认为民族的历史命运之所以需要改变，就是因为无尽的争斗消耗了我们民族的能量，造成人力、物力与智力的极大浪费。在小说里表达这种历史认识，改变传统历史小说的叙事模式、情节结构和人物设置，确实让人耳目一新。在《唐砖》中，一些名不见经传的小人物被发掘出来，一些历史的细节得以呈现，历史上那些被漠视的科学家、发明家、探险家等，都作为主要人物给予很详细的呈现，对他们的作用给予很高的评价，超过了传统小说中的武将和谋士。

谁是推动历史的真正力量？在历史的主人认知上，古代历史小说如《三国演义》《东周列国》这样的小说中，历史的主人是帝王将相、英雄豪杰等大人物。千千万万的人民创造了历史，却既进入不了历史记传，也进入不了历史小说，历史似乎与普通人无关，而穿越小说让普通人以虚拟的形式进入历史现场，以自己的知识和对历史的理解，展开启蒙、拯救与改变，使广大读者感受到草根逆袭的快感，认识到小人物能够改变大历史，历史最终是人民推动的。历史兴替，匹夫有责。

在《唐砖》里，我们看到云烨热爱大唐的子民，觉得他们是天底下最善良勤劳的人，云烨说："子民是国家的根本。"为了他们，云烨决定放下官职要做农民，帮助农庄里的人们摆脱贫困和饥饿。同时，云烨也不是单打独斗，他依靠众人的力量，不厌其烦地说服勋贵，说服农民，推广他的农业科技，他相信，群众一旦掌握科技，就会变成不可阻挡的伟大力量。所以他建书院、建农庄、建钱庄，有利大家同享，使涓涓细流汇集成了改变历史的滚滚洪流。而马克·吐温在《康州美国佬在亚瑟王朝》中描写穷苦农民和奴隶的遭遇时，作者的笔调则饱含愤怒，读者从中不难体察马克·吐温的鲜明个性。书中描写亚瑟王朝穷苦农民和奴隶的生活遭遇的场面，是作者在十九世纪中后期的现代美国亲眼看到的情形，充满了悲天悯人的人文情怀。马克·吐温笔下的主人公失败了，是悲壮的勇士。《唐砖》里的云烨成功了，是智慧的化身。悲剧让人警醒，正剧给人以力量。

　　浩瀚璀璨的历史长河给了我们无穷的滋养和无限的想象空间，但我们不能无端地描写历史，虽然作家不可能完全还原历史，但有责任告诉人们真实的历史和历史中最有价值的东西。因此，像《唐砖》这样比较优秀的历史穿越小说反映了作家遵守历史人物的性格行为逻辑，使真实的历史人物遵从于时代的规定性，还遵循了历史逻辑，表现了社会历史进步的规律，表现了悲天悯人的道德情怀。

五、一次历史穿越就是一场思想实验

　　1895 年，爱因斯坦曾做过这样一个思想实验，"如果一个人能够以光速追赶一束光"，那将出现什么情况？"你们所看到的波的排列就会完全不随时间变化"。正是以对这些"不可能之事"的想象力为基础，才使他在 1905 年这个奇迹年写出了五篇颠覆性的论文，改变了我们对世界的认识。

　　从某种意义上说，历史穿越小说是一种幻想，一种历史沙盘推演，在对历史事件复盘中，可以设想不同的推进路线，想象事件发展的不同的结局，从而总结经验吸取教训。只要遵循历史的逻辑和人物的逻辑，这种历史沙盘推演就会越逼真，对人们的历史启示就更有意义。无论这种沙盘推演是成功还是失败，我们都可看成是一次思维训练，是一种头脑风暴的思想碰撞，对人类社会的创新发展都会有推动作用。

　　正如前文所述，传统经典小说中的穿越往往以失败告终，以揭示旧的恶势力的庞大和残酷，新生力量的势单力薄，从而引导人们奋起改变社会现实的。如马克·吐温在《康州美国佬在亚瑟王朝》的创作过程时，仔细查阅了一千三百年的历史，想要发现人类在这个期间寻求文明所应该和必须取得的进步。他从这个故事的背景掉过头看出现在他身边的十九世纪奇迹。身为享誉世界的幽默大师，马克·吐温在这部《康州美国佬在亚瑟王朝》里将他有棱有角的机智、风趣展现得淋漓尽致。作者的锋芒始终直指亚瑟王朝的三大支柱：王权、教权和森严的等级制度。因此，在一百年前《康州美国佬在亚瑟王朝》出版之时，著名的《哈泼斯杂志》发表书评写道："人们醒悟过来，不禁大吃一惊，认识到立法的最终目的还是在于保护财产，而不是保障人权……"远古的亚瑟王时代的这个荒诞的故事，在今天也有警世意义，这正是此书奇妙的特点之一。

可见，在宏大的历史穿越叙事中，主人公以穿越的优势来进行一场社会试验，实现一个人生畅想。作为第一部穿越文，《康州美国佬在亚瑟王朝》这本小说被奉为经典。一百年后的今天，很多穿越文依然在采用它的方式来架构矛盾冲突。让主角利用现代知识取得在古代生存的特殊优越感，这种优越感吸引读者进行自我代入，产生耀眼的主角光环。但是《康州美国佬在亚瑟王朝》的经典，却并不只是这种藐视古人的优越感铸就出来的。和老舍的《猫城记》相似，《康州美国佬在亚瑟王朝》虽然是遥远的亚瑟王朝的社会风情，真正讽刺的却是现实世界的荒诞。很多穿越文看过之后就忘了，空有外衣却没有内核的文字，自然不会在人心中留下印记。而康州美国佬的故事却不一样，这就是经典的力量。

穿越小说的魅力就在于展现新旧思想的交锋。《康州美国佬在亚瑟王朝》的主人公如唐·吉诃德一般很认真地在历史中进行着伟大的变革，美国佬利用自己在教育、科技、文化方面领先一千三百年的巨大优势，从死囚牢里一步跨上亚瑟王朝的首相宝座，成了名气比国王还要大的"我们老板"。他在全国创办报纸，推行广告，引进蒸汽机、自行车、电话等工业文明的杰作，建立现代考试制度选拔人才，希图通过工业革命、普及教育，"对国家政体好好改革一下"，更有甚者，作者将瓦特等一批发明家列为这个世界的创造者，地位仅次于上帝。在政治体制改革方面，这位牛仔高举美国牌的民主大旗，运用现代科技知识，一出手就大败国师魔灵，然后分化各路骑士，彻底瓦解了封建等级制度的社会基础。就在美国佬大刀阔斧的改革进展顺利的时候，马克·吐温让老国王根据《亚瑟王之死》的情节安排忽然驾崩，一直躲在幕后磨刀霍霍的教会借机颁发褫夺教权的命令，将新政逐出教门。美国佬毫不示弱，宣布"国王晏驾，继嗣无人……君主政体已不复存在……一切政权均已归还全国人民……不再有高人一等之种族，不再有特权阶级，不再只有一种国教；人人完全平等，不分贵贱高低，实行宗教自由。兹向国人宣布共和国之成立……"由此，封建教会与共和制度之间的大决战开始了。美国佬策动五十二名受过良好教育的英国青年，举行武装起义，全歼前来剿灭共和国的三万骑士。亚瑟王朝的革命最终还是没能成功，美国佬再度陷入沉睡，推动一个封建王国一跃千年的幻想又一次成为他的漫漫长梦——"中间隔着一个呵欠连天的深渊：那是十三个世纪啊！"

同样《唐砖》中云烨的当代经济科技思想与中国传统社会重农抑商思想激烈的交锋中，云烨的思想以实际的成效赢得了社会的认可，他的怪异的举动都以不可思议的成功赢得了人们的认可和尊重。从云烨和周围人的互动我们可以领略到不一样的大唐，更好地理解历史。云烨做的是一种历史试验或社会试验，这种无法在现实实现的社会试验只能在小说中生动展现出来，在历史研究中我们只能在文本上进行的理论推演，现在可以在小说中生动展现了，这就比理论更加形象地为我们揭示中国传统社会的运行轨迹，让我们知道它的缺陷和弱点，以及如何改造和发展，这也是这部小说的"实验"价值所在。

历史穿越小说中通过主角们的努力改变历史进程，避免朝代更替循环的悲剧怪圈，实现民族崛起，特别是在《新宋》《明》和《唐砖》中，中国历史更早地走向了工业化和现代化的道路。对于这样的历史幻想，我们该怎么看待呢？我想我们还是回到经典作家那里寻找答案吧。1881年马克思在致俄国革命民主主义者查苏利奇复信中提出了"跨越卡夫丁峡谷"的设想，他指出在某些落后国家，可以根据某种机缘，跨越历史阶段，实现某种历史的超越。马克思的设想在现实中也得到了验证。在这个意义上，历史穿越小说中的工业化进程也可以看作历史沙盘推演的结果，但在历史中并不是无中生有，而是有迹可循。比如北宋和南宋的商品经济的发展和明朝的资本主义萌芽，中国曾经在工商业上有许多领先世界的发明创造，可惜都被封建社会陈旧势力所压制，被外来危机所打断，失去了原有的历史机会。穿越小说弥补了这个历史遗憾，也遵循了历史逻辑和社会进步发展的规律，给当代人以深刻的警醒，告诫我们必须珍惜和保护现在来之不易的发展机遇，维护中华民族复兴的历史契机，不能让历史悲剧重演。

传统历史小说是对历史的再现，在不违背历史大走向的规定下对历史细节的虚构和想象，丰富了历史的细节，加深人们对历史的认识，传达一定的历史观，让人们在文学的叙述中把握历史的真实，是对历史史实的一种艺术重建。而穿越历史小说是在真实的历史前提条件下，对历史走向的一种合理想象，与历史研究异曲同工，假设在一定历史情境下，历史人物如果采取另一种措施会有何种结果，对历史进程有何种影响，从而确定对历史事件和历史人物的评价，历史穿越小说就是把这种历史研究中的假设用文学方式呈现出来。如果说科幻小说是对未来的假想，历史穿越小说就是对过去的假想。

意大利著名文艺批评家、历史学家、哲学家贝奈戴托·克罗齐说："一切历史都是当代史。"[①] 历史题材创作作为一种历史悠久而又随时代成长的艺术实践，它从已逝去的历史中寻求叙述资源，同时它又是连接着当下时代的脐带，回顾整个历史题材创作，其动机并非再现历史，而是为了针对现实说话，虽然历史观多元、创作题材风格多样，叙事方式创新变化，但万变不离其宗，历史创作就像一面多棱镜，从各个侧面映照出鲜明的时代特色。

从历史中寻找智慧，"明镜所以照形，古事所以知今"。归根结底，我们研究历史、写作历史的目的，不是面向过去，而是面向现在，面向未来。历史写作的目的、意义和价值，就在这里。

鲁迅讲过："从血管里流出来的都是血，从水管里流出来的都是水。"[②] 历史穿越小说要脱颖而出关键在于史观和思想价值，看作者表达的对人生的感悟、他的人生态度与理想，怎样以自己的价值观重

① ［意］贝奈戴托·克罗齐著，［英］道格拉斯·安斯利英译，傅任敢译：《历史学的理论和实际》，商务印书馆，1982 年 9 月版。

② 鲁迅：《而已集》，人民文学出版社，1973 年版。

新阐释历史，赋予历史以当代精神，在史实基础上加强想象虚构的力度，使历史小说具备小说的诗性品质。历史写作是比虚构写作更考验才情和灵魂的写作。我们要让网络文学中的历史人物带着思想行走，让网络文学的历史环境能显示社会前行的轨迹。在尊重历史精神的前提下，以审美的眼光对历史上一些人物加以改造，写出一个作者心目中的历史人物。我们可能无法完全还原史实，但我们可以探索历史规律，通过艺术的手法来揭示历史的走向，给人们以启迪，这也许就是历史穿越的魅力所在吧。

选文

第一卷
人世间

第一章

沧海变桑田

人总是健忘的，所以在行走一段人生旅途后，总要不自觉地停下来，整理一下前段时间的得与失，得大于失证明这段时间没有浪费，欣喜若狂地准备下一段旅途。

失大于得则证明这段时间全活到狗身上去了，恨不得时空倒转重活一回。世上没有后悔药，所以失去的便追不回来。哪怕你比刘翔跑得还快。这是人生在世的一条普世法则。世上真的没有例外吗？在这个连牛顿定律都可推翻的时代，有一两件超科学的事情，也就情有可原了。

云烨刚吃了后悔药，只是药效猛烈了一些，所以当他发现自己赤身裸体地站在荒野上，除了发呆，还是发呆。

荒原很美，碧绿的草毯从脚下一直铺到视野的尽头，草丛间偶尔伸出的几朵野花，更给这张草毯增添了几分艳色。

扑棱棱，一只野鸡从草丛中蹿起，惊得云烨打了一个趔趄，这才从茫然中惊醒。

眼睛恢复灵动，神志也从懵懂中回复清醒。"这是哪儿？"云烨问自己。

十分钟前，自己还背着背包在戈壁上搜寻那两个失踪的老外，现在却光着身子，站在草原上。这已经超出他能理解的范围，看看头上炙热的太阳，还是熟悉的样子，

云烨确定自己还在地球上，低矮的榆树，零散的槐树，静静地夹杂在半人高的野蒿草中间，这让他心绪大定。

既然在西北，就没什么大不了的，回去便是，多走几步路而已。云烨估计自己遇到了传说中的虫洞，从纸的正面走到反面罢了，没走出纸张范围纯属走运。

　　在这西北荒原上讨生活已经十五年了，见过沙暴，遇到过泥石流，见识过流沙，碰到过狼群，被大蚂蚁咬过。神经早已坚忍非常，现在遇到虫洞，也就见怪不怪了。风吹过，遍体生寒。

　　五月的西北还不到让人光腚乱跑的温度，他记得出来前，自己在第六个饮水点补水，见到水潭底有金光闪过，以为是天然金块，伸手去捞，才被一股巨大的吸力弄到这里来的。

　　怪不得贪婪是人身的原罪，云烨狠狠地抽了右手一下，让你贪，这下闯祸了吧。

　　捂着重点部位四处寻找水潭，在绕到第四圈时，哗哗的流水声终于传进耳朵，大喜之下，三两步蹦到水边，只见一股清澈的溪流缓缓地在草丛中流淌，沿溪流向上走，不一会儿，已到小溪源头，一堆衣物罩在小溪出口，随水波上下翻滚。

　　云烨收回了自己所有的衣服，包括鞋袜，甚至还有一只平底锅，那是云烨用来煮方便面的。拧干衣服，摊开晾在旁边的小树上，云烨长长舒了一口气，终于不用裸奔了。如果再把背包还给我，便再无所求。

　　云烨摊开双手，看着这双白嫩的手，比以往自己的手小了整整一圈，这根本就不是一双成人的手，他早就发现这个问题了，只是极力不去想，反手抓过披散在肩上的头发，用力扯了扯，生疼，这不是梦。转头看着水中那张熟悉的稚嫩面孔，云烨隐隐觉得事情没有自己想的那么简单。

　　生存是第一位的，旷野中你可以不穿衣服，但绝不能不穿鞋子，奔跑这一来自祖先的遗传本能，虽然笨拙，却是最有效的逃生方法。

　　云烨知道，荒野中的水源地，不是一个安全的宿营地，抱着最渺茫的希望，他强自忍着来自内心的恐惧，紧紧盯着泉水希望老天开眼，把背包还给自己。

　　这是一片从没有人到过的处女地，洪荒的气息笼罩着这片静谧的土地，云烨知道自己只是一个机械技师，如果想在这里活下来，就绝不能缺少装备，只有拿到装备自己才能有食物，才能靠工具让这具十四五岁的身体活下来。

云烨甩了甩脚上沉重的翻毛皮靴，湿漉漉的皮靴套在脚上说不出地难受，每走一步，都会发出"扑哧，扑哧"的声音，手上握着一根鸡蛋粗的木棍，不时抽草丛两下，给自己壮胆。

满天神佛似乎听到他的诉求，自出水口飘出一条绿色的帆布带，云烨眼睛一亮，俯身抓住带子，用力往外拉，只听哗啦一声响，半人高的背包从水中蹿了出来，云烨死死地抱住背包，这就是命啊！他反手抽出工兵铲，心头大定。

在小溪不远处有一片红砂岩，上面寸草不生，云烨把场地转移到上面，小心地整出块平地，红砂岩被太阳烤得滚烫，他把湿衣服铺在石头上，相信用不了一个小时，衣服就会被烤干。

帐篷支起来，四面留出空隙，让热风带走帐篷的湿气。在检查过全套装备完好后，云烨长长舒了一口气。

对于定位仪他早就不抱希望，越是精密的东西，越容易损坏，这是常识，指北针依然顽固地指向北方，哪怕里面灌满了水，在地图上用交线法确定位置后，他惊奇地发现，自己的位置和之前没发生任何改变。这怎么可能？难道指北针坏了？

在观察过植物后，云烨否定了指北针坏了的想法，他百思不得其解。功能强大的山寨手机没任何信号，望着远山的轮廓，除了长满了树，这不就是那荒凉的戈壁吗？

虫洞没有改变我的位置，却改变了时间吗？

云烨把头埋在双膝间，头大如斗，心乱如麻。"穿越"这个他一直以为是小说家创造出来的词，现在硬生生地发生在自己身上。

云烨一直以为，自己是一个恋家的人，母亲、老婆、儿子构成自己心头最坚固的堡垒。如果只是距离的麻烦，他不认为是麻烦，哪怕在火星上，他也会绑架小绿人让他们送自己回家。现在不是距离，而是茫茫的一千余年。

西北，不，准确地说陇中森林的消失是唐朝以后的事，气候的急剧变化，人口的急剧膨胀，造成了生态的大灾难。作为陇中人，云烨比别人更清楚这满眼的绿色代表着什么。

"现在是唐？还是汉？甚至是秦？千万不要是南北朝，我只是一个小人物，担不起太大的责任。"

云烨语无伦次地喃喃自语。

空气是纯净的，景色是美丽的，就连身边的兔子也是善良的，躲在云烨身边的阴影里安慰他。

哗哗的溪水带走了殷红的血渍，云烨两眼放光地看着肥硕的兔子，肚子早饿了。

云烨大口嚼着美味的兔肉，油脂不时从嘴角滑落，眼前的篝火仍在燃烧，太阳已经落山，漫天的红霞压在山巅，大大小小的归鸟投向远处的森林。

云烨不禁悲从心来，抱着半只烤兔号啕大哭。无边的寒气把云烨从睡梦中唤醒。昨夜，他仿佛又回到以前那个喧嚣的世界，妻子的温柔、儿子的叛逆、母亲的唠叨又一次重现在他面前。他抹一把脸，赶走最后一丝留恋。

生存才是眼前最重要的，只有活着，才能谈及其他。今天，就要彻底，彻底地面对新的生活。篝火再次点燃，昨日吃剩的兔肉在火上烤热，就着烧开的水，慢条斯理地一口口吃完。

食物是珍贵的，在吮干骨头上最后一丝油气后，云烨的意志也坚定下来，他不可能一直像个野人独自生活在这片荒野上。

人是社会动物，有各种感情需要。独自一人生活，只会向返祖现象发展，语言功能会退化，大脑功能会退化，而四肢却会得到强化。云烨不想在荒原上当野人。

路，在哪儿？鲁迅说过，走的人多了，也就有了路。可云烨是第一个踏上荒原的人。

所以，只能自己开路。走了不到一里路，云烨就气喘吁吁，一个十四五岁的少年，能指望有多少体力，更何况还要背三十几斤的装备。

不管了，云烨决定沿着小溪走，它毕竟要汇合到黄河里去的。冰凉的溪水让双脚几乎失去知觉，头上的太阳又烤得头皮发烫，小溪边的茅草长得又绿又长，划过脸颊像一把把小刀，不一会儿就划得脸上左一道右一道的红印。

忽冷忽热，伤寒就是这么得的。云烨见前面有一块巨大的沙地，足足有两亩，赶紧快走几步，刚踏上红沙地，一团黑影猛地扑过来，心胆俱裂之下，本能地挥铲向黑影砍去，只听"咩"的一声惨叫，一只灰色的野山羊摔倒在小溪里，溅起的溪水打湿了全身。山羊倒在溪水里拼命挣扎着要站起来，大概腿被一铲打折了，刚翻起来，又摔倒在水里。看它痛苦的样子，云烨只好又举起钢铲……

早晨吃的那条兔腿早已消化殆尽，肚子又咕咕叫起来。半大小子吃穷老子，云烨又回到这令人尴尬的年龄。

他唏嘘半天，拿出那把英吉沙小刀开始解剖那只可怜的羊。羊的内脏只留下心和腰子，其他内脏深深地埋在沙土下。想当初，云烨的厨艺，在老婆的不懈努力下一直在突飞猛进。饱餐了一顿烤羊肉后，辣子的余味还在口中荡漾。剩余的羊肉又被他用香茅草细细地熏过，谁能想到西北常见的绿茅草是熏羊肉的绝佳材料呢？

云烨再一次为自己强大的生存能力感到自豪，想当初第一次品尝维吾尔族老汉的烤羊肉，他差点把舌头吞下去。

一套英吉沙组刀，再加白干一周的活儿，才从老汉口中套出秘方，重中之重就是这遍地都是的茅草，为此，老汉差点和他翻脸。虽然说用来熏肉有点掉价，但这初夏的天气不如此处理，几个小时就能把全世界的苍蝇招来。

衷心感谢过那只羊后，穿上晒干的衣服云烨再次踏上寻找人群的旅途。

溪水在山脚下转了个弯向东流去，世上百分之九十九点九的河流大抵如此，这条小溪也不例外。云烨随这条小溪走了三天，除了树越来越少，草越来越稀，地图上的城市仍不见踪影。

放眼望去，整个盆地不见丝毫人烟，碧绿的草铺满大地，草丛间偶尔有一只小鸟"嗖"的一声直蹿天空，大群的野马在草毯上飞奔，嬉戏。扬起的鬃毛被阳光照成千万条金丝银线，黄羊在草丛间低头吃草，一会儿又伸脖远眺。就连野鸡也不加掩饰地低空扑闪两下翅膀，而后又在草丛间飞奔起来。风吹来青草的清香。

空气中带来各种各样的生命气息，大自然是如此美丽。

云烨彻底崩溃了，这是什么破景致，我的水泥森林呢？我的汽车轰鸣声呢？我的工厂排出的酸气呢？我那林立的重工业烟囱呢？我那充满时代气息而又被人唾骂不已的市委大楼呢？我最最珍爱的漫天飞舞的塑料袋到底去哪儿啦？那些我憎恶的人群呢？那些让我崩溃的城市喧嚣呢？那些腐烂发臭而又堆积如山的城市垃圾呢？

我的亲人们，你们到底在哪儿？

别留下我一个人！

云烨仰面躺在松软的草地上，眼泪像开闸的洪水肆意流淌。

只是一梦间，沧海变桑田。

第二章
人不如马

几天来保存在心底最深处的希望完全破灭了，他觉得生命再也没有任何意义。一大片云彩飘过，天空变暗了，原来是一片雨云，云烨呵呵笑两声，收不收衣服和自己有何关系？下不下雨和自己有一毛钱的关系吗？

雨到底还是下了起来，不大，云烨觉得老天也在为自己悲伤，自己实在是太可怜了。

一股温暖的气息在耳边传来，让云烨心中充满了感动，是谁在耳边安慰自己？

他决定亲口说一声谢谢，转头望去，却见一张血盆大口龇着森森白牙向自己咽喉咬来。云烨闪电般地将手中的钢铲塞向那张大嘴，只听"咯吱"一声，森森白牙紧紧咬住钢铲。

云烨乘机一骨碌爬起，紧紧握住铲柄猛力往外一送，只听呜的一声惨鸣，鲜血喷射而出。云烨这才发现面前的竟是一匹青狼，硕大的嘴已完全被工兵铲的锯齿撕开，下巴无力地垂下，面对这样的猛兽，不完全杀死才是给自己找不自在。

他连忙挥起钢铲重重地砍在青狼的脖子上，青狼的头一下子从身体上断开，耷拉在脖子上仅有一层狼皮相连。狼的身体也抽搐着倒在地上。事情发生到结束不过短短二十秒的时间，云烨却觉得仿佛与狼拼杀了一个世纪。心怦怦直跳，嗓子里像着了火一般，火辣辣地疼。

这明显不是孤狼，油光水滑的皮毛证明它的营养不错，只有狼群才能供给它如此良好的营养。云烨有遇狼群的经验，他二话不说，转身就向草原马群的方向跑去。就在他跑出不到三百米，就听到身后传来几声凄厉的狼嚎。

云烨加快了步伐，他此刻完全忘记了悲伤。难道说，生命的意义就在于跑？

天苍苍，野茫茫，天似穹庐笼盖四野。

孤独的云烨随着马群在这片草原上流浪。幸好这片草场不大，否则，他早跑死了，马群似乎也舍不得肥美的嫩草，已经五天了还没有离去的迹象。云烨不敢离开这个集体，远处的狼群还在附近徘徊。要不是马王过于神骏，早围上来大快朵颐了。

云烨一直试图抓一匹野马当代步工具，但除了满脸的沮丧外，一无所获。那根马莲草编的套马绳已断裂成四五截，那匹该死的马挣断绳子跑也就是了，它竟把绳子当草料大嚼，充分表达了对云烨这种不自量力想法的鄙视。抓不到马，他只能靠两条腿在荒野上流浪。

体力下降得厉害，两腿发软，云烨知道这是三天没有补充盐分的结果，如果再不找到食盐，这片荒原就是自己的埋骨之地。狼群从三两只逐渐扩大成七八只，马群已不能再保护自己了，他有着清醒的认识。一旦狼群开始袭击马群，自己没有马的奔跑能力，那些狼不介意顺口吞下自己这块美味的点心。

马群开始骚乱了，一匹小马被狼咬住后腿发出凄惨的悲鸣，所有的马都开始移动起来。这时，一声高亢的马嘶，让马群安静下来，那匹枣红色的马王闪电般地冲向狼群，两只硕大的蹄子狠狠地踩在凶手的身上，其他的公马也向狼群发起进攻。狼群显然太轻敌了，眼看着三匹狼在铁蹄下化作肉泥。狼群见势不好转身向荒原深处逃去，马群紧追不舍，顷刻间偌大的战场只剩云烨傻傻地站在中间，脑子里还在犹豫要不要逃跑。

被马踏死的狼样子很可怜，以至于云烨在三匹狼身上才割下两条稍微完整的狼腿。转头不见狼群，马群也不见踪影，云烨看着马群追去的方向道了声珍重，转身向东走去，他清楚地知道，那里有一条大河在等自己。

云烨听到了那条大河的叹息，滚滚东流水从未停歇。

黄河！看着它，一股亲切感油然而生，就像老朋友。在这没有亲人的时刻，它的出现多少给了云烨一丝安慰，喝了几口水，它是如此地甘甜。整条大河波浪滔滔，却又清澈晶莹，就像奔流的玉液。

　　又看到那个马群，马王旁若无人地在云烨边上饮水。在它眼里人这种动物和那些野羊一样没任何威胁。

　　也是，云烨这几天的表现还不如野羊，除了给马群增添一点笑料外，没任何危险。

　　马王大人喝饱了水，走到石壁旁，伸着舌头哗哗地舔起石壁来，这匹变态的马！有这么练舌头的吗？

　　不对，云烨猛然醒悟过来，马也是生物，它们也需要矿物质，尤其是盐，云烨赶紧跑过去，伸长舌头在石壁上轻轻舔一下，又苦，又涩，又咸，这都是什么？

　　"呸！呸！呸！"赶紧吐掉。马王不满地看他一眼，继续伸出舌头舔得哗哗作响。

　　这是卤盐，杂质太多，不能直接食用。用钢铲敲下几块黑褐色的晶体，在河边的巨石上小心研成粉末。放在不锈钢饭盆中用水化开，拿出防尘口罩在平底锅口将这些浑浊的液体倒进锅里，锅里的液体便清澈一些，将口罩在河水中漂洗干净。

　　双层折叠后加入木炭末再过滤一遍。此时，饭盆中的液体变得清澈透明。云烨再把这些液体倒在河边那块巨大而又光滑的石头上，水刚倒上去，就被太阳晒得滚烫的石头蒸发干净。

　　石头上只留下薄薄一层白色的粉末。轻轻一尝，纯净的食盐味道。从中午到快日落，云烨共收集到三斤盐的样子，这些足够他吃几个月。

　　日头西下，云烨点起篝火，把前几日熏好的狼腿放在火上烤，不一会儿，烤肉的香味便弥漫在这河边的沙滩上，撒一些盐，这对云烨来说就是无上的美味。辣椒不敢再用，还要留一些在关键时刻提神，犹豫半天才拿出一个土豆埋在火堆的灰烬下。整天吃肉，对他的身体是极大的考验。

　　看着河边长满的蒲公英大喜过望，这东西清热解毒是很好的食材，拔几棵在河边洗干净打算用羊油煎着吃。

或许煎野菜的清香过于浓烈，旁边的那些马瞪着大大的眼睛望着云烨似乎很想吃的样子，可畏惧火不敢过来。马王大人自然是无所畏惧，甩着尾巴走过来。

　　云烨一看就知道，它老人家是来收保护费的。谁让他这段时间靠马群保护来着。当小弟自然有小弟的觉悟，等野菜凉凉了，赶紧放在一片大树叶上捧给马王，老大惹不起啊。

　　马王闻了闻，大概对盐的味道比较满意，两口就吃了下去。云烨怀疑自己看错了，因为它的眼睛竟露出享受的感觉。两口吃完，它又盯着云烨看，没办法，云烨只得接着烤野菜。

　　在吃了四轮后，它可能觉得不过如此，打着响鼻回到马群继续当王。云烨小心地扒开灰烬，里面的土豆烤得又香又软，掰开后大大咬一口，滚烫而又香甜的味道幸福得云烨眼泪差点流下来。

　　躺在睡袋里，身下是软软的河沙，右面不远处是缓缓流淌的大河，左面就算了，一群马此起彼伏地放着臭屁，马脸上一副云淡风轻的无辜相。

　　望着漫天的星斗，银河横挂在天空，就像一张黑色的幕布上缀满璀璨的钻石，一闪一闪地对他眨眼。

　　老婆一直向往能有一颗钻石，他也答应发达了送一颗给她，现在已无法实现了，云烨从怀里拿出一件水钻的发卡，在火焰的映射下散射着橘黄的光芒，这是云烨特地请做首饰的朋友为妻子设计的，白银为骨，黄玉为托，水钻镶成一朵莲花。虽不值钱，但胜在别致，本来是妻子的生日礼物，因为要援救两个失踪的老外，这礼物再也不能送出去了。

　　云烨紧紧握住发卡，心里一阵一阵抽得发痛，老天你终于拿走了我的一切，云烨喃喃自语……

第三章
人世间

　　河边乱石丛生，云烨走得很稳，就在昨夜，他发誓不再懦弱，妻儿装在心间，暖暖地溢满整个心间。

　　他要带着全家在这未知的世界闯荡，他相信，只要不在蛮荒世界，凭借自己灵巧的双手，在这里安一个家不是难事。

　　他不再畏惧什么猛兽，情况再糟也不过如此。离开马群，独自在这荒原求生。云烨把它当作在这里生活的第一步。

　　脚在黄沙上留下深深的印痕，后面一匹小马一瘸一拐地紧紧跟随。这是一匹被马群遗弃的伤马，狼撕裂了它后腿的皮肤，在烈日下，很快就腐烂了。

　　清晨，马群去草原吃草，独留下它在河边等死。云烨清理了它的伤口，用珍贵的白药敷在伤口，相信用不了几日，伤口就会复原。云烨把这当作对马群的最后报答。

　　然后，挥手和它作别，踏上寻找人群的道路。不知为什么，小马挣扎着站起来，望了马群离去的地方一眼，艰难地向云烨的方向走来。云烨听到了小马的脚步声，却未回头，只是放慢了脚步。云烨停，小马停，云烨走，小马走。走走停停，一人一马，在这长河边，走得颇有情意。

　　中午的阳光变得猛烈起来，汗水湿透了衣衫，云烨找了一片树荫，那是一棵巨大的槐树，弯曲的枝干笼罩了足足半亩地，树下只有短短的青草，是一个休憩的好地方。

　　云烨重重地坐在凸起的树根上，解开衣衫，美美地喝了一大口水，暑热尽去。刚打算小憩片刻，小马走了过来，用头轻轻地拱来拱去，看起来想要喝水的样子。

云烨拿出平底锅，倒满了水，小马也不客气，低头畅饮起来。云烨放下背包，查看它的伤口，还好，伤口没有挣裂，也不知是药品奇效还是小马体质好，伤口居然长了一层膜，怪不得它能跟随这么久。云烨头枕着背包，嘴里嚼着剩下的狼肉，粮食不多了，能省就省吧，小马就躺在云烨边上，嘴里有一口没一口地嚼着云烨割来的青草。

"你就这么跟着我？我还不知道去哪儿呢，活该你倒霉。"

"你知道吗，跟了一个没前途的老大，说好了，跟了我就不许后悔。"

"贼老天不声不响地把我扔在荒原上自生自灭，老子现在认了，咱哥俩就在这世上活个精彩，以后吃香喝辣，有你小子享福的时候。"

"你以后就叫旺财吧，给咱俩带来滚滚财运，怎么样？"

"这名字太拉风了，没有一定涵养，起不出这名字的。"

"别喷唾沫，反正我超喜欢这名字，你看你，全身都是泥点，不叫这名字都亏了。"

云烨絮絮叨叨地说，旺财闭着眼睛听，不多时，云烨声音越来越低，渐不可闻……

一阵急促的马蹄声惊醒了云烨，他一骨碌爬起，吃惊地望向右侧的密林，声音就是从那里传来的。

旺财也站起来，很乖地站在旁边，甩着尾巴不叫不动。是两匹马，马蹄声急促而有规律，这不是野马在奔跑。云烨只觉得血往头上涌，拿起工兵铲风一样地冲向树林，砍开杂草，劈断灌木，惊飞无数鸟雀，旺财离得远远的，不理解自己的主人兼大哥发什么疯。待到云烨气喘吁吁地砍倒最后一片灌木，马蹄声已渐渐远去。

看着黄土大道逐渐平息的尘埃，云烨放声大笑起来。眼泪和着鼻涕糊得满脸，他却不管不顾，扑倒在黄土地上，又放声大哭。

这是人类文明的痕迹，它蜿蜒地伸向远方，与黄河并行，云烨断定这是连接兰州的大道，现在，也许叫驰道。刚刚骑马过去了两位古人，云烨觉得怪怪的，虽然见过很多古人，但那是木乃伊和干尸，马王堆美女辛追也不过如此吗？

午后的阳光照在无人的古道上，显得静谧而苍凉，它对云烨来说，是一条通往未知的路，一步天堂一步地狱。

云烨找到了人烟，在这即将回到人群的时刻，他却显得犹豫，天堂还是地狱？踏不踏这一步呢？

在这个世界他是一个不存在的人，就像一汪潭水，投下一颗石子，泛起的涟漪能否把他淹没？未知是恐怖的，对这个世界一无所知的他，竟生出极大的恐惧来。满头的汗水顺着下巴颏儿往下淌。旺财把头伸过来，用舌头舔他的汗水，似乎在安慰他。

站在河边，仔细地用河水洗去身上的污浊，衣服已破烂不堪，近一个月的摸爬滚打，现在只堪堪遮体而已。还是清洗干净，绑在身上，幸好背包是软牛皮的，没有任何破损。见旺财满身泥，顺便给它也洗一洗，冰凉的河水浇在身上，旺财喜欢得咴儿咴儿直叫。

迈开大步走在黄土路上，已无所谓到哪儿，顺着这条大路总能见到人烟。路上的脚印、蹄印、车辙越来越密，相信离村庄、城市，越来越近。心中早没了恐慌，事到临头须放胆。转过一片草甸，人的嘈杂声传来。

循声望去，只见十几辆牛车围成圈停在路边，车上插一面旗子，斗大的一个"唐"字迎风招展。云烨的心抽了一下。

果然，回到唐朝且不知皇帝是谁。云烨饶有趣味地看着这群古人，蓝色袍服直达膝盖，麻布做的裤裆，脚下牛耳麻鞋，头上高高地绾了发髻，用木棍簪定。这就是平民的装束吗？

还有几人身穿皮甲，腰挎横刀，显得威风凛凛。为首是一满脸胡须的壮汉，云烨在旁边窥视，遂手握横刀大踏步向他走来。

"羌人小子，敢来劫粮车，真真好大的胆子！"说完，雪亮的横刀一出鞘，就要往下劈。

太好了，熟悉的关中腔。云烨赶紧退后，双手乱扬，陕西话随口而出："这位壮士，谁是羌人，你认错人了吧。"

大汉手中刀不撒手，停在半空，眼中全是狐疑："咦，关中娃子，咋跑到陇右来了，你家大人呢？"

"没有大人，师父过世了，我一个人从山中出来，就我一个。"

大汉把刀插回刀鞘，上上下下地盯着云烨看，还走到跟前闻闻。

"没有羊臊味，是关中人，不大的娃子乱跑个啥嘛！"

"喂狼咋办？"

旺财见壮汉揪着云烨不放，不干了，张嘴就咬。那壮汉一松手，左手一抬闪过，右手闪电般地抓住旺财下巴，旺财疼得直叫唤，壮汉哈哈大笑松手，在旺财背上按一下，叫了声："好马。"

而另外几个大汉，见云烨和旺财如此狼狈也哈哈大笑起来。旺财怕见生人，躲在云烨背后偷偷看这些人。

为首的壮汉也在看云烨，见云烨身上的衣服被树枝荆棘划得如布条一般，虽破，却做工精良，式样古怪，料子似麻非麻，绝不普通，再见云烨眉目清秀皮肤细嫩，双手纤细，明显不是普通人家的子弟。脚下穿一双皮靴，看着古怪，却又合脚。不禁为自己刚才的无礼有些后悔，遂放缓语气：

"少郎君欲往何处？"

"在下自幼随恩师居于深山，不久前，家师亡故，云烨为亡师守灵三月后，所居之地被山洪冲垮，无奈只有下山，想不到山下遇到狼群，幸而逃脱，便成了目前这样子，在下欲往长安，还望军爷告知兰州还有多远。"

"兰州距此只有不到六十里，就你这身板，带着一匹伤马，得两天。"

"诸位大哥这是运粮到何地？现在是何年？山中不知岁月，还请告知。"

"糊涂师父带糊涂徒弟连陛下去年登基都不知道，记住了，现在是贞观二年，至于运粮往何处，此为军机。"壮汉对云烨的问题充满了不屑，仿佛全天下谁都应该知道他伟大的皇帝陛下李二去年登基了。

云烨只觉头仿佛被巨锤重重砸了一下，贞观二年，李世民，秦王。到底没逃过虫洞的暗算，到底被扔到一千三百年前。想想彻底远离的妻儿，这叫他情何以堪啊。嘴里喃喃自语："我如何才能活这么久？"

"你不喜欢吗？陛下登基难道不是大好事吗？"云烨脸色苍白，摇摇欲坠，那壮汉用看甫志高的眼神恶狠狠地盯着他，只要云烨口里迸出半个不字，那把横刀一定会砍在他脖子上。

"喜欢，怎么会不喜欢，陛下登基应该普天同庆。"

"那你哭什么？"

"喜极而泣。"

"那你多泣会儿，顺便帮你师父也泣会儿。"

第四章

盐比命贵

篝火点起来了，映红了围坐诸人的脸颊，云烨身边的这些汉子是大唐府兵，他们隶属于左武卫，却不是战兵，是辅兵，负责运送粮草、军械各种补给。

为首的汉子名叫张诚，是一位队率，下辖五十名军人，和民夫若干。张诚本是一名地地道道的农夫，忙时耕作，闲时练武，关中子弟好武成风，故而在剿灭长乐王幼良一役中，斩首两级，积功升为队率。由于幼良谋反，陇右治安一下子糟糕起来，羌人失去管束，会不时攻击运粮队，这就是张诚对云烨充满警惕的原因。

这群人都是好人，这一点云烨很清楚，见到云烨有些冷，张诚拿出自己的衣服给他换上。十四岁的云烨穿张诚的衣服显得滑稽无比，随队的两位妇人，把衣服拿去，取下针线替云烨改小。

她们是去黑风口看丈夫的，张诚悄悄告诉云烨，并挤眉弄眼地说，肚子大了才回来。说完还抽了云烨一巴掌，说小屁孩不要问大人的事。

云烨满脸委屈，这是我问的吗，是你硬告诉我的好不好。俩妇人咪咪偷笑，递给云烨一条白麻布，云烨左看右看弄不明白这是干什么的。

"兜裆布，乱瞅啥？"张诚说着，就扯下云烨的破衣服，在云烨的惨嚎声、别人的哈哈大笑中，三两下就把白布缠在云烨腰间。云烨这才弄明白，两条精光的胖子就是缠着这玩意儿在台子上玩摔跤，搞了半天，就这点玩意儿，还是跟咱祖宗学的。

旺财也在咴儿咴儿叫，明显在笑。云烨气得抽它一巴掌。从背包里拿出舍不得吃的熏羊肉，用树枝穿了放火上烤，一会儿油脂便渗出来，滋滋作响。

周围一片吸口水声。满足感大增，让张诚找块木板，用小刀削成薄片，拿过他们手中的面饼，一剖两半，肉片往饼里一夹，一份美美的肉夹馍就做好了。双手递给张诚，张诚双手捧着饼，深深地闻一下，满脸陶醉之色。而后脸色一凛：

"分两拨吃，一拨吃完，另一拨再吃。"然后把肉饼递给两个妇人。俩妇人心安理得接过肉饼，低头大嚼起来。

云烨暗暗一笑，明白张诚是怕肉中有毒所以在夹好第二块肉饼后，没递给张诚："张叔，我饿坏了，先吃了。"说着大大地咬了一口，这羊本就肥硕，咬一口，油脂就从嘴角淌了下来，好享受啊。

张诚脸红没红不知道，反正天色暗也看不清楚。却伸手在云烨脑袋上拍了一巴掌："人小鬼心思倒不少。"说完自己拿刀切羊肉，不愧是靠刀把子吃饭的。

顷刻间，一条羊后腿在他的刀下就变成一堆肉片。张诚大大地咬一口肉饼，云烨甚至听到他舒服地呻吟出来。云烨不禁摇头苦笑，这才是肉夹馍，要是弄几个硬菜，他还不得飘飘欲仙。

"咦？"他在吞下第一口后却奇怪地叫起来。从饼里抽出一片肉，伸舌头舔一下，看得云烨有些恶心："盐，臭小子，有这么过日子的吗，放这么多盐。"说着就要抽云烨，云烨抱头就跑，他那大手抽在身上跟挨板子似的，能少挨一下就少挨一下。

"不就是盐吗，多的是。"说完云烨从背包里拿出一个小布袋，袋子里装着云烨一路下来在几个岩壁上采下来的四五斤盐，张诚眼睛都直了，劈手就夺了过去，在火堆旁小心地打开盐袋看里面的灰白色的粉末发呆。

云烨走了过去，推推他："盐有什么好看的？""臭小子这么好的精盐，也敢这么浪费糟蹋。"张诚彻底发飙了，看云烨躲在俩妇人背后不好擒拿，缓缓口气："臭小子，你从哪儿弄这么多盐？"云烨有些摸不着头脑，俩妇人也拉着云烨的手紧张地看着他。

"这河边有盐矿，挖就是了。"

"屁话，老子知道河边有盐矿，那是毒盐，不能吃，吃了那盐，拉肚子都拉死了，更别说吃了那玩意儿全身会发紫。我说的是你袋子里的盐，比官盐都好，哪儿来的？"张诚双眼已经泛红，对云烨大声质问。

云烨对古人的尝试精神佩服万分，吃盐没错，但你连盐矿中的硝、磷、钾杂质一起吃就纯属找死了。吃了硝，或许还能挺一阵，吃多了磷、钾全身不发紫才是怪事。在后世，云烨见过补钙的，见过补铁的，没见过补硝、磷、钾的。

"张叔，那盐矿怎能就这样吃，要粉碎，溶解，要过滤，要解析，最后结晶出来的才是人吃的盐，就像有些草药明明有毒，但经过某些特殊的加工，就变得没毒，还能治病。这盐也是如此，这世上万物都是为人准备的，只要找到正确、合适的方法，这天地万物都可为人所用，区区制盐法小道而已。"看着张诚满眼的圈圈，云烨就知道刚才的话白说了。

"这么说你知道怎么把能吃的盐从毒盐中取出来？"不傻嘛，会总结，能问重点还没被忽悠晕。

"不是告诉你，小道而已嘛。"没必要折腾老实人，云烨直接给了确切答案。努力装出一副高人的形态。

不论前世今生，对他人有益的人，或者说能给别人带来好处的人，最容易融入人群，并被他们接纳。云烨当务之急是加入唐王朝这个大家庭，取得户籍，成为伟大的封建主义王朝的一块砖石，反正千年后的自己也是一块砖，在哪儿当砖还不是一样。

张诚满脸喜色，想张口，却又住嘴，脸憋得通红，急得直搓手。在云烨面前来回踱步，像拉磨的老驴。低微的身份制约了想知道秘方的激情。他给不了云烨任何承诺，化废为宝的点金手段这里面有太多的利益，绝不是自己小小队率能参与的。云烨是隐士高徒，只显露一角，已让人惊为天人，要是全露出来，得多大学问。

"在下只是一介武夫，不配知晓秘方，求公子可怜我等困苦，容在下向校尉大人禀报此事，公子必得朝廷表彰，公子善行也将传扬天下。"

"张叔，你们吃的盐是什么样子的？"

张诚小心地从怀里掏出一个布包，一层层打开，一枚核桃大小的黄褐色晶体出现在面前，云烨拿起来尝一下，除了咸以外，还有各种怪味简直让他欲仙欲死，拿起水葫芦，狠狠地漱口数遍，怪味才淡下来。

"这是盐吗，这是毒药。"说完，随手就扔了出去。刚出手，眼巴巴看着云烨手中盐块的张诚就闪电般地又捞回来。用布包好，塞回怀里。眼神有些伤感，惨笑着指一指周围听他们谈话的众人：

"大少爷，你以为谁都和你一样，从小锦衣玉食，两手不沾阳春水，除了做学问，其他不顾不问，哪怕现在落了难，也有祖宗留下的法子活命，照样活得滋润。看公子一表人才，人聪敏，又懂人情世故，过两年长大了，锦衣玉食对你来说就跟长在身上一样，拿都拿不走，这就是命啊！我们不一样，爷娘只教会我们从土里刨食，就没教会别的，你随手扔掉的盐块是我砍了两个叛匪，校尉大人特地赏赐的。你问问他们，见过大块盐的有几个。"周边的几个汉子齐齐摇头，俩妇人也窘迫地低下头。

"不是已贞观年间了吗，日子怎么还过得这么苦？"

"公子有所不知，这天下刚太平而已，没了兵灾，平日里野菜加粮食也能混个半饱罢了，前些年，盐虽然贵，偶尔也能称上个几两，但这几年突厥人年年犯境，烧杀抢掠无恶不作，商道断了，山东的盐运不进来，草原上的盐池又没办法采盐。我左武卫驻防陇右已经三年了，年年作战，军中缺盐，以醋布佐料，军士身体一年亏似一年，大将军明知突厥人从延川回草原，士卒身乏体弱只堪守城无力追击，听说大将军气得折断宝刀发誓，一定要将突厥人斩尽杀绝。公子身藏绝技，一旦施展，军中不再缺盐，待我等养精蓄锐后，斩尽突厥狗不在话下。"

先不理会张诚的蛊惑性语言，粗人用计用得直爽可爱，方法是一定要交代的，可交给谁怎么交这可是大学问。张诚上司的上司叫程处默，是大名鼎鼎的混世魔王程咬金的大儿子，现任兰州折冲校尉，标准的官二代，为人豪爽讲义气，年方十八岁便随父亲征战沙场多年，是纨绔中的极品。通过他，献制盐之法，也算是一条终南捷径，更重要的是传说老程活过了百岁，大唐的常青树啊，不管了，先抱一粗腿再说。

遂站起来，端端正正地向张诚和大伙行礼："听君一席话，胜读十年书，云烨今日听张叔教诲，必将铭记在心不敢稍忘。"不是他要掉书袋，而是真的尊敬，抛掉程大将军发誓那段，其他的话的确让他震惊，天哪，贞观盛世原来是这个样子，兵灾，饥饿，无处不在，张诚他们的要求如此之低，只要不打仗，能喂饱肚子，就值得拿命来填。像我这种端起碗吃肉、放下碗骂娘的低素质群众有什么资格在他们面前充大头？大少爷？笑话！

轰的一声，那些汉子齐齐闪到一边，张诚手摇得风车一样："我们这些下苦人能有什么教导公子的，只是随口瞎咧咧罢了。公子是有大本事的人，将来定能出将入相的，能和公子相处已是大福分啦。"

看来读书人对他们有着太大压力，据史料记载，唐初，天下士子只占人口比例千分之一二。学问从来就不是平民小户所能奢望的，豪门大族把持着知识的大门。在这普遍未开化的年代，学问的拥有者就有了高人一等的社会地位，而且就是这些渴望得到知识的普通人自发地抬高他们的地位，从张诚对云烨的称呼就可见一斑，小子，臭小子，云郎君，公子，一步步随着他对云烨的了解而一次次地拔高称呼。出将入相？他们还真敢想，云烨暗自发笑，有连字都认不全的将相吗？贞观年间是牛人满世界的时代，就自己这官场小白，遇到李二、房玄龄、杜如晦、长孙无忌那纯属找死，被人卖了还帮人数钱这是必然。商人？连绸缎都不能穿的下等人士，在封建王朝，钱多了不是福，是一头待宰的肥猪而已。

第五章
拔一毛利天下

云烨在低头沉思,四周的汉子都眼巴巴地等他的决定,毕竟这是一个重大的事。想想就明白,能凭空弄出盐的秘方,谁不看得跟命似的,岂能轻轻松松就告诉他人?

等了很久云烨仍旧未能做出决断,张诚脸上流露出失望之色,便知道自己的要求强人所难了,一咬牙,就要说此事作罢,不能让云公子对不起祖宗云云。

还未等张口,就见云烨抬起头,看看四周那些迫切的眼神淡然一笑:"云烨从未想过区区食盐对你们、对大唐是如此重要,以前总觉得不过一种作料而已,有它无它对天下损害不大,只影响口腹之欲罢了,现在惊觉盐的损益竟关乎生死。大唐盛衰,拔一毛而利天下在下何乐而不为?"

"公子,您答应了?"张诚满脸惊喜,扑身就拜,一时间,满场只云烨站立,其余诸人尽皆下拜。

"张叔,这是做什么,你们想学,我教会大家就是,又不是有多难。张叔,我还是喜欢你们叫我臭小子、云哥儿,什么公子、少爷的别弄得恶心到大伙,我也不自在。能在最倒霉的时候遇到各位叔伯兄弟,是我的造化,要不然早被狼吃了,还什么公子、少爷的。"

话说开了,气氛也就活跃,一个个稀罕地摸摸云烨的头,揪揪他的脸,一张张笑意盈盈的脸上全是敬意。云烨的心情也刹那间开朗起来。

张诚在得到确切的允诺后,急不可耐地催云烨写制盐所需的各种工具材料。没纸笔，他急得团团转，俩妇人也满脸急惶之色，众兵役个个捶胸顿足，一个劲埋怨出来怎么不带笔墨。赶紧拉住要在身上放血的张诚，取过他的匕首，吩咐辅兵找两块木板，用匕首在两条木板上刻下字，尽管七扭八歪，张诚却跟宝贝一样抱在怀里，拿兜裆布，不，是麻布仔细包好。两个全副武装的辅兵背着木板骑着马，蹿向兰州城。当然，也带走了一半盐当证据。

"张叔，晚上骑马太危险，这事不急，反正我答应了，明日再送也不迟。"云烨对张诚的急迫很不理解。

"你知道啥，早一天制出盐，大军便多一分战力。突厥人又进关了，不能眼看着这些杂碎张狂。总有一天，我们要把这些突厥人杀个干净。靠醋布做吃食，这日子是一天都过不下去了。"

"醋布，这是什么东西？能吃？"

旁边辅兵赶紧抽出一条醋布递给云烨，四指宽的布条，硬邦邦的，就像晒干的海带，黑乎乎的散发着发馊的酸味。天哪，云烨发出一声惨号，这人得口粗到什么地步才能吃下这东西煮的饭菜？难怪张诚见自己往厚里用盐，会气成那样，听自己答应教他们制盐会高兴得哭。一条硬汉哭得像月子里的娃娃，还不能劝，谁劝揍谁。也罢，制盐就制盐，能帮到他们总是好事。云烨长长打了一个哈欠，这一月来的疲惫仿佛一下子从骨头缝里钻出来，身下铺着厚厚的毯子，靠着火堆，听俩妇人叽叽喳喳地笑着给自己改衣服，一种久违的安全感涌满全身，靠着旺财沉沉睡去。

在太阳即将露头的时候，习惯性地醒来，昨夜的一场酣睡彻底赶走了疲倦。长长地伸个懒腰，听到骨节在嘎巴嘎巴作响，看来还能长个。否则，一米六的身高会让云烨郁闷到死。张诚似乎一夜没睡，站在路旁像望夫石一样盯着兰州方向。两妇人正在熬粥，见云烨醒了，围着兜裆布在那儿伸懒腰，捂着嘴偷笑，云烨这才发现自己似乎跑光了，连忙捂着下体，尴尬地嘿嘿笑。年纪稍大的妇人拿着几件衣服笑着走来："还害羞呢，奴家第一个孩儿如果长成，比公子还大些，小郎君，试试衣服，如果不合身，奴家再改改。"

"多谢两位姐姐，辛苦了。"

"谢什么，女人没用，只能缝缝补补，这是奴家本分。"

云烨在和一堆衣服较劲，裤子认识，这一整块的是什么？怎么还有裙子？扣子在哪儿？到处是布带子，怎么，要先穿袜？这一堆衣服就是大名鼎鼎的唐装，衣服从左向右系，这是汉文明的特征，像云烨刚才从右向左系，这纯粹是野蛮人的标志，披发左衽。看到这些，云烨不觉笑出声来，后世整个共和国十三亿人全是未开化的野人。如果，在大唐初年，你抓到一个无主野人，也就是外族人，恭喜你，他就是你的私人财产，和抓到一头野猪没有任何区别。

"一看就是享福的，衣服都不会穿，享福享得都成了罪过。"张诚这混蛋可能有仇富心理，见俩妇人给云烨穿衣，对他这种四肢不勤、五谷不分的蠹虫十分不满。

俩妇人推开张诚，上上下下打量几眼，拍手叫好："呀，好一个英俊的少年郎，也不知大户人家怎么生的孩子，个个都这么俊吗？"云烨心想，问我呢，我哪知道，在大唐总共见的三十几个人全在这儿了。

这时，一声呼哨声响起，哨兵嘶声喊道："有骑兵过来，大约二十骑！"刚喊罢，如雷的马蹄声轰然响起。

张诚从路旁的枯木上一跃而下，抓住云烨扔给俩妇人，大喊一声："结阵！"只见三十几条汉子迅速以粮车为障，枪手在前，刀手在后，张诚站在队中，还有两条汉子站在圈外，面前地上已经插了十几支箭，做好了攻击准备。俩妇人拖着云烨往树林里跑，张诚还回头喊："藏好，不准出来，死光了也不许出来。"

"弟兄们，废话不说了，如果来的是羌人，哥几个能拖多久，就拖多久，保住云哥儿是正理，弟兄们还等着他造盐呢，粮车不要了，拖到校尉大人来，俺们就赢了。"

听了这话，血一阵阵往头上涌，云烨拿着铲子就往外冲，俩妇人死死地把他按在树后，不让出去，官道上尘土飞扬，只能影影绰绰地见到一些黑影，如狂风般卷来。这就是骑兵的威力吗？云烨的心跳得厉害，耳中什么也听不见，全是马蹄的轰响，握着铲子的手湿汗淋淋。

路弯处一匹栗色的骏马闪电般地蹿出，马上一位顶盔掼甲的壮汉手持长矛，直冲阵前，挽手中缰绳，骏马长嘶一声，前蹄扬起临空虚蹬几下，骤然停住。只听一声大喊："张诚何在？"

"是校尉。"妇人松开双手。云烨甩甩胳膊，估计都青了，疼得厉害。胸中气泄，顿时瘫坐地上，见俩妇人手忙脚乱地给自己穿鞋，云烨顿时面红耳赤，太丢人了，鞋子居然跑丢了。云烨心中顿时充满了对校尉大人的愤怒，不搞这么大动静你会死啊。

从树林出来，张诚非常狗腿地向校尉嘀嘀咕咕地解说着什么还向自己一指，非常猥琐。

正一正衣，云烨自觉非常文雅地向校尉双手抱拳："小民云烨见过校尉。"

那校尉眼睛直勾勾地看着他，看得云烨满身不自在，以为是衣服穿得不对，正犹豫要不要让人重新检查，刚才难免忙中出错。却见那校尉很无理地指着自己问张诚："你说的高人就是此人？"张诚忙不迭地点头。却见校尉勃然大怒，抬脚将张诚踹倒在地，拳下如下山猛虎，脚出如闹海蛟龙。在张诚哀哀求饶声中边打边骂："狗材，多少人没法子的事，你拿一个娃娃来哄骗老子，让老子揍死你，也好过治你谎报军情之罪。"

第六章
程处默

靠！被人小看了，云烨心中冰凉一片，千百年来，无论怎么变，哪怕扔到火星，官老爷的脾性依然如故，自以为是，自作聪明，这些东西难道也遗传？校尉大人的做法，让云烨顿时失去做任何事的兴趣。也罢，我本是苍穹下的一介蜉蝣，管那么多闲事作甚。想到这里，取下旺财背上的背包，拿出盐袋，给自己分出一些，剩下的放在瑟瑟发抖的妇人手中。背上背包，领着旺财向外走。张诚满身泥土地犹在拳脚中翻滚，却瞅见云烨要走，连滚带爬地过来，紧紧抱住云烨双腿："公子，你不能走，你就可怜可怜我们这些厮杀汉吧！"涕泪横流，"校尉，小的用脑袋担保，云公子一定能从卤盐中取出可食之盐！"嘶声向校尉吼叫。看着脚下的张诚，云烨胸中怒火再也控制不住，踢开张诚，大步走到校尉面前："给张叔道歉赔礼，否则你砍我脑袋也休想知道如何取盐！"说完，冷冷地看着他。

校尉却平静下来，缓缓地说："昨夜三更时分，二军士快马回城，夜半叩关，这在我陇右尚是首次，将二人用吊篮绳上城关才知，有人能自卤盐中取食盐，本校尉连夜禀报左武卫大将军，大将军得知此事后欣喜若狂。如此法能成，不仅军中不再缺盐，羌人叛乱举手可平，甚至可把盐卖给吐谷浑，他们与吐蕃相争无非为盐而已。这样可让他们成为我大唐屏藩。于是我星夜出城，带齐你所需器械，快马至此，却见一孩童大言炎炎。本校尉怎能不怒？张诚谎报军情罪在不赦，我现在殴打他，只希望让大将军看到我已处罚过，能免他一死，你还在嘴硬。"

云烨眼中的冷意稍减，这家伙虽然可恶，心地不坏，知道保护属下。出自将门倒也不缺手段。可他目无余子的贵族脸孔，让云烨极度不爽。要得到好处不付出代价可不行。

"张诚于我有恩，你羞辱殴打他，不管什么原因，都无法平息我心中怒火，与你打一赌，若取不出盐，云烨将首级奉上，如果取出，你得让张诚揍你一顿，且不得还手，如何？"

校尉愣了一下，马上斩钉截铁地说："如你所愿，若取不出盐，本校尉会亲手砍下你的头颅以全你之誓。"

云烨呵呵一笑，并不理会校尉的臭脸，转身走到张诚身边，检查过见他无大碍，也就放下心来。熊猫一样的张诚还咧着嘴冲着自己笑，这张脸已经看不成了。

"我要的东西呢？"

"半个时辰准到。"

"为什么，陇右不缺盐，盐矿并不难找，你们就从未试着从中找出制食盐的办法？"

"卤盐有毒。"

"蛇毒都有解毒的方法，难道就没法子解卤盐的毒？"

"总不能让士兵吃一回盐，就解一回毒吧？"

云烨听到这么雷人的答案差点摔倒，用看白痴的眼神看了看面前威风凛凛的校尉。决定不和他探讨和科学沾一点边的问题，因为，这是对自己最大的伤害。

马车来了，物资很丰富，除了制盐的筛子、铁锤、铁钎、麻布、木炭、木桶、铁锅，甚至还有五部手摇石磨。仔细检查过，所需一样不少。转头向校尉看去，笑眯眯地说："盐，举手之劳而已，见识过你的智商，相信你以后还有很多事要求我，我这人一向小气，如果你以后有事相求，就需让张诚揍你一顿，一件事一顿揍，童叟无欺。"

校尉制止了怒火横生的属下，双手抱拳："我现在有些相信你能制出食盐了，只要兄弟们不再缺盐，程某挨一顿揍算得什么，本官希望你赢。"

沿河往下不到五里路，就有一处盐矿，程校尉带来了三百人，个顶个的彪形大汉，路难走，大车无法通行，几大车物资每人一分扛了就走。云烨和俩妇人带着旺财走在中间，不到一个时辰，便到了采盐地。程校尉一声令下，顿时，两亩地大的一块场地就被平整出来，安顿好营地，放置好器械，程校尉便眼睛看向云烨。

"校尉大人神力惊人，不如敲下些盐矿来如何？"这样的壮劳力不用可惜。

程校尉强忍怒火，拎起铁锤咣咣两锤，一大块盐矿就滚落下来。

"看好过程，我只做一遍。"云烨不理那群壮汉杀人的眼光，拿把小锤子把大块的盐矿小心地砸成小粒，大约十斤的样子，喊过张诚，把盐矿倒进石磨眼，张诚就手摇着石磨转起来，褐色的矿粉从石磨边缘缓缓溢出，云烨把矿粉收进木桶，加水，用木棍搅拌，让盐分充分溶进水里，待溶液饱和，就倒进另一个蒙了双层麻布的木桶，不一会儿，麻布上全是灰黑色的矿渣。去掉麻布，桶里的溶液便成了褐色，颜色变浅了，但杂质依然很多，又在一个木桶上蒙上四层麻布，再次过滤，留下了浅红色的溶液。杂质已过滤干净，该脱毒了，取过一个硕大的漏斗，吩咐张诚砸碎木炭，张诚还未动手，程校尉已抢先把木炭砸得粉碎，估计是溶液的变化给了他成功的信心，云烨把木炭粒用四层麻布包好塞进漏斗，挤得严严实实，找了个架子，把漏斗固定在架子上，将溶液倒进漏斗，不一会儿，淡青色的溶液缓缓流出，捞一把尝一尝，不错，只有咸味，没有苦涩，过程中虽然损失了一些盐，但可保证煮出来的盐绝对可食用。架起柴锅，把溶液倒进锅里熬。这才站起，腰都酸了，弄点盐容易吗？

"能成吗？"程校尉看着溶液在锅里翻腾冒泡颤声问道。云烨很清楚在大唐盐的利润有多么可怕，古人云，怀璧其罪，如不外传，恐怕是取祸之道，人不能太贪，现在不用担心了，弄不好，还有赏赐拿。程校尉这会儿恐怕已忘记要挨揍的事。

"'能成吗'，把'吗'字去掉好吗？熬出来的盐，比我原来吃的都好，和青盐不差分毫。"程校尉哆嗦一下，青盐，那就不是吃的，是每天用柳枝蘸一点净口的，至少要五百文一斤，自家也算豪富之家，这青盐也只有几个主人在用。锅里的水分逐渐蒸发干净，锅底留下了厚厚一层泛着青色的硬壳，撤去柴，从锅里掰下一块扔嘴里："唔，还不错，这才是盐，张叔，把你那玩意儿扔河里。"

没等张诚品尝，程校尉已掰下指甲大一块填嘴里，尽管咸得脸都抽搐了，还不舍得吐，也不怕变蝙蝠。其余军士见方法有效，一窝蜂地冲向盐壁，没铁锤的就用刀乱砍，尤其以张诚最为疯狂。

校尉想和云烨说话，却见云烨斜着眼睛瞅自己，暗道：这小子果然小气。不过，有本事的都这样。先前倒是我鲁莽了，想到这，双手抱拳："公子大才，程处默敬服，先前是本官有眼无珠，无理之处，还望海涵，至于赌注，我老程这就偿付，张诚，滚过来！"说着卸下甲胄、头盔。云烨这才发现这混蛋也就十六七岁，作为武将，日日打磨筋骨，身子雄壮，脸上青涩之气却显露无遗。张诚磨磨蹭蹭地往这边挪，看得云烨心头火起，把他推到程处默旁边："揍他！"程处默长身玉立，脚下不丁不八，一派高手风范。张诚畏畏缩缩地围着程处默打转，一会儿拳，一会儿掌，一会儿大力鹰爪，可你倒是往他身上招呼啊。程处默估计也等烦了："你他娘的动不动手，再不动手，老子还揍你。"张诚腿一软又跪下了，一把鼻涕一把眼泪地说："您还是再揍俺一顿得了，小的实在没胆子揍您。"这话听得云烨血往上直涌，恨不得拿铲子把这家伙直接埋了，算了，几千年渗入血脉的地位等级差距不是他能克服的。程处默一边往云烨身边走，一边对张诚说："是你不动手，可不是俺赖账，说清楚免得坏俺名头。"

"兄弟，你咋知道这法子的？"

"恩师教导的。"

"前辈高人啊，请兄弟代为引见，为兄这就派人回兰州备厚礼，请家父亲往拜见。"

"你确定要见家师？"

"如此高人若不拜见，岂不让人痛悔三生？"

"你只要拿刀抹脖子，估计很快就会见到家师。"

"兄弟这是何意？"

"意思是家师已然作古，你一意要见，只有抹脖子这一条路了。"

"哎呀，苍天不佑啊，如此贤才早殇，诚是人间一大憾事。"

这混蛋，满嘴可惜，脸也抽成包子，可眼中的兴奋之色彻底出卖了他。云烨决定看盐，不理这心口不一的混蛋。

　　盐被从锅里铲出，两三斤的样子，这可比海水煮盐效率高得多，十六斤矿出三斤盐，已经不错啦。程处默拿过去掂一掂："三斤，好，这一片盐矿，岂不是能出几百万斤盐，哈哈，我大军再也无缺盐之苦，云兄，请受程处默一拜。"

　　"大军为国征战，我大唐男儿连生死尚且抛之脑后，区区制盐之法何足道哉。"

　　"好汉子，"程处默重重拍了云烨肩膀一下，"你这个兄弟我老程认了，待回长安，带你认识其他几个兄弟，都是一等一的好男儿。"挨程处默的一巴掌云烨觉得跟挨一锤子没区别，龇牙咧嘴之下还要接受他的好意，这真是太难了。

第七章
出 仕

　　一个纯银的扁壶塞手里，在程处默挤眉弄眼之下拔出塞子闻闻，原来是酒，不是很烈，小小抿一口，酒很燥，也就三十来度，没经过勾兑和提香，唐时最烈的酒也不过是三勒浆罢了，三次发酵，酒精度能达三十几度不错啦，酒也有些浑浊，不管了，今朝有酒今朝醉，提起壶，咕咚咕咚两口下肚，这对喝惯了烈性青稞酒的云烨来说，不叫事。程处默脸都抽了。

　　"三勒浆？"

　　"为何？"

　　"什么为何？"

　　"云兄弟只有十四五岁吧。"

　　"十五岁了。"

　　"为何饮烈酒如饮清水，且一口道出酒名，一看就是酒国知己，显见平时定是常饮此酒，三勒浆产自西域，盛誉长安，其身价不菲。常人求一口而不可得，兄弟这是偷拿家父珍藏原本想在云兄弟面前显摆一下，却不想云兄弟喝下却面不改色，且一口道出酒名，实在让兄弟惊讶。兄弟您恐怕也出自名门望族吧，为何落魄在这荒僻之地？"

　　"程兄抬爱了，小弟之事一言难尽啊，自幼被恩师收养，听恩师言，小弟应该是长安人氏，拾到在下时，尚在襁褓之中，襁褓上写着'云'字，恩师便给小弟取名'云烨'，时值乱世，无法寻找小弟父母，便携小弟漫游大江南北、长河两岸，小弟十岁时，恩师身体不适，便与小弟结庐河边，远离人境，今年初春，家师故去，小弟遵家师遗愿，将遗体火化，撒于大河之中，小弟在河边结庐为恩师守孝，不想春日的一场洪水，竟在夜间把小弟所居草庐冲毁，拼死爬上岸，在荒原上流浪整月，这才遇到张大叔一行，才有了这取盐一事。"没办法，必须编造一个完整的身世，反正我云氏一脉自隋朝就居于蓝关，日后说不定得去拜谒祖宗，这么说，也不算骗他，我来历匪夷所思，真说了，他反而以为在骗他，还是那种没有技术含量的骗法。

"小弟之事不说也罢，往事如烟，终不可究，能在这人世间活下来，已是苍天庇佑，今日与程兄相聚投缘，正好痛饮之。"说着云烨又灌一大口。

"这么说，云兄弟如今孤身一人，了无牵挂吗？"

"正是，大丈夫了无牵挂，自当横行于世。"假装看不见程处默殷切的眼神。

"兄弟观我营中众兄弟如何？"

"皆是古道热肠、英勇善战之辈。"

"与我等为伍，不会辱没云兄弟吧？"

"在下初至人间，能与诸兄为伍，小弟求之不得，只恐在下孑身一个，又来历不明会给程兄带来麻烦。"

"麻烦？云兄弟不知，我老程家从不怕麻烦。"想想也是，混世魔王会怕麻烦？

自从云烨昨晚答应跟老程家混，心里就没踏实过，实在是担心程处默的人品，感觉上了贼船。历史是人书写的，万一写历史的家伙笔锋一偏，来个春秋笔法，云烨就觉得自己冤死了。都说儿子像父亲，老程如果也这德行，自己上哪儿说理去。这就是自从云烨答应出任程处默的行军书记后，酒壶就被程处默夺走留下的后遗症。云烨觉得自己仿佛天生就适合做一个唐朝人，融入人群仅一天，就有了老大和小弟，还有一群人跟自己混饭吃。活得风生水起啊。往事真的如云烟在变淡。只是隐约有些心痛。生活得继续，开了头，就得有结尾。这是最坏的时候，也是最好的时候。

贞观初年，年轻的唐帝国迎来了最险峻的时刻，突厥两寇中原，泾州、武功告急，颉利直趋渭水河畔。李二陛下挟尉迟恭泾州阵斩两千突厥铁骑之威，轻车简从，六骑出长安，与颉利会于渭水。次日在渭水便桥上与突厥会盟，杀白马为誓，突厥退兵。云烨知道这是李二陛下的缓兵之计。现在大唐内有藩王未平，民生维艰，隋朝留下的粮食也快消耗殆尽。十八路反王，七十二股烟尘，相互厮杀，男丁十不余一，人口自一千七百余万户锐减至六百四十万户。汉民族犹存，却无往日之威。周边异族蠢蠢欲动，突厥劫掠边关不休，吐谷浑也想浑水摸鱼，吐蕃的松赞干布也已长大成人，开始自己的征途。新罗、高句丽更是对东北平原垂涎不已。纵观历史长河，照耀千古的伟大君王无不是从荆棘路上杀出一条血路来的。现在，李二陛下收起自己的爪牙，蜷缩自己的身躯，舔干伤口上的鲜血，等待腾跃九天的时刻。云烨知道，唐王朝的光辉必将照耀千古。一想到这些，他就激动得瑟瑟发抖。且冷眼旁观这些小丑的最后表演。程处默的眼中，大唐陛下是一位睿智、豁达、勇武、开明的最佳老大，云烨眼中的李二陛下，是一位笼罩在无数光环下的腹黑男。程处默是幸福的骄傲的，云烨是痛苦的，领导智商越高，越难以糊弄。想想自己与这么多的牛人相处，云烨就觉得前途无亮伸手不见五指。

整个营地现在都在云烨的掌控之下，他是行军书记，后勤营他最大。努力地推开压在脖子上的粗腿，怪不得昨夜做了一夜噩梦，程处默依旧睡得鼾声如雷。

中华民族是勤劳善良的，这一点云烨从来深信不疑。你看这些家伙，从天一亮就干活到现在，两膀子瓷实的肌肉被阳光晒成古铜色，就像一个个铜像，比后世特意晒出的好看一百倍。弄得云烨都不敢脱衣服，和他们一比，自己只有四肢被阳光晒出效果，其他地方依然白皙，跟熊猫一样。上去帮着干活，被一群人劝了回来，一连声地："书记大人且请安坐，这些粗活何劳大人出手，我等一定安排得妥妥帖帖。"被劝回来也罢，书记嘛，他就不是干活的，不管大小。反正后世的书记也没几个干活的。更何况，他们干得生猛至极，昨天交代的流水线干法也十分顺畅。没什么可挑剔的。

程处默醒了，揉着腰走出帐篷，问云烨喝酒怎么会腰疼，云烨当然不会告诉他是自己踹的，废话，谁被人把脚塞进嘴里，都会发飙。

喊过张诚给自己拿过一副弓箭，打算出去打猎，自从昨晚见识了弓箭后，就对这一冷兵器时代的主力军械狂热喜欢，你没见说书先生都说，左手推满月，右手抱婴孩，两指一松，只听敌将一声惨叫……

云烨对程处默的宝弓垂涎三尺，可惜左拉右拉也没能拉开，听说那是一把三石弓，最好的工匠花了三年方才做成，价值三百贯，折人民币六十万元，天哪，宝马车都买回来了。在这儿只值一把破弓。顺便说一声，云烨喜欢这把弓的价值。云烨此时完全沉浸在手持 AK-47，横扫天下的美梦中，一想 AK 在手，天下我有，不禁咧嘴而笑，旁边的程处默、张诚不自觉地横跨一步，离云烨远远的，俩妇人却满脸慈爱地以为他在发癔症。不理会这些素质低下的人，赶走张诚，带着旺财和俩妇人进树林采野葱，而程处默见云烨连最软的弓都拉不开，满脸鄙夷地带几个亲卫进林子打猎，说不带小孩妇人，嫌晦气。

未开化的土地是一块巨大的宝藏，野葱长得肥嫩，一揪一大把，这可是美味啊，往面坯上一抹，用油煎，香喷喷的葱花饼想想都让人流口水。运气太好了，花椒树都能碰到，尽管还是绿的但做调料没问题。跟妇人们采了半天，才摘了一捧，这家伙上面全是刺，旺财吃了一口，嘴里就直流口水，估计是麻的。太麻烦了，一发狠连树都砍断，拖回来。又采了两大筐野菜，这才回到营地。

正在教妇人烫面，打算烙面饼，程处默回来了，三头野羊就被他杀害了，看其中一头，长角瘰疬累累，弯曲盘旋，就知道头羊没能幸免。古人说的庖丁解牛的本事没见过，但张诚用一把半尺长的解手刀，顷刻间，三头羊就成了大大小小可以下锅的肉块，让云烨看得目瞪口呆。

云烨决定做手把肉，羊也不洗，带血直接扔锅里煮，水一开，整锅的水倒掉重新加水煮，一把野葱，一把花椒，搞定，出锅再加一把盐，这是人间美味。

俩妇人殷勤伺候两日，不能亏待，叫过来细细一问，才知，一是张王氏，一是刘何氏，自个儿没名，战乱时代，流离失所，由官府发配给张、刘二军士为妻，由于是官配，便没了选择，这次是前往黑风口与丈夫会合。军中士卒情同手足，只要是官家发配了，那就是兄弟老婆，不会有别人再打主意，若出意外，绝对是军中大忌，从上到下不会有一人放过打坏主意的家伙。看来，李二陛下为增加人口，已不择手段了。为了让俩妇人有一技傍身，决定教会她们羊油葱花饼的做法："两位大姐，这两日辛苦了，云烨蒙二位照顾感激不尽，今有一门小手艺，虽不能大富大贵，却也能衣食无忧，日后开一家小店，倒是一门活路，不知两位大姐肯不肯学？"

第八章

洗澡与美食

看不起磕头虫。云烨觉得膝盖打弯是用来方便走路的，不是用来下跪的。

张、刘二女不再用平常的蹲礼，而是趴地上磕头，嘴里呜咽不成声，张诚有些羡慕，赶紧替二妇人回话："公子心地慈悲，见不得下苦人受难，教的本事一定是顶尖的，张诚代二位兄弟谢公子传艺之恩。"

好不容易拽起二妇人，听张诚这么说，又要磕头，云烨头都大了，三拳两脚赶走张诚对二妇人说："一些小吃食，刚才煮羊肉你们也见到了，和旁人没有差别，这中间有些小窍门，看好了。"说着，拿过刚才洗干净的松木棒，剥去外皮，顺手扔进肉锅，盖上盖子继续煮，回头向俩妇人挤挤眼，"别告诉别人，这是你们的秘密，也是煮一锅好羊肉的秘密，原因就不说了，说了你们也不懂。现在教你们烙饼。"从木桶里扯出醒好的烫面，三两下揉好，擀开撒上葱花，再团成面团，再擀开，一张葱花饼成形了，把火上烤的大石板抹上羊油，见青烟冒起，把面饼铺在上面，一块石板满满当当地铺了二十张面饼，一时间浓香四溢。四周静悄悄的。

回头一看，程处默硕大的牛眼就在云烨脑后，抽着鼻子，吸着口水，恨不得现在就拿一张啃。不光他一人，这些混蛋就没一个干活的，全围上来。程处默面色不豫吞着口水轰赶诸人："干活，干活，云公子做美食犒劳大伙，咱加把劲，弄三百斤盐出来。"众军士嘿嘿笑着转身干活去了。

太阳西下，劳累一天的军士急匆匆地跑向吃饭的地方，却见一字排开放着六个巨型木桶，云烨正站在木桶旁拿木棒搅木桶里的褐色溶液。

程处默嘴里叼着一个葱花饼，往另一个桶里倒研细的矿粉。

"校尉，这是做什么，莫非校尉也在制盐？"

"制个屁盐，这是用来洗澡的，一个个都脏成猪啦，满身的虱子、跳蚤，没碰着疫病算你们走运，听好了，有一个算一个，都在桶里泡过，再到河边洗澡才能吃饭。"

众军士以为云烨锦衣玉食惯了，不洗澡吃不下去饭，也就没什么意见。他们哪里知道，从他们胡须、头发、领口，不时有一些小生物爬来爬去，看着就让人毛骨悚然。还吃饭，云烨想，老子能吃下去饭吗？如果任由这些小生物猖獗，稍有一些传染病，还不得死一大片？在这没有有效抗生素的时代，云烨实在是不想英年早逝。在和程处默沟通过后，特地拿出装盐的木桶，用来洗澡，只是程处默对云烨洗澡就能防疫不以为然，看在兄弟分上，也就随他胡闹，反正是洗澡，又不是杀头。

"弟兄们，看好了，这和性命相关，不是无理取闹，更不是多此一举，这中间学问大了，我就不解释了，这个澡必须这么洗。"说完，云烨穿着衣服第一个跳下去，话说他身上也被传上了。程处默跳进另一个木桶，作为兄弟别说跳木桶，跳火海也得下。我老程就这么讲义气。云烨在里面泡了足足五分钟，憋住气，在水里冒了个泡，然后打着摆子跳出来，给周边军士训话："每人都进去，泡一盏茶时间，头发也必须泡到，听到没有？"这些家伙回答得有气无力，明显在敷衍自己，遂厉声喝道，"别以为我在开玩笑，三天后，如果谁身上还有虱子、跳蚤，每发现一只就抽一鞭子，绝不宽待，我已向校尉大人请过军令，不要自误。"

不管他们了，谁叫我是官呢，他们知道好处后会感谢我，看着他们一个个泡浓盐水。云烨撒腿就向河边跑，盐水蜇得敏感部位太疼了。程处默这混蛋早跑了。

河边的场景太壮观了，三百条只裹着新裁兜裆布的汉子蹲在火边，举着大碗吃葱花饼、啃羊肉的样子太触目惊心。没有人说话，满耳全是吱溜吱溜的喝汤声。云烨觉得是不是看错了，火头军加上俩妇人烙了大半天的三千张饼就这么消失不见，这饼云烨只能吃俩，再啃一块羊肉，肚子都快胀裂了。而这帮家伙还满脸怨念，说没吃饱，一边打着嗝挺着肚子说，东西太少，明天换他们去打猎，一定把全陇右的羊都打回来。羊肉就该这么吃才有味道。以前的羊肉全糟蹋了，这面饼也好吃，怎么自己老婆就做不出这么好吃的饼，回去揍她。

两妇人掩着脸抬着一个大筐过来，里面装着蒲公英、地骨皮等野菜，有助于消化和解毒，是野菜中的上品。云烨拿两棵塞嘴里嚼，一天吃肉太多会得肠胃病，本来茶是最好的，没有，只好吃草了。程处默见云烨吃了，自己当然照做，于是每人抓一把吃。不想给他们说原因，照做就是，哪那么多事要问。没见程处默带兵，三两句拳头就上去了。旺财乖啊，从来不问，见我吃草，过来从筐里卷两棵就吃。和我最贴心的就它了。

白天忙一天，似乎并没有把这些家伙的精力耗干，一个两个瞪着月亮发呆不睡。最老的一个汉子抹一把沧桑的胡子，轻轻地哼唱一首歌，听半天才弄明白歌词："彼我往矣，杨柳依依，彼我归矣，雨雪霏霏。"反复就这两句，多年的战乱而今终于有望平定，离乱无序的生活估计每个人都过够了，百战余生，对安定的生活充满了憧憬和畏惧。不知往日的亲友还是否安在。当年走的时候，正是杨柳青青的好时节，你拉着我的手不让离开。今年我回来了，为什么却是大雪纷飞？云烨知道原意不这么解释，但此刻，他实在想不出还有比这更贴切的寓意。头一回触摸唐人的精神世界。

云烨甚至以为自己已是一个土生土长的唐朝古人。要不然心底怎么会这么痛。功名只向马上取，新兵会为这句话热血沸腾，老兵不会，从死人堆里爬出来的幸运儿，绝不会拿命去换这些虚无缥缈的东西，活着见家人是他们最大的渴求。

云烨四仰八叉地躺在毯子上晒月亮，程处默则兴致盎然地一遍又一遍地来回拉睡袋上的拉链，他实在弄不明白，怎么这小东西一扯，两排小齿就自己合住，还颇为结实。

云烨的工兵铲已经被他抢了好几回，这怪异的奇门兵刃，可砍，可挖，可锯，还可折起来背背上，是行军在外的称手兵刃，钢质甚至比自己的百炼横刀还好，两者相击，火花四射，铲子没事横刀却崩开一道小口。程处默眼珠都差点掉出来，横刀是老爹在自己十五岁生辰时送的，价值千金，自己一直爱若珍宝，刚开始睡觉都抱着它，凭它不知砍断了长安城多少纨绔子弟的宝刃，程处默勇冠三军的名声有一小半都是靠这把宝刀争来的，现在竟然比不过一把铲子，就云烨的说法，这铲子是自家用来挖地的。

想到这里，他都有用头撞树的冲动。这家伙宝贝真多啊，一长一短，两把匕首堪称削铁如泥，刀面上层层雪花纹，如梨花盛开，刀柄不知是何宝物，似玉非玉，里面长着一朵荷花，也不知是如何长出来的，如此宝贝他竟然用来切肉，切完竟然用水随便洗，用布擦一下就扔包里。为此，程处默掐着云烨脖子质问半天，拿走大的那宝刀才算原谅了云烨的败家行为。

程处默一直弄不明白，云烨为什么用千金难求的黑琉璃铺成一个一个的小块，做工还非常精致，连在下面一个盒子上，唯一缺憾的是侧面有两个洞，也不知是干吗的。问云烨他也不说，只是不让把上面的黑琉璃抠下来。一个漂亮的小盒子里有一朵美丽的珠花，是妇人用的，上面不知长着什么宝石，对，是长着，没见什么东西包裹，就像银子上长出宝石一样，火光一照，宝石就像活过来一样熠熠生辉。天哪，程处默彻底崩溃了，自己这兄弟到底是什么人？满身宝物却视之如泥土，世人比命还重要的制盐秘方随便就奉献出来，价值万金的随身物品随自己胡乱翻检。自己看上的宝刀随手送人，非美酒不喝，非美食不吃，别人脏点就大发雷霆，碗筷在锅里用水齐齐煮过才用。这他娘的哪是落难公子，皇子公主也没他老人家讲究，身后跟一匹小马，那就不是马，是马大爷，不但不干活，脾气还坏，谁惹咬谁，现在面饼没用油煎过都不吃，吃完饼，还得嚼几口嫩草，云烨不喝的金城名酒，全喂了它老人家。晚上睡觉还得睡帐篷里，别的马站着睡，它躺着睡。得问问要不然心里不踏实啊。

"兄弟，你那恩师，到底什么人啊？兄弟你已是不凡，出手便解我陇右大难，现在报功快马已经派出，相信陛下一定会重重封赏，待采够盐，这大功就板上钉钉，你跟我说说，你老师的事呗！"

云烨叹了口气，说了一个谎言，就需用无数个谎言来支撑，也罢，今天就把这谎言说到底，做个了结："我幼时不懂事，只记得是在恩师怀中长大，说是师徒，其实与父子无异，家师常说，我是他命中的孽障，若非有我拖累，几年前就该离开人世，得大自在。告诉我人生如江湖中的飘萍，有缘相聚，缘尽则散，不必看重生生死死，就当是一场旅程，我和他都是途中旅人，看不同的风景，品尝不同的人生，现在到了分手的时刻，有缘或者还能相遇。这句话让我百思不得其解，家师已然故去，身体已被我遵遗嘱烧成灰，何来相遇之说？"

"你师父是神仙？"

"师父是炼气士，但他最恨鬼神之说。"

"你师父揍你吗？我爹就常揍我，现在不太揍了，有时我都不想认他。"

程处默孩子气的语言，让云烨心头一阵阵刺痛，他开始真正相信自己了，十六七岁的年纪，平时装出校尉大人的样子给父亲看，给属下看，努力装成一个合格的军官，他已经上战场两次了，云烨相信他还是有些害怕，虽然从小就渴望在战场上表现自己，从各种影视作品中见识过战场的残酷，亲临战场想必是另一种感受。看得出，他很寂寞，世家的孩子不得不背负更多的责任，想得到，必然会失去另一些，这是等价的。云烨心底暗暗发誓，就此一件，绝不再欺骗他，自己的全部来历，只能天知道。

俩妇人悄悄坐在云烨身边，在她们看来，云烨还是一个半大的孩子，虽然聪明，虽然是官，但是眼底流露出的哀痛还是让她们母性大发，自己没资格安慰他，离他近些好让他感觉不太寂寞。

程处默不再说话，他本来就不是一个多话的人，他相信自己的兄弟，能感觉到他的哀伤，自己陪着就是。

第九章
吴承恩的悲剧

歌声渐渐地低下来，春末的夜还是有些凉意，歌总有唱完的时候，剩下的只有沉默。月光变得惨白，照在脸上一个个跟鬼似的。如果再不调节气氛，营地有向鬼域发展的可能。云烨清一清嗓子："弟兄们都坐过来，反正大家也不想睡觉，既然都觉得无趣，我这里有一个故事，讲给大家听，想不想听？"众人齐声凑趣，大人讲故事，好听不好听的这不重要，先恭维再说，当官的给军士讲故事本身就新鲜。这些家伙当兵都当成精了。

云烨脑海中快速闪过自己知道的故事，得，就它了，唐玄奘，这家伙现在恐怕还没去印度，轰轰烈烈的西游，还没影呢，从小读大的《西游记》不能让吴承恩专美于后，老子现在就弄出来谁能控告我剽窃？吴承恩？他爷爷的爷爷还没出世呢，就它了。

"相传盘古开天辟地后，三皇治世，五帝定伦，整个世界分为：东胜神洲，西牛贺洲，南赡部洲和北俱芦洲。传说东胜神洲有一傲来国，临近大海，海中有一座岛，岛上有座花果山，这座山可非同一般，它是十洲之祖脉，四海之来龙……"

清冷的月光下，满河滩的汉子心中充满怒气，那样一个盖世英雄被冰冷的世俗法则重重压在五指山下，上天无路入地无门。看着山下牧牛童子从垂髫之年转瞬间变成耄耋老人，只能望着天外苍鹰渴望重获自由。程处默双手握拳，狠狠地砸在沙土上，散不去心中压抑愤懑。"为什么？"程处默恶狠狠地盯着云烨，仿佛他就是将猴王压在山下的罪魁祸首。

"力量需要制约，无制约的力量是一把双刃剑，伤人，伤己，猴王的命运在它得到力量的同时就已经注定了，程兄，故事而已，何必认真，今夜月明星稀，你我兄弟不妨长谈，小弟久不在人间，世间人情礼法丝毫不知，世间繁华小弟恐无立锥之地，还望程兄教我。"

云烨笑嘻嘻的没心没肺的样子，让程处默满腔怒火无处发泄，狠狠地挥挥手，转眼间又笑了，为自己的失态感到不好意思，躺在云烨身边，捅捅云烨的胳膊："再说一段呗，这么好的故事让人心痒痒，听不完如何睡觉，你问问兄弟们还要不要听？"这家伙蛊惑的语音刚落，周边的军士哗啦一声就围上来，贼目烁烁地瞅着云烨，被他们瞅得浑身起鸡皮疙瘩，无奈，在低沉舒缓的声音中，那个悲催的猴子继续在无奈中等待长安城中将要到来的和尚。

日子一天天过，盐包一天比一天摞得更高，晚饭后的故事会时间也越来越长，云烨的关中话也越来越熟。

左武卫大将军程咬金这几日笑得嘴都合不拢，夜枭般的笑声也一直在大营上空盘旋。尤其在送走平灭长乐王幼良的长孙无忌后，更是笑得豪迈，五百斤盐就换得长孙无忌五十匹西域宝马，这生意做得，尤其是从貔貅口中夺食，难得啊，难得。老程心满意足地拍着大肚皮，这三个月来，可怜俺老程天天啃醋布，吃得老子牙都倒了，想想一股馊味还从肚里往外翻。倒不是缺老夫吃的那口盐，只是全军都泡醋布，难道老夫一人吃盐？军心还要不要了。自家小子好运道啊，捡个十五岁的娃娃就把大事办了。还没根没底，教授能耐的师父死了，就这么一根独苗，好啊，等京里陛下诏书一到，就得把这娃娃官职敲定，绑在俺老程战车上。自家小子也是眼睛长到脑门的主，能入他眼睛，定然不会太差，一个想都不想就把价值连城的秘方交出的人，品性能坏到哪儿去？为一个相交不到一日的军卒敢拿脑袋做赌注的小子不快快弄到左武卫，那俺老程脑袋就被驴踢了。只是苦了俺小子，帮一回就得挨一顿揍，管他呢，两小子相处时间长了，保证就没这事了。全身都是奇奇怪怪的东西，拿出来的没一件凡品，这小子的来历恐怕也小不到哪儿去。一般人家的半大小子，见到大军能站着就不错了，更别提据理力争了。嗯，等这小子凑够十万斤盐，得叫过来看看。俺老程见不得只知道子曰诗云的酸丁，像这种识字，又能解决大事的家伙，才是宝中宝。徐懋功这家伙，不，现在叫李勣，就是这种满肚子坏水，又什么都会的人才，多年的兄弟是不是有本事早看出来了，儿子捡的小家伙也不会简单。从七品的行军书记先拴住，等见过后，只要有真本事，左武卫这么大，还不够折腾的吗？

程处默每十天往大营送次盐，每次一万斤，这已经是第六趟了，再跑四趟就完成老爹交代的任务了。一想到朝廷只让采十万斤，七月底必须把盐场交付地方上，心就一阵阵发疼。刚进帅帐，就见老爹独坐案后，手指把案儿敲得梆梆作响。不知在想什么，赶紧拱手唱喏："校尉程处默参见大帅，本旬一万斤盐已足额缴纳，现预备回盐场，不知大帅有何吩咐？"军营中无父子亲眷，只有大将军和校尉。

老程抬头看看儿子，总觉得有什么不对，嗯？平时油脂麻花的儿子竟然变得干净整洁，眉目也比往日耐看，虱子也没从头发里往外爬，骨子里往外透着精神。到底是自己的种，精神。

程处默见老爹瞅着自己不作声，连忙从怀里掏出一个油纸包，上前一步递给自己的老爹。

程咬金疑惑地打开纸包，却见里面包着一张大饼，烤得油黄油黄的。散发着阵阵麦子的清香。老程见了，心中一阵舒畅，知道孝敬老子了，拿起大饼，咬了一大口，面饼味道很好，又酥又香。不同于平日所食的面饼。程处默见老爹吃饼，倒了一杯茶恭敬地捧给老程。待老程吃完饼，喝两口茶，才张嘴说："爹，这饼怎么样？"

老程随口说："不错，大营中的厨子该拉去喂狗，这大饼是云小子做的？不是爹爹说你，有做吃食的工夫，多采两斤盐才是正经，眼看着，朝廷规定的时日就要到了，现在少采一斤，咱左武卫就少一斤盐的好处，弄这花活做什么，我是你老子，难道还要你进贡怎么着？"

程处默连忙解释："爹爹，这是云兄弟特制的军粮，咱大军行军在外，赶急了，来不及吃饭，就啃两口大饼，这大饼又冷又硬，好多军士吃了它肚子胀，腹痛得厉害，未战贬损军力是为不智。所以云兄弟特地制作了这种饼，赶紧了，吃两口再喝口水，就能垫饥。是最好的军粮，何况，这种饼在七月天都能保持一月不坏。"

"什么？一月不坏？真的？"

"确实如此，孩儿特地试过，放在布袋里一月不坏，且没任何异味。"

"云小子将此法献于朝廷吗？没有任何要求吗？"

"爹爹，云兄弟是孩儿的兄弟，此大饼还是孩儿说起爹爹有肠胃病时，他才做的，他还说，军营里的大大小小除了打仗是一把好手外，就全剩下笨蛋了。明知军粮有毛病，就不知改改，活该受这么长时间的罪。"

程咬金没作声，低头沉思，片刻间有了决断："传我将令，命云烨速至大营见我。"

第十章

撞到铁板

旺财很不习惯背上有一个鞍子，它总想把那东西弄下来，可嘴里咬着嚼头，头上戴着笼头，全套的鞍具将它束缚得死死的，无法再做往日习惯性的动作。只能用头不停地拱云烨，希望老大能大发慈悲地解开这些东西，恢复自己的自由之身。

云烨此时也已自身难保，大将军一声令下，他就不得不起身前往左武卫大营，程处默把自己以前穿的甲胄送给云烨，虽然还有些大，但比制式盔甲强多了，一走路浑身哗哗作响，跟狗戴一哑铃铛似的，别提有多别扭了，形象差点也就算了，这身盔甲不算头盔就已经三十斤重了，再腰插横刀，背负弓箭，云烨就觉得自己像一个移动的战阵堡垒。云烨认为，穿这身盔甲，不要说砍人，能不被别人砍死就不错了。

程处默一个劲地抱歉，让兄弟穿自己旧盔甲实在是有损颜面，军中简陋，也就将就了，等回到长安，一定给云烨打造一套八十斤的重盔。张诚等人羡慕得口水直流，认为这样的甲胄才配得上行军书记的身份。说完，还狠狠地重新束了一下云烨的束甲丝绦，这下连肺里最后一气也挤了出来，云烨涨红了脸，拼命解开腰带，这才把命救了。

好不容易喘匀了气，问程处默："小弟是文官，束甲做什么？"

"军中哪来文官之说？就算陛下在军中，不也得顶盔掼甲，你想吃军棍，就穿单衣去见大将军。"

听程处默讲起过挨军棍的事，他这么壮的身子，挨十下，都得趴两天，看看自己的细胳膊细腿，那不得打折了。听人劝吃饱饭，这再

难受也比挨军棍强。直着身子走几步，倒也没那么难受了。看来，路
是人走的，人是被逼的。

搂着旺财哥俩相互诉了一会儿苦，便被张诚举上另一匹温顺的母
马，旺财还没长成，不能骑，只让它熟悉一下马具，方便以后骑乘。

和程处默一同到来的还有一位主簿，用来接替云烨继续制盐，程
大将军不把皇帝的旨意用尽用光是不会甘休的。看太阳还未过午时，
程处默就开始催促上路，问程处默借了十贯钱，送给俩妇人作为感谢，
在俩妇人的哭声中，告别相处一月有余的后勤营军士，旺财驮着背包，
胖胖的母马驮着云烨，向兰州大营驰去。

六十里路，不算远也不算近，程处默一个时辰飞马可奔一个来回，
现在只能放马小跑，就这样，已经颠得云烨五脏六腑都快要吐出来了。
该死的马鞍太硬，摩擦着云烨的双股，就像着火一样，小心地支起身
体，尽量减少和马鞍接触。程处默这家伙一会儿前一会儿后，尽情显
示着自己无双的骑术。云烨太想念自己那辆二手桑塔纳了。

路到底走完了，大营已经在望，来回奔驰的探马、信使，络绎不
绝，不时有浑厚低沉的号角声响起，箭楼上粗壮的弩箭闪着寒光。一
面硕大的程字帅旗高高飘扬，显得十分嚣张。

程处默带着报过名号，验过堪合，这才穿过营门直趋帅帐。

在见老程之前，混世魔王的各种传说不停地在脑海里乱窜，性烈
如火，卑鄙狡猾，这两种性格到底哪一种才是他老人家真实的一面？

还没等云烨捋出个头绪，一阵爽朗的大笑从帅帐中传出，紧接着
一个四十余岁的大汉出现在大帐门口，清澈深邃的目光就已盯在云烨
身上：“好小子，年纪轻轻，解我大军危难，高人子弟，名不虚传！”

云烨低头避过如刀锋般锋利的目光，俯身就拜：“下官云烨参见大
将军。”

“好，好，来了就好，听丑儿说起贤侄各种本事，尚还不信，今日
一见，果然不凡，老夫军中又添一俊才，可喜可贺。”

这都成贤侄了，他这个伯伯云烨就只好捏着鼻子认了。

“小侄与处默相交甚欢，早就欲拜见伯父，只是制盐之事关乎大军
安危，不敢懈怠，拖至今日方才拜见，小侄失礼了，还请伯父原谅。”

"哈，哈，你制盐有功，老夫焉能见怪，最喜后辈小子建功立业，你与丑儿当相互砥砺共同进益才是。来，来，让老夫好好看看少年俊杰。"

云烨这才从地上爬起，躬身站在程处默旁边，却被老程一把抓住，随他进入帅帐，早有护卫在帐中摆下案几，菜肴尚冒着热气，不多，也就四样，三菜一汤难道唐朝就已成定例？云烨看菜肴，程咬金以为少年人饿得快，倒不觉得云烨失礼，只觉得这小子不卑不亢，真性情，自己满身杀气都视若无物，心中好感更增。

"知道你小子好嘴，尝尝军中菜肴可合口味。"

"伯父赐食，小侄怎敢不敬，刚才想起恩师待小侄也是这般，每到饭时，也是这般模样，多谢伯父。"程咬金给云烨压力太大，刚才电锯般的目光就吃不消了，哪敢和这等人精做口头之争，别看老程嘴里不提云烨出处，眼中却全是探究之色，算了，别等他问了，自己先挑开话题吧。

"令师何方高人？俺老程未能一见，实是憾事。"

"家师自号逍遥子，从不曾告诉小侄自己名号，只说名字只不过是一代号而已，知道和不知道有什么区别，他从不和外人打交道，只说世人愚痴，相处久了，也就沾染了蠢病，所以直到家师去世，小侄不孝，都未能知晓家师名字。"

"高人行事竟如此让人捉摸不透，看来我辈混居红尘之中，灵智也早被尘世间的污浊染黑了。"

看得出来，程咬金有些伤感，他出身官宦世家，娶妻高门大户，又手握兵符，尘世的富贵已快到极致，追求的到底是什么，自己恐怕也不太清楚了。

云烨的话猛一听仿佛很有道理，高人说话，就得这么云山雾罩，打击一大片人，突出自己纯粹是众人皆醉我独醒的出世状态。还别说，这种话对付智商超过二百的天才一试一准。聪明人想得太多，想得太深，你语言中的漏洞他都能给你脑补好，变得完美无瑕。

想当年，云烨借宿于天水野外人家，十二天住宿费一千元，还不包括吃饭，房屋破旧不堪，夜晚老鼠横行，一日三餐皆以浆水面为主，却收费奇贵，月上中天后，腹中饥肠雷鸣，丝毫不以为苦，与白发房东纵论上下五千年，横谈英美德法苏，每每闻得妙论，惊为神人，荒野有遗贤啊，恨不能纳头就拜。老房东摸遍云烨根骨，断言不出十载，必有大放光芒之时，云烨闻之哽咽不能言，倾尽袋中人民币以酬老者，相见恨晚之情溢于言表。不想第二日，众乡民联袂而至，锄头粪权兜头就砸，声言打死这老不要脸的骗子，兔子还不吃窝边草，这老混蛋净坑熟人，本乡本土的亲友都骗，实不为人子。老者逾墙而走，身手甚为矫健。众乡民紧紧追赶，独留云烨在园中目瞪口呆。榜样的力量是无穷的，从此，云烨与聪明人交谈就变成这般模样。

老程到底是江湖上的人精，稍一迷茫，眼神又变得清明，尸山血海中蹚过来的硬汉，心智早已坚若磐石，岂能被这几句话撼动心神，眼珠一转，怒气横生。两步跨到云烨面前，劈手拎起云烨横放腿上，举起蒲扇大的巨掌啪啪一顿臭揍，边揍边教训："这一巴掌打你不敬师长，这一巴掌打你蛊惑老夫，这一巴掌打你傲慢无礼，这一巴掌打你什么来着？不管了，看你这样老夫就想揍你。"

几掌下来，云烨就觉屁股不是自己的了，赶紧求饶："程伯伯饶命，小侄再也不敢了。"

"嘿嘿，小子，在老夫面前耍心眼找死。"说完斜着眼睛瞟了云烨一眼，大剌剌地回到案几后坐定，自顾埋头大吃。

云烨不知为什么，眼泪鼻涕都被老家伙打出来了，奔四的人不可能这么没担当，看来心理成熟不代表身体成熟，眼泪鼻涕估计是身体的一种保护装置，不由大脑控制。揉着麻木的屁股，心中悔恨交加，没事忽悠老家伙干什么，这不是自己找不自在吗？

慢慢蹭到老程旁边，很狗腿地给老程布菜。老程痛快人，给他夹什么，他就吃什么。看来老家伙原谅他了。云烨嗫嚅半天说不出来话，他又不是那个老骗子，满口谎言被揭穿还振振有词面不改色。

老程鄙夷地看他一眼："有话就说，老夫还等着你继续绕老夫呢。"

"程伯伯见谅，刚才那也是恩师教导的课业……之一，小侄初临战阵，见程伯伯威风凛凛，杀气逼人，不小心就拿伯伯做个试验，不料学艺不精被您看穿，这顿揍挨得不冤，纯属小侄自找的，还望伯伯莫要生气。"

"哦？课业？"

"是。"

"你那老师到底教了你些什么？怎么惑人心智、胡说八道也是课业？"

"正是，恩师认为，天下间万事万物都可度量，包括说话，什么样的场合，说什么样的话，用什么样的语气，配合什么样的动作，怎样说服别人，怎样让人产生信任感，怎样遣词造句让人产生距离感，怎样的表情配怎样的动作让人产生威严感……"《演员的自我修养》这本书云烨还是读过的。

第十一章

大　家

老程已经呆了，他恐怕做梦都想不到世上还有人研究这些，张大嘴巴不能言语。

云烨见老程傻掉了，忙摇摇他的手臂。老程这才回过神来，不禁发问："还教了什么？"

"算学，物理，几何，机械制图，地图绘制，金属铸造，等等一些小学问。"云烨一口气把上学学到的知识全说了一遍。

"制盐属于什么学问？"

"物理，简单的溶解，过滤，脱毒，蒸发，结晶就制出盐了。总之物理是一门研究天地万物规律的学问，容小侄以后给伯伯一一展示。"

"老夫能看？你师门难道就没有这方面的限制？"

"学问，学问，要边学边问，一个人能干什么事？恩师教我时，就告诉我，一旦有机会，就必须把我门中学问传遍天下，天下纷乱结束，正是文治之始，多年离乱，我汉文化遗失不知几许，这都是前人心血，后人之财富，怎不叫人心痛。小侄焉敢藏私。"

"老夫是一粗人，看不起之乎者也的酸丁，但真正有学问的大家，老夫不敢有丝毫不敬，长安城中倒有几位，等回去老夫带你登门求教，他们看在老程面上定会教导于你，俺老程等着看你学问大成的一天。你既然学过算学，这就叫过军中几位赞画，看你学到什么地步，可好？"

云烨见老程要考考自己，心中暗笑，在这"三折井，鸡兔同笼，韩信点兵"都算超级难题的唐代，云烨不信有什么难题可以考住自己。

"伯伯不妨多叫几位，多准备几道难题，多费些工夫也不要紧，小侄尚未吃饭。"

见云烨嚣张，程咬金难得地没生气，顺手从怀里掏出一件玉佩，云烨一眼就认出是传说中的极品羊脂白玉，在后世没个几千万你就不要问价。忍着要流下来的口水问："伯伯要送给小侄？"说着就要伸手拿，老程却回手塞进怀里。"想要？赢了三位赞画，就你的。"说完就掀开帐帘出去了。

云烨终于不用跪了，刚才的跪坐简直要了他的命，大腿酸痛无比，屁股胀疼得仿佛有两个大。小心地摊开腿，坐下来，夹了一块酱肉塞嘴里，美美地嚼起来，竟然是牛肉，不是唐朝杀牛是要判刑的吗，怎么这老家伙就可以随心所欲地杀牛？再回头一想，大概不会有哪个不长眼的会跑到左武卫大营里抓杀牛犯。几口牛肉，两块熟羊肉，小半条鹿腿，下肚，云烨顿觉生活是如此美好，抱着茶壶灌了半壶茶，唐朝的生茶，还磨成末，草腥味直冲大脑，强忍着喝下去，就当补充维生素。老程还未回来，程处默也不见踪影。无聊之下，云烨枕着胳膊在地毯上不觉睡去。

云烨四仰八叉地躺在地毯上，鼾声时断时续，中间不时夹杂着抽噎之声，不知梦到什么，满脸泪痕。程处默轻轻走进来，见到云烨这个样子，摇摇头又轻手轻脚地掀开帐帘出去了。帐外站着一位中年文士，笼着手，满脸傲色，他本来就对程咬金要他与云烨比试心存不满，想自己钻研算学几近二十年，如今却要与一乳臭未干的后生切磋，如非大将军下令，自己早就甩袖而去。不想自己屈尊来指点这小子，他竟然呼呼大睡，实不为人子。程处默看了看中年文士那张铁青的脸，心中不喜，我兄弟为全军不分日夜地制盐，今天还赶了六十多里路，十四五岁的娃娃睡着有什么失礼的，这段时间可苦了我兄弟，没见睡着了还流眼泪，你一酸丁除了会写写算算，还有什么本事？心想到这里脸色更是难看。

"校尉，这竖子着实无礼，装睡以逃避考校，在下本来尚有指点之心，看来朽木不可雕也，在下告退！"中年文士也不管程处默阴沉的脸，大剌剌地拱手欲退下。

程处默伸手捞住文士衣袖："黄先生且少安毋躁，大将军既然已经下令，你还是留下来比较好。"

"此子无礼，才德想必有限得紧，乡野竖子，也配谈算学。我黄志恩束发就学以来，历经坎坷才拜在国子监刘老门下，治学七载，才在算学一道稍窥门径，求学不易，看在大将军面上，黄志恩勉强为之，竟遭此大辱，黄某告辞！"程处默拿大将军告诫自己，黄志恩再也压不住火气，甩袖就走。才转身，就听一个慵懒的声音传来。

"学了七年，不易，九宫格可会解？绳测井可知？勾股算法知否？泰山高几何？黄河挟沙多少？"

黄志恩不可思议地看着靠在帐门上的云烨颤声道："二四为肩，六八为足，左七右三，戴九履一，为九宫正解。井不知深几许，绳不知长几多，三折入井余四尺，四折入井余一尺，井深八尺，绳长三十六尺。《九章算术》勾股篇云：勾三股四弦五，在下知其然而不知其所以然。泰山高几何？黄河挟沙几许？天知晓。"

"天下无不可测者，以山阴测山高，以斗水量黄河先生不知？据云烨所知，证勾股之法不下五百，所学当活用，不然，学它作甚？"

"你如何得知？你怎会得知？国子监秘不示人，吾不过听恩师提及，你竟知之甚详，是何道理？"

"天下算学高手何其多，你为何只知国子监，九宫解得，十六宫可解？三十二宫可解？你知一元、二元，可知三元、多元？几道趣题，尔等竟视若珍宝，秘而不宣，何等可笑，这等题目，只是在下儿时之游戏，井底之蛙妄测天之大小，实在可笑。"

黄志恩只觉耳中轰轰作响，云烨所言，有些只是传说，有些闻所未闻。他是行家，知道云烨不是信口开河。莫说自己，恐怕恩师在此，也不会比自己好多少。

云烨晃到黄志恩面前，捡了根树枝，随手在地上画出勾股圆方图、勾股扩方图，而后扔掉树枝，拍了拍手上灰尘漫不经心说："今日在下无礼在先，赵爽先哲的勾股圆方图，家师的勾股扩方图就便宜你了，就当是赔罪。"

黄志恩神思早已不在云烨无礼上，趴在地上嘴中念念有词，手指写写画画，哪里还在意云烨和程处默在干什么。

程处默重重拍了云烨一把："不愧是我兄弟，我就知道你不会输给酸丁，果不其然，军中不许饮酒，要不然你我兄弟一醉方休。"

云烨揉着肩膀，满脸幽怨，这父子一个打屁股，一个拍肩膀，根本不管别人受了受不了。赶紧止住又拍下来的手掌，再拍就散架了。

"兄弟，小弟赶了一上午的路，全身汗臭，再见程伯伯甚为无礼，还是让小弟洗澡更衣才是正经。"云烨现在才感觉屁股针扎似的疼，老程的巴掌不是谁都能承受的。云烨在揉屁股，程处默满脸的同情之色，貌似这巴掌自己也没少挨。"一起去，我现在一天不洗澡就觉浑身难受，怪了，以前在京城我娘拿鸡毛掸子逼我洗澡，现在没人逼了，我倒是不洗难受，这是何道理？难道我是贱皮子毛驴，打着不走，抽着倒退？"

"这是一个习惯问题，一个人十五天就能养成一种习惯，不信啊，你找头猪，每天喂食前敲一下猪槽，十几天后，哪怕你不喂食，只要敲猪槽，猪也会跑过来。"

"这真是太神奇了，我敲你饭盆，十几天后你会不会听到声音就朝我跑过来？"

兄弟俩勾肩搭背地去后帐洗澡不提。程大将军坐在主帐左等不见人，右等不见人，心中嘀咕，难道是那小子真有才学？自己不去当面考校，就存心给云烨留几分颜面，想不到这小子能和黄志恩对阵这么久，厉害啊。黄志恩也算京城中算学的佼佼者，为解决大军后勤问题，自己可是拉下老脸找了刘怀好几次，那老不死的还给自己脸色看，实在挨不过情面，才打发这黄志恩来帮自己，黄志恩倒也不负才名，军中后勤顺畅许多，现在云小子能和他较量到现在，不容易啊。老夫看走眼了，十五岁的娃娃就能和四十岁的中年人比试且不落下风，长成后会是何等妖孽。

想到这里，老程再也坐不住了，起身往寝帐走去。远远就见一群人围在帐门口，却鸦雀无声。众军士见大将军到来，哄然散开。只见黄志恩趴在地上，口中念念有词，手下写写画画，满身尘土似陷入疯魔之中。却不见云烨身影。老程好奇心大作。抬手唤过守卫寝帐的亲卫，问怎么回事，云烨哪儿去了。那亲卫也随程处默到过盐矿，见过采盐的神奇，听过猴王事迹，早对云烨佩服得五体投地，早等着大将军问自己，满脸不屑一顾的表情把云烨三言两语就把黄志恩弄疯魔的事从前到后地讲了一遍。

老程看了看还在地上计算不休的黄志恩一眼，吩咐亲卫给他拿一把伞遮阳，再准备一壶茶水备用，就转身回到帅帐。刚进帅帐，一阵痛快至极的大笑就传出大帐。

第十二章

爵 爷

经过两个月艰难的奔波，云烨终于过上了猪一样的日子。

每天睡到自然醒，再不用担心食物缺少，也不用担心没衣服会裸奔。早晨会有人端来洗脸水，连牙棍都准备好了。所谓牙棍就是把细柳枝一头弄毛，蘸上青盐用来刷牙，简易版的牙刷。不过云烨有牙刷，自然用不到柳树枝，只是当他用自己的牙刷边抖腿边刷牙时，却遭到飞来横祸。

程处默见云烨满嘴白沫浑身发抖，便飞身扑过来紧紧将云烨压倒在地，努力把他四肢撸平，捏开嘴，塞进一手巾并横绑在脑后，然后解下腰带，在腿上绕几圈死死勒紧，手也被绑在腰上，全身被绑成一根躺着的人棍，他瞪大眼睛，莫名其妙地看着程处默，不明白为什么刚才还好好和自己一起刷牙的程处默突然把自己绑起来，还绑得这么变态，莫非这家伙有什么特殊爱好？

绑完后，程处默长舒了一口气，转身就跑，边跑边喊："大夫，大夫，快来，快来人啊，我兄弟羊角风犯了。"

听这家伙这么喊，云烨死的心都有，老子只是刷个牙而已，至于把我绑起来，还诬陷老子有羊角风吗？你他娘的用什么塞的嘴？千万不要是你那条手巾，昨天还见他用手巾擦过腋窝。想到这儿，嘴里传来酸甜苦麻各种怪味，重中之重还有一股奇怪的咸味，云烨两眼一翻，彻底昏了过去。

再醒过来，自己已躺在军帐床上。云烨看着满脸忧色的程咬金，刚要说话，老程止住云烨张嘴，痛惜地说："贤侄切勿多言，安心养病为重，自古世上就没有十全十美之事，贤侄是世上少有之俊才，其他不论，光奇巧制盐之术，不说为我大唐又添一活命之法，光解陇右缺盐之苦可称泽被苍生，算学一道能让黄志恩低下向来骄傲的头颅，举着火把趴地上筹算一夜亦可称为奇才。上天不仁，偏偏让贤侄身患恶疾，真是令人扼腕叹息。且好生养病，不要多虑，病好之后，老夫仰仗之处还多。"

云烨伸出手颤抖地指向旁边扬扬得意的程处默，程处默一把将云烨手臂塞进毯子里，满脸惊魂未定地说："兄弟你就不要多说话，安心养病才是正经，幸亏愚兄见势不妙，动手快，否则兄弟咬着舌头就不好了，感谢的话就不要说了，谁让我们是兄弟。"听着这么无耻的话，云烨正准备跳起来将这混蛋掐死，就听帐外一片喧哗，一个尖细刺耳的声音传来："天使到，兰州卫掌行军书记云烨接旨！"

听到这声音，准备跳起来的云烨缩回毯子里，他实在不明白怎么接旨，又为什么会有旨意给他，难道李二陛下已然知道自己的存在？这太可怕了。都说古人能掐算古今，自己的来龙去脉都被人家知道得清清楚楚，就自己这两下子，还混个屁呀。正进退两难之际，就听程咬金说话了："怪哉，老夫奏折才上去月余，怎么今日就有旨意下达，老夫且去看看。"说罢迈出军帐，程处默对云烨悄声说："老爹给你报上去的功劳陛下批下来了，哥哥我去看看。"说完也跑了。

云烨缩在毯子里脑子就像开锅一样，片刻之间竟毫无头绪，尽管以前也幻想过这种场景，但事到临头却一筹莫展，不知怎样去面对。也好，装病也是一种选择。

不长时间，程咬金陪伴着一个年轻人走了进来，见他头戴乌幞，上镶嵌一块白玉，身穿皂色圆领外袍，腰束一皂色革带，脚下一双薄底快靴，显得精神奕奕，面白无须，眼睛却灵动无比，未语先笑："呀呀，这就是一技解危难的云公子吧，陛下听说公子在陇右以奇巧制盐解我陇右缺盐之苦龙颜大悦，特命咱家星夜兼程奔来陇右，替陛下好好看看十五岁的奇才，今日一见果然一表人才呀。""让内监见笑了，内监前来宣旨，云烨却缠绵病榻，失礼了。"

不知道太监怎么称呼，就用内监代替，反正只要是官就不会错，太监也是官嘛。说完就要装着爬起来。

那太监急忙按住云烨，还是尖声尖气地说："云公子有病在身，国公爷已经交代过，就不必起身了，陛下一向求贤若渴，必不会怪罪这小小失礼，咱家也撑不起大人称谓，公子不妨叫咱家刘内侍。"说完，面南背北站定，老程也在侧面拱手而立，刘内侍轻咳一声，"大唐皇帝诏曰：今有良家子姓云名烨者，自幼秉承良缄，克……"

太监足足念了一盏茶时间，除了开头，云烨就没弄明白这些古文到底说些什么，好不容易听到平安县男这个爵位，这大概就是封赏我的爵位，咱也是爵爷了？待刘内侍念完，程咬金揆着云烨在床上三拜九叩完毕。

那刘内侍立刻换上一张笑脸连连拱手作礼："恭喜爵爷，贺喜爵爷，十五岁封男，他日封侯指日可待啊。"云烨知道这家伙是在讨要喜钱，摸遍全身也没有金银珠玉等可以打赏的物件。

正尴尬间，程处默捧着一张托盘走进来，笑嘻嘻地对刘内侍说："烦劳内侍千里奔波，我兄弟感激不尽，得此佳讯，怎能让内侍空手而归，小小敬意，还望刘内侍不要嫌弃。"

刘内侍也是妙人，笑吟吟地接过托盘向云烨施礼："谢爵爷赏赐。"又对程咬金施了一礼，捧着托盘退出营帐。云烨对这个知情识趣的太监很有好感，没有史书上说的那么不堪嘛。

唐甄在《潜书》中这样描绘太监："望之不似人身，相之不似人面，听之不似人声，察之不近人情。"不知道是不是这些家伙对太监有偏见，或者受过太监的迫害，总之云烨就觉得这刘内侍就是一不错的人。未语先笑，识情知趣，面子上让人有春风拂面的感觉，至于内心是否阴暗，关我屁事。

第十三章
土 豆

从今天起做一个高尚的人；从今天起做一个纯粹的人；从今天起做一个胸无大志的人；从今天起做一个混吃等死的人；我只愿面朝南山，春暖花开。

云烨不用盖房子，因为伟大的、睿智的、光明的、慷慨的李二陛下除了封他男爵爵位，还赏赐了一千二百亩土地，以酬谢他无私地贡献制盐秘法的壮举。

程咬金也对皇帝陛下的大手笔赏赐赞不绝口，皇朝爵位分公、侯、伯、子、男五等。云烨此次获封男爵，乃是从白身一跃而为爵爷，在江山已定的大势下，分封贵族已极为谨慎，满朝都在想着怎么削减贵族，降低爵位，云烨凭借区区制盐秘法，竟破此限制，一举得封正牌开国男爵，亦是前所未有。要知道程咬金跟随李二陛下出生入死多年，又是绝对的心腹，才获封卢国县公，大名鼎鼎的一代名臣虞世南才不过是永兴县子而已。现在的爵位前面都要加"开国"二字，更属难得。

相比之下那上千亩的封地就微不足道了。从地图上看离长安城足有五十里地，按程处默的说法，这还好意思叫长安封地？离陇右也不过三寸距离，当然这是从地图上比量。不管怎么说，咱也是有爵位、有官职、有田地的"三有"新人。

在巨大的幸福感冲击下，云烨已经忘记了程处默用脏手巾堵自己嘴这回事。鉴于程氏父子都喜欢用手掌大力拍击别人肩膀表达喜悦之情，云烨也忘记了向老程父子解释自己没患羊角风病这一事实。

云烨打开背包，这些天来他故意不去翻看从前的物品，担心自己再次陷入痛苦的回忆之中。

拿起手机，已经没电了，黑屏一片。打开后盖，取出电池，小心地吹吹里面的灰尘，前段时间渗进去的水早已干透了。程处默把它当成镜子，还嫌弃没铜镜好看。取出太阳能充电器，打开吸光板，选一个没有遮阴的地方，放置好充电器，将手机连接在上面，用不了四个小时手机就会充满电，那里有自己的全家福，云烨实在是想看一看妻子和儿子，担心自己这样下去会把他们忘记。

英吉沙小刀只剩一把，发卡还是那么漂亮，云烨手轻轻拂过发卡就像拂过妻子顺滑的长发。定位仪已经被自己丢掉了，钱包也被扔掉了，自己存在的标志只剩下这具肉体。没舍得吃的两个土豆已经长满了紫色的嫩芽，云烨很清楚这俩土豆的价值，如果没它们，大唐想要获得这重要的农作物就需穿过茫茫太平洋去美洲大陆寻找。

喊过服侍自己的亲兵，命他去寻找几个大缸，打算把土豆切开种在缸里，但愿它们在天气变寒冷前能够成熟。整套的厨具已被程处默借去，听说是要让营中铁匠再打造出一套，到现在也没音讯。帐篷、睡袋也没能逃脱这种命运。指北针、地图云烨贴身收藏，不打算让它们重见天日。指北针还好说，地图实在是没法解释，但它又太重要不能毁弃。工兵铲程处默好像不打算还给自己了。

掏空了背包，云烨将背包抖一抖，要把里面的灰尘倒出来，没想到几颗黄灿灿的东西掉出，云烨一看原来是五颗玉米粒，不知何时落在背包夹缝里，云烨捡起玉米粒用麻布包好，和辣椒籽放在一起，希望来年能种出辣椒和玉米，自己的农庄能否兴盛全指望它们了。云烨对电子产品并不抱太大希望，手机里如果没有妻儿的照片，他一定选择扔进黄河里。子不语怪力乱神，太先进的东西不会给自己带来幸福，只会招灾。李二陛下从骨子里就不相信任何神灵。自己如果拿出一件没法解释的神器，李二第一时间不是崇拜而是举起屠刀。

云烨发现自己是一个彻头彻尾的穷光蛋，身无分文不说，居然还欠着老程一盘银子。虽说钱是王八蛋，没钱还真的寸步难行。李二陛下怎么就忘记赏赐一些金银珠宝呢？不厚道啊，没钱你让我如何当爵爷？云烨觉得自己是世上最悲催的爵爷。爵爷还得自己挣钱吗？不是说爵爷都是左拥右抱美人，顿顿山珍海味，出行骏马，回有华厦吗？怎么轮到老子就得当苦工挣钱？天理何在！

老程奇怪地看着云烨帐前并排摆着的五口矮缸，奇怪的是云烨还把缸底敲了一个洞，军士正把腐烂的树叶、河边的泥土搅拌在一起，黑黝黝的显得十分肥沃。云烨轻手轻脚地把一种奇怪的带着紫色嫩芽的茎块埋进缸里。上面盖着一层薄薄的泥土。待云烨浇完水，老程再也忍不住了，问云烨："小子你在干什么？种花？你小子不会在军营里干这么不着调的事吧？"

云烨拍拍手上的泥土，对老程躬身施礼："程伯伯，小侄对伯伯的信任感激万分，小侄做如此离谱的事，您未有一句责骂，却让军士竭力帮助小侄完成。伯父厚爱小侄铭记在心。至于缸中物事，且容小侄卖个关子，秋后自知。但小侄可以告诉伯伯，此物乃无价之宝，只要种植成功它可使我大唐今后无饥馑之忧。"

"小子，此话当真？凭着五口大缸就能使大唐无饥馑之忧？"程咬金颤声问道。

"嘿嘿，小侄刚获爵位，又得千亩封地，可惜还是一穷光蛋，身无分文。年底赶赴长安叩谢陛下，正式就职，没钱怎么行。待此物种成，小侄也好献于陛下弄上几万贯钱钞，这样就可混吃等死了。"云烨话音刚落，一只巨爪就抓住后颈，拖着他向营帐走去。

在经过殴打、抵抗、再殴打，然后屈服，这一套常规说话方式后，老程心满意足地背着手踱出帐篷，趴在缸边，仔细数了数土中的嫩芽，喊来十个亲卫，郑重吩咐他们小心看护，摩挲着缸沿，喃喃自语："这比命贵重啊！"众亲卫见大将军如此失态，收起不以为然的心思，十双眼睛紧紧盯着五口大缸，再无一丝懈怠。

云烨躺在床上，揉着已经发木的屁股，悲惨地呼号："土豆而已，至于揍我一顿吗？"

第十四章

输　血

　　程处默灰头土脸地回来了，憨厚的面容此时充满了愤懑和悲伤，众军士想要去安慰，见他通红的双眼却又黯然退下。

　　云烨站在种了土豆的缸边拿一小铁耙正在给土豆苗松土，这在他看来，自己不是在给土豆松土，而是在伺候满缸的铜币，每松一下土就仿佛听见铜钱在哗哗作响，他深深地沉浸在美好的幻想之中。

　　五天前土豆苗终于钻出土，两片嫩嫩的叶子顶在芽尖，翠绿色的叶片证明植株营养良好，云烨也就放下心来，特地与程咬金连干三杯以示庆贺。松完土，正准备洗手进帐，却见程处默站在帐前，满眼全是恳求之意，泥土、血渍糊满盔甲，左臂隐隐还在流血。

　　云烨大吃一惊，上前抓住他的胳膊，右手的小刀已挑开衣袖，一条两寸长的口子正汩汩地冒血。急忙跑进大帐，翻出急救包，让程处默坐下，准备给他处理伤口。程处默却止住云烨，嘴张了半天挤出几个字："我没事，救救我兄弟。"说完扯着云烨往前营就走。

　　程处默的弟兄很惨，身中九刀，都是在战场打过几次滚的好汉，中刀时刻意避开要害，否则早死了，就这样也失血过多，人陷入昏迷，随军医师连连摇头，称已伤根本，无力回天。

　　云烨不明白，只不过失血过多而已，补充完血液，只要没并发症，一两个月后又是一条活蹦乱跳的好汉，怎么会没救？再说我手里还有消炎药，当初因为是去乱石区救人，乱七八糟的药品背了不少，为这队长那混蛋连食品都没让多带，要不然我也不会为水跑那么远的路，弄得一下子跑到唐朝连家都回不了。

心头有了主意，也就不慌张了，把程处默按在条凳上，取出缝合针泡在酒精里消毒，拿镊子夹着药棉给他清洗伤口，程处默对酒精刺激毫无反应，嘴里不住自语："他是替我挨的刀，这几刀本应我挨的，是我没用。"

　　云烨也不理他，见伤口清洗完毕，穿上丝线，给他缝合伤口。程处默在自伤自怜仿佛肉不是自己的任人施为。旁边医师大吃一惊，见一个少年拿针在缝伤口，人不是衣服，怎么能用针来缝？正要阻止，却见少年朝他招手，凑到跟前。那少年说："看好了，下次有这样的伤口，清洗干净后，用针就这样缝起来，有利于伤口合好，记住，里面用羊肠线，就是把羊的肠衣割下来，晒干用烈酒浸泡，然后就可使用。外面用丝线。"话说完，手上的活也做完，掏出云南白药，撒在伤口上，用绷带包好，做得熟练无比。医师有些想相信这少年是一位医者了。

　　程处默此时仿佛活了过来，刚才无意识地拉云烨过来，只是想找一位亲近的人给自己安慰，替自己承担痛苦，这完全是下意识的行为。这时云烨熟练无比地给自己处理伤口，且是从未见过的方法，这让他又燃起希望。

　　"阿烨，救救我兄弟，救救我兄弟，你一定有办法，你一定有办法的是吗？"

　　"我当然有办法，不出意外，你兄弟死不了，两个月后，又是好汉一条。"

　　那军医睁大了眼睛，如不是刚才云烨处理伤口井井有条，早就破口大骂了，没见过这样的医者，伤患全身失血过多，此时气若游丝，一口气接不上来就死得不能再死了，还口出狂言，保证救活伤者，还好汉，侥幸活下来也就在床上喘口气罢了。且听他如何救治，反正在自己看来，伤者十成死了九成九，就让他折腾吧。

　　"我兄弟会没事？"程处默以为自己听错了，赶紧追问一句。

　　"我什么时候骗过你，说他死不了，他就死不了，让开，别挡着我救人。"听了这话程处默嗖一声就跑到云烨身后，眼睛一眨不眨地准备看云烨怎样救人。云烨拿出手机打开照明功能，让光斑照在伤者的瞳孔，瞳仁还有收缩变化，心中感叹：这家伙生命力真强。

"我现在要用血，人血，用你们的血救这家伙，谁愿意献出来？"周围一下子安静下来，众人面面相觑，犹豫半晌，程处默咬牙迈出一步："阿烨，用我的，反正我的命也是三停救的，就当还他一命好了。"云烨眼中露出不可抑制的欣赏之色，心中不由得为程处默喝一声彩："好汉子。"正要解释输血死不了人，却见一只大手就抽在程处默的后颈上："老子还没死，什么时候轮到你，云小子，是非得自己人的血，还是是人血就成？"谁都没发现，老程不知何时站在门口，满身战甲，掌中横刀上血迹斑斑，看来刚刚杀完人，杀气逼得云烨几乎不敢直视。

"伯伯，只要是人血血型合适就没问题。"

"那你看看这些家伙成不成？"老程用横刀指着门外用绳子捆得结结实实的七八个羌人。

"待小侄验过血型再说。"

云烨拿出两片玻璃和一张淡黄色的试纸，上面有五个小格共分五色，把这两样东西放在托盘内，用一根牙签扎在伤者的中指上，挤出血，涂在黄色试纸的五个小格内，又挤出一滴血，涂在玻璃上，换一根牙签在自己中指上扎一下，取一滴血和伤者血液融合，将两片玻璃合住，轻轻滑动，仔细观察，片刻，就有了结果，伤者与自己血型不同，再看试纸，只有蓝色的 A 型血方格变色，其他不变。在确定伤者的血型后，云烨来到那几个羌人跟前，羌人听不懂他们在说什么，凭直觉就觉得不是好事，身子拼命往后缩。几个彪形大汉抓住他们的手递到云烨面前，此时，云烨觉得自己很像日本人，从他们手上一一采过血后发现有两人与伤者血型相同。吩咐众亲卫把这两个家伙胳膊洗干净，上面全是油腻，他可不想伤者死于细菌感染。

被蒙住眼睛的羌人拼命挣扎，但在亲卫的努力下还是让云烨把胶皮管的针头扎进血管，看着有些发黑的血液缓缓流进伤者的身体，伤者的气息也越来越悠长，嘴唇开始有了一抹血色，医师摸着伤者的脉门，眼睛越来越亮，嘴越张越大。而大帐内的众人除了老程父子面露喜色，其他诸人看云烨的眼神也越来越敬畏。

庄三停活过来了，只是刚止住血的伤口又开始流血。云烨拿镊子夹着药棉仔细清洗了一遍，他不想好不容易救活的人留下后遗症。军医已完全成为他的助手，一人拿一根针缝伤口。

尽管手哆嗦得厉害，深一针浅一针缝得七扭八歪好歹也坚持下来。反正庄三停也不靠面皮混饭吃，缝得好与坏也就不计较了，大难不死就属难得还敢挑三拣四？羌人死了，不是输血输死的，是被生生吓死的。没人对羌人的死有一丝疑问，就连生性善良的军医也只抱怨羌人的屎尿弄脏了帐子，仿佛羌人的生命连一顶帐子都不值。

云烨这次没用白药，毕竟自己带来的太少了，庄三停伤口太大、太多，用两三次药就没了，军医用金创药给他敷伤口，捡过金创药闻一闻，生石灰，娘的，原来是生石灰，夹杂着乱七八糟的一些药材。云烨不明白，什么药材在和生石灰反应后还有疗效？云烨印象中生石灰要么用来刷房子，要么用来刷果树防虫，没想到还可用来刷伤口。心中不禁为自己的小气有些脸红。取出一板头孢，交给程处默，吩咐一次两粒，一天三次，至于庄三停能否挺过伤口发炎就看造化了。

老程的眼睛亮得瘆人，没等云烨问到底发生什么事，就一把揪住他，往胳膊底下一夹，扭头就走，边走边吩咐亲兵把云烨治病的家什都拿到帅帐来。程处默考虑一下也跟着老爹到了帅帐。

"你可以借命？"老程的眼睛紧紧盯住云烨，就差脸贴脸了。云烨艰难地转过头，很不习惯这样和人说话。

"不能。"老程问的问题太过玄幻，得立刻否定，要不然他再换一种方法让自己再借一次命麻烦就大了。

"为何你拿小管子把血抽进三停身子时，三停活了，羌人死了？这还不是借命？"程处默的双眼充满了八卦的熊熊火焰。

第十五章

命贱如草

　　云烨看着贼目烁烁的老程，心里的苦楚能对他讲吗？

　　我要是告诉你老子只不过在急救中心上过两百个小时的课程，这是第一次给人家输血，缝合，你还不要了我的小命。

　　医生说得好啊，救人其实就那么一回事，你越是不把他当人，就越可能救活，人坚强着呢。西医的起源是理发师，能给人理发就能做医生。恐怕现在的西医祖师爷还把放血当成治百病的良方。

　　脚痛剁脚，手痛砍手，至于头痛就没办法了，如果砍头能活，想必那些伟大的祖师爷对头也不会客气。老子都知道用酒精消毒了，这简直就是开天辟地的发明，等到了后世，还不得当祖宗供起来？

　　汽车狂人都说了，汽车有什么呀，不过是一个发动机，四个轮子，再加上一个铁壳子罢了。

　　这是何等地睿智，反正听说他的汽车企业蛮火的，没听说有什么大问题。同理，人有什么呀？不过是一个脑袋，俩胳膊，俩腿，再加上一个碳水化合物的身体。知道病因，随便整治就是，你没见庄三停活过来了？这证明我的理论是正确的，要发扬，要光大。"庄三停是被砍了九刀，失血过多，找相同血型的人给他输血，有了血，人不就活啦，这也要问？"云烨觉得自己在对牛弹琴，和古人讨论血型问题纯属吃饱了撑的。

　　"小子，你这套都是你师父教的？你还会什么？"老程仍然在探云烨老底。

　　"家师学究天人，这些东西小道而已，有很多学问恩师不教，他说人生烦恼识字始，能认识字，不被人骗就足够了，学得越多，麻烦就越多，他希望我过一种简单的生活，天地运行自有规律，强加干涉只会平添新的麻烦，顺其自然就好。小侄懂的这些，多是小侄见师父施展过，照葫芦画瓢照样施为罢了。"

没办法，云烨只好再次让师父高大起来。老程恶狠狠地指着云烨说不出话来，在他看来，云烨守着天人般的师父却学了个半瓶水，这些本事哪一样拿出来都是惊天动地的绝学。指了半天，不知怪谁，又颓然放下手。

"兄弟有这么大本事，哥哥以后有难处就找你，管他学问哪儿来的，我兄弟学会了，就我兄弟的，我兄弟的就是我的。"程处默心大，只是在一旁为自己兄弟高兴，今天又见到兄弟施展奇术救了自己部下，心情自然大好，搂着云烨哈哈直笑，至于输血救人之术早忘在脑后，以后有需要找云烨就是。

老程郁闷地将两人踹出帅帐，自己研究云烨那些稀奇古怪的输血装备，其实也就一截橡胶管子，加两个针头而已，老程拽拽管子，瞅瞅针头也就放弃了。听着帐外云烨和程处默嘻嘻哈哈的打闹声，脸上也不由得浮出笑容。

人变年轻，心仿佛也变年轻，心理年龄三十四五岁的云烨和十七岁的程处默相处竟没有任何代沟，程处默的毫无心机、豪迈的气质让云烨非常享受和他在一起的时光。心情和身体都极度放松，云烨已不记得上一次这样毫不遮掩地与人笑闹是什么时候。

终于弄清楚到底发生什么事了。

这段时间兰州大营一车车的食盐不停地运往陇右各地，这情况引起了徘徊在大营周侧的羌人的注意。

他们同样缺盐，而陇右的盐价被程咬金死死地咬在一贯钱一斤的高价位，而且有价无市，为不引起民怨，老程又敞开供应醋布，虽不好吃，好歹也有了盐味，反正老百姓平时也吃不了几两盐。

突厥人退了，盐道即将开通，忍几天也就过去了。可羌人不行，由于这次随长乐王幼良造反，身为叛逆，老程自然不会顾及他们的死活，醋布是供应大唐百姓的，不是给叛逆的，就这样他们连醋布也没有。没有盐，人在高强度活动中撑不了几天，没办法，为了活命铤而走险，趁程处默带兵送盐之际，纠集四百余骑突袭了送盐车队，程处默迅速点燃狼烟，率百余护卫仓促应战，不想这些羌人为了夺盐竟然悍不畏死，把程处默等人团团围在中间死战不休。

庄三停作为程处默的护卫，竭尽心力地保护他不受伤害，自己却身中九刀奄奄一息。看到狼烟的程咬金亲自带人前往救援，在杀散羌人后，程处默的百余人只剩下三十七人。老程狂性大发，下了死命令要将羌人斩尽杀绝，不一会儿，羌人的四百余骑就活了十一人，其他尽数被斩杀。然后就出现程处默到营帐找云烨的一幕。

云烨生活在太平的世界，何时经历过这样的惨事，早晨百余人高高兴兴地押运食盐上路，到中午回来时八十一人已命丧黄泉，几辆大车载着缺胳膊少腿的尸体回到大营。

这在云烨看来是不可思议的，两千斤盐而已，在后世价值不过三千元，四百马贼为它全部丧命，云烨不认为落在程伯伯手中的另外十人会平安活下来。一条人命只值五斤食盐，还不包括为保护这两千斤盐死的八十一个护卫，太不值了，人命如草。

物资的匮乏，广泛的贫穷，漏洞百出的国防线，都让人把自己的命不当一回事，头砍掉了碗大个疤。为什么富贵人家都比较珍惜自己的生命，所谓越有钱就越怕死，这是一条颠扑不破的真理。穷人家活着就是受罪，如果连罪也受不下去了，也没机会受下去，那就只好把脑袋别在裤腰带上造反了。

高高的草料堆上，云烨和程处默望着漫天的星斗发呆，璀璨的银河像一条玉带横挂在天空。银河两岸的牵牛、织女二星正在熠熠生辉。

没污染的大唐夜空像一匹纯黑的锦缎，透出一种沧桑的神秘感。不像后世的夜空呈现出诡异的灰黑色，星辰也只有寥寥几颗，显得有气无力。六月天的陇右仿佛着火一般，人人都在这天地火炉中煎熬，满营都是勒着兜裆布的汉子。云烨感觉就像进了鬼子的军营，找了几匹细麻布，找军营裁缝边解释边比画，才让他明白自己要做几条内裤，子弹内裤就算了，四角裤还是没问题的。没橡皮筋就只好系带子，不过还好，没有掉下来的危险。六条大的，四条小的，一夜之间就做好了。

云烨很奇怪裁缝的效率如此之高，直到裁缝恭恭敬敬地捧着内裤双手送到云烨手中，他才明白为何有这样的礼遇。这和军营中一条流言有关，新晋爵爷有通天彻地之能，能辨阴阳通鬼神，施展仙家妙术把羌人的余寿硬加给本来要死的老庄，现在老庄已经能翻身了，大热天伤口丝毫没有红肿，看来还有百八十年好活。

自己将来万一有这样的麻烦，随便抓一个羌人，求爵爷施展妙法岂不是也有百十年好活？所以满营军士看云烨就像看神仙一样，现在神仙要做几条短裤，那是看得起俺们裁缝，四个裁缝熬了一整夜硬是赶天亮做了出来。云烨笑着表示感谢，那裁缝头连赏银都不要，磕完头欢欢喜喜地走了。爵爷没架子，还笑脸感谢，咱是神仙爵爷都笑着表扬过的人，军营里这群人谁还敢给自己脸色看。云烨不知道自己无意中做了狐假虎威中的老虎，拿着三条肥大的四角裤赶往帅帐。

帅帐中老程正光个膀子，胯下勒一条白色兜裆布，脑袋上顶一布巾，有一口没一口地喝着葡萄酿，遍体的黑毛让云烨极度怀疑这家伙尚未进化完全。

"伯伯，见您老人家不堪忍受酷暑，小侄做了几条内裤穿上倒有几分清凉，特地给您也做了三条，您穿上试试，莫要嫌弃。"老程好戴高帽，你得自己放低姿态，这样才好提要求，也才可能达到目的。

"还是你小子有孝心，丑儿就是一粗坯，除了从老夫这儿偷酒，就没这细腻心思，来老夫试试。"说着，解下兜裆布赤条条地就穿内裤。

"别说，这东西就是凉快，你小子费心思了。说吧，想让老夫赏你点什么？"老程扭扭屁股觉得十分舒服，就决定赏点什么给云烨。

"这是晚辈孝敬您老的心意，岂能要您老的赏赐。如果您非要赏赐，长者赐，不敢辞，您把上次那块玉佩赐给小侄就好。"云烨早对上次打赌的那块玉佩垂涎三尺，明明自己赢了，老程却没了动静，明里暗里要了几次都没成功，不知这次能否达到目的。

"做梦，那是老夫打算给你定亲时给女方的信物，现在给你，还不是会被你败掉，老夫先收着。"话音刚落，云烨就飞出帅帐。天哪，不但没要到玉佩，还挨了一脚，更可怕的是老程要给自己找老婆，据程处默说，老爷子给他看了几家姑娘，无不是身材高壮、好生养之辈，据此算来，云烨就觉得如花在向自己招手，此时，云烨死的心都有。

第十六章
杀不了人，还杀不了狗

还好，程处默偷了一坛葡萄酿请自己喝酒，一口下去，温热的酒浆让人燥气上升，一巴掌打下程处默举碗的手。

"糟蹋东西，葡萄酿没冰怎么喝？"

"为兄也知道葡萄酿冰镇后喝起来舒爽无比，但这是陇右，咱来这儿是为了镇压羌人的，连兰州城陛下都不让进，只能在荒野扎营，你让哥哥上哪儿去弄冰回来？"听得出，程处默也一肚子牢骚，没办法，李二陛下此时正打算整顿军队，绝不肯让军队骚扰地方，估计满大唐的军兵此时都一样住在帐篷里。

"住城里这是梦想，但弄点冰还是可能的。你只要找到硝石，我就能给弄出冰来。"

听云烨这么说，程处默连方法都懒得问，起身就去了后勤营，他记得那里应该有硝石，狼烟里就有这东西。一盏茶的时间，程处默就拎着一大袋硝石回来了，云烨找了一口缸，将硝石统统倒进缸里，倒进大半缸水，只见水和硝石剧烈反应起来，水花翻滚，不时有爆破声传出，待水面平稳，云烨将准备好的凉开水倒进铜盆，让铜盆漂在水面上。

不一会儿，在程处默大眼的注视下，水面开始有白色的冰纹出现，一顿饭的工夫水缸面上就被白色的冰覆盖了，铜盆里的水也开始结冰。程处默小心地拿手碰一碰冰面，倒吸一口凉气："兄弟你怎么做到的？六月天热死人的天气里结冰，说出去谁信？"

"闭嘴，不知道就别问，明年，咱哥俩还要靠它发财呢，你不知道小弟我现在还是一穷光蛋。"程处默挠着头，果然不再问，他总觉得自己兄弟要挣钱不是一件难事，完全没必要现在就做准备。不过，能喝到冰镇葡萄酿才是正事。

兄弟俩躺在高高的草料堆上，喝着爽口的冰镇葡萄酿暑气全消，冰块撞击着碗壁叮叮作响，此时听来就像一曲动人的小曲。二人从头顶舒爽到脚心，谁也没了说话的心思，只是看着漫天的星斗发呆。程处默一口抽干碗中美酒，乘着凉意倒头就睡，不一会儿，如雷般的鼾声响起。

云烨一小口一小口地抿着碗里的美酒，望着银河边的牛郎星苦笑不已，那会是自己的真实写照吗？传说中他们一年还有相逢的一天，而自己与妻儿相隔一千三百八十年恐怕此生无缘再见，遂举起碗中残酒遥敬织女星嘴里轻轻道："保重！"说完喝干酒，将碗远远地扔向未知的黑暗。

突厥人退去了，不但带走了三万汉奴，还有李二陛下的互不侵犯的承诺。长安府库的财帛为之倾空。这些得意扬扬的强盗出原州、灵州自怀远遁入茫茫草原。

程咬金手捧李二陛下手书号啕大哭。一万二千将士整衣束甲拜倒在帅帐前，数名悍将披发刺面请求出征，决心以血洗刷渭水之盟带来的奇耻大辱。程咬金与副帅牛进达割腕起誓曰不报此仇，誓不为人。但我军势弱，军备不齐，粮饷不济，国内叛乱不止，吐蕃、吐谷浑虎视眈眈，稍有不慎大唐即有倾覆之忧，君子报仇，十年不晚，且容我等荡平国内之叛贼，待兵精粮足，必与诸君会猎草原，与突厥决一死战。

诸军士大哭而还，一时间，大营之中磨刀霍霍，愤懑之气充塞天地间。为使大军怒气得以发泄，兰州、肃州仅剩的羌人遭到灭顶之灾，为追杀叛逆，大军兵进河州，吐谷浑风声鹤唳，一边大军开往边境，一边派使节赴长安斡旋。

云烨一直随大军奔波在陇右大地，亲眼看着羌人这个曾经辉煌的种族消失在民族之林，除少数羌人遁入深山、逃往荒原，其余羌人青壮皆被斩杀，妇孺为奴为婢。可以说整个羌人部族为一时痛快付出惨重代价。

亲眼看到一个种族的覆灭，给云烨带来极大的心灵冲击。兴亡千古事，盛衰一夜间，汉民族能在地球上屹立五千年，几经风雨摧折，却又老树发新枝，是何等地不易，又是何等地幸运。而现在，汉民族又将迎来新一轮的高潮。云烨暗暗思量，自己的到来能否把这即将到来的盛世华章谱写得更加完美呢？

车辚辚，马萧萧，路人弓箭各在腰。大军行进尘土飞扬，哗哗的甲胄撞击声不绝于耳。

程处默全身明光铠，在烈日的照耀下就像一支巨大的火炬，晃得人睁不开眼。就在他旁边一匹马把头伸进一辆马车的车厢内，似乎在躲避小程的光芒，只是不停摇晃的尾巴暴露了它此时愉快的心情。

程处默胯下的枣红马幽怨地看着背上空无一人的旺财，埋下头继续吃力地驮着沉重的主人前行。旺财当然有理由愉快，车厢里一片冰凉，一块硕大的冰块散发着寒气，车厢外暑气逼人，车厢内凉爽宜人，云烨跷着二郎腿一边哼着小曲，一边不时往嘴里扔一颗豆子，日子过得逍遥自在。旺财不时舔一口融化的冰水，偶尔云烨也会抓一把豆子塞进旺财嘴里。

一人一马在大军的洪流中显得惬意无比。云烨的马车后跟着长长的车队，这是程大将军攻破河州羌人老巢时缴获的，数十车硝制好的羔羊皮。钱财之物已分与军士，妇孺奴仆自有地方上发卖，收入会归入国库，大军上至将军，下至马夫，每人好处均沾，自是士气风发。云烨也有好处，没人看上的硝石整整拉了十车，河州本就是硝石产地，产出的硝石纯度高、杂质少，是硝制皮张的最佳原料。本来最多装一车，程大将军在享受冰镇葡萄酿后一车就变成十车。

程处默终于从初得明光铠的梦游状态中醒过来，只觉得身体仿佛困在蒸笼中似的，汗水像小溪从头顶顺着脖颈流到腰间，靴子里全是汗水，马背上也湿了一大片。

回头看看云烨的特制马车，再往前看看中军大旗离自己足有半里地，喊过领队的果毅校尉，声称自己需要更衣，让他小心从事，重中之重是见到大将军需要向自己通风报信。戴着斗笠、身披薄甲的果毅校尉同情地看着像从水里捞出来的折冲校尉大人说了声万事有我。程处默拍拍下属的肩膀表示感谢就一头冲进云烨的马车，马车发出超载的咯吱声，先一脚把旺财的大头踹出去，再抱着那块冰再不松手。

云烨见状抄起冰好的凉茶把壶嘴塞进程处默嘴里，像浇花一样给他灌水，一壶凉茶喝个精光，一阵舒服至极的喘息声才从程处默嘴里传出。

"明光铠简直是战场上最优秀的靶子，堪称羽箭的吸引器，除了烧包、头脑发热者，还有谁在大热天穿这玩意儿。"

云烨鄙夷地瞟程处默一眼，从身后抽出一条布巾扔在这家伙脸上。

"哥哥我愿意，明光铠在京师我就想有一件，可老爹不同意，自己造又太贵，没想到在陇右找到一件，你不知道，尉迟大傻有一件，在长安的时候这家伙天天穿着在我们面前显摆，吃饭的时候都不脱下来，用刀子扎着菜往嘴里送，还说这样吃饭才是男儿本色，虽然被他老子臭揍一顿才脱下来，可到底让哥哥我不痛快，今儿好不容易得到了，不穿更待何时。"程处默擦着脸闷声闷气地解释。

"待到长安，我给你设计一套战甲，你现在把这玩意儿扔了，马车都快要压坏了，这么重的铠甲，再加上你的体重，你指望有哪匹马可以驮着你战斗？你是马上将军，灵敏、快速是你的长处，现在套上这件废物，跑不了多远马就会撑不住，没了马，你还能有多少战力？"云烨慢条斯理地劝程处默。双手替他解开束甲丝绦，脱下甲，程处默明显轻松许多，八十斤的盔甲，被亲兵送到辎重车架上。重新换上短衣皮甲，程处默敲下一大块冰咬得咯吱咯吱直响，也不怕崩掉牙。

程处默又跨上战马，酷日虽烈，但军法无情，哪怕自己是大将军的儿子。云烨可以躺在马车上，因为他不是武职，再说他有羊角风，大将军特许他乘坐马车。这次陇右平叛，左武卫作为预备队军中大数是新兵，从未上过战场，这回拉到陇右也有练兵的意思，拿羌人给左武卫新兵练手正合适，这见过血的军队风貌就与刚来时不同。

来时军中气氛热闹非凡，这些新兵几乎是一路笑闹着开到陇右，现在大军出行，整个队伍鸦雀无声，只有哗哗的甲叶撞击声和军靴触地轰轰声。血红的"唐"字牙旗正在随风飘扬。

第十七章

意 志

连日行军，枯燥乏味，辛苦。虽说都是关中子弟个个骁勇善战，大日头底下行军却需强大的耐力。

副帅牛进达顶盔掼甲手持马槊率前军开路于前，大将军程咬金全身披挂压阵在中军，程处默押着粮草、军械跟在中军尾巴上。

两位大帅没有一丝优待，顶着烈日默默行军，程处默要不是穿明光铠实在热得受不了，绝不会爬上云烨马车暂避。

或许这就是古代军人的操守，在这靠个人魅力领军的时代，这也是一位合格统帅必须做到的表率。

老程昨天就已经有轻微中暑，云烨用铜钱给他刮痧，虽说刮得脊背红一道青一道，明显是技术不过关，但也让老程睡了一个好觉。行军前，老程特意让云烨教军医这一简单而有效的治疗方法，毕竟这几日中暑者已达百人，云烨没办法告诉军医这是严重的电解质缺失现象，只能学程处默的教育方式，蛮横地告诉军医不要问为什么照做就是，配置了大量盐糖水，给中暑的军士灌下去就是。

或许是云烨蒙对了治疗方法，也或许是军士体质良好，总之，方才军医来报，躺在马车上的中暑军士症状得到缓解，已能进流食，全身高热已然减退。

军医报告这一消息时眼中全是敬意。看来自己在军医面前已是高不可攀的名医，云烨没多少得意之情，在后世自己军训中暑得到的治疗也不过如此，所以云烨坚信这是治疗中暑的最简单、最有效，也最经济的做法。在吩咐军医给伤兵继续喝盐糖水喝绿豆汤外，让他们好好休息等待体力恢复。

军医领命而去。云烨不禁担心起老程来，虽说还在壮年，但白天行军，夜晚筹划路线和行军防卫问题肯定休息不好，别出什么问题。

翻出自己的墨镜，虽是两百元的便宜货，还是能有效遮挡阳光让他不伤害眼睛。凉凉的冰盐水灌了两罐又敲了几块大大的冰块扔进罐子里。

吩咐赶车的民夫加快速度追上老程。越过长长的队伍，不一会儿就见老程勉强睁着血红的眼睛强自挺直了身躯坐在马背上赶路。连忙喊住老程："程伯伯，您请稍憩片刻。"说着从马车上跳下来抓住老程的马缰。

"滚开小子，再阻挡老子战马，小心军法从事。"老程知道云烨关心自己身体心头一热，嘴上却毫不留情。

"下官现在是后勤营行军书记，大帅是我左武卫主心骨，您的身体好坏也属下官管辖范围，现有疗暑良药请大帅服下。"云烨一本正经地说完，举起罐子递给老程。

老程已经喝了很多水，胸中却仿佛有团火在燃烧，无论喝多少水都扑不灭心中火焰，听云烨这么说，一把抄起罐子仰头狠狠灌了一大口，只觉一股凉意从口中一下滑到腹中，不禁长长哈一口气只觉胸中那团火顷刻间随那口长气逸出体外，索性举起罐子兜头浇了下来，打一个寒战，全身舒爽。又捞出冰块随手抛给一边的亲卫，低头对云烨说："药老子服了，现在滚回马车里，再擅自乱跑，军棍伺候。"说完见云烨又取出一个罐子遂吩咐亲兵把罐子送给牛进达，云烨不知道罐子里的冰送到牛进达手中会不会化掉，毕竟牛进达前军已在三十里外。不管了，反正心意已经尽到，从怀中掏出墨镜，递给老程。

"这是什么东西？"老程拿在手中左右比画。云烨见老程有掰开眼镜的架势，赶紧要过来给老程表演一下，老程将眼镜正确地扣在眼睛上才施一礼回到马车，吩咐车夫把马车停在路边等待程处默。

云烨撩开马车窗帘，眼看着大军迤逦前行，心中却早无先前的悠闲。

程咬金明知烈日下行军为兵家大忌，却不管不顾仍然强令大军每日必须在烈日下行军四十里，这不是老程出昏招，而是大唐四面楚歌，周边群雄虎视眈眈，左武卫新兵必须尽快成长起来，趁着剿灭羌人的有利时机，对大军进行一次艰苦的磨炼。

从这次突厥叩关就可看出大唐是虚弱的，稚嫩的，还没有成长到可以抵御任何危机的程度。

在后世每回读到李世民贞观之治的时候，心中永远充满慷慨激昂之意。幻想自己就是策马奔腾的大唐军人手持横刀横扫草原，将唐朝版图扩至葱岭，勒石燕然对大唐只是一个笑话，连北海都只是大唐内海。从没想到在扩张前，大唐处境是如此艰难，还好，有眼前这批铁血男儿，足以度过最艰难的时刻。云烨此时心中对这些在烈日下默默行走的大唐军人充满敬意。

程处默敲敲车厢把云烨从沉思中拉了回来，看到那张谄媚的笑脸，云烨对大唐军士的敬意一下子下降了一大截，果然，败类是无处不在。

他老子一罐冰水都要和袍泽共享，这混蛋背上布包里全是冰块，头上再戴一顶范阳笠，冰化之后，水从脊背上流下，酷热现在根本就威胁不到他。

"兄弟再走半个时辰就到今天的目的地，咱哥俩今晚吃什么？"云烨自穿越以来对大唐的人文环境大为满意，如果不让他吃火头军做出的猪食和酿造出的浑酒大唐绝对是天堂般的存在，自从云烨自己每天开火以来，程处默每天必到，还美其名曰担心兄弟一人吃饭孤独，特地陪他，以全兄弟之义。

"今日小弟欲请程伯伯共进晚餐，处默兄可同来。"

"啊，哥哥今日肠胃有些不适，打算饿一顿清清肠胃，晚饭你和我爹吃就好。"如果说老程是猫，程处默绝对是一只小老鼠，除了必要的时刻，程处默绝对不和老程碰面。见程处默落荒而逃，云烨哈哈大笑。

古时大军驻锡之地必须有足够的水源，背山面水无疑是最佳的营地，此时陇右还不是后世时的不毛之地，青山绿水随处可见。

老程治军严格，哪怕是只住一夜的临时营地也必然伐木立寨，严谨的行军体系保证了大唐军卒战无不胜的美名。在云烨的要求下，左武卫不允许任何人喝生水，每天行军后，必须用热水烫脚，有条件的话，洗澡也是每天必做的工作，现在，云烨可以骄傲地宣布，左武卫可能不是战斗力最强的，但绝对是最干净的。

第十八章
油泼面

傍晚的营地喧闹四起，这时的人一天只吃两顿饭，早上十点吃早饭，下午四点吃晚饭。由于行军晚饭直到扎营才开始做，众军士早就饥肠辘辘，流着口水望着火头军煮饭，唐时的煮饭真的是在煮，任何食材的做法只有一种——那就是丢锅里煮，再加一把盐，煮熟就成。

将领的饭食稍好些，能见一两块肉，当然，肉也是煮熟的，没有任何佐料，只能蘸酱吃。

云烨早就见识了酱料，发黄泛黑，闻之令人作呕，观之令人发狂，食之令人有杀厨子全家的欲望。

在以为厨子戏弄自己将胖胖的厨子痛殴一顿后，才发现大军中的全部将领都吃这东西还津津有味，小兵根本没资格吃。抓过亲兵勒令他全部吃光，这混蛋二话不说端着餐盘稀里哗啦地一扫而空，还意犹未尽地拿食指刮出最后一丝酱料含嘴里回味。

看他这样子云烨就知道厨子挨了顿冤枉打，打算给厨子赔礼，被程处默拦住劝告云烨，打错了可以，道歉不行，根本就不能赔礼，厨子受不起，你的身份也不容俯身赔礼，除非是贵族之间。

说罢扔给厨子十文钱，说是药钱，免得别人说老子欺负你，饭做得这么难吃挨顿揍是轻的，以后还不长进看怎么收拾你。

云烨本以为厨子此刻应该怒发冲冠手持两把厨刀挺身与自己拼个你死我活，没想到这家伙笑嘻嘻地捡起铜钱连鼻子上的血都不擦就给二人行礼还说谢爵爷赏赐。

妈的，贵族脾气就是被你们惯出来的，云烨心中感叹。前世的升斗小民活得只剩下骨气了，若有官二代在揍了自己一顿扔一百块钱看病，那官二代恐怕伤得比自己更严重，说不定会死，至于后果管他呢。

封建社会等级森严，贵族拥有强大的权力，平民只能服从贵族的管理，这种制度从战国绵延到现在，浸透到骨子里了。只见周边军士笑嘻嘻说厨子走运白得十文钱，从这话就可看出他们真的认为厨子走运了。

云烨暗暗庆幸自己现在是贵族，否则以自己的脾气恐怕这时早埋进土里了。

天渐渐暗下来，老程终于巡完营地戴着墨镜走进大帐。

云烨一见老程走路像瞎子深一脚浅一脚就知道他舍不得摘下墨镜，现在还在显摆中，根本不敢提要回眼镜的话，只能劝："程伯伯，墨镜白天戴着防日光伤眼，夜晚就不要戴了会看不清路摔倒的，这样的话，小侄就万死莫赎了。"

老程大气地挥挥手："无妨，老夫本来眼睛红肿难忍，戴上这墨镜清凉许多，实在是好东西，老夫先替你收着，回长安再还你。"

云烨早知道是这结果，送貔貅嘴里的东西能要回来才是怪事。老程小心地摘下眼镜，用绸布仔细包好放进一个红木匣子搁在案几上，这才有空打量云烨，见他身上穿着一件干净的麻布衣服，很奇怪的样式，就问："你小子也是有身份的人怎么胡乱穿衣，这在军营无妨，要在长安，会有言官弹劾你，你小子记住从众才是活命之道，你恩师是世外高人，自然不拘人间礼法，只求逍遥自在。老夫观你生性豁达无拘世间礼法，这可不好，你恩师出世，你小子入世，既然入世，那世间的人情世故就应该知道，老夫见过多少才气逼人、恃才傲物之辈，结果只有两种，要么折戟沉沙，要么泯然众人。你小子明白吗？"

云烨只觉得胸口有什么东西堵得慌，老程这是在教自己处世之道，不是亲近之人是不会说这些话的。

"伯伯金玉良言，小侄铭记在心。"说完深深给老程鞠了一躬。老程见云烨听进去自己的话，也就不再多说，这小子聪颖过人，一遍足矣。

云烨转身走出帐外，不一会儿又端着一个木盘进了大帐，大木盘

上有一巨碗，堪比人头大小，

　　碗边还有几碟小菜和几只小碗，碟子中装着几样野蔬，小碗里装着蒜泥、葱段、醋，还有一种红色的酱料闻之浓香扑鼻。云烨也不说话将木盘放在老程面前，把小碟中的野蔬倒在大碗里，大碗里寸宽的面条盖上绿菜白绿分明十分美观，云烨再把小碗里的蒜泥、葱段、熬过的醋、红色的油泼辣子倒进大碗，最后一小碗滚烫的菜油泼进大碗，一时间，大帐内浓香四溢。

　　老程的喉头不停耸动，眼睛直勾勾盯着大碗，双手蠢蠢欲动恨不能夺过大碗大快朵颐，云烨慢条斯理地用竹筷拌匀面条，一碗地道的油泼面捧到老程面前。

　　老程捧起大碗深吸一口气，似乎陶醉其中，挑起一筷子面条放进嘴里，眼睛刹那间变亮，风卷残云不能形容老程吃面的速度，一巨碗面条，足足三斤，老程在一盏茶时间吞进肚子，意犹未尽地将碗往案几上一扔："再来一碗。"

　　云烨听这话差点没摔倒，可不敢给他吃了，伤了脾胃可就悲剧了。连忙端上一碗面汤，原汤化原食嘛。老程灌下半碗面汤，这才心满意足地擦擦嘴由衷地长叹一声：

　　"这才是吃饭，敢情俺老程吃了大半辈子的猪食。这又是你小子的独家之秘，就凭这碗面，老夫断定你小子就可以在长安横着走。世外高人啊，不知这位先生生前是何等风采，老程家的人是比不了了，只盼你们兄弟能相互携持，好好把属于你们的路走好。老夫就是死了也含笑九泉。"

　　"伯伯何出此言，小侄与处默虽不是亲兄弟，这段时间相处下来，他的为人、处事、性格无不令小侄欣赏万分，我俩之间现在比亲兄弟还要亲密几分，互相帮助、互亲互爱是自有之意，不须伯伯操心。"

　　老程听完乐得哈哈大笑："俺老程家有福啊，老夫自己遇到的几位兄弟无不是赤胆忠心之人，与人相交无一人不是倾心而论，现在轮到丑牛运气还是如此兴盛，老夫怎能不多活几年好看看你兄弟能走到何种地步。"

　　老程自一碗面中品出云烨对自己的情谊，这是一种晚辈对长辈自发的尊敬和爱戴，比嘴中说出来要牢靠万倍。老程怎能不欣喜若狂，一直以来，他都为程处默忧心，陛下点明要把公主下嫁，与皇家结亲已是荣宠到极限，烈火烹油，鲜花着锦，谁能确保自家能够子孙延绵，无虑无灾。

观云烨这小子是一超级滑头，为人却又有情有义，误打误撞之下与儿子结为挚友，有这样一位才智卓绝，又机变百出的少年做儿子挚友，程处默啊程处默你还真是洪福齐天啊。

第十九章
饭桶，全是饭桶

六月出发，八月方回。云烨参加了左武卫大军的武力大游行，没有幻想中的慷慨激昂，只有无比的疲惫与无聊。

羌人就像一只只兔子在漫山遍野地奔逃，没有成组织的抵抗，没有计谋的交锋，老巢的抵抗不如说是一场赤裸裸的屠杀，左武卫大军就像一座大山平移过去，碾碎了所有的活物。

在绝对的力量面前，计谋是可笑的，或许有以少胜多的例子，但绝不会发生在羌人和唐军之间，羌人，这个曾经辉煌过的民族在大唐的赫赫军威面前连成为敌人的资格都没有，左武卫这样的军队大唐还有十一支。

程咬金一直希望能和突厥人或者吐蕃人交锋来显示自己的名将风范，可天不遂人愿，吐蕃人忙着在高原争夺最高权力，根本不理会程咬金的挑衅。

突厥人遁回大草原，虽说被长孙无忌突袭丢掉了掳来的奴隶，却得大于失，躲在草原不再露头。天下仿佛一夜间平静下来，就好像战争从未有过一样，除了程大将军叫嚣要杀入草原取颉利人头外。

他老人家的叫嚣没人理会，全大唐仿佛忘记了还有程咬金这号将军，或者深以为耻不愿谈及。既然派左武卫就食于陇右，你就好好在陇右吃饭，不要有事没事杀这个，杀那个，天下安静了，这太不容易了，就给全大唐百姓一个喘息之机吧。

云烨倒霉了，自从程大将军吃了油泼面以后，就在一群老友之间吹嘘此面是如何美味，简直不是人间所有。

牛进达说，云烨这小子的官凭都是老子所书，讨碗面吃吃应该不是问题吧，往云烨帐子一坐笑眯眯地等待吃饭，没办法，云烨觉得这些人是没法拒绝的，与其请他老兄一人，不如干脆请军中上得了台面的同僚一起吃饭，长痛不如短痛，取出所有辣椒用油泼掉，制出一大碗红油，再让后勤营民夫采来一大筐野菜，唤来三个厨子帮忙，其中就有挨揍的那个，云烨毕竟做不到欺侮人以后心安理得。相信这次会餐之后油泼面的做法他们三个应该学会了，以后那些大大小小的军校就不会来烦自己了，收集齐全二十几个盛汤的巨碗，一口可以煮整只羊的大锅，一切齐备，只等客人到来。

　　客人来了，又走了。来时饥肠辘辘，走时步履蹒跚。独留下云烨对月长叹，二十六条汉子，二十六位将领，二十六位饭桶啊，整整八十斤面粉，一木桶菜油，两大筐野菜，被这些大爷吞进肚子，一个个吃得沟满壕平竟还埋怨就碗大，其实没多少东西，吃法倒是新鲜，也就尝个鲜。有连面汤都尝完的鲜吗？三个厨子倒在地上回气，舌头吐得狗一样长，屁股上全是脚印，全是这些混蛋嫌慢用脚踹的。

　　云烨极度后悔请这些人渣吃饭，不是说古人都有涵养、有礼节，先人后己的吗？为什么待老程、老牛盛完饭后，剩下的就一哄而上，包括这些日子沉迷于算学的黄志恩，吃完一碗，大声叫嚣着再来一碗，也不怕撑死，一边用脚踹厨子，一边下手捞面，就这位号称算学名家的大学问家，其他人也见怪不怪，显然平时就这样。

　　久处芝兰之室，久而不觉其香；久居鲍鱼之肆，久而不觉其臭。这句名言对云烨触动极大，离开左武卫这个鲍鱼之肆必须提上日程。赏了三个厨子一贯钱，目送他们高高兴兴地离开，云烨摸着瘪瘪的肚子，摸回自己的帐子埋头就睡。

　　一大早掀开帐帘，带着泥腥味的湿气扑面而来，昨夜睡得太死，下大雨都没惊醒云烨，门外如织的雨幕，云烨突然想起自己种下的土豆，三两下蹿到帐后，只见五口大缸内的土豆苗长势非常好，两月时间已长到尺半高了，叶子青翠浓密，覆盖了整个缸口，五口大缸呈梅花状摆放，上面有一茅草亭为这些土豆遮挡暴雨，偶尔有几滴雨水漏下打在叶面上溅起晶莹的水花，而碧绿的叶子往下一倾，残留的雨水就滑下叶面，倏地就消失在一片浓荫之中。

云烨放心了，自己不在的两月间，这些土豆受到了良好的照顾，看着叶子间的几串花蕾，云烨兴奋起来，再有五六天淡紫色的土豆花就会开放，有花就会有收成，自己还一直担心这些土豆在过虫洞时生命力遭到破坏，看来还好，自己的挣钱大计未受到挫折。

待这些土豆长成，全做种子，只要不退化，不出三年，云烨有信心把它种上个百十亩，在长安还有千亩良田，相信凭土豆这一新作物，发家根本不是难事。当云烨正流着口水幻想未来漫天的铜钱如雨般落下时，一个粗壮的汉子蹒跚地从雨中走到亭子里，见云烨正在沉思，就未打搅，静静地站在旁边等待云烨回过神来。这汉子正是云烨从死亡线上拉回来的庄三停，由于受伤太重，此次围剿羌人就没带他，让他留在营地养伤，一个月前，庄三停就已经能下地了，留在空营也无所事事，闻听云烨留下了几株花草，就跑来看看，却被守卫挡住了。说这是爵爷心爱之物，连大帅都十分重视，闲杂人等不得入内，只有两个花农精心照顾这些花草。

庄三停越发奇怪，大帅何时关心起花草了，在府中练刀法，不小心砍倒了夫人心爱的牡丹丛被夫人追杀已成长安笑料，现在却命人精心照顾云爵爷的花草，奇哉，怪哉，好说歹说才说通守卫让他进去观看。农家出身的庄三停第一眼就断定这不是花草，虽不知大帅爵爷搞什么鬼，想必事关重大，说不定这是爵爷种植的珍贵草药，一想到爵爷的妙手神迹庄三停就一脸向往。

爵爷的宝贝怎能任由那些不相干的花农照看，万一有个闪失，这救命的药材就没了，所以他就把自己的帐子移到土豆苗跟前，并搭了一个草棚，日出就把土豆苗放在棚子外，日落就把它们搬回棚子里，每日精心照看，松土浇水，捉虫自是常有之事，眼见着土豆苗一天天长大，近几日长出花蕾，庄三停欣喜莫名。

昨夜一场大雨他起夜三次检查草棚是否牢固，见一切正常才安心睡下，睡了不久听见外面有脚步声，就起身查看，原来是爵爷。

第二十章
土豆引发的惨剧

云烨看到了庄三停，心下还为自己流口水的形象懊悔。好好一个贵族，好好一个从七品的官员，这下子形象全无，尽管官身名帖上写着：云烨，男，年十五，面白无须，高六尺余，无残疾，无胎记，长安人氏于某某年某某月官至从七品兰州折冲府主簿书记，特此告身。乍一看，只要是十五岁的男人就可以冒充这个姓云的主簿书记。牛进达还从自己这里敲诈走了剩下的红油，说是作为写告身的辛苦费，看着七扭八歪的字体，云烨怎么看怎么觉得自己的官帖像造假的。

把这个疑惑告诉程处默，这家伙咧嘴大笑，回帐取来自己的告帖拿给云烨看，只见上面除了名字、籍贯、年龄官职，其他描述与自己的毫无二致。并且字是一样地丑。一看就知道同样出自牛大爷之手。程处默指着官帖下方的兵部大印告诉云烨，左武卫这样空白的告身共有三张，大印都盖好了，只要是七品下，填上名字就生效，只是随后送吏部存档而已。所以云烨现在确确实实成为大唐从七品官员，相当于后世的副处级。

此时的唐朝虽出现了科考，但也是小范围的官员补充，大量的低级官员还是要靠朝中大员比如程咬金一类的推荐，如能让两位大员推荐则是难得的殊荣，要知道，谁推荐谁要负责的。大唐新科进士受官也不过是从七品而已，由于大唐武贵文贱，所以云烨的从七品更属难得，最主要的这是一道分水岭，一道分别平民和士的分水岭，这两者一在平地一在天。

云烨现在很有贵族风范，庄三停跪在自己面前已能做到心静如水、面不改色，再没有初到唐朝时受人跪拜慌乱不已的情形。别人回古代影响古人，自己回古代被古人影响，也不知道是与时俱进呢还是腐朽堕落。反正现在还是很享受这种被人膜拜的成功感。好不容易拽起庄三停，这阻止自己被膜拜也是一体力活，云烨决定以后少做。怕庄三停再跪下去，他用最温柔的语声问："伤全好了？没有什么不妥吧？"

庄三停躬身回答："托爵爷的福，三停身子已然无碍，多谢爵爷救命之恩，爵爷若有用到三停之处必舍命报之。"

"呵呵，你身子无碍就好，忠义之人自有福报，这也是你舍命救人的福报，不必谢我，反倒我要谢谢你救了处默，这些天是你在照看这些土豆苗？"

"是的，属下见爵爷对这些小苗十分重视，怕别人照看不好，小的闲来无事，再说小的也是农家出身，就自作主张接下照顾小苗的重任，还请爵爷恕罪。"

"老庄啊，你不知道啊，这军中的粗坯也不明白这到底是什么，你是农家出身应该明白一种新庄稼对农家意味着什么，这东西名叫土豆，惯在沙地、旱地生长，且亩产惊人，我听说这东西在域外亩产曾达到惊人的十五石，且耐储藏，从收获只要存储得当可以放到来年不坏，宜菜宜粮，穷苦人家哪怕不吃粮食，只吃土豆也能活命。现在明白我为什么这么重视这五口大缸了吧。"

云烨说完发现没有回音，抬头见庄三停张着嘴巴，双目没有任何焦距，整个人完全处在一种神游状态。暗暗一笑别说你庄三停，就是李二陛下听说此事状态也不会比老庄现在好多少。正在得意间，两只大手擒住自己的双肩，身体被生生提了起来，转头看时才发现亭子外站满了人，高的、矮的、老的、少的全瞪着血红的双眼看自己，比荒原上遇到的狼眼还瘆人，牛进达提着云烨身子抖得像得了疟疾一样。半天老牛才从嘴里迸出几个字："小子，此话当真？"眼中半是希望、半是恳求地盯着云烨。"牛叔啊，您能不能先放小侄下来再回答您的话？小侄快被你捏死了。"云烨仿佛听见自己的肩胛骨在响。

"不放，你现在就回答，要敢骗老夫，老夫生撕了你。"老牛陷入一种癫狂状态，只要说一个不字，恐怕这老匹夫真的会撕了自己，可不敢学宇文成都的下场，云烨连忙说："牛叔，小侄从水里爬上来老师收集的珍贵字画都扔了，就抱着几个土豆，荒野上饿得半死都没舍得吃，您觉得小侄会胡说八道？"

"为什么，为什么三十年前你不把这东西拿出来？你可知我爹娘、哥哥、小妹是怎么死的，是活活饿死的！这样的宝贝你为什么现在才拿出来？高人，高人又怎么样？高人就可以看别人爹娘兄弟姐妹活活饿死吗？有好东西只顾自己发财不顾别人死活，凭什么？"牛进达口沫横飞，老泪纵横，抓着云烨前后摇摆，仿佛云烨就是害死他全家的罪魁祸首。云烨反而不紧张了，他看到牛进达那种痛彻心扉的痛苦，在听到有一种从未有过的庄稼可以让人轻易地获得温饱，患得患失的心绪激荡之下竟想起自己活活饿死的爹娘兄妹死时的惨状，所以狂性大发，感情需要发泄，云烨不介意通过自己让他的感情宣泄出来，当然在不伤害自己的前提下。

正琢磨怎么让老牛松手，一只巨掌砍在牛进达颈侧，老牛软软地倒在地上。程咬金黑着脸出现了，刚才这掌是他老人家砍的，他也看出老牛陷入癫狂怕云烨受伤果断地打晕了牛进达。云烨也软软地坐在地上，两条胳膊垂在身侧一点劲也使不上。程咬金扯开云烨衣服倒吸一口气，只见两个乌青的手印在云烨白皙的肩膀上清晰可见。

"小侄没事，伯伯无须担心，只是肩膀疼得厉害，手上使不上力，休息两日就会无碍。牛叔心神激荡，大悲则伤心需要好生调养，不得大意。"云烨笑着对老程说。

"你小子心大，生死一瞬间还能如此平静，疼成这样还关心老牛，你将来不出人头地那可真是天理不容。"老程很欣慰云烨有这样的表现，转头对旁边围着的军官训斥，"老牛脾气暴躁，怒火上头就按捺不住自己，你们常年搭伙，竟不知劝阻吗？这些年的饭都吃到狗肚子里去了吗？若不是老夫到来恐怕云小子死活难料，身为统军将领不知机变，每人权记下二十军棍，下次若犯二罪并罚。"

众军官躬身领命，又向云烨抱拳示歉。云烨苦笑着对众人说："本来是个高兴事，小子这一胡闹累诸位受罚，待云烨伤好，好好煮一锅肉向诸位叔伯兄长赔罪。"

第二十一章
赔 礼

亲兵背着云烨回到营帐，老程小心地把他放在床上。

身子刚一挨床，云烨就大声惨叫起来，老程急得直搓手。他很清楚牛进达手上有多大力气。

铁马槊在手上轻如稻草，别人的马槊多是藤条马鬃胶漆混合而成，他的马槊却用纯钢打造，用于破阵勇不可当，无不破者。刚才在心神激荡之下手下不知轻重，只看云烨肩上两个乌青的手印就知道伤得不轻，这小子若万一留下残疾程咬金就觉得自己罪无可恕。

这又不能怨牛进达，和自己搭档多年很清楚幼年亲人的亡故给这个铁打的汉子留下了怎样的阴影。正在束手无策之时军医背着药箱匆匆走进来，见大将军在此，赶忙施礼，程咬金烦躁地挥手阻止：

"休要多礼，快看看小烨伤的轻重。"

军医掀开云烨衣襟，在两个乌青手印处轻轻按一按，云烨顿时发出一声惨叫，双脚胡乱踢腾。程咬金瞪了军医一眼，军医连忙拱手："禀大将军，云爵爷并无大碍，只是双肩经络有些移位，在下施针放出瘀血，休养一旬即可痊愈。"

听军医如此说，老程这才放下心来，只要留不下后患，这小子还小，将养几日又可活蹦乱跳，老牛擒他时到底手上留了几分气力。军医手拿三棱针在云烨肩上轻刺几下，几股殷红的瘀血自针孔流出，云烨也觉得胀痛之感在缓慢减轻。不由得放松眉头，向军医点头致谢。军医擦干他身上的血迹，说是要去熬药，退出帐房。

老程坐在床前替云烨掩上衣襟为难地看着他。云烨见老程为难，向他做一个大大的鬼脸，开口说："伯伯在为难什么？牛伯伯一向对小侄照顾有加，前些日子还教小侄骑马来着，他老人家已经五十几岁了还在疆场厮杀，这一辈子就没离开战场，所为何来？升官发财，封妻荫子？听说他家中只有老妻和一个残废的儿子，再显赫的官位恐怕对牛伯伯也不会有多大的诱惑。今日听到土豆的神奇之处竟狂性大发，可见平日他硬生生压下心中愤懑，却不知心中怨愤就像洪水一味地压制，迟早有一天会冲垮堤坝，不知会做出什么事来，现今他的怨气想必已消泄几分，只是小侄不明白，听闻牛伯伯也是出身官宦人家，怎么会有全家饿死的惨剧？"

"还不是征高句丽带来的惨事，三十万大军葬身高句丽，天下破家者无数，你以为出身官宦就高枕无忧了？笑话，隋末七十二路反王、三十六股烟尘祸乱天下，人世间哪还有桃源之地，老牛父亲是县令，高句丽回来的溃兵，再加上土匪、乱民来回扫荡，家中没有一粒粮食，饿死也就是应有之事了。你不要想太多，好好养伤，我们还要把土豆种好卖给陛下，此时不可迁延，老夫还等着见一见亩产十五石的粮食呢，处默再有一日就会从长孙大人处回来，到时让他照顾你吧。好好休息老夫去看看老牛。"

说完挑开帐子大步走了出去。云烨吩咐亲兵从罐子里捞出一些冰，用油布包好敷在肩膀上，那种火辣辣的疼痛才算止住。灌了一大碗不明液体，靠着被子睡着了。

初秋的阴雨绵绵似乎在告知所有人夏天离去了。旺财已经有些日子没去河边喝水，它很不喜欢井水的咸涩味，可咆哮的河水在眼前奔流更让它感到恐惧，所以它试图张大嘴让雨水流进口中，多做几次就觉得无趣。主人的帐篷就在旁边，里面那个凶恶的老头拿着一把刀扎一块肉往主人嘴里塞，见主人无可奈何地求饶，旺财觉得很没面子甩着尾巴溜达回马厩。

云烨实在受不了了，老牛醒过来后狠狠扇了自己几个耳光，提了一把刀找云烨，他打算当着云烨的面砍自己一刀表示赔罪，在他正要这么干时，云烨一口咬住老牛的手腕不让他下这种狠手，就他那狠劲这一刀下去半斤肉就拉掉了。

军中之人向来干脆，老牛认为云烨咬自己手腕完全是身体缺肉的表现，没说的，一整只羊就放在棚子里烧烤，老牛亲自操刀，金黄色的羊肉惹得云烨口水四溢，可惜双手使不上劲干着急，老牛把云烨按在条凳上，掏出一把镶满宝石的小刀扎一块半斤重的肉块硬塞进云烨嘴里，羊肉被烤得外焦里嫩，香气四溢，并排坐着的程处默张大嘴想混一块，结果被一脚踹出棚子。

老牛还在嚷嚷："打算让老子伺候你呢？小烨是老子弄伤的，两胳膊用不上力，老夫降尊纡贵给他喂食倒也无妨，你小子也来占老夫便宜。"

程处默觍着脸嘿嘿直笑。云烨好不容易吞下肉块，眼泪都憋出来了，他在心里朝老牛怒吼："有这样照顾人的吗？"

老牛见他吞下肉，随手把刀子扎在羊腿上，用手揉揉脸郑重地问云烨："小子，老夫一生从未向人低头，今日是第一遭，现在你肉也吃了，老夫要捅自己一刀你也拦了，现在老夫伤你一事就此作罢如何？"

云烨吃惊地抬头看着老牛那张严肃的脸，半天才张口说："牛伯伯，您要小侄折寿吗？您一时被往事蒙蔽了心智，意外抓伤小侄，这也是小侄身子过于单薄所致，怎能怪到伯父身上，听处默说您昨夜在帐外徘徊一夜，小侄就已心下不安，原打算今天就去给伯父请安，不料您先来看小侄，小侄已是失礼之至，您不怪罪小侄已感激莫名，焉敢受伯父致歉，此事请伯父休要再提，否则小侄就羞愧死了。"

"嘿嘿，小子你当然受不起老夫歉意，老夫一生纵横天下，手下亡魂无数，纵然做错也不低头，了不起一命相抵就是，生死还未被老夫放在眼里。"

说到这儿老牛顿了一下，顷刻间眼中又有恨色，双拳紧握、须发虬张嘶声道："人可以老死，病死，淹死，烧死，被刀砍死，被马踏死，就是不能被饿死，这是天下间最痛苦的死法，是苍天降给人世间最大的惩罚，老夫戎马一生每战争先历九死而心未悔，就是希望世间早日安泰，再无饿死之人。你说这土豆在贫瘠土地都可盛产，良田更可产出十五石，就凭这老夫愿望就有望达成，为世间再无饿死之人，休说赔罪，就是让老夫下跪有何不可？"

第二十二章
我有亲人在人间？

牛进达长得很丑，面色黧黑，狮口豹鼻，环眼虬髯，虎背熊腰。这是一个真正能在胳膊上跑马、拳头上站人的彪形大汉。

他是天生的军人，勇武善战，足智多谋，将令一下则赴汤蹈火九死不悔，李二陛下就是凭借手下这样众多的敢死之士起兵，平天下，逼宫，坐天下。原以为这些杀人如铡草的屠夫见所有人的头颅如见军功，时时刻刻准备取你首级以达自己通天之梦，用白骨换取个人的锦绣前程。

可现在这桀骜不驯的硬汉在向自己道歉，手段是幼稚的，言语是贫乏的，威胁是无力的。他本不用这样屈辱自己，只因为听到一个可能、一个亩产十五石的神话就心神失守，方寸大乱，这不是一个身经百战的老将应有的反应，只能说他太在乎庄稼收成的好坏，太在乎有多少人饿肚子，又有多少人会饿死。

云烨没经历过饿肚子这样的事，"千里饿殍，易子而食"只是史书上记载的八个字而已，老牛经历过，知道饥饿有多可怕。

云烨努力抬起手抓住老牛衣袖抬腿往外走，老牛一愣，见云烨笑意吟吟也就随他走了出去。

雨还在不紧不慢地下着，庄三停早早把土豆苗搬出草亭，让土豆苗接受雨露的滋润，墨绿色的枝叶被细密的雨丝打得沙沙作响，直径一米的矮缸快被叶子覆满了，不知为什么，云烨没见过后世的土豆有这样的生命力，难道是被虫洞改造过？种子上太空就会产生异变，难道土豆穿虫洞也会改变基因？

老牛兴致勃勃地蹲在雨地里轻抚着土豆叶片，就像抚摸心爱的女子，看得人有些恶心。云烨压下心头的恶意猜想，对老牛说：

"牛伯伯，这土豆每株单产五斤以上，每亩可种植一千五百株到两千株，只要种植下去，待种子发芽堆土成垄，然后就是等待，只要不是大旱之年，十五石还是有保证的。"

云烨知道后世谁家种土豆亩产如果少于八千斤就算失败，考虑唐朝一亩只有后世的零点八七一亩，一石为五十九公斤，所以他说出不到两千斤的产量，就是怕吓到这些古人，只说十五石就差点被捏死，要说五十石还不得被挖坑埋了。

"这几枚土豆苗只怕是大唐仅有的几株了，恩师一位海客友人从遥远的海外无意中带来，是作为一门稀罕食物让老师尝鲜，老师吃了两枚，闻听这骇人产量就打算试种，没想到恩师到底没撑到那一刻，初春就离开人世。一场桃花汛让小侄流落荒原，幸好遇到送粮的张诚他们，闻听大军缺盐，就帮处默制盐，这一路忙下来，竟差点忘记土豆这回事了。六月间方才种下，估计十月方能成熟，到时一亩能产多少一目了然了。伯伯心忧天下疾苦，小侄钦佩之至。"

老牛拿手给土豆苗根部培了一些土，也不理被雨水打湿的头发看着土豆苗对云烨说：

"闻听你是长安蓝田人氏，老夫在查你过往时所有人竟对你一无所知，观你年纪只有十四五岁，那时的长安杨玄感兵败，牵连被杀者达三万人，无辜者众，你云氏一脉人员甚多，除云定兴一脉得保平安外，牵连者无不毁家灭户，估计你就是那些被牵连者的遗孤，乱世纷纭你一介襁褓中的幼子能遇到你师父是你的造化，可怜那些无人收留者衣食无着，为奴为婢者有之，为优为娼者有之，但也奇怪，他们哪怕做尽人间贱役，却谨守蓝田祖祠，四时八节供奉不断，上面供满了桃木牌牌，你知道是怎么回事吗？"

这话一出，云烨只觉得脑门像挨了一记重拳眼冒金星，血往头上直涌，嘴里泛起一股腥味，鼻孔里鲜血滴答滴答地淌了下来。蓝田祖祠云烨怎能不知，儿子八岁时还特地刻了桃木名牌送往祖祠存留，十八岁时再取回来随身携带。云烨的名牌就一直挂在脖子上，十八岁后就没取下来过，桃木早就变成黑红色，被汗水油脂浸得油光水滑。抬起手竟不觉得疼痛扯开衣襟，露出脖子上的桃木牌狞声问道：

"可是这种木牌？"这是一种制式木牌，一寸长，半寸宽，一分厚，老牛看了看云烨脖子上的木牌点点头：

"不错，就这种，看来你云家男丁已没几个了吧，百骑司见到进出者全为女子，想必供奉的木牌全是死亡男丁的？"

云烨觉得眼前虚得厉害，自己莫名其妙跑到唐朝，原以为再无亲人，当初说的身世也就随口一提，因为祖祠在长安郊外的蓝田古县。想不到唐初就有了祖祠，后世云家一直以为是唐朝中叶才有云氏宗祠。脑海中千百个念头在互相纠缠，觉得有很多话说，却又一句说不出来，多日以来郁积的孤独、悲伤都随着一口鲜血喷出体外。

牛进达叹着气把云烨抱进帐篷，这小小人儿，咋听到亲人消息就这么大反应呢？不过十几年的孤儿生涯也不好熬啊，这一听到亲友全在受苦，给谁都受不了。云家，那些寡妇幼女鳏夫的坚持还是有道理的，家族里出了这小子兴旺发达也就是眼前事。刚才这口血吐出来是好事，没见着小子眉宇间的郁气都散尽了吗？

程处默悄悄钻了进来，担心地瞅着云烨，见他只是昏过去了，才松一口气。问牛进达："牛叔，小烨没事吧？怎么您告诉他身世他这么大反应，早知道由小侄告诉他好了。"

"你告诉他，你凭什么告诉他？告诉他你在查他老底？老夫是副帅兼着巡察使的官职，因官面上的原因调查天经地义，谁都说不出什么，不过就老夫看来，这小子献制盐之法，改良军粮，制定什么卫生条例，就没什么好查的，立这样大功非大才不能成其事，更不要说帐后的土豆，不说十五石的话，只要有七八石老夫和你父亲保他一个世袭罔替的侯爵。长安城有谁敢欺负他，老夫就能让他生死两难。"

第二十三章
穷侯爷

云烨没昏过去，他听清楚了牛进达和程处默的交谈，他感觉自己现在不能醒过来，他实在不知道该如何面对现在的局面。

该狂喜？

该愤怒？

该伤心？

人有七情六欲，每种感情配一种表情是人被称为高级动物的表现。没想到祖先混得如此悲惨。

从木牌上看他们的确是自己正牌祖先，云家男丁留牌不知是从何时开始，反正这规矩就没断过，在后世遇到同姓者，掏出木牌相认已成传统，一旦确认为同宗，照顾、扶助为应有之义。云烨在内蒙古就碰到这样的事，住店登记身份拿身份证给店主，没想到店主拿出木牌问云烨有没有，云烨赶紧掏出木牌，两相对比确认都是一家人，顿时亲切感油然而生。虽然如同土匪接头，但云烨的确享受到无微不至的关怀，吃饭住店出行办事都被安排得妥妥当当，这是云烨最顺利的一次出差，临行时相约祠堂再见，家中现在还摆着同宗赠送的工艺盘羊头。

认祖归宗是必然的，也是必需的，背叛宗族不论在现代还是在唐朝都是做人的大忌。抛弃这些妇孺不但良心过不去，恐怕老祖宗会从坟墓里爬出来把自己活活掐死。想好了怎样面对，也就没必要昏过去。自己好歹也是贵族，京城里有封地的功臣，一千二百亩的农庄想必够安排这些妇孺老弱。

"处默，伯父可曾回营？"云烨问守在旁边的程处默。程处默正在发愣，听到云烨在叫他赶忙起身：

"兄弟你可算醒了，哥哥担心死了，小烨等咱回京，哥哥带着你操翻那些欺辱你族人的王八蛋，以前不知道，现在知道了，只要有一人受到欺辱你唯哥哥是问。"

云烨泛着泪花抓着程处默的手点头："对，回京操翻他们。"兄弟二人相视大笑。

"爹爹回来了，刚才要看你被牛叔劝回去了，要你好好休息，说万事有他在。"云烨不知老程何时来的，听老程原话就让人心底踏实，云烨感觉有这样一位伯伯是自己的命好。让程处默扶自己起来，把背包拿过来一件件翻检，一把英吉沙刀具，一面木盒装的小圆镜，犹豫半天才咬牙把那件发卡添了进去，手机尽管还能用，只是不能打电话而已，这东西又不能泄露出去，唉，看来自己真的是一穷鬼，想要有钱看来必须等到土豆收获之后了。

"处默，自家兄弟没什么好隐瞒的，小弟现在身无长物，唯有这三样大概能换些钱财，请帮小弟一把，将这三样东西变卖，你也听说小弟族人的惨状，人可以安排到庄子上，可小弟庄子还没有产出，这些族人现在衣食无着，困顿不堪，必须有足够的财帛才能活下去，虽说土豆收割必然会有大批钱财奖赏，小弟心急如焚一刻也等不及了，请哥哥助我。"

说完一头拜了下去。程处默正慌忙扶云烨，却听帐外老程的怒吼声响起："兔崽子，老夫还没死呢，区区小事就要变卖你老师留下的宝贝，败家子。"老程跨进帐篷大马金刀地坐在床榻上，捡起匕首揪根头发在刃口上一吹，头发断成两截，喊了声"好刀"。又拿起镜子照了照脸，似乎被自己吓一跳，镜中毛发可辨，清晰无比，根本不是雾蒙蒙的铜镜能比的，又叫了声："好宝贝。"

再拾起发卡放眼前瞅片刻，再赞叹一声："巧夺天工。"欣赏完三件宝贝，对云烨说："这三样东西，哪一件都是稀世之宝你舍得拿它换钱？你师父在天之灵能原谅你？"

云烨不明白就这三样东西，英吉沙组刀才两百元，自己这把是精品也就值个千元了不起了，镜子五块钱满大街都是，发卡虽是定制，也不过五六百元罢了，怎么就成了稀世珍宝，还牵扯到道德水准这样的高度。想到这是未来产品也就释然了，就像唐朝填坟的唐三彩不也在后世卖到天价吗？"伯伯，钱财乃身外之物，小侄还未把这些放在眼里，卖了能帮助小侄那些无依的族人，倒也物尽其用，在小侄看来，伯伯，处默对我的情谊才是无价珍宝。"

老程得意地哈哈直笑："你小子说话做事总让老夫心头熨帖得舒服，不枉老夫替你操心一场，我打算遣程东回京，你小子把制冰的秘方写下来，咱两家合作，各占五成，待到京城，让你婶婶给你先支用两千贯银钱，以后从分红里扣除，你小子挣钱的本事老夫是十足十地相信。老夫问过老牛，你在京里的亲眷不过三十几人，还有几人身在教坊司，相信在调查到是你亲眷时，百骑司应该已经保护起来，不会再受欺辱，两千贯足够把他们安排妥当，老程的面子长安令还要给几分。你写一封信给一件信物，让那些妇孺相信你是族长，大概也只有你来当这个族长了。"

云烨听得目瞪口呆，自己刚才还为这些乱七八糟的事烦心，不料老程一转眼就解决了，还未等他说话，老程又说："你小子身在军中，没旨意私自回京可是重罪，按律是要砍头的，所以老老实实写信，写秘方交给程东，京里有你婶婶大可放心，她办事比老程还稳妥，你安安稳稳种好土豆，老夫估计年前咱就会拔营回京，左武卫是拱卫京师的军队老待在陇右是怎么回事。咱回到长安拿出土豆吓那些嘲笑老夫的家伙一大跳，哈哈。"

程东带走了云烨的名牌、家信，还有刚到手的平安县男爵的印章，带着十名骑兵以送信的名义星夜赶回长安。

在程东走后第七天，土豆终于开花了，一簇簇的淡紫色小花夹杂在墨绿色的叶片中显得格外高贵，的确是高贵这个词，老程说高贵它敢不高贵，牛进达居然点头称赞，伸着拇指夸老程学问了得。云烨怕几株土豆授粉不均，特意拿毛笔在每朵花蕊上刷几下，保证授粉概率，剪去了多余枝叶，看得老牛直心疼。现在，庄三停都没资格照顾土豆，老牛亲自把帐篷扎在草亭旁边，日出搬出，日落搬进。虽然云烨知道这是吃饱了撑的，老牛乐此不疲也就不言语了。

第二十四章
自作自受

云烨觉得自己负担重了许多，至少有四十几个人要靠自己活命，看看自己豆芽般的身体，加强锻炼已不可避免。身在古代，就必须遵循这个时代的法则，身强力壮者优。程处默随手可开三石弓，百步之内箭无虚发，在奔驰的马背上也能做到十中八九。云烨开不了硬弓，满军营也找不出低于一石力的软弓，这成为云烨的硬伤，到处遭人耻笑。这四个月身体长高了许多，勉强达到一米七这个门槛，老程说这才有一点关中汉子的影子。

偌大的练武场云烨在来回奔跑，翻滚，爬高，匍匐前进，跨沟，爬绳梯钻洞，走平衡木翻越障碍，只三个来回，云烨就像从水里捞出来全身湿透，趴在地上苟延残喘。老程、牛进达开始抱着看热闹的心态看云烨耍猴。可看着看着，脸上的笑意消失得无影无踪，对视一眼，顺着云烨跑动的顺序走了一遍，一言不发，路过云烨装死狗的地方顺手提起云烨回到帅帐。随手扔到木墩上，倒了杯白开水灌进云烨肚子，待他喘匀了气，老程发问：

"小子，这是你给自己计划的锻体之术？有什么作用？老夫瞅着有一点意思，给老夫说道说道。"

"这是恩师见小侄体弱，特地给小侄制订的锻体计划，恩师说：一个人的强大，不是某一方面强大，而是全身各种机能的强大，要跑得快，跳得高，身体反应敏捷，四肢配合得当，平衡性要好，柔韧性也不可或缺，这样才称得上真正的强大。"云烨没办法，只有拿虚无缥缈的老师说事。

"那你小子还长得跟鸡崽子似的，难道说这套玩意儿专门把壮汉练成鸡崽子？"云烨很想给老牛这个毒舌男一记重拳，考虑到打不过这个因素，云烨决定很大度地原谅这个受过刺激的老家伙。

"伯伯不知，恩师教导小侄这套东西后，就闭关自守，说是要看天尽头有什么，就不理小侄了，小侄一个人在荒野上生活，练了一次就抛到脑后，太累了。"话音刚落，两只大手就同时落在屁股的两侧，云烨惨叫一声捂着屁股满帐子乱窜，太他娘的疼了，两瓣屁股像被火烧一般，揉半天才有一点知觉。老程、老牛气得手发抖，浑身乱颤。

"孽障啊孽障！暴殄天物，暴殄天物啊，自古以来，锻体之术为方家不传之秘，刘备得知，遂有白耳军，穿山越林如履平地；高顺得知，就有陷阵营，攻城略地无不破者；曹操得知，虎豹骑纵横天下；陈庆之背嵬军所向无敌无不借助于锻体之术。如此神术，你竟弃之如敝屣，气死老夫了，老夫今日非揍死你不可，哇呀呀。"老程发飙了，随后帅帐传出云烨的惨叫声和老程的咆哮声。躲在帐外偷听的程处默面如土色。

云烨没被揍死，只是屁股肿得厉害，唉声叹气地在铁匠房打造器具。老程听云烨的话弄来石炭，高等级的合金云烨弄不出来，作为技师没理由连地条钢也做不出，见到老铁匠一锤一锤地敲打铁坯，云烨就觉头疼，这样猴年马月才能做好需要的三棱刺、锁扣、滑轮、飞爪、工兵铲？撵走所有铁匠，找老程要来几个亲兵打下手，老牛知道后，以这是军国重器为由，塞进几个百骑司的探子，云烨也不管，这东西李二陛下是必须知道的。没什么复杂的，烧化的铁水撒上矿粉不停搅拌，待铁水上的火焰成蓝色时停止，一锅钢水就成功了，倒入做好的模型，初期的样坯就做好了，三棱刺只需打磨蘸火就成，锁扣、滑轮、飞爪需要韧性，只要打磨光滑就好，工兵铲就麻烦些，需要铁匠一锤锤敲出来。程咬金见到第一把军刺就倒吸一口凉气，锋利的三条刃口闪着蓝光，三条粗大的血槽直导手柄。老程反手一刺，一寸厚的案几轻易被刺穿，流线型的刃口，让阻力减到最小。拿猪羊做实验，无论刺到哪个部位，唯一的结果就是失血而亡。老程老牛面面相觑，长叹一声，又有几匹快马带着军刺和炒钢之法飞奔长安。

程处默快死了，真的，两条腿肿得宛如象腿，膝盖肘部鲜血淋漓，每日吃饭需要亲兵喂食，好在每天还泡热水澡，要不然连睡觉都成问题。只是需要别人抬到床上，因为这家伙泡着泡着就睡着了。云烨觉得以小程的体质不应该成这样，问了亲兵才知道，牛进达私下把训练强度增加了三倍，每人还必须背着全副装备，天哪，光盔甲就三四十斤重，不要说还有横刀、箭矢，有一个家伙光一对链子锤就有三十斤重，再背上盔甲等，云烨从心底里为这一百名勇士默哀。默哀归默哀，云烨心情还是好的，捧一碗刨冰在树荫下笑看程处默等人的笑话时，乐极生悲，全身甲胄的牛进达来到面前，粗大的手指指向训练场。

　　云烨穿着皮甲、背着横刀站在训练场上，迎接他的是一百名大汉的怪笑，看着肮脏的水坑，望着高高的砖墙，云烨终于知道作茧自缚是怎么回事了，狠狠地捶几下脑袋，自己为什么要加这么多的训练科目，这他娘的完全是特种兵的训练方法。屁股上挨了一脚，云烨开始了自己悲催的特种兵生涯。

　　以前亲兵只需背小程就好，现在还要背云爵爷，还要不停地给云爵爷脸上洒水，要不然爵爷又会昏过去，可怜的爵爷，羊角风发作被牛副帅以金针治好，那么粗的金针扎屁股上云爵爷的羊角风一下子就好了，跑得比少爷还快。一旦昏过去两军医立刻给全身按摩，拿湿麻布抹全身，醒过来喝口水，继续跑。亲兵本来对这些天之骄子充满羡慕之情，目睹了这样的惨状，就觉得自己当个小兵还是挺好。一百名啊，一百名军官，在老牛的大棒下，痛哭者有之，哀求者有之，装病者有之，就是没有反抗者，在牛魔王手下还敢反抗？

　　程处默和云烨赤条条地躺在两个大木桶里，旁边还有九十九个相同的木桶，同样躺着九十九个赤条条的军官，军医不停地给木桶里加黑色的药汁，据说对消除疲劳有奇效。泡了半个时辰被各自的亲兵捞出来，白花花的一片趴在床上，由新训练出来的医务兵给做全身按摩。

　　"小烨，咱兄弟的苦日子啥时是个头啊？"

　　"忍着吧，这才是个开头，等咱们筋骨健壮后，达到大帅要求，就要开始野外求生训练，那时才要命呢，不给吃的不算，还有重兵剿杀，咱得躲过追杀，完成任务，自身还不能有太大伤亡，这样，这兵才算练成一半。你还要会搏击，是一击就死的那种，会躲藏，会伏击，会化装，能在不可能的情况下完成任务，才算练成。反正现在你别把自己当人就成。"

营帐里一片哀号。

第二十五章

长 安

当云烨再一次进入梦乡的时候，长安城的净街鼓已经敲罢。各个坊市紧闭了大门，随着万家灯火相继熄灭，喧闹了一天的长安城终于陷入沉寂。

太极宫仍有灯火，内侍、宫女悄无声息地站在长长的门廊下倾听大殿内焦躁的脚步声，互相不解地传递着眼神。往常睿智、镇定的陛下今天难得地焦躁起来，一阵紧似一阵的踱步声，似乎在传达这位天下之主的心情无比烦闷。陛下不高兴了，内侍、宫女站立得更加肃穆，喘气声也比刚才小了许多。一溜灯火从远处蜿蜒而至，宫门前的黄衣内侍脸上浮起笑意，憋在胸中的浊气顷刻间消散无踪，趋前两步俯身下拜："恭迎皇后娘娘。"灯火中一位宫装丽人轻摆袍袖，内侍起身侧立。"陛下还未就寝？"

"回娘娘话，陛下自接到卢国公急报就一直在殿内，尚未就寝。"

挥退众人后，宫装丽人独自进入大殿，见皇帝犹在踱步，刚要说话，却听皇帝说话了："观音婢，你说世间真有亩产十五石的粮食吗？若真有又是何等模样？"

皇后掩嘴轻笑："二郎还在为灵州蝗灾担心？妾身已精简内府用度，想必也能有两千贯结余，虽杯水车薪，也算尽一份心力。"

皇帝看着皇后笑着说："你以为朕在发梦？程知节三百里加急上奏，言之凿凿，牛进达百骑密奏声言确有此事，五株原种已由他亲自看顾，再有月余就可收割，此珍宝名曰土豆，真不明白，如此珍宝竟然有如此古怪的名字，朕闻所未闻，观音婢博览群书可闻听此物？"

说完把手中的奏章递给皇后。迷茫的皇后接过奏章仔细阅读。片刻就已看完，将奏章放在案几上，喃喃地道："真有这样的粮食？十五石？荒僻之地就可种植？二郎，妾身有些头晕。"李二陛下扶皇后坐下，敲着案几一字一句地说："程知节虽然粗陋，但一向忠心耿耿，言必有物，不会胡说八道。牛进达心细如发，且当年发下宏愿大志，愿为天下无饿死之人不惜肝脑涂地。这样的忠直之士没有八成把握是不会言此惊天之言，且让朕等待月余，所有的事就可真相大白。朕拭目以待，平安县男说要把此物卖与朕，若真能亩产十五石，不，哪怕亩产八石，朕穷搜内宫也会让他满意，若是一场空欢喜，朕绝不轻饶。"

"陛下，平安县男是何人？此事与他有关？"皇后首次听说这名字。

"此子姓云名烨，年十五岁，异人子弟，在陇右以奇妙制盐之术致仕，现任兰州折冲府行军参事书记，从七品，朕观他解陇右缺盐之苦，特赐平安县男。"

"原来从卤盐中取食盐之法是他所献，前些日子，我大哥来家信言及此事，说程知节以五百斤盐换他五十匹良马，简直丧尽天良，令人发指，决定有机会一定还回来。我大哥首次遭人勒索，甚是不平。"说完哧哧直笑。

"黄志恩是刘怀的得意弟子，算学一道少有能比肩者，却被此子几言折服，两幅图竟让黄志恩挑灯计算一夜，此后提及此子言必称师。可见，云烨此子有真才华，其师定为一代大贤，朕期待着他再给朕一个天大的惊喜。"

"如此贤才想必不会信口开河，听陛下说这些，妾身也有些相信这世上真有能亩产十五石的粮食。不过，夜已深，陛下也该就寝了，明日尚要早朝，早些安寝才是正理。"夫妻二人正相扶相携欲安寝，一声长长的急报声惊醒了整个皇宫，一时间，皇宫中光明大作，已经落锁的宫门大开，一个黄门捧着一个包袱，包袱上插着三支染成红色的鸡毛，这就是大名鼎鼎的鸿翎急报，八百里加急，遇关开关，哪怕深夜也需立刻呈交皇帝。黄门身后一个狼狈不堪的骑士，被御林军搀扶匆匆忙忙往太极宫奔行。李二陛下已坐在御座之上，闻听是左武卫急报心情甚是忐忑，左武卫已无战事，想必与战情无关，那就一定是那高产种子的事，李二陛下不禁握紧双拳，急切地等待急报的到来。

小黄门在殿前将包袱交给内侍，内侍解开包袱，打开木盒，一把奇怪的匕首躺在木盒内，在烛光的照射下闪着寒光，一看就知道是杀人利器。正犹豫着是否呈给皇帝，却见皇帝已走下御座，三两步来到殿前，见木盒中的奇形匕首一把就抄了起来，握在手中只觉顺手无比，在手上耍两个刀花，反手握刀柄，回身刺在殿内的红色木柱上，只听"哧"一声，已没入半个刀身。李二陛下惊咦一声，拔出军刺，倒握手中沉声问："鸿翎急报何在？"内侍急忙呈上。李二陛下仔细检查了火印见完好无损，方用手中匕首挑开封口，抽出奏折细看。

看完奏折久久不作声。长孙皇后端着一碗莲子粥迈步进来，见皇帝又陷入沉思，也不作声，安静地陪坐在一边。皇帝缓声对皇后说："程知节、牛进达联名上奏，要求重重封赏云烨，因为他们又从云烨那里得到炼钢之术，三人一日可得百斤百炼钢，且呈上此子亲手打造的兵家利器，朕刚才试用一下果然威力非凡，实为短兵相接时的最好兵刃。百炼钢皇家兵械司每年不过四千斤，这是近五百能工巧匠的最大产量。现在有人用三人一日可制百斤，朕相信这还是他们的保守估计。程知节还弄到一套兵家锻体之术，现在已挑选百人开始试验。朕现在不是在梦中吧？

"此子身世现已查明，为长安云氏，世居蓝田，祖祠尚在，可惜男丁因前朝卷入叛乱死伤殆尽，如今仅剩妇孺四十余人，生计潦倒，朕现在明白这小子为什么要和朕做交易，其实是想重振门风。不过这小子说，奇宝无功难受，也是奇事一件。"

第二十六章
李二的决定

"他为何要把种子卖给陛下而不是献给陛下?他难道不明白一个献,一个卖,这两者有着截然不同的含意吗?他云家固然缺钱,有程知节在,应该没有燃眉之急,为何急不可耐地将铜臭之物挂在嘴边?献给陛下难道说就没有赏赐吗?纵然是贤人高第,初来乍到就急切地表示与陛下之间只有交易而无情谊,所为何来?一个十五岁的少年,将自己的立场在第一次与陛下打交道时就明确表达出来,恐怕另有所图吧。臣妾对这个少年十分好奇,期待着与他相见。"长孙皇后对李二陛下手中把玩的军刺视而不见,对百炼钢炼制的新方法充耳不闻,独独抓住一个"卖"字大做文章。她与李二少年夫妻,相濡以沫十五年早就相知甚深。李二不好开口的话,她可以说,李二不好提出的疑问她可以提。纵然是夫妻间密谈也是如此。

皇帝手中转动的军刺稍微停顿了一下,而后又快速转动,稍息他又稳稳握住手柄,从怀里掏出手帕擦拭刃口,待到整把军刺擦拭得一尘不染就用手帕包好,放回木匣,将木匣放置在龙案之上才对皇后说:"古人有白衣傲王侯之说,有些本事的人对礼教总是有些抵触的,云烨此子自幼与老师相依为命,多少都会沾染一些出尘之气,与人世间格格不入也是有的,说到底也就是一个孩子而已,皇后多虑了。牛进达将云烨身世呈报于朕显然是想让朕抚慰云氏族人,恩出于上,希望朕通过云氏族人施恩于云烨接纳其心,好让贤才为朕所用,倒也用了一些心思。也罢,知节、牛进达的脸面还是要给的。来人!"

手执拂尘的黄门应声而至,躬身等待皇帝吩咐。

"命百骑司收纳云氏族人，不可遗漏一人，不论他们身在何处，奴籍者即刻解除，贱籍者抬等，全部送往平安县男封地，命工部营造监以伯爵制建造平安县男府邸，一应钱粮由内府库支应，元日以前必须完工。"

　　一封朝奏九重天，夕贬潮阳路八千，一言可定兴废者，皇帝也。韩愈的悲剧云烨没有遇到，由于工期紧、任务重，工部营造监迅速组织工匠和一应建材，三天后五百人的建造团队入驻平安县男封地，在众说纷纭中开始建造云府。

　　云赵氏今年已经六十一岁了，蓝色麻布包裹着斑白的头发，坐在四面漏风的茅屋内赶织着新的一批麻布。大丫和二丫的衣服已破旧不堪，如不能在冬天来临之前挣到足够的粮食，这两个瘦弱的孩子就可能熬不过这个冬天。昨晚一夜的操劳让这个年老的妇人耗尽了最后一丝气力，剪去织出的麻结，叹口气，到底是年老不中用了，眼神越发不济了，才结的麻线又断了。老妇揉揉酸痛的肩膀，望着木台上的牌位缓缓站起来，解下头巾一一拂去牌位上的浮尘。云家男丁都在这儿了，她还清楚地记得往日云家大宅的欢闹。一夜间天塌了，自己的公爹、丈夫、大伯、小叔，匍匐在地，殷红的鲜血遍地流淌，大儿子哀号着在鲜血里翻滚，胸口长长的刀痕喷涌着血液，自己用手怎么也堵不住，眼见着儿子悄无声息地一动不动。云赵氏想到这儿心口仍然痛如刀绞，眼中已没有泪水，这些年已经哭干了。

　　三家只留下断腿的幼子，可惜只留下两个年幼的小孙女就离开人世。噩梦还没做完，嫁出去的女儿也被夫家休妻，若非还有年幼的孙女靠自己养活，云赵氏早就不想活下去了，早就想离开这个残酷的世界。没有传宗接代的希望，女孩没有人家肯要，哪怕在新朝，"丧门星"仍是云家所有妇人的代称。蓝田这个祖宗留下的产业这些年也被官家、大户、佃农侵占得所剩无几，没有人同情云家，没有人想娶云家女儿，连官家也对云家的遭遇充耳不闻，因为云家是叛匪，叛贼就是叛贼，不管是前朝还是今朝。可怜的云家女只能为奴为婢，自降身份为歌姬。

　　"奶奶，我饿了。"一声稚嫩的童音把云赵氏从长长的回忆中惊醒。

大丫二丫抱着自己的腿睁着乌亮的大眼睛望着自己。云赵氏忽然觉得又充满力量，是啊，还有两个小不点要靠自己呢。

俯身环住两个瘦弱的小身子，心底全是心酸，无论如何，也要把这两个小不点抚养成人，算命先生说过，这两个孩子是天生的富贵命，再多的苦总有吃完的时候，再难的坎总有过去的时候，我云家没有做过伤天害理的事，凭什么要一辈辈受这样的苦难？

苍天冥冥中似有安排，在云赵氏正在向苍天祈求能再活几年好让自己把两个孩子抚养长大时，一队健硕的骑士簇拥着一辆双马驾驭的马车从村口向云家驶来。马车停在云赵氏门口，一个青衣老仆双手捧着拜帖叩响云家破败的柴门。

云赵氏听到敲门声，不知是何人，因为没有人会敲云家的大门，一般都是直接闯进家，放下手中的柴火，领着孙女来到门外。

"老奴奉家主之命叩见云老夫人。"老仆说完双手奉上拜帖。

云赵氏已经有十五六年没接过拜帖了，上次有人投帖拜见还是公爹、丈夫健在的时候。疑惑地打开帖子见上面写着"程门裴氏"，落款是"卢国公府"。云赵氏大惊，国公府缘何给自己一个孤老婆子行拜帖，刚要说送错帖子了，却见一个满头珠翠的妇人从马车上下来，来到云赵氏面前福身一礼："妾身程裴氏给云老夫人见礼。"

云赵氏惊讶得合不拢嘴，却见那程裴氏从衣袖里掏出一面木牌对云赵氏说："老夫人可知这是何物？"

一面一寸长、半寸宽、一分厚的桃木牌出现在云赵氏面前，云赵氏抓住木牌，翻开看，只见上面写着：云氏男，烨。云赵氏攥着木牌放声大哭。

第二十七章
认 亲

　　程裴氏扶住摇摇欲坠的云老夫人，旁边机灵的丫鬟已经把木凳搬了过来。云老夫人翻来覆去地看着手中木牌，就像见到绝世珍宝一般，本来心若死灰的老夫人，自见到木牌的一刻，眼中的枯涩之意一扫而空，云家只要有男丁活着，香火不绝，她云赵氏就对得起云家列祖列宗，两个丫头就有依靠，自己就算立刻死去也含笑九泉。

　　"程夫人，木牌主人在哪儿？为何自己不来？"惊喜过后，云赵氏心头又升起疑问。

　　"烨哥儿如今就在陇右左武卫大军之中，没有军令何敢私自回京。恭喜老夫人，您那孙儿实乃人杰，区区十五岁就获封平安县男，就职于兰州折冲府行军参事书记，从七品官员哪，这还是朝廷查录官员随访原籍才发现您和烨哥儿有亲，烨哥儿原以为自己是孤儿，自幼被恩师养大根本不知道还有亲人在世，官上将你们尚在的消息告知，竟欢喜得吐血，醒来后就命人快马回京托付妾身寻找你们的下落，妾身前后打听，才找到老夫人，这里还有烨哥儿的书信。"说完又拿出云烨的书信。云老夫人接过书信，拆开，见满篇的纤细的文字不知使用何笔写成，望之怪异却又不难看，甚至有几分美感，从左向右横着书写不同别人从右往左竖着写，云老夫人强忍着不习惯慢慢诵读。云烨在信中说明了自己的来历，当然是编造的来历，为增加可信度强调了自己是由恩师在混乱的长安捡到的，木牌当时就戴在身上，那是自己身世唯一的证明。恩师捡到自己后遍寻不着云氏族人，觉得乱世将至，只好带着襁褓中的自己离开长安，隐居于陇右荒原，直到恩师逝世才在五月初回到人世间，想请族人帮助找寻父母。

看到这里，云老夫人老泪纵横，嘴里不住地说："你能是何人？你是老大的孩子，你那苦命的母亲为救你一命，在生下你的第三天就抱着你逃出云府，你父亲为救你活活被砍死，我抱着你父亲亲眼看着他死在怀里。老身原以为弱母幼子是不可能在追捕中活下来，想不到老天有眼，你终是给云家留下一根苗裔。"俯身抱起腿边的二丫，亲了又亲，弄得小丫头不知所措，忽闪着黑亮的眼睛怔怔地看着奶奶。

"这是府上的小姐吧，长得真俊，过几年不知会有多少俊才争相下聘呢。"程裴氏捏捏小丫头脸，顺手就把一个翠绿的玉锁挂在小丫头的脖子上，又抱起大丫头，旁边侍立的老仆打开一个锦盒，里面有一只奶白色的镯子，程裴氏取过玉镯套在大丫头手腕上，镯子有些大，程裴氏笑道："现在有些大，过两年就合适了，老夫人有这样的孙子、孙女真是福气啊。"云老夫人出身在富贵人家，也见过不少珍宝，程裴氏送给俩丫头的见面礼都是难得的极品玉石，原想阻止，但云烨信中交代得明白，程家好意不必拒绝。所以也就顺势收下，这人情想必烨儿有办法还回去。云老夫人现在是一副有孙万事足的感慨，自己云家穷困潦倒还有什么好被图谋的，烨儿如不是云氏子孙以他的爵位要想霸占云家不费吹灰之力。再说烨儿在信中说，万一自己不是云家人，也会终生抚养云氏孤寡，叫云氏族人尽管放心住到自己的封地，他已请程家帮她们建造房屋，今后不会有任何云家族人受到伤害。想到这里，老夫人心内暖暖的，对程裴氏说："家中鄙陋，但客人至此还请饮一杯清水。"

进到屋内，程裴氏唏嘘不已，破败的四壁，能见到天空的屋顶，狭窄的草屋内只有一床、一织机而已，用土垒成的台子上放着三个粗瓷大碗，里面装着能照出人影的稀粥，心下黯然："老夫人竟困顿至此吗？"抬头见正面墙上挂着六幅人像，下面摆着六个灵位。遂俯身一拜，云老夫人在一侧还礼。"这几位就是云家逝去的男丁吗？"云老夫人答是。"却不知哪位是烨哥儿的先祖？"老夫人笑而不答，对程夫人说："不知有没有见过烨哥儿的人，老妇认为烨哥儿八成是老妇长子嫡孙。"程夫人拍手叫好，转身吩咐管家唤程东几人进来，不一会儿几条壮汉走进草屋，躬身与程夫人见礼。"程东你们几个是见过云爵爷的，可还记得爵爷相貌？"程东拱手回答："禀夫人，爵爷礼贤下士与小的等人相处甚欢，小的记得爵爷相貌。"

"既然如此，你们看看墙上画像，有和爵爷面貌相近的吗？"

只见四条大汉手指齐齐指着第五幅画像，齐声禀告："夫人，这幅画像与爵爷几乎没有区别，只是年纪不对。"

"对的，对的，这是老妇大儿子二十五岁时的样子，烨哥儿今年只有十五岁，年纪相差十岁自然有些不同，可怜我那儿媳，寒风夜抱着爱子出逃，孩子被恩人救走，她却下落不明，只怕是凶多吉少啊。"见老夫人又落泪，两个小丫头也抱着老夫人哇哇大哭。程夫人陪着掉了一会儿眼泪，想起自己此次前来的任务，遂擦擦眼泪对老夫人说："老夫人节哀，人死不能复生，如今找到烨哥儿，是大喜的日子，我听说陛下已经下旨，云氏族人奴籍者解除奴籍，贱籍者抬等，容留于平安县男府邸，相信不久，您的晚辈就会齐聚，待烨哥儿从陇右回来，全家相会是何等欢快之事，今后只有好日子，您应该高兴才是，否则到烨哥儿回京您身体垮了，您叫妾身如何面对他。"

在程东几人指向大儿子画像后，云赵氏最后的一点担心也云消雾散，全身仿佛被巨大的幸福笼罩着，浑身软软的笑着向程夫人点头，这真真实实确是自己的长孙，他带着无比的荣耀回来了，他做到了祖辈、父辈没有达到的巅峰，云家十五年的苦没有白受，那些欺凌过云家、侮辱过云家、背叛过云家、无视过云家的人看看，老妇的孙子回来了，你们会受到惩罚，一定会受到惩罚。

第二十八章
苦　难

　　云老夫人带着两个年幼的孙女，坐着程家的马车在护卫的簇拥下赎回云家卖给别家做婢女的其余六个小女孩，每见一个平安赎回，老夫人脸上笑容就多一分，直到六个全部回来老夫人就已经高兴得见牙不见眼，抱抱这个，亲亲那个，这些全是她的心头肉，检验孩子有没有受伤、受罪，有受伤的就咒骂主家没人性，有受罪的就抱着孩子流一阵泪，见八个心爱的孙女全围在身边抱着点心猛啃时，就觉得以前所有的苦难都不算什么了。这是大伯家的外孙女，这是小叔家的，尽管都是外孙女，都是被女儿夫家不要的所谓丧门星，最大不过十二岁，最小才七岁，全都长得瘦瘦小小，头发黄黄，老夫人却觉得全是天仙下凡。

　　"外婆，您不会再把小南送到张家了吧？他家小少爷老打我，还让狗追我，我怕。"老夫人撩起小南裙子，柴棒一样的腿上全是伤疤，心疼得像刀割一样。程东本来就已经怒火熊熊，听到这话放下横刀大步走到张家紧闭的大门前，举起门前磨盘上的碾子，这碾子足有三百斤，在程东手上却显得轻飘飘的，双臂用力将碾子砸向黑黢黢的大门，只听轰隆一声响，两扇大门齐齐碎裂。门后躲藏的张家人屁滚尿流地往后宅跑，一个十二三岁的小胖子带着一条夹着尾巴的黑狗就要往屋里钻。程东赶前一步拎住小胖子的衣领随手一甩，小胖子一个漂亮的狗啃地砸在地上，满嘴的牙掉得七七八八，一个胖大的妇人哀号一声蹿出来，抱住小胖子指着程东尖叫："光天化日之下就敢伤人，你就不怕王法吗？"程东慢条斯理地抓住黑狗，单手一用劲黑狗抽搐两下就不动了。看黑狗死了，这才转身对着这对母子。一看到程东转身，小胖子顿时止住哭声，满嘴鲜血扎进母亲怀里一声都不敢吭。或许母性本能给了这妇人胆量，紧紧抱住儿子大声喊救命。一个四十余岁的中年人跑出来趴地上不停磕头，希望程东能饶过自己全家。

"饶过你某家还没这个资格，待爵爷从陇右军中返回，你会知道王法是怎么回事。"程东说完跨过中年人的身子出了院子。老夫人抱着小南就站在大门口看着程东惩罚小胖子，小南满脸笑容，小拳头捏得紧紧的。

"小小姐，你看，欺负你的胖子被小的打掉了牙，咬你的黑狗也被小的捏死了，一会儿回去小的就剥了它的皮留给小小姐当褥子，肉就赏给小的炖了吃如何？"到小南面前程东满脸谄媚之色，虽然小南、老夫人还是满身破衣烂衫，程东却不敢有丝毫不敬，别人不知以为程家在帮云家以恩人自居，程东自幼就随老程东征西讨，太明白自家老爷的性子，自云爵爷出现，老爷就高看一眼，现在发展到与子侄一般，眼见爵爷种种神奇，日后青云直上是意料之中啊，现在不讨好老太太更待何时。

"大叔真厉害，你是我哥哥派来的吗？哥哥比你还厉害吗？"程东当然不会说你哥哥是左武卫之耻，连弓都拉不开，更不要说打架了。可看着小女孩含着希望的眼睛只有违心地说："当然，要不然万岁爷怎么会封你哥哥当爵爷。"

小女孩听到这话，从老夫人怀里溜下来噔噔地跑到姐妹中间去告诉她们自己哥哥是何等地厉害，今后再也不用怕被别人欺负了。见孩子们欢声一片，老夫人对程东施礼道谢，程东连说不敢，对老夫人说："老夫人未见过我家爵爷，年方十五岁的少年英杰某家还见过几位，但与爵爷相比都微不足道，老夫人暂且放心，云家有爵爷在兴旺发达指日可待。过几日某家就要返回陇右，不知老夫人可有话要带到爵爷处。"老夫人谢过程东，请他临走前一天到封地取信。

程裴氏邀请云老夫人全家到程府居住，老夫人谢绝了，而是带着云家妇孺四十三口来到南山脚下的云氏封地。百骑司多方打探也只找到四 十三口，其余人等竟杳无音讯，只好据此上奏，李二陛下下旨抚慰了云氏族人，长孙皇后赐下钱帛。程夫人依约送来两千贯铜钱，并带来五十名男女家仆以供使用，由于身体虚弱，伤病者多，特地请来名医为这些妇孺调养身体。

云烨张大嘴巴拼命呼吸，旁边程处默，后面刘家老三、葛家老二、裴家老小也是如此，在水里屏住呼吸一百之数这根本不是他娘的人遭的罪，不到时间谁抬头脑袋上就会挨一棒子，持棒的都是高手知道怎么把人打疼还不打伤，你要快速数完也就算了弟兄们还能撑住，可他妈的数数的混蛋故意数错，好不容易熬到八十，可接下来就成了四十一，不敢提意见，谁提谁挨揍。云烨觉得自己就像打地鼠游戏里的地鼠，脑袋被打得满是包，想昏过去却偏偏没半点要昏迷的迹象。整整两个月啊，地狱式训练让两百个倒霉蛋生不如死，还都是功勋之后、大户子弟。本来只有一百人，加上云烨这个倒霉蛋也就一百零一人。谁知长孙无忌从哪儿听到消息，硬硬又塞进一百个。老程本来大怒，不愿让长孙占便宜，不想被长孙拖进帅帐，不知说了什么，还是干了什么，两人出帐时都眉开眼笑，老程痛快地答应了长孙的要求。不知老程占了什么便宜没分给云烨一丝一毫，让云烨从心底鄙视这两个老玻璃。

刚回过气，全身湿漉漉地爬上岸，仿照云烨背包用牛皮缝制的行军包就摔在眼前，不用说，里面装满了沙子，还是泡过水的湿沙子，五公里负重越野开始了，为了晚餐，每个人都拼命调整身体背起包包，往营地跑去。

云烨被程处默抓着胳膊跌跌撞撞地冲过终点，俩人就扔掉背包，连滚带爬地冲向饭桌，也不管手是否干净，抓起饼就往嘴里塞，先不管菜，先填饱肚子是正理。不光是他俩，凡是到达终点的汉子都一个模样，再没有平日所谓的贵族风范。

第二十九章
群 殴

　　就在众人分抢食物的时候，一队身着明光铠的威武骑士进入左武卫大营，穿过层层营帐来到演武场边等待大将军召见。这些来自京师太子右率的骑兵在大营中东张西望，正好看到百多号泥人在抢食物，尤其看到刘家老三捧起汤罐喝汤底的样子有些滑稽，顿时哄堂大笑起来。木棚底下吃饭的众军士齐齐怒目而视，这些家伙似乎有恃无恐依然大笑不已，甚至指指点点众人身上脸上的泥污，尤其看到前几日因爬火网被烧掉头发的李孝恭次子李怀仁，更是笑得直不起腰。从来只有自己笑别人，哪有被别人嘲笑的道理，李怀仁顺手抄起饭碗甩手就扣在笑得最夸张的一个家伙脸上，顿时那家伙满脸鲜血号叫着扑了上来，嘴里还叫："一群泥腿子敢打爷爷，知道爷爷是谁吗？"这下坏了，这里全是功勋之后、大家之子，一听到这些自称是爷爷的家伙哪里还忍得住，于是漫天的碗碟飞舞。也不知是谁喊了声："操死他们。"一拥而上拳脚飞舞，惨叫连连，还好都知道在军中持械斗殴乃是死罪，统统扔下武器，两百人对殴五百人，左武卫五人一组成锋矢状直插太子右率，"锋矢"无不是身强力壮之辈，身手大开大阖，只管前冲，左右俩人紧随当先之人在小范围形成以多打少之势，后两人面向两侧护卫前面三人后背不给敌人偷袭之便。一时间演武场尘土飞扬，喊杀之声不绝于耳。云烨藏在程处默身后，不时偷袭一下敌人的下三路，他刚才偷偷藏起一把敲骨头的小锤，一斤重的小锤无论敲在什么地方，敌人无不倒地惨叫，更何况云烨主要照顾两腿之间，中者捂着裆部眼泪鼻涕横流，惨叫连绵而悠长，瞧得身后与敌作战的裴家老小不自觉地夹紧双腿，发誓以后绝不与云烨单打独斗，太危险了。

战斗只持续了半个时辰，近五百名太子右率官兵躺在地上"唉"声不绝，更有几位惨叫得比别人更大声，让见着伤心，闻者落泪。左武卫两百精卒也伤者众多，只是被战友搀扶不倒，咬着牙不出声，见战局已定，云烨第一时间就把小铁锤抛到水坑里毁尸灭迹。

场边程咬金、牛进达和一众老将簇拥着一位只有十一二岁的少年在旁边观战，那少年头戴紫金冠，身着黄色衣袍，脚下蹬一双鹿皮战靴。老程似乎对少年极为尊敬，矮下身对少年低声解释战局变化，少年也不停点头示意。牛进达见战况平息，瞪着牛眼从队前瞧到队尾，嘴里啧啧有声，似乎在赞叹，又像在讽刺。众人被牛魔王瞧得心头如有小鹿乱撞，不知牛魔王要怎样处罚自己。

"出息啊，两百打五百啊，啧啧，拳拳到肉，脚脚见血，打自己人都这么用力，不知将来打突厥会不会拉稀？谁带的头？程处默？云烨？李怀仁？还是刘进武？告诉老夫，就只罚他一人，如果不说那就全体受罚，这回老夫琢磨了一个新法子，不打不骂，只把你一人关进小黑屋，时间不长，三天足矣。怎么样？老夫仁慈吧。以后不要背地里喊老夫牛魔王，这是为你们这些小子考虑呢，怕伤了筋骨。来，告诉老夫。"

别人不知道禁闭的厉害，云烨怎能不知，三天能自己爬出来的都他娘的是好汉。见李怀仁要站出来，云烨悄悄抓了他一下，李怀仁见云烨朝自己摇头就不再往外走，这两百人中间就云烨清楚训练、惩罚是怎么回事，牛魔王软声软气说话这不是一个好兆头。牛魔王会慈悲母猪都会上树。这可是云烨的名言，多次被证明是金科玉律，想必这次也不例外。

"没人站出来？那就是打算全体受罚了？刚跑完十里地两百人就干翻五百人看来力气没被榨干呀，全体都有，绕演武场跑二十圈。"

众人有气无力地道声"诺"，就互相搀扶着跌跌撞撞地开始跑步。李怀仁凑到云烨身边问云烨："小烨，牛魔王不是说只罚关小黑屋吗，哥哥一个人背下来，也好过全体跑圈啊。"云烨怜悯地看了李怀仁一眼："相信小弟，这三天你绝对熬不下来，到时你宁可挨五十大板也不想被关小黑屋，你不知道，禁闭超过七天就会出人命。再说，咱哥们儿都是一个锅里搅马勺的，把你送出去，我们只会被罚得更重，连兄弟都不保护的军队，那不是军队是乌合之众。"旁边的众兄弟齐齐点头。只有李怀仁觉得关三天实在没什么大不了的，不明白小烨为什么会说得这么严重。

见左武卫诸人在跑圈，那少年站到倒了一地的右率面前，小脸涨得通红，自己的队伍五百人打不过两百精疲力尽的左武卫兵卒，这让自己堂堂太子脸面往哪儿搁。看看还在轰隆轰隆跑步的兵卒，再看看趴地上哀号的右率，举起皮鞭没头没脸就往下抽，右率将领也拳打脚踢好不容易把这些伤兵从地上赶起来，站成方队。

"汝等为何与左武卫士卒斗殴？是谁带的头？给孤站出来。"话音刚落，一个满脸鲜血的军官就连滚带爬地出来。

"太子殿下，您可要为属下做主，属下只是站在这里见那群粗坯在抢饭就笑了几声，他们中那个秃头就拿碗砸在属下脸上，还辱骂属下，一介平民敢如此放肆，请殿下斩此刁民以儆效尤。"

老程在旁边皮笑肉不笑地接话："俺老程军营之中只有兄弟，没有所谓的刁民，就是陛下统领左武卫时也没见处置过一个刁民，只惩罚过犯律的兵卒，不知刁民从何说起？请殿下明断，军中比武是为常事，小小伤痛在所难免，还请殿下从轻发落。"

"程叔叔多虑了，您是大唐名将征战沙场杀敌无数，孤怎敢对您不敬，此次出京父皇一再叮嘱要孤多向叔叔讨教统军心得，就在刚才两百疲兵尚打得五百右率骄兵落花流水，可见叔叔麾下皆是虎狼之士。请叔叔不吝赐教。至于小小冲突是右率无礼在先，既然左武卫士卒已然受罚，为公平起见，尚请牛叔叔整肃右率军法。"

牛进达面无表情来到告状的军官面前，厌恶地拍拍他的头说："你若在老夫军中，这颗六阳魁首早就喂了狗，五百人打两百人被人家全歼还有脸告状，在军中强者为尊，哪怕是火头军打败你，那火头军就比你高贵。大唐能统一天下就是凭借着强横的武力将多少草头王斩尽杀绝，不是靠告状。再说，你口口声声说的刁民恐怕太子殿下都要叫一声堂哥。"太子听到这里"啊"了一声，看向程咬金。老程解释：

"那位是你王叔李孝恭的次子。"

"那岂不是怀仁哥哥?"太子实在不能把刚才那个满身泥浆的秃头兵卒和一向风度翩翩的堂哥联想到一起。

"不只他一人,你表哥长孙冲,还有犬子处默,刘家老三,裴家老小,平安县男云烨,满京城豪门大姓都能找着。"

太子看着泥人一般的左武卫军卒,有些发呆。

第三十章
有难同当

牛魔王最后的惩罚耗尽了云烨全身的体力,十五岁的身体在高强度的军事训练之下已经处于崩溃边缘,多少次摔倒都决定不再起来,可不知为什么又挣扎着爬起来摇摇晃晃地往前跑,腿已麻木,小腹抽搐,肺似乎已经着火,心脏就在嗓子边上,只要张嘴就会吐出来。难道自己有被虐倾向?往常看程咬金、牛进达和满营的军士就仿佛在玩一场逼真的游戏。摔倒疼痛是真的,流血是真的,汗水从下巴上往下流也是真的。一直希望通过超强度的训练来野蛮体魄、简单精神却做不到,记忆越来越清晰,从第一次记事起,到水源边那次不应该的伸手。连早逝的父亲都音容宛在。越想忘记,就记忆得越牢,人生的悲哀莫过于此。传说中死亡的阴魂在奈何桥都要喝一碗孟婆汤忘却前世,云烨这条游魂省略这一过程,所以吃不香,睡不稳,笑不开怀,哭不伤心,也是咎由自取。贼老天给你一部分,就要拿走一部分,这是何等地公平。这是云烨在跑完二十圈倒在地上像个哲人一般思考的事情。

艰难地翻过身,眼望碧蓝的天空,云朵真的像棉花般洁白。如果不是眼前出现一个正太的面孔,云烨真想融入蓝天白云中。

"云烨?"

"李承乾?"

"你知道孤?"

"如果你不是陛下的儿子就不会用'孤'。"有人发怒了,但不是李承乾,真是皇帝不急急死太监。李承乾似乎很兴奋,蹲在云烨身前低头仔细打量。终于有一个和他用平等口气说话的人,这让他很好奇。

"这练兵之策是你想出来的？还有制盐、锻铁，父皇手里有一把兵家利器也是你造的？我这次就是来看看那亩产十五石的土豆，是真的吗？"这次他没有用"孤"这个字。

"我现在只剩一口气了，太子殿下帮帮忙，往后让让，别挡着我欣赏蓝天白云。"

"殿下别见怪，这小子累傻了。"李怀仁怕太子怪罪，连忙解释。

"怀仁哥哥，你们好歹也是军官，怎么练得这么惨？"李承乾没在意云烨的态度，父皇在自己来之前反复叮嘱过不得以势压人，再说，有本事的人才能无视权贵，没本事的才靠拍马溜须升官发财。从懂事起，这种教育受过无数遍。

"殿下，您让我休息一会儿再给您详细解说是怎么回事。"李怀仁也没力气说多余的话。这时几百名亲兵拥了上来，两人一位抬着众军官去后帐。

李承乾跟了过去，只见一大排木桶热气腾腾，亲兵迅速扒光各自主人的衣甲，只留一条短裤放进木桶，顿时各种奇声怪叫响起，水很烫，药材很足，活血化瘀的药材总有些刺激性，身上有伤口的就倒霉了，在被消毒的同时，里面盐水和药材一起进攻，让木桶里的人欲仙欲死。李承乾吓一跳，以为进了杀猪场，在旁边军医的解释下弄明白了原因。眼中希冀之色更浓。云烨就在旁边木桶里，在怪声嚎叫的同时偷看李承乾，正常雄性对有强烈对抗性游戏多没有抵抗力，更何况李承乾自幼在高墙大院中长大，虽然向往父辈刀光剑影的厮杀生涯，无奈却在妇人群中长大，难免阳刚之气不足，今日见两百名汉子在精疲力竭的情形下打得自己号称精锐的右率五百人屁滚尿流，早就心向往之，至于中间的痛苦也就视而不见。男人四大铁云烨还是清楚的，既然没有一同嫖妓的可能，那就一起扛枪吧。引诱李承乾嫖妓会被他老爸砍头，但是引诱他参加训练想必李二陛下不会责怪。

"殿下，特种兵训练可谓残酷难当，是对精神、肉体的一种升华，有化腐朽为神奇的力量，只有人群里最坚忍、最优秀的军人才能坚持下来。而一旦坚持下来的人，在军中可称兵王。遇袭不乱处变不惊，置死地而奋战，知必死而无畏。他们是杀戮的机器，只为战场生存，为胜利而无所不用其极。观殿下有一试之勇气，此气可鼓不可泄，明日微臣在演武场迎候太子殿下。"李承乾兴奋得手都有些发抖，完全无视周边众人怜悯的目光。

李承乾有些后悔，但是有些晚了。牛魔王不是白叫的，新加入的十名右率强手，再加上太子殿下，被夹杂在大队之中负重十里地跑圈，念在太子年幼，没加负重，本身装备就够他喝一壶的，前面还不错，后面五里地简直是爬回来的，幸亏李怀仁、长孙冲念兄弟一场慢跑陪着，这才给了太子殿下一些信心。

"我跑不动了，堂哥，表哥，你们不用陪我，要不然会害你们没饭吃。"远远见别人都开始吃饭了，自己还在跑圈，到底是孩子，愧疚之心还是有的。

"说什么呢，留精神跑才是正经，你比小烨开始训练时强多了，他是硬爬回终点的，我们哥儿俩第一次不比你好多少。"李承乾担心的嘲笑声没有，只有鼓励声。太子殿下陪自己训练，现在还累得不成人形，昨日打架的一点不满早就烟消云散，众人齐齐站在跑道旁为太子加油鼓劲。李承乾终于爬到终点，被众人欢呼着抬起抛到空中，齐齐喝彩。李承乾哪受了这个，虽然是最后一个回到终点，毕竟完成了今天的训练，证明他有资格参加训练，在大家的欢呼声里，眼泪鼻涕横流，这是他第一次靠自己的力量获得别人的承认，而不是靠父亲的威名。起落中见程咬金、牛进达诸位将军含笑颔首，骄傲之情顿生，今天我是最后一名，将来我一定会成为第一名。

大口吞咽着饭菜，往常不屑一顾的饭食今天味美异常。大运动量后补充蛋白质云烨早就交代过，煮得稀烂的牛羊肉就成了必需品。反正缴获的牛羊甚多，足够这些人放开肚皮猛吃。李承乾彻底明白昨日他们为什么吃相如此难看，相信自己此时的形象不会好到哪儿去。

被脱了个精光，他没有短裤，光屁股被泡进木桶，和大家一起放声惨号。

第三十一章
八个妹妹的嫁妆

　　李承乾痛并快乐着，十二年第一次感觉像个男子汉，肉体的痛苦竟然淹没不了心中快意。自己睿智的父亲总是高高在上，他从没有像别的孩子一样有过撒娇耍赖的经历，母亲不允许，先是秦王世子，必须有长子风范，不可大笑，不可大怒，不可哭泣，不可……总之脸上只能有一种表情，那就是温文尔雅处变不惊的淡笑。父亲打了胜仗，必须是这种笑容，表示一切都在掌握中；父亲在外面音讯全无，必须是这种笑，表示对父亲无碍这种信念的强大信心；父亲杀了大伯和四叔，必须是这种笑容，表示对父亲的支持。后来父亲成了皇帝，自己就成了太子，人人都在夸赞太子的雅致、太子的仁孝，父皇满意，母后满意。只有夜深人静时李承乾才能望着低矮的帐帷幻想宫外的世界是如何精彩。听说程处默被别的纨绔揍了，程咬金带着开山斧连纨绔带纨绔父亲一起揍了一顿。然后被父皇处罚，别人都笑，李承乾没笑，他多么希望父皇能带着自己痛揍欺侮自己的那些叔伯家的兄弟，他知道父皇有这能力，伯伯和叔叔加起来也不是父皇的对手。可是父皇没有，只是在一个合适的时间杀光了他们，欺负过自己的，没欺负过自己的，全部杀光了，一个都没留。这不是自己想要的，自己只想痛揍他们一顿，没想杀光他们。

　　今天不用胡思乱想了，脚疼，腿疼，屁股疼，腰疼，背疼胸口疼，疼痛像潮水般涌过全身，他发出不知是痛苦还是愉快的呻吟。不用再装笑脸了，满棚子的人就没一个有笑脸的，惨叫声一个比一个大，脸也一个赛一个地难看。那个云烨的惨叫声一阵低沉，一阵高亢，居然很有韵律。李承乾第一次发现自己竟然从中找到了乐趣。

牛魔王进来了，现场一下子静下来，一个个满脸坚贞不屈的表情，仿佛刚才嚎叫的是别人，和棚子里的任何人无关。老程笑呵呵地走进来，手里拿着四五条内裤，放在李承乾身边，示意亲兵给太子穿上。

"叫啊，怎么不叫了，年纪轻轻的就吃不了一点苦，想当年，老夫随陛下在万军阵中厮杀，受创无数，也没和你们一样叫得跟杀猪一样。太子年纪最小也没和你们一样丢人。"老程的夸奖让李承乾有些脸红，貌似刚才自己叫的声音一点也不比别人小。

牛进达话音带着威胁："老夫不管你是谁，太子殿下也好，小兵也好，训练完毕，你干什么老夫不管，要是耽误明日训练，老夫有的是办法收拾，不信就试试。"

这俩老家伙一个白脸，一个红脸，一唱一和配合默契，老程捏捏这个，拍拍那个，一脸和气，转头还吩咐众人的夜宵准备丰富些。

老牛大声给众亲兵打气："揉得重些，对，把全身筋骨揉散，让这些养尊处优的大少爷好好活活血。"

待老程老牛心满意足地背着手走出木棚，里面的气氛才算恢复正常，云烨继续惨叫，程处默继续哼哼，长孙冲在念诗，李承乾在看内裤，甚至还有人在唱歌。

李承乾觉得内裤是个好东西，穿在身上透气舒爽，尤其是小兄弟不再受压迫。说到底，他还是很在乎小兄弟的成长。

一个银质扁壶出现在李承乾面前，里面酒香扑鼻，他见识过皇宫里各式各样的美酒，却没有哪一种能与这壶中媲美，酒香甘冽，悠久，绵长。刚要喝，一只大手抢过酒壶，却是长孙冲，这家伙猛地喝一大口，顷刻间，红色从脖子上往上爬，艰难地说声："好酒。"咕咚一声栽到地上，鼾声响起。这家伙醉了。李承乾知道长孙冲这是在替自己验酒，皇帝，皇后，太子，都有检验食物的侍从，因为李承乾坚持撵走侍从，云烨冒冒失失地请李承乾喝酒，长孙冲出于好意抢过酒壶，先喝一口，表示此酒验过，可以喝，没想到这酒性烈异常，一口就被放翻。

事实上，没人愿意请皇帝、皇后、太子吃饭，哪怕是天大的荣耀。

出一点岔子就会全家甚至全族遭殃，更何况，这三位本身就身处高危之地。所以只有皇帝请别人吃饭以示荣宠，很少有臣子请皇帝吃饭。太危险了，拍马屁方式多了，何必非要用这样最危险的方式。所以太子很好奇，只要没毒，别说是好酒，就是酒糟也要尝尝。好在长孙冲前车在前，李承乾小心地抿了一小口，一股辛辣的火线自口中绵延入腹，而后酒气上升，如同长孙冲一般打个舒服的酒嗝，头一埋睡去了。

内侍慌慌张张地抬着太子回帐休息。云烨慢慢爬起来，两个小时的休息让体力恢复不少，看来锻炼是有效的，虽然还是拉不开程处默的硬弓，一般的一石弓拉开不成问题，只是不能射箭，一开弓搭箭再松手，程序对，箭却不知飞到哪儿去了。所以云烨并不热衷于箭技的训练，这一直让牛进达耿耿于怀，连称烂泥扶不上墙。

前几日，实在受不了唐朝高档酒的折磨，云烨就和程处默偷了老程一大坛酒，躲在辎重营偷偷将这坛酒放在蒸锅里蒸，得到四五十度的白酒五斤，尝过后程处默对云烨的本事惊为天人，只说自己这些年喝的都是什么，这些唐朝美酒在他眼里全变成了醪糟。按他的话来说：“除了蒸出来的美酒，其他的全是醪糟，也就只配当饮料下饭菜……”

长安来信让云烨一下子定下心来，自己与老祖宗长得奇像，这让他怀疑自己是否人品大爆发，还是纯粹的返祖现象。亲人找到，自己一下子有了一个奶奶，三个姑姑，八个妹妹，七个孀居的婶婶，四个被退婚的姐姐，表姊、姨娘无数，这多少填补了他内心的孤独感。看到云老夫人殷殷期盼的信，云烨忽然觉得自己并不孤独。小丫头童稚的语气，让人心中怜爱顿生。

他悄声地自语：“还是要活下去啊，老子还有八个妹妹等我给她们挣嫁妆呢。”

第三十二章
皇家的权力

　　云烨一直希望自己像猪一样活着。

　　在以前的世界中，结婚、生子、买房几乎耗尽他全部的时间和精力，幼时发下的宏伟大志早早被生活的战车碾轧得粉碎。现在人生归零了，重新来过，却找不到目标。亲人的出现让他重新焕发了拼搏的热情，是啊，有八个妹妹需要足够的嫁妆，这让他的眼睛都要变成铜钱模样。长安，到底有一个家在等着自己，不管是冷漠的，还是温暖的，云烨都急切地想投入它的怀抱。并愿意为它付出任何代价。云烨凌乱了，自己不是一直想逃避这样的人生负累吗？怎么一背上负担就精神百倍？人生的意义难道说就在于此吗？生命的延续，亲情的维系，为年长者送终，为年幼者觅食，然后再被别的长成者埋入泥土？变成鬼魂在异次元空间看后辈一代又一代如此循环？偶尔有那么一两个人忘记这种责任，或许是厌倦了这种责任，找出种种理由逃避，或为荣华，比如易牙烹子。或为理想，比如赵王生生饿死生父。或为大义，比如刘邦分羹。云烨不是那种高人，只要敌人把刀架在妻儿脖子上，让干什么就干什么，绝对不讲任何条件。所以他成不了名人、高人，理所当然地不会被历史记住。以己推人，芸芸众生中像自己的绝对是大多数，要不然中国历史不会绵延五千年。越是变态就越会被历史记住，这是真理。就像网络上，最红的绝对是最变态的。循规蹈矩的蚂蚁没人会理睬，但是戴帽子的蚂蚁就不同了，它已经超越了蚂蚁这个概念，被蚂蚁历史记住也就成为必然。

　　云烨虽然是一只与众不同的蚂蚁，但他决定一定要向大众蚂蚁看齐，努力成为大众蚂蚁的一员。所以他就和军营中其他人一样，刻苦训练，刻意模仿他们的言行，努力学习古文，练习毛笔字。每当这时，云烨就无比感谢那个有强制癖的台湾老板，就是他造就了云烨一身看繁体字、写繁体字的过硬本领，虽然和唐朝古文字还有一些差别，但这对云烨来说足够了。程处默还没他认识的字多。

秋天的日子雨一下起来就没完没了，空气都潮乎乎的，毯子冷冰冰的没一丝热乎气。云烨实在是搞不懂，明明有宽敞的城池可住，老程却驻扎在城外严令不许入城。退一万步讲，一万多条汉子就是盖个简易军营也比住在潮湿的帐篷里好，老程却不为所动，宁可自己也住在帐篷里揉着酸痛的膝盖骂鬼天气，就是不下这个命令。

"没有皇命不得筑寨，这是将领的大忌，也是陛下的大忌。"还是俺兄弟好，程处默悄悄告诉云烨不能盖房子的原因。云烨几乎忘记自己身处封建王朝最鼎盛时期。平时在长安老程可以随地撒泼打滚，不会有人找他麻烦，一旦成为将主，森严的军法就是头上高悬的一把利剑，稍有忤逆，钢刀斩头不会有一丝犹豫。

俺去看俺的土豆去，谁敢不让？

怪事情发生了，云烨刚走到茅草亭边，就有两个手持钢刀的罐头人拦在前面，问云烨要手令，云烨愣住了，我去看自己的东西还要什么手令？刚要发飙，罐头人眼中寒光闪烁，大有一刀砍下来的意思。云烨乖巧地闭上嘴巴，正要转头离开找老程问个明白，便见李承乾从亭子里走出来，显然这家伙也闲得无所事事。云烨连忙拱手行礼，李承乾微笑着还礼，不像云烨的敷衍了事，而是站直身躯，双手抱拳，身体前倾十五度，礼仪完美得无可挑剔。

"云兄这是要看祥瑞？这边请。"说着伸手延客，两罐头人插刀入鞘，又站在栅栏旁就像两个石雕。云烨傻傻地往里走，总觉得太子殿下刚才的动作应该自己做，什么时候自己成了客人？

李承乾仿佛看出云烨的疑惑，边走边解释："云兄进献的珍宝已被父皇定为我大唐第一祥瑞，昭示着大唐为皇天庇佑，为天下正统，这才有祥瑞现世，云兄进献之功将载于史册，可喜可贺。"云烨第一反应是李承乾的面孔和后世自己办理房产证时告诉自己只拥有使用权而没有地产权的公务员面孔合二为一。

"太子太客气了，能为我大唐出一份力是云某的荣幸。"说完这话，云烨觉得自己像日本人，被虐之后还要盛赞虐得舒坦极了。封建主义的光辉终于照耀在自己身上。

和李承乾的谈话愉快极了，他的话总能切在你心中最感性的一面，再配上俊秀的面容、舒缓的语音、浑然天成的手势变化，皇家教育体现得淋漓尽致。让你觉得不把土豆进献给皇家简直就是大逆不道，顺便再献上家产，事后还不后悔。如果自己有这本事，早就他娘的当经理了，还用背着背包漫山遍野地找老外？然后被虫洞弄到唐朝被练特种兵？

好吧，云烨投降了，土豆就该进献皇家，世上所有珍宝都应该献给伟大的、光辉的、无所不能的万王之王的李二陛下。

"自前日起，祥瑞的叶子就开始变黄，是否到了收割的时候？"直到李承乾指着发黄的土豆叶子问云烨，这才把他从决心为大唐奋斗终生的激情幻想中拉回。云烨抹了一下将要流出的口水，仔细回想土豆的生长时间发现确实快到收割的季节，便对李承乾说："土豆的生长时间大概五个月，现在已经四个半月了，已经达到收获条件，下官实在不知土豆在大唐生长需要多久，不如咱们挖开一个瞧瞧？"实在是太想吃烤土豆了，就怂恿李承乾挖开看看，顺便弄几个土豆回去烤了吃。

李承乾严词拒绝了云烨的不良企图，声称一定要等待土豆完全成熟，方可收割。这让云烨大为沮丧，明明属于自己的东西，现在连靠近都有生命危险，都成熟了也不让人吃，封建时代没人权啊。

第三十三章

天哪，五十石啊！

阴雨接连下了五天。满眼望去全是湿漉漉的，帐篷无法住人，厚重的牛皮被水泡得涨起来，散发着一股腐烂的气味，云烨觉得自己就像住在垃圾场。薄薄的毯子抵挡不住湿寒，幸亏有睡袋这才避免寒号鸟的悲剧。老程停止了云烨和李承乾的训练。这让云烨有一种说不上来的悲喜交加，一方面为逃脱魔鬼训练庆幸，另一方面眼见程处默在泥水中摸爬滚打自己却安坐营帐总觉得欠了他们什么。

秋日的阴寒最容易侵入骨髓，这样会留下病根。老程自己就是活生生的例子，不到五十岁的人，虽然表面看起来强壮，实际上回到帅帐，也是叫苦连天。膝盖肿得老大，程处默每晚给老程揉捏活血，汤药也一碗碗灌下去，没有丝毫作用。云烨没有带治疗关节炎的药物，只能拿出消炎药劝老程服下，谁知老程知晓此药的宝贵，勒令云烨不得轻易给人，包括自己。牛进达也减少了出巡的次数，每到一处能坐着就绝不站着，看来这老家伙也被折磨得不轻。唐时成人年纪只要一过五十就算喜丧。卫生系统的不发达、食物的缺乏、战乱的频发造成人的寿命普遍不长。不像后世五十岁正是高级官员雄心勃发的时候，再拼一二十年不成问题。劝说停止雨天训练的话被云烨硬硬吞下去，明摆着，大唐在以后的数年间正是用兵的高峰，多一支精锐，就多一分胜算，老程不会在乎这些人会不会留下病根，只要大唐强盛，他连自己的性命都不在乎。不得不承认，他是一个很纯粹的人，一个好军人。不但是他，训练营里的高干子弟多有这种觉悟，再苦再累都在咬牙坚持。攀越障碍只凭一根绳子在险峻的山崖上爬上爬下，云烨看一眼就觉头晕，他们却要全身披挂攀援而上。这已经超越了云烨制订的训练计划，老程、老牛和一帮老将硬是在云烨制订的计划上增加补充了这些科目。三个月的训练已见成效，这些家伙穿墙越瓦如履平地，百里奔袭易如反掌，偷袭，暗杀，破围，抓捕活口，如家常便饭。唯一没想到的是这些人把云烨的工兵铲当作主兵刃，配以劲弩、军刺，形成自己的装备体系。在十天前的例行考核中，一千人的围剿部队在方圆五公里的范围追杀二百人，被这些家伙杀得溃不成军，这还是正面交锋，如果放任程处默他们自由发挥，这一千人不会有活口。在详细评估他们的战力后，牛进达认为没有超过十倍的精锐围剿，是留不住这二百人的。若在特殊地形，如山地、森林、城市，他们的能力会被无限放大，当然这是在经过两年训练之后的效果。老程老牛都在期待这支部队闪耀自己的光辉，相信不会等多久，李二陛下不会放任这样一支精锐白白消耗年华。

今天是个大日子，土豆的茎叶已完全枯黄，可以采收了。李承乾起了个大早，在内侍的侍候下梳洗完毕，来到草棚。程咬金，牛进达，和所有七品以上官员早已全身朝服早早在草棚恭候。六尺长的香案摆在草棚前的空地上，上面有整只的牛、羊、猪头、果品、点心，中间一个硕大的青铜香炉，这是一会儿李承乾祭天时插檀香用的。云烨身着武官服，是他娘的浅绯色的，不像老程他们穿着紫袍，手抱朝笏腰配金鱼袋，丝网编制的朝冠灿然如新，两缕黑色冠带自然垂下，威风凛凛，端庄肃穆，好一派重臣气派。云烨转头到处看，怎么身边全是大叔级人物，个个穿着绯袍像煮熟的螃蟹一样，趾高气扬。往后一看乐了，程处默、长孙冲、李怀仁个个身穿绿袍，戴着绿冠和螳螂一个模样，云烨看他们，还挤眉弄眼一番。刚要小声说话，只听老牛咳嗽一声，赶紧闭嘴。李承乾全身太子冕服，头戴通天冠，胸口盘龙，全身金黄，踱着方步从帐中缓缓走出在香案前站定拱手不语。待第一缕阳光照射到香案时，牛进达粗大的嗓门喝道："吉时已到，太子进香。"李承乾从香案上拿起三根粗大的檀香在蜡烛上点燃，三跪拜后插香入炉。除了老牛侧立香案旁，其余众人随太子拜天。太子进香完毕转身从怀里取出一轴黄绫展开，用变声期的公鸭嗓念道："陛下有表奏天诸臣工跪拜。"待众人跪下方才念皇帝敬天表章，这一回的奏表不是给昊天大帝的，而是给三皇之中神农氏的，先缅怀一下神农过往的功绩，再表述一下现在的幸福生活都来自神农遗泽，再报告一下有新粮食产生，再勉励一下神农请他老人家继续保佑大唐风调雨顺，五谷丰登。完毕。然后烧掉给神农看。不知道神农会不会看见，高不高兴，云烨很不高兴，自己辛辛苦苦带来的土豆，荣耀全归神农氏了，这太让人伤心了。

五口大缸全被搬了出来，老牛眼睛眨都不眨地盯着，这几个月老牛为它操碎了心，白天精心照顾，浇水施肥，捉虫培土，就差每天擦洗叶片了，现在终于成熟了怎能不激动。老程却在担心万一没有云烨所说的高产量，罪在欺君啊，他有些后悔早早把这事捅上去了。

"云大人，你对祥瑞最为熟悉，就请你动手采收吧。"李承乾也激动得不行，下手两次不知从何动手，转身要云烨动手。云烨奇怪地看看众人，收个土豆还有什么名堂不成？伸手揪住土豆上面的茎叶，一用力就拔了出来，看得老牛手一哆嗦跟拔他命根子似的。看着云烨手中的土豆，众人齐齐吸了一口凉气，只见土豆根上带着三个拳头大小的土豆，每个超过一斤，这还了得，一株就产三斤，一亩地种一千株岂不是就有三千斤，就算这一棵是精心照料的，大田里不可能有这产量，打一个对折也有一千五百斤，一石约合一百二十斤，这足足就有十二三石，看来云烨这小子前面已经打了埋伏，往低了说产量，只报了十五石这个最低的产量。程咬金大为满意，无论是云烨的谨慎，还是土豆的产量。牛进达号啕大哭，李承乾一屁股坐在地上，众人齐齐往前凑打算看清楚，正在哭号的牛进达一下子蹦起来大吼："全部往后站，再有近前者斩！"大家这才匆忙后退。云烨挠着头奇怪道："不对啊，怎么才这么一点？"听他这话众人齐齐倒地，太子满脸笑容刚要假装安慰云烨，却见云烨抄起一块石头砰的一声砸开大缸，缸里的泥土撒了一地，他用手在土里刨，直到又刨出三个土豆才满意地点点头。感觉周围有些安静，扭头看时才发现众人全都睁大眼睛，盯着他手里的三个土豆。半天牛进达惨叫一声："天哪，五十石啊！"

第三十四章
土豆烧牛肉的魅力

牛进达疯了，他操起横刀劈在另一口缸上，刀刃和瓦缸相击蹿起一溜火花，缸却未破，他干脆一拳砸在缸体上，瓦缸应声碎裂。带血的手在泥土中猛刨，指尖似乎碰到什么东西，他动作立刻缓下来，双手扒开泥土，一枚土豆露出来，喜不自胜，转而开始扒其余的泥土，待一堆泥土清光，枯黄的土豆茎叶连着根就出现在众人面前，根部长满土豆，仔细一数大大小小足有十余个，有拳头大的，也有鸡蛋大小的，一大串土豆串在根蔓上，跟葡萄似的。老牛摸摸这个，摸摸那个，从未想到双手如同铁钳般的硬汉竟有如此温柔的一面。眼泪顺着沟壑丛生的面颊往下淌，刚才还威风凛凛的紫袍沾满泥土，白玉腰带蒙满灰尘，朝笏丢在一边，堂堂柱国将军哭得像个月子里的娃，见不得人。李承乾再也没有太子的形象，趴在大缸上双手玩命地往外刨土，就他娘的像一只大号的土拨鼠。老程比较斯文，取过一把锤子敲碎瓦缸，学云烨抓着茎叶往上一提，就拉出一串土豆，手顺便在泥土中一扒拉，一个羊头大小的土豆就被抓出来，捧着巨大的土豆嘿嘿直笑。云烨要去挖最后一缸土豆时被老程制止了："留给陛下挖。"见老程意味深长的眼神，云烨恍然大悟，拍马屁就要拍全套，千万不能让被拍者不上不下的，这会影响马屁效果。

四缸土豆总共三十一斤六两，摆在铺了麻布的案几上好大一堆。周围四个将军级的护卫全身披挂背对案几，手中横刀、马槊闪着寒光，更夸张的是有一位手持链子锤，两丈长的铁链缠在身上杀气腾腾。人不敢过去，云烨估计鬼都不敢过去。有史以来产量最高的作物诞生了，五十石的产量让这些家伙都疯了。李承乾浑身乱打摆子，嘴哆嗦着说不出话，牛进达哭一阵笑一阵，老程大口喝茶，满面紫色。他们的状态影响了整个左武卫大营，全员处在临敌状态，刀出鞘，马上鞍，弓上弦。一队队军士来回巡逻，有无故靠近大营百丈者杀无赦。长孙冲、李怀仁、云烨如同见鬼，程处默拍着云烨肩膀哈哈大笑，一个劲地对众同仁夸口："我兄弟咋样，说让快死的人活过来就活过来，说有能亩产十五石的粮食就弄出五十石的，谁敢不信他的话。"

"太子殿下，现在是否可以做食用试验？"见众人好不容易平静下来，云烨赶快上前禀告。

"云卿，如何做这试验？有何用途？所为何来？"李承乾就这点不好，什么事总要问个清楚明白，还得给他一样样解释，程处默就好多了，让吃就吃，让干什么就干什么，从来不问。也不知李承乾从哪儿学来的追根究底的坏毛病。

"就是煮来吃，看有没有不好的事情，比如中毒、腹泻等人食用后的不良后果，毕竟这是一门新粮食，必要的食用试验是不可缺少的一环。如果没有这些不良反应再大面积种植不迟，否则这是对人命的摧残。"什么事情先提高到人性的高度，再说出自己的诉求，这样就容易获得成功。果然，李承乾思考片刻就问："云卿找谁来做这个试验？"

"土豆既然是微臣种植的，自然就由微臣来试吃，如果人数不够加上折冲校尉程处默也是可以的。"小程听到云烨这样说乐得见牙不见眼，连忙站出来做一副大义凛然状："微臣愿做这试吃之人。"

"祥瑞本就不多，还要做种，想来两枚足以试出效果，云卿就拿两枚食用可好？"说完亲自到案几上拿了两个一斤重的土豆递给云烨。云烨接过土豆，谢过太子抓着程处默往自己营帐里跑，话说在收土豆之前云烨就已经把牛肉炖上了，这会儿已经一个时辰了，想必牛肉早已炖得稀烂，再加入土豆，一锅香喷喷的土豆炖牛肉就可以出锅了。想想就流口水。

到了帐篷里，云烨熟练地削皮，切块，用水淘去淀粉，一股脑倒进砂锅，盖上盖子，回头对程处默说："闻到牛肉炖土豆的香气，神仙也坐不住，以前恩师做过几次，小弟每回都吃得一干二净，连盘子底都用米饭擦干净才罢休。今天咱兄弟好好开个荤。"程处默眉开眼笑吞着口水点头不已，能让满左武卫最挑食的云烨都念念不忘的食物，会差到哪儿去？变魔术似的掏出一壶酒就着壶嘴喝一口又递给云烨，云烨大大灌一口，葡萄酿，酸甜可口，远不是那些刷锅水可以比拟的。

砂锅里的土豆已经炖得金黄，散发着一股诱人的浓香。抓一把野葱扔进去，翻搅几下成功。用勺子挖一块土豆送到程处默嘴边，小程一口吞下烫得直跳脚，却舍不得吐，土豆入口即化绵软松香，又浸满牛肉汤汁，实在是人间美味，兄弟二人你一口、我一口吃得忘我，丝毫没发现背后站满了人。后脑勺一人挨了一巴掌才打醒二人。

"不孝的东西，有美食竟然不叫老夫。"老程夺过勺子，朝太子拱拱手。

"待老夫品尝过再论此物不迟。"说完挖了一大勺塞嘴里闭上眼睛仔细品尝，不时摇头晃脑赞叹一番。

"祥瑞就是祥瑞，又美味，又顶饱，待老夫再尝一口。"老程说完又挖一大勺，刚放嘴里就听太子咽着口水说："孤也想尝尝。"程处默赶紧跑过去又拿一把勺子双手捧给太子。李承乾也在锅里挖一大勺，吹凉了，一口一口吃，不知道他吃出什么味道，反正下手的频率越来越快了。牛进达也挖了一勺放嘴里就像在品龙肝凤髓。一砂锅土豆炖牛肉本就不多，哪里架得住众人你一口我一口地品尝，一瞬间，就连汤汁也不剩。

李承乾不好意思地擦擦嘴对老程说："程叔叔以为如何？"

"好东西，确实是一门好粮食，又顶饱，又抗饿，产量奇高，又不挑地，旱地就可种植，云小子说放地窖里可储存一年，难得的是极为美味，我大唐确实得到一个天大的祥瑞，可喜可贺。"老程自是大吹法螺。众人竟不觉老程夸大，一个劲地附和，都说程大将军言之有理。

"大将军所言极是，想必父皇也等得有些焦急，孤这就上表，陈述所听所见，为云卿请功，不知二位叔叔可否联名，孤决计让五百左武卫精卒护送剩下的一缸祥瑞进京，事关重大就由牛将军率军可好？"牛进达、程咬金拱手称是。

第二天，牛进达率领五百精卒拉着大缸带着挖出的土豆烟尘滚滚地一路向长安进发。

第三十五章
时刻准备着

　　从遥远的北海吹来的寒流将周天搅得寒彻，依恋在树枝上的最后一片黄叶也被剥离，在寒风中飘荡。军营里的各种训练依旧没有停止。程处默手上缠着布条，一拳接一拳地砸在木桩上，布条已现血色，他目光坚定仿佛没有看见一样，拳头依然重重击在木桩上。李怀仁，长孙冲，站在他旁边，也在击打着木桩，手上同样鲜血淋漓。没人在乎，两百多人没人在乎手是不是在流血，只在乎何时可以击断木桩。赤裸的脊背汗水滴滴洒落，头上热气缭绕，吸气出拳，呼气击打，好似不知疲惫的铁人。

　　李承乾和云烨就站在场外看着，程咬金只许他们参与晨练，也就是每天负重奔跑二十里。此刻他二人穿着厚重的皮裘，双手笼在袖子里，嘻嘻哈哈说笑。自从把土豆送走之后，李承乾总是没事就找云烨聊天，当然，他从京城里带来的美酒也统统归了云烨。李承乾是个好孩子，云烨这么认为，小小年纪就一身学问，待人极有礼貌，不笑不说话，丝毫看不出是一位皇家贵胄。见到士卒苦累他会担心，见到周边百姓衣食无着也会着急，这样一个善良、聪慧的少年在几年后会变得暴虐异常，心理变态，与李泰玩真人战阵，那可是真的在拼命啊，刀刀见血。与美男称心、如意玩背背山，并一度要干掉自己的父亲。是什么原因？云烨有些好奇。李承乾见云烨在看他，有些莫名其妙，因为云烨的眼神很奇怪，有些怜惜，但更多的是奇怪。

　　"小烨你干吗看着我？有什么不对吗？"他摸摸自己的脸，刚才偷吃卤肉留下的痕迹已经擦干净了。多日的相处李承乾在云烨眼中早就没了高贵感，自从那天吃了土豆烧牛肉之后，他对御厨做出的饭菜就没有任何胃口。得知云烨自己有个小厨房，遂天天过来蹭吃蹭喝。黄志恩不时跑过来和云烨探讨算学，他就在一边听着，偶尔插一两句话，虽然算不得高妙，却也有自己的见识，让黄志恩惊讶不已，恭维他是天才，若一心攻习算学，他日定是一代大家。当然，由于唐时算学水平普遍较低，在云烨眼中也就是初中一年级的难度，大多时候都是他在讲，黄志恩在听，李承乾在记录。这些天来，他已经记录了好厚一摞，看来理解不理解，他都先记录下来，待以后慢慢研究。这才是学习的态度，程处默只会坐在一旁打瞌睡，十几天连阿拉伯数字都没记全，云烨一发怒他竟然振振有词："我们是兄弟吧？"云烨点头。"那你的学问和我的学问有什么区别？学问是用的，到用的时候找你不就行了，我干吗自己拼命学？"云烨彻底失去了教育程处默的兴趣。好在有李承乾这个好学生，一点就透，一学就通，这让云烨老怀大慰。

"你是皇家子弟，并且是我大唐未来的主人，现在我怎么就没发现你有一点王八之气？"

"何谓王八之气？"还是追根问底的坏毛病。

"就是全身散发着强烈的个人魅力，让天下有为之士纳头就拜的气势，比如你父皇，集天下英才为己所用，当年麾下谋士如雨，猛将如云，弹指间群雄灰飞烟灭。这就是王八之气的具体表现。"

"是皇霸之气，不是王八之气，好啊，你竟然敢说我父皇的坏话，还编派我。今日如果不拿美食堵住我的嘴，回京之后在父皇面前要是不小心说出来，哼哼！"很意外，难道现在就有"王八"这名字？要知道龟在唐朝是吉兽，很多人名字就有龟，比如李龟年等，这小子在诈我。

"胡说什么，我怎么说陛下坏话了，你倒是说个清楚明白。"年纪不大心眼儿不少在我眼里还嫩点。李承乾支支吾吾说不出来。

"别支吾了，小默、小冲、怀仁他们都收队了，咱俩也别站着冻得像乌龟似的。"

还是老一套，全身泡在药水里，只是没有鬼哭狼嚎之声，每个人都在水桶里闭目养神，彻底放松肌肉，让身体得到最大的休养。半个时辰药水开始变冷，一个个自己爬出木桶，在巨大的火堆旁开始接受按摩。五个月的艰苦磨炼一个个彻底变成了肌肉男。程处默穿着短裤在这寒风里竟不觉得冷，古铜色的皮肤肌肉偾张，肚子上肌肉形成美观的两个田字。如今的每日训练对他来说已是小菜一碟，击打木桩纯粹是他们给自己找的新刺激。长孙冲、李怀仁也不比他差多少，三人往前一站，猛男就是他们最贴切的称呼。

"小默，小冲，怀仁，我今天做了火锅不知你们吃不吃。"云烨话音刚落，三个猛男立刻变成三个贱男，躬身塌背流口水，猥琐异常。快速穿上皮裘，敞着胸口就抓着云烨奔向营帐。

李承乾正把一个铁锅往炉子上放，这炉子是云烨特地打造的，寻来一节大毛竹打通竹节，安在出烟口上当烟囱，烧的是煤炭。刚开始老程还担心会中炭毒，不想安上毛竹以后帐篷里竟没有一丝炭味，且十分暖和。在给自己也打造一个后，就不闻不问了。

五个人围坐火炉旁，一壶烈酒传来传去，不多，每人也就二两，暖身而已。香辣的气息从锅中传出，云烨揭开锅盖，一大锅干菜炖牛肉出现在众人面前，吸足了牛油的干菜让五人胃口大开，微微的辣味遮过牛肉腥味，没辣椒，云烨只好用茱萸来代替，虽然辣得不太正宗，也聊胜于无。

边吃边聊，不觉就说到突厥，年初的耻辱让年轻的军人刻骨铭心。一想到卫青、霍去病封狼居胥的丰功伟绩，班超纵横西域的辉煌业绩，而自己等人却还在卧薪尝胆默默等待复仇的时刻，不禁怒火丛生。长孙冲提起横刀以筷敲击刀背："风雪长云暗雪山，将军铁马越寒川，百死只是寻常事，不叫匈奴过贺兰。"

第三十六章
觉悟和怀念

帐篷里的小聚让云烨彻底融进大唐这个封建主义大家庭。无论是长孙冲弹剑作歌，还是李怀仁抛冠解发长啸作和，都激起他早就沉寂的热血，郁闷积在胸口让人不觉要大喊，要狂吼，要纵马狂奔。夹在筷子间的牛肉掉在腿上，依然把空筷塞进嘴里嚼得津津有味。他有些痛恨自己心头的那一丝漠然。曾几何时，他也有过热血，也曾慷慨激昂过，如今听闻国家有难却生不起一点为之效死的觉悟，难道说我不是纯粹的唐朝人，我没有这个义务，这心思一起自己都觉得无耻。

晚会在老程的怒火中结束，五个人包括李承乾全被关进地牢。两天，这是对云烨、李承乾的处罚。四天是针对长孙冲喝酒唱歌、李怀仁大喊大叫、程处默挥刀乱舞割破帐篷的处罚。很奇怪，李承乾没有争辩半句，拱手领罚，随军法官去地牢，云烨见状只好萧规曹随乖乖被押走。程处默三人喜出望外，没有挨揍，没有别的处罚，只有关四天而已，仿佛占了多大便宜似的催着狱卒赶快把他们关进去，生怕程咬金反悔。完全没有看到老程眼中戏谑之色。

地牢完全按云烨设计建造的，长五步，宽八步，高不过一丈，里面只有一床一几一壶一杯一净桶，再有高不过三寸的一截蜡烛，墙壁上方有一半尺长宽的透气孔，坐在床上只能听见自己的呼吸声，阴暗但不潮湿，黄土高原特有的厚土层吸干了所有的多余水分，一缕亮光透过气孔照进土牢，灰尘在上面飞舞，这是土牢内唯一会动的东西，当然云烨自己除外。狱卒不发一声关上牢门，云烨听到铁链哗啦作响的声音，这大概是自己这两天能听到的最响亮的声音。未来两天除了从门底下小口送饭，送水换净桶，就不会有任何声响。程处默他们或许不会怕肉体的折磨，但精神折磨会让他们终生难忘，关在这样的地牢内，一天愉快，两天要命，三天崩溃，四天生不如死啊，但愿他们能熬过去。老程明显是要试试地牢的威力拿哥几个做实验。

双手靠在脑后枕在薄薄的毯子上，盯着房顶发呆，这是一个幽闭的环境，除了自己外没有外人，不需要戴面具，不需要装作少年模样，脑海中的亲人可以排着队来看他，母亲的善良，妻子的温柔，儿子的活泼，一切就像真的一样——出现在眼前，云烨知道只能看，不能用手去触碰，因为只要伸手去碰，美好的幻境就会支离破碎，接触到的永远比眼睛看到的更真实。好啊，心可以自由飞翔，可以穿越时空，剥去伪装的身体是如此地轻盈，整个人是这样地通明剔透。云烨发现自己爱上了这个幽闭的空间，老程是如此地善解人意，知道自己需要独立的空间就给了这样的机会，在这里梦都变得真实。妻子笑颜如花，老母温言笑语，儿子，儿子还是那样让人担忧。心痛如刀割，泪水终于淹没了天地。

两天了，云烨整整沉浸在怀念中两天了，饭食端来又端走，不吃不喝，不眠不休，身体的代谢似乎停止了，只有脑海在翻腾，三十余年的往事像电影在回放，一遍又一遍，儿时的幸福，少年时代的天真，恋爱时的美好，新婚的甜蜜，儿子出生时的喜悦，正要把新婚的甜蜜再重温一回就听见老程暴怒的声音："小子，你在干什么？"妈呀，我新婚怎么会有老程，这是一个噩梦，得赶快把他赶走，太煞风景了。正要付诸行动，脖领一紧又被拎在半空，叹口气："程伯伯时间到了吗？"

"废话，老夫再不来，你小子会被饿死。"老程眼中全是担忧，李承乾满脸泪痕头发如乱草站在老程背后还在抽噎，这孩子被关坏了。

"这两天难得清静，小侄不由得有些怀念师父，想起一些往事，让人有喜有难过，一时沉迷，伯伯莫怪。"

"难怪你小子时哭时笑，原来想你师父了，还有些孝心，一会儿到外面刻个牌牌上几炷香，供上几天，人有个念想，就不会胡思乱想，什么事埋在心里，会伤神，他娘的比伤身还可怕。人有多少心思，有多少眼泪是有数的，用得越多，以后就越少，宝贵着呢，你才十五岁，以后有你伤心的时候，现在还是少用为妙。"李承乾指指自己脸上泪痕意思是他也需要安慰，这家伙越来越有人味了，这才是十一岁的孩子应有的状态。老程撇撇嘴："云小子是伤心，你是哭，男子汉大丈夫关两天就流尿水，还要老夫给你擦不成？"说完扭头就走，李承乾涨红了脸，张嘴不知道要说什么。云烨拍拍他的肩膀："你找程大将军给你安慰，脑袋撞猪身上了？"李承乾急了扑到云烨背上双手使劲勒他脖子，云烨也不管，背着他走出地牢。

一巨碗臊子面让云烨彻底回魂了，李承乾抱着肚子在哼哼，吃多了。挑衅般地朝他挑挑眉毛，意思自己也吃了一巨碗，不理会李承乾的无聊举动，没见旺财一个劲地往帐篷里探头吗，两天没见，想我了。

旺财越来越人性化，和云烨说话不用翻译，云烨全都听得懂，无非是这两天它没见云烨以为云烨一人私自逃跑，去吃香喝辣，不带它一起逃离这个人间地狱实在是不够意思。云烨郑重向它解释这两天不在的原因，不是私逃，而是被关起来了。旺财深知被关的痛苦，感同身受，用头拱云烨意思是原谅他了，让他把自己准备过冬的厚毛刷干净，弄利索了好过冬。一人一马交流得欢天喜地，云烨不时给它讲讲母马的优缺点，旺财再补充完全。全然无视来来往往的众人投来的诡异目光。

一个穿着皮甲的胖子就站在一边饶有兴趣地看人马交流，双手抚在硕大的肚腩上，不时敲击几下。云烨被看得有些不好意思，从未见过这胖子，也就三十几岁和云烨穿越虫洞前一般年纪，脸上还带有胡人遗传的特质，深深的眼窝，眼珠带有淡淡的黄色，鹰钩鼻又挺又直，圆圆的胖脸带着和煦温暖的笑容。云烨注意到他，他就走了过来，拍拍旺财的背，说声好马。云烨见此人气度不凡就躬身施礼："这是晚辈在荒原上捡到的野马，不敢当前辈赞誉，不知前辈高姓大名？"

"老夫长孙无忌。"

第三十七章
长孙无忌

　　云烨到唐朝已经七个月了，或许因为环境，或许是因为恐惧，他将自己的生活圈子缩得很小，除了军营，他没有到外面探险的心情。认识的人也全部与军队有关。李承乾是一个特例，他允许这位大唐太子殿下与自己亲密接触除了一些功利性因素，更多的是对这位悲情皇太子无限同情。立在面前的毕竟是一个孩子，还有很强的可塑性，出于对自己不幸的报复，他很想试一试改变李承乾的命运，看自己到底是不是命运齿轮上的那只蝴蝶，扇起的气流能否在这个大唐世界掀起无人知晓的风暴。知道他人的命运让云烨有一丝高人一等的感觉，所以对历史上的伟大人物生不起多少敬意，比如说面前这位凌烟阁第一功臣长孙无忌。

　　"原来是长孙大人，下官无礼了，还请大人恕罪。"官小，年纪小，没办法，只有到处扮演磕头虫的份。长孙无忌扶住了要大礼参拜的云烨："唉，你与冲儿相交莫逆，老夫听闻你们以兄弟相称，就托大唤你一声贤侄如何？"古代有了成年儿女就可称老夫，想想也是，十四五岁结婚，三十七八做爷爷如何当不起老夫二字？反正已经有两个伯伯，再多一个又如何？

　　"伯伯抬爱了，小烨白衣出身蒙诸位长辈关爱，又与小冲、怀仁、处默相交，处处青眼相加，实在是小侄的福分，初涉人间就结交好友，小侄何其幸运，请受晚辈一拜。"本来这一拜长孙冲应该在场，订交嘛，长孙冲应回礼才算礼成，可他现在土牢受苦自然无法回礼。长孙无忌扶起云烨，笑呵呵地说："年轻人相交是好事嘛，听闻你师从异人，又天资聪颖，出世短短半年就为我大唐立下赫赫功勋，制盐，制器，改良冶铁之法，教授锻体之术，让我大唐军士如虎添翼，就这些，已让老夫惊为天人，不想，你竟培育出亩产五十石的奇粮，见到冲儿书信，老夫尚以为是这逆子胡说八道，世上哪有如此庄稼，直到左武卫公函传递到凉州，老夫才知此事竟是真的，星夜快马加鞭赶到兰州，可惜，无缘得见祥瑞，诚是憾事。不过能见到贤侄也不枉老夫星夜百里啊。你与冲儿年纪相仿，当互相友爱，互为诤友，老夫期盼着你们建功立业的一天。"云烨躬身称是。

"来来来，随老夫进帐，好好说说这些事情的原委。"长孙无忌拉着云烨进帐，却见李承乾正在内侍的帮助下手忙脚乱地更衣梳头，见到这些，长孙无忌的脸拉了下来。李承乾顾不得梳头，连忙见礼："外甥见过舅舅。"长孙无忌恭恭敬敬地回礼："太子殿下多礼了，殿下在左武卫所作所为臣已知晓，能与军士同甘苦，共患难，州城不入，不独享安逸臣甚是欣慰。不知太子现在衣冠不整是何道理？"李承乾低头不语，羞愧难当，好不容易放纵一回就被舅舅抓个正着，不知如何回答。云烨在一边接话："这全是小侄的错，小侄与太子打赌，看谁先做完五十个俯卧撑，不想太子殿下首次做此身法，故而全身狼藉。"长孙无忌很奇怪："何谓俯卧撑？""是一种基础的锻体之术，可增强臂力、腰腹之力，心肺机能也会增强。请太子殿下给左武侯大将军演示一下。"李承乾很自觉地趴地上做了几个标准的俯卧撑。

"哦，原来如此，倒是老夫错怪了，太子殿下勿怪。"任何聪明人都不会对自己从未接触过的事物作出评价，因为很容易出错，智者所不为也，长孙无忌本来就是聪明人中的聪明人，当然不会再去追究太子为何衣冠不整的小事了。不用云烨再多嘴，李承乾就把祥瑞的前因后果细述一遍，听得长孙无忌心潮一波接一波地涌起。多年战乱耗尽了中原大地的元气，虽然李二与群臣兢兢业业地打理这个国家，但是底子太薄，一时半刻改变不了国家依然贫困的事实，再加之李二毕竟得国不正，弑兄杀弟逼老父，自己登上皇位，这就给野心家一个绝好的造反借口，这次幼良造反就有息王的影子。这时急需一个天大的好消息来平息弑兄杀弟的后果，云烨此时献上土豆无疑是最好的礼物。

翻遍史书，历朝历代谁有过亩产五十石的粮食？这不是祥瑞，还有什么能称为祥瑞？土豆的出世不但解决了粮食不足的忧虑，在政治层面上更加对李二有利，借此天降祥瑞的名头，可兵不血刃地平息国内的反动势力，借天之名行王霸之事。

长孙无忌乐呵呵地走了，连儿子被老程关在土牢之事也不闻不问，仿佛那里面关的不是自己的儿子，而是一个陌生人。后来才弄明白，这满大唐敢把太子关进土牢的人只有程咬金一个，他连皇帝陛下都关过，在王世充手下当将军时在洛阳城下与还是亲王的李二作战，在困龙岭这个地方将李二牢牢围在一个石窟内整整两天，要不是秦琼带着程咬金反水，早就没有秦王百骑破窦建德十万大军的故事。再加之老程是一位真正的军人执行军法一丝不苟，在老程面前只要在军营，就没有什么太子、小兵，只有必须执行军令的士兵，犯了哪一条，就按哪一条执行，从无例外。难怪长孙无忌不去求情，再说不就关四天吗，没见老程的儿子也被关着，这情谁能求下来？

长孙无忌根本不担心老程的公正性，挟私报复可不是老程的一贯作风。既然被关起来那就一定有被关的道理，确定了土豆这个惊天祥瑞，他从未像现在一样对大唐的未来充满信心。大唐有睿智的君王、勇猛的将领、足智多谋的名臣、敢于效死的士兵，再有土豆补齐了最后的短板，没有理由不出现文景之治的盛世场面。只要一想到这儿，他激动得就想大声向全世界宣布，大唐盛世要来临了。

第三十八章
后遗症

　　天空中从始至终都没见到过大雁，北雁南飞只是一个传说，陇右到底是一个荒僻之地。三里之城七里之郭，这就是兰州城最真实的写照，整座城池依山而建，墙高不过丈二，厚不及六尺，黄土夯成，女墙上的垛堞豁豁牙牙如同老人的瘪嘴。城门上插的唐字旗也蔫蔫地耷拉着，除了偶尔在城墙上巡逻的士兵，整个城池就如同一座死城静悄悄的。快到冬日，本应该是熙熙攘攘的交易时节，却快要变成鬼地。

　　云烨勒住马缰，大青马无奈地停住脚步，身后程处默、长孙冲、李怀仁变成了话痨，他们只是为说话而说话，至于说什么估计连他们都不知道，这是关完禁闭之后的后遗症。

　　一想到三人被放出来的情景云烨就觉好笑，长孙冲放声大哭，抱着李承乾不松手，鼻涕眼泪抹了大唐太子殿下满身，这还不好怪罪，只能任由长孙冲抱着。铁汉子李怀仁就像一摊稀泥软软地被狱卒架出来，双目无神，嘴唇焦干，喉咙里发出呜呜的怪叫。程处默倒是表现最好的一位，一副目中无人的架势，充分鄙视了先前二人后，对军法官说：“有什么呀，老子在里面睡了四天，筋骨都睡松了，正打算起来打两趟拳精神精神就被撵出来，小冲、怀仁也忒不是爷们儿了。”虽然嘴上说得豪迈，发软的双腿暴露了心头的怯意。军法官也是妙人接话：“程校尉实是吾等楷模，坐四天禁闭还豪气不减，铁汉子，大将军有令，如有不服者就再关四天。”程处默听到再关四天的话一屁股坐地上，扯着嗓子喊救命。过往的军卒一个个侧目而视，这三位挨军棍也不皱眉头的铁汉子，只被关四天就变成烂泥，也不知那苦牢有什么，能让人恐怖到如此地步，从此后，左武卫军士宁可挨军棍也绝不选择关禁闭。

三天，这三位三天才缓过来，照长孙冲来说那牢就不是人坐的。低矮的墙仿佛下一刻就要压下来把自己埋掉，只能听到自己的呼吸声、心跳声，那群狱卒一句话也不说，你再问也不说话，每天只给饭菜、水，送新净桶再收走尿桶。就再没别的声响。哪怕放屁也好啊，它好歹也是一声音。李怀仁抓住云烨的手不松，连声感谢前些日子阻拦他，没让牛魔王关他禁闭，现在想起汗毛都竖起来了，要是那次被关了估计就不会活着出来。这次好歹还有哥几个做伴，想想心里头都踏实，所以挨过四天，要不然两天都坚持不下来。程处默也心有余悸。哥四个发誓绝不再进禁闭室，而李承乾则打算在太子右率也实行禁闭制度。上次被关得都有了心理阴影。

程大将军好人啊，知道哥几位受了苦，特派云烨、程处默、长孙冲、李怀仁前往兰州城与县令交接盐场事宜，毕竟这盐场是军队建立起来的，现在虽然交到地方手上，你们也不能白拿，怎么也要补偿一下才是。肥缺，大大的肥缺，军队也不缺少那些破烂，不过是一些牛马、石磨、木桶之类。派他们来也不指望收回多少钱帛。看在四人受苦的分上多少给些补偿罢了，说到底长孙无忌、李孝恭的面子也要考虑。

亲兵进城通报，他们在城外等候，无令不得入城，程咬金都不敢违背就不要说四个小辈了。不一会儿，亲兵带着一辆牛车吱扭吱扭地过来，没等四人下马，一个胖墩墩的身子艰难地从牛车上爬下来。绿色的官服紧紧裹在身上，勒得和蚕一样，一个山羊胡穿文士袍的中年男子扶着胖子，看样子累得不轻。胖归胖，礼数不缺，正一正衣冠，躬身施礼："下官李福禄见过四位将军，将军远道而来，下官有失远迎，恕罪，恕罪。"平时这三位是不会拿正眼瞧一下这位小小的七品县令，今时不同往日，哥几个受派遣，有公务，自是不会傲慢。云烨从马上跳下来扶起胖县令，笑呵呵地说："李大人多礼了，本官平安县子云烨受左武卫程大将军之命特来与大人商议黄河盐场事宜，还请大人多多关照。"云烨深知阎王好见小鬼难缠，这些基层小官最是难缠，在前世，一个批文跑十几个部门，你盖章，我盖章，大家全部来盖章。

也就是说利益要均沾，唐代大概也不例外，所以丝毫不敢对他大意。从怀里取出公文递给李县令，却见这家伙看都不看就揣怀里。肥脸笑得五官抽成包子："当然当然，下官自然遵从大将军令，现天色已晚，卑职略备酒菜，为几位小将军洗尘。"云烨抬头看看刚升起不久的太阳，觉得有些奇怪，这就天色已晚？长孙冲接话："哼，我等虽然是军人，有军令约束，不得无故入城，但是天色已晚，也就勉为其难入城歇息片刻。"

娘的，李县令这是给哥几个找入城的借口呢，还好长孙冲深谙此道借坡下驴。在县令主仆的一再邀请下一行人勉为其难地进入兰州城。

外表的破败，难掩内在的繁华，穿过城郭，不远就到了内城，怪不得见不到人，原来人全聚集在内城，一包包的盐被打上官盐标记，装上牛车出西门往塞外方向滚滚而去，左武卫大营在东面，没人有胆量没事干跑军营参观，一不小心扣一个奸细的帽子就悲催了。估计地方政府也明令百姓不许骚扰军队。

云烨没想到自己一时无意间传授的制盐之法，竟然在兰州形成一个产业，只见源源不断的牛车满载着盐场煮好的食盐从北门而入，扛包的民夫，称量的账房先生，粗布麻衣却豪迈非常的商人，夹杂着妇人轻笑、孩子号哭、小贩的大声叫卖，构成活生生的市井场面。一个满脸红色胡须褐色眼珠、头缠白布的胡人可能看云烨等人气度不凡凑上来兜售手上花花绿绿的域外宝石，几人不为所动，又拉过一位蒙着面纱的胡女，拍着胡女丰满的臀部向几人炫耀身材是如何火爆。

第三十九章

可怕的威胁

"贱人，贱人。"云烨一路走一路骂。不是在骂那个风骚的胡姬，而是在骂自己的狐朋狗友。

就在刚才，众兄弟抵挡住胡姬的诱惑，尤其是长孙冲，历数胡姬身上的优缺点，从体味到贞操再到皮肤乃至温婉程度，完美地表现了一个优秀纨绔的素质，最后下达决定：

"我兄弟乃是高门子弟，焉能与贩夫走卒成为连襟，这胡姬不知已侍候过多少人，当我兄弟是替人刷锅倒灶之辈，实乃奇耻大辱。"根本不用说，旁边亲兵抢起刀鞘开砸，胡商倒在地上用半生不熟的官话求饶。

李福禄笑嘻嘻地在旁边打趣："胡人就没一个好的，个个利欲熏心，为区区几文铜钱，老婆、妹子、女儿露皮露肉地招揽生意，有出得起价钱的陪睡也是常事。"说完捧着肚子一副贱相。看来这家伙早就品尝过这胡女了。

李福禄见众人对胡女不感兴趣，就说起这次平叛陇右发配了甚多有罪氏族，由官家发卖，出色者充官妓，平庸者发卖为奴。现在官署之中尚有不少，他是大为头疼啊。这混蛋是故意这么说的，俗话讲，军营三年，母猪赛貂蝉。更别提这三个纨绔公子，从十四五岁就开始逛青楼，哪里还是纯情少年，没见眼睛都变绿了，说声："弟兄们去安慰一下这些可怜女子，这是长安子弟的责任，至于交接盐场一事就和我们没什么关系，就有劳小烨了。"说完就催促李福禄带他们前去安慰可怜人。连云烨亲兵都带跑了。李福禄一副弥勒佛的慈爱模样，笑呵呵地派手下引路，自己和云烨慢慢走向官署。

聪明人啊，李福禄是聪明人啊，私下里送云烨五百两银饼，说是感谢云烨为兰州这穷地方能够变富裕，大公无私地贡献出祖传制盐秘方，造福一方，兰州已刻碑记载，子子孙孙必不忘记平安县子高尚的、无私的、可敬的、神圣的……什么什么精神，为不让恩人造福大众却去讨饭，地方乡绅凑了五百两聊表心意。反正好话说了一堆。私人什么事都好说，可一谈到公事，胖脸一抹，完全一副大义凛然状，张口本县，闭口百姓，总之一句话，没钱，要不然请平安县子等待半年，收上来年赋税再说。见云烨脸如锅底，又说："银钱真没有，粮食倒有很多，要不拉些粮食回去？"云烨到底没有跟这样的官油子打过交道，被对方的变脸之术迷惑得云山雾罩，一时间竟束手无策。陇右当然不缺粮食，人本来就少，地要多少有多少，再加上突厥叩关阻绝通往长安的粮道，前年的赋税都没有解往长安，商道也断了，本地粮商手中也存有大量粮食，可以说已经泛滥成灾了，只能眼看着在仓库中腐烂。这就是运输不畅的后果。为这些宝贵的粮食李福禄也是日夜焦心，没想到粮食有一天也会成为负累。翻开史书，简直闻所未闻。

粮食？云烨心中似乎有什么事没想起来，很重要，一定与粮食有关，是什么事呢？他止住正喋喋不休的李福禄，在大厅中踱步，弄得李福禄莫名其妙。

李福禄的客厅布置得与他人一样臃肿，硕大的花瓶一摆就是四个，福禄寿喜一样都不错过，青不青，绿不绿就如同一个被人揍过的脸色，黄不拉叽，倒胃口，也不知这位爷就这欣赏水平呢，还是故意恶心云烨，上面的黄鸟捉虫图模糊不堪，也不知黄鸟啄的是蚂蚱还是蟋蟀，从长长的须子上实在是分不清。窗外的柳树已经没有叶子了，软软的枝条像鞭子在风中胡乱抽打房檐，贞观三年就要到来了。

云烨心中再没有迷惑，老子给面子不兜着是吗？那就让程咬金来找你，胖子，你再滑溜，在土匪出身的老程面前还不够看，你也就是秋后的蚂蚱没几下蹦跶的了。云烨堆起满脸笑容，学着胖子拱拱手："李大人不愧是清如水、明如镜的好官，这叫在下钦佩万分，云烨自幼束发求学以来，所学者不过忠恕而已。如今你我二人为区区蝇头小利争论不休实在是惭愧，不如你我不谈公务，难得今日云淡风轻就请大人弄壶美酒再来几样小菜我们只谈风月如何？"李福禄弄不明白云烨在耍什么花样，遂吩咐丫鬟布置酒菜。

云烨果然不谈公务，与李胖子杯盘交错，谈笑甚欢，没想到这胖子居然是进士出身，金贤榜上也曾留名，只是出身微寒，朝中没有过硬的靠山，只得来到这荒僻之地为官。怪不得敢不给老程面子。这家伙四年间倒也把民不足万户的小县治理得井井有条，谈笑间各种掌故顺手拈来，经史子集更是烂熟无比，绝对不是云烨这种半吊子可比拟的。好在云烨也有优势，天下各州风土人情，奇风怪俗，讲得李福禄瞠目结舌。直到程处默他们心满意足地剔着牙来找云烨这才尽欢而散。

回军营的路上，云烨阴沉着脸不说话，李怀仁，长孙冲，程处默三人以为他受了气，就要拨转马头去找李胖子的晦气。云烨再三劝说这才作罢。

一到军营云烨提着装满银子的麻包来到帅帐，老程正在与一些老将闲聊，看云烨回来，众老将知道有事，就纷纷告辞。待众人出帐，老程看看云烨阴沉的脸就问："怎么，受气了？那李福禄别看痴肥，却是一员能吏，两卫大军共计三万人，支应粮草从无差池，执行陛下旨意也甚为妥当，老夫不会去为难他，你小子也不要给他难看，否则军棍伺候。"

"伯伯，小侄今日虽然没有达到目的，却与李福禄相谈甚欢，此人为饱学之士，小侄怎会无礼，只是在饮酒欢谈之时，想起恩师说过的一句话，令小侄再无一丝欢颜。所以匆匆赶回。"云烨在李福禄花瓶上见到貌似蚂蚱的东西猛然想起贞观三年席卷关中平原的大蝗灾。蝗虫铺天盖地倾泻而下，一路上禾苗被吃光，连树木野草都难逃蝗虫之口，整个关中平原赤地千里，民间有谣言说这是上天对李二杀兄灭弟的惩罚，只有还政于太上皇才能消灭蝗灾。李二百口难辩，悲愤之下生吞蝗虫，诏曰："若朕有罪就让蝗虫吞食朕的心肝，惩罚朕一人足矣，莫食我百姓食粮。"

第四十章
大蝗灾

"明年有蝗灾？"

老程抓住云烨肩膀看着帐外明媚的阳光有些匪夷所思，什么人能预知后事？虽然云烨表现得与神仙已经没有多大差别，老程还是很怀疑这句话的真实性。不是他不相信云烨所说，而是此事关联甚大，万一出现意外，一个妖言惑众的帽子就会扣下来。尤其是现在全国人心不稳的时候更需要谨慎对待。如果不理睬，这当然是最稳妥的办法，没有人会知道，也就不会有麻烦，可是一想到云烨描述的可怕灾情，赤地千里，易子而食，连老程这种杀人如麻的悍将都不寒而栗。彻底是一个死结啊，如果只是自己老程或许不会这么为难，现在云烨刚刚找到家人，云氏家族兴旺可期。这小子要是折损在蝗灾上，太可惜了。

"伯伯无须为难，家师已是神仙般的人物，虽然小侄亲手焚化了他老人家的遗体，并撒入黄河，小侄依然不能确定他老人家是否已死，恐怕逼小侄入世才用的这一招金蝉脱壳之计，这也不是第一回了。上一次因为逃避追索，只好装死，身上都长蛆了，小侄那时才八岁，费尽力气挖了一个能容下身体的坑，不想家师又活过来带着小侄狂奔三百里，才摆脱那些人的追索。他老人家既然说明年有蝗灾，那就一定有蝗灾，绝不会出错。"一席话说得老程瞠目结舌，长蛆的身体还能活过来，这是滑天下之大稽，要不是见云烨满脸正经，说不定一脚就踹上去了。老程刚要张口，云烨止住老程。

"伯伯的顾虑小侄焉能不知，小侄既然已经入世受陛下官职，得人钱财与人消灾，本就是世间真理，小侄相信家师，以命赌一次家师话语的正确性是为人弟子的责任，此事小侄决定独自上表，程伯伯就不要蹚这趟浑水了。"这是云烨第一次决定要做一件事，路上就想好了对策，回想起后世在电脑上看到的非洲大饥荒，那个被秃鹫盯上的奄奄一息的大头娃娃，那个本应该曲线玲珑的少女却如同骷髅一般卧在草堆上的惨状，云烨头皮就发麻，如果不给李二君臣提个醒，一旦蝗虫袭来，整个关中就会成为人间地狱。史书有记载：关中皆蝗，食禾稼草木俱尽，所至蔽日，碍人马不能行，填坑堑皆盈。这一定是上亿只蝗虫才能形成的规模。这些蝗虫不是在吃草而是在吃人，云烨绝不会眼看着它发生。

老程有些愕然，这还是平日里嬉皮笑脸的少年吗？这还是被自己一脚一脚踹来踹去的皮孩子吗？刚才云烨说到不能任由这天灾发生而无动于衷时，老程就觉得有些不同，这孩子长大了，有担当了，不管明年有没有蝗灾发生，云烨的勇气、善良就不是那些蝇营狗苟者所能比拟的。转身从榻下掏出一个黑色釉罐吹去灰尘，敲开泥封，大大灌了一口，递给云烨，云烨也不言语举起罐子也大大喝一口，双手还给程咬金。老程与云烨相视一眼，而后哈哈大笑。老程笑大唐又有一位贤才成长起来。云烨笑终于打破了自己为人处世小心谨慎安全第一的原则，心中燃起浓烈的战意。怪不得后世网站上有人叫嚣：宁可做几分钟英雄，也不糊里糊涂白活一世。做英雄的感觉不错，起码骗了老程封藏多年的美酒。等到要喝第二口时，却听老程说了声"此事听老夫谋划，不得自作主张"，又被老程端出帅帐。

英雄是什么？这年头斩将夺旗的不算英雄，见多了，尤其左武卫诸将有几个没斩杀过几员敌将，早就不新鲜了。如果你能把一头犍牛单手放翻再一刀捅进心脏，让牛血一滴不落地流进盆子，那你就是真正的英雄。现在程处默就在这么干，赢来满场喝彩。这家伙嘴里叼着带血的军刺，双臂一较劲就把牛挂在横杠上。马上就有屠夫给牛开膛破肚。满军营都成了屠宰场。大将军下令所有带不走的牛羊全部宰杀制成肉干，云烨又把内脏制成香肠熏制后晾干储存起来。左武卫在疯狂储粮，众军士不明白为什么，以为要出战，个个兴奋异常。

大将军已经十几天没笑脸了，太子殿下十几天没笑脸了，才回来的牛副帅眼睛红红的像要吃人。长孙无忌大人又来了，急匆匆地又走了，刚刚被陛下封为蓝田县侯的云烨大人也是几天没笑脸了。出大事了。难道说突厥人又进关了？

"真的会有蝗灾？"这是牛进达十几天来第五六十次问云烨。

自从程咬金把这事告诉太子，并由太子以家书方式传递给皇后，老程就开始疯狂的囤粮行动，满陇右多余的粮食全部大量收购，趁着秋末牛羊肥硕，开始大批宰杀，并派出狩猎队在陇右群山间猎杀野味。程咬金的行动自然惊动了长孙无忌，惊问缘由后，也开始囤粮，导致陇右粮价大涨。李福禄第一时间给云烨送来了五千贯铜钱，再也不提粮食抵账的说法。源源不断的粮食运进军营，每凑够一万石就由一百太子右率士卒押运前往长安。陇右辅兵驾车负责运输。长孙无忌更黑，以食盐换取吐谷浑牛羊马匹，再以牛羊马匹换取粮食，两面取巧，开始疯狂掠夺吐蕃、吐谷浑本就不多的粮食。一方面为筹粮，另一方面也为降低这两国发动战争的能力。

牛进达高高兴兴回来，宣读了李二陛下晋升云烨为蓝田县侯的旨意，程咬金也以荐才有功官进一阶成为从二品的镇军大将军。牛进达成为正三品怀化大将军，程处默官进正五品下昭武校尉，就连第一个碰到云烨的张诚也成了正九品的仁勇校尉，也算鸡犬升天了。

牛进达说起在太极宫当着文武百官的面皇帝陛下亲自砸碎大缸，刨土，采收了七枚土豆，重达六斤四两，满殿群臣几乎陷入疯魔，号啕大哭者有之，捶胸顿足者有之，仰天长啸者有之，陛下更是乐得涕泪横流不见一点英明神武之态。当着满朝文武封云烨为蓝田县侯实封千户，这是开国以来第一次拿侯爵作为封赏，可谓隆恩浩荡。说着说着却见太子、老程、云烨脸上没有一丝笑容，弄清缘由以后，一拳砸断案儿，再无半点喜色。

第四十一章
还债与银行

　　蓝田县侯这是云烨最新的爵位，一个不到十六岁的少年在八个月完成了从白身到高级贵族的转变。谁能想到。这大概是唐朝自建国以来升官最快纪录。李世民对云烨充满好奇，到底是一个什么样的少年能从自己手中讨走富贵赫赫的蓝田侯？一枚土豆被丝绸包裹着就放在桌案的右角，每抬头瞧见这枚土豆，李世民就充满幸福感，大唐到底福泽深厚，亩产五十石的奇粮都能出现，还有什么是不可超越的呢？仰望先贤，自秦始皇开始称帝，直到自己为止，共有五十四人坐到皇帝位置上叱咤风云。我自认并不昏聩，帐下猛将如云，谋士如雨，更有这奇粮相助如何不能探一探千古一帝的边缘？

　　就在李二沉浸在无边的幸福暖流中时，他没有看到长孙皇后握着一封信件阴沉着脸隐没在重重帷帐间。望着满脸幸福的丈夫，长孙皇后就觉得手中信件有千斤重，她不忍心打断丈夫难得的幸福时光。自玄武门之事过后，两年间他从没有睡过一个安稳觉，睡梦中一遍又一遍地向息王忏悔，泪流满面，每次都是自己抱着他，哼着幼时的儿歌，他才能平静，安然入睡。现在丈夫斜躺在皇座上，沐浴着夕阳竟是如此地安静恬然，已没有了那些来自心底的恐惧。成也云烨，败也云烨，但愿云烨所言是错误的，不是真的。蝗虫会来吗？预言中那铺天盖地的蝗虫会来吗？长孙皇后想撕碎那封信，多么希望自己从来没有接到过乾儿的这封信。纤细的手上青筋暴起，浑身都在颤抖，用最大的毅力使自己挤出一丝笑容，缓步走出帷帐……

　　"云烨不会信口开河，即使这件事真的发生，对他也不会有任何好处，只会带来灾难，朕不信一个奇人弟子会不明白这个道理。"李二比皇后想象的平静，只是敛去了笑容。

"臣妾也是这个想法，陇右军中有无忌、知节、进达，还有乾儿，他们不会不知道误报此事的严重性，但是他们选择了相信，所以臣妾认为，此事的真实性足有八成。"

"知节第一反应就是囤粮，勒令陇右六县将存粮上缴长安，无忌也开始在河西搜刮粮食，好在陇右连续两年大熟，粮草颇丰，估计囤粮五十万石还是可行的。乾儿的右率已经开始往长安运粮。眼下存粮才是第一要务，朕从不怀疑无忌、知节的忠诚。他们没有给朕上书，而是选择通过乾儿给你写信就是不想此时弄得朝野议论纷纷，不想破坏来之不易的平和局面。所以朕选择相信无忌、知节，也相信云烨师父的预测。来人，传房玄龄、杜如晦进宫议事！朕不相信区区蝗灾我大唐就没有应对之策。"

小黄门的身影才出殿门，长孙皇后就对李二说："陛下就不想见见你的蓝田侯？问他凭什么就说出警世之言？不想看看长什么样子？对他神仙师父就不好奇？反正臣妾就很好奇，也不知是否长了三头六臂。"

"皇后可还记得这小子上回说：奇宝无功难受，难道说到了朕为这奇粮付出代价的时候了吗？"

两口子拿着土豆翻来覆去地看，满脸欣慰，仿佛蝗虫的到来已不是什么灾难，而是买了东西要付出的代价而已。

云烨不知道李二已打算付出代价，并做好了应急的准备。他可不打算再付代价，李福禄的胖脸已皱成包子，明明商量好的八文一斗的粮价云烨非只给六文，无论自己怎么说，他就咬死了六文，还说要不行拿他蓝田县侯的官服作抵押再给他弄十万石粮食。李福禄快疯了，老子要你的官服做什么，我又不是侯爷，再说，粮食又不是我的，你给六文让粮商赚什么？

"侯爷，您行行好，下官已押解来五千石粮食，都是从本地粮商处商借来的，下官要还给他们四百贯铜钱，这是买卖，不是赋税，要是不能拿回四百贯，下官只有把粮食运回去。要不然官府的名声还要不要啦？"

云烨望着高高的粮垛，也在发愁，别说四百贯，现在他连四文钱都付不出来，谁能想到堂堂开国县侯竟被四百贯钱难住，他娘的，四百贯铜钱用马车装也要满满两车，陇右本来就缺钱，民间大部分还处在以物易物的时代，粮食，铜钱，绸缎，银子，个别地方连女人都作为硬通货流通，这些天自己贪污的五百贯都用出去了，依然是杯水车薪。这时他非常怀念后世被唾骂的国有四大银行，只要能把银子给老子运过来，哪怕多收些交易费也认了。咦？银行？老子就是个天才，昨天那个该死的地主老财口口声声说少一文就碰死在军营门口，儿子还在京城等着用钱，如果把应付给老财的二百贯留到京城再给他儿子不就解决了资金问题了吗？李福禄急着要钱无非是要上缴今年的赋税，既然都是为国效力，这钱等到京城再由户部用粮食抵消不就万事大吉？还省得他押解了。

前因后果给李福禄交代清楚，看得出他有些心动，就是有些不放心云烨，刚才云烨暴露的嘴脸实在是让人不放心。俺老李一心为国，要是被这位不靠谱的小侯爷坑了，上哪儿说理去？

太子，就太子，世上还有比这更好的抵押品？反正大唐就是他家的，你的是他的，我的是他的，他的还是他的。云烨感觉李二一家子最适合的职业是响马，把小响马拖出来做抵押品他没有丝毫的负疚感。

陈述了目前遇到的难题，没钱付给人家，可是关中大灾就在眼前，从陇右把五十万石粮食运到长安这是一个系统的工程，没有半年的操作就不可能完成。我们又不能抢，好在有英明神武的太子殿下坐镇陇右，这就给了下官运作的空间。把后世银行的操作流程一一解释给太子，李承乾还是满眼星星，旁边负责统计粮食的黄志恩两眼却散发出金色的光芒。

第四十二章

表彰与挨揍

　　银行只是作为云烨梦想中的一个社会机构，以自己的能力根本不可能完成这一庞大机构的架设。一没钱，二没权，三没人脉，更要命的是没有必要的社会经验积累。所以只能想想罢了。现在把李承乾给卖掉已是最大能力。

　　皇太子的号召力不是白给的，十天时间那些富户、大族、商人拼了老命在筹粮，大大小小的粮车快把左武卫大营淹没。没人再提钱，只是希望能拜见一下太子，尽管太子殿下不一定能看到自己，能坐在太子寝帐得到一碗煎茶就心满意足。恐怖的皇家教育，太变态了。全身冕服的李承乾高高坐在上首，每十位粮商一批在经过严格的身体搜查进帐与太子殿下攀谈。与其说是交谈不如说是太子在训话，缓慢的语音，高雅的谈吐，恰到好处的手势，温婉和煦的笑容，让云烨呕吐三升，众商家、豪门、大族诚服诚敬，瞧，这位身穿儒衣的族长听着太子妙语连珠如饮佳酿，频频点头，屁股虚坐在绣墩上狂练骑马蹲裆式，头发半白的老儒练习此式一顿饭工夫脚下竟不见丝毫摇晃，让军训半年的云烨羞愧难当。那位已经不成了，深秋的寒意挡不住人血沸腾，已经沸腾得冒烟了，袅袅白气在头顶蒸腾，早已达到三花聚顶、五气朝元之境。只是汗如雨下就不知练的是何种奇门异术。这两位还是好的，功力精深顶得住，地上趴着的商人把头杵在地上想学土行孙？太子殿下大气啊，无视众人丑态，将趴地上的商人一一扶起，也不落座就对众人说："适才孤作为大唐太子受诸位贤达一拜是为尽礼，现在孤只是一个晚辈，诸位就不必多礼，这次筹粮得大家相助，孤多谢了，陇右受教化多年，有今日之盛况，全赖诸位贤达，孤一定上表将诸位相助之功一一表奏，上达天听。孤有感于诸位仁义，特备薄礼，以彰礼善人家。"

云烨上场，八名全身明光铠的壮汉鱼贯而入分两排站立，手握刀柄杀气腾腾，后面跟着两个内侍捧着木盘，上面用红绸遮盖，云烨上前掀开绸布，只见一个木盘上摆着一卷羊皮文书另一个木盘上摆着一面银光闪闪的勋章。云烨取过第一张文书面对老儒大声喝道："太子教：周听松跪接！"

老儒周听松扑通一声跪在云烨脚下："草民周听松接太子教。"

"孤闻陇右道兰州县有周姓名听松者善行乡里，德行显著，特彰显其名，以宣教化，赐礼善人家银牌一面，以示殊礼。"老儒听到太子教，把头在地上磕得砰砰作响。免礼之后，双腿在地上划拉死活站不起来，在内侍的搀扶下勉强站立，手抖得如同中风，眼泪流成河了。云烨不管不顾，取过刻有"礼善人家"的银牌，用那个背后的夹扣夹在老儒的胸前，杏黄色缎带飘在银牌下非常美观，老儒捂着银牌跪在地上泣不成声。云烨敲击胸口大喝："礼成！"八名军士也敲击胸口发出如雷闷响，齐声大喝："礼成！"

帐中其他九人呆住了，老儒只比他们多筹粮一百石，就得到如此显赫荣耀，这便宜占大了。练三花聚顶神功的这位双目赤红有走火入魔迹象，趴在地上怎么劝也不起身，只说家中还有新粮千石愿为太子殿下效犬马之劳。

"皇家殊遇只表彰心诚者、恭敬者，不是区区钱粮可换取的。"云烨深知，奖励只能精而少。不能滥发，否则会影响它的价值，得不偿失，而且现在有老儒作表率，不愁弄不到粮食。

老儒周听松是得了势，胸挺得半天高，手背在身后，行走如同王八。在陇右乡亲面前抖足了威风，两儿子快马加鞭，又筹足两千石粮食运来。此时，陇右筹粮已高达三十万石，基本达到老程的目的。

京中又有天使到来，有密旨给程咬金。李承乾、云烨领到的是各自二十大板。

看云烨受刑老程竟然笑眯眯的，还给掌刑的天使说："这小子就是欠揍，老夫最近找不到借口，这下皇后娘娘给老夫出气，真是大快人心。"

木板一下一下抽在屁股上，云烨就一下一下惨叫。心里那个委屈啊对谁去说？

说二十下就二十下，说不能影响回京就不影响回京，打板子的这两位早就练习得炉火纯青，满屁股青紫，竟然不见一丝血痕。好在挨打的不只他一人，旁边嚎叫的还有一位大唐太子殿下，本来太子每挨一下只是闷哼一声，架不住云烨在旁边惨叫得热情奔放，做兄弟的义气为重只能一起丢人。

太子、云烨挨揍，老程、老牛举杯庆贺，自从见到军营粮积如山，老程、老牛脸色减缓，一心调集陇右民夫源源不断地往京城运粮。云烨不知老程得到什么旨意，居然不把将要到来的蝗灾放在眼里，老牛这位发誓不再让一人饿死的圣人仿佛也不再发愁，一副智珠在握的恶心样子。不管他们，自己责任已经尽到，再有麻烦就不关自己的事。只是这顿打挨得着实有些冤枉。李二打我他是皇帝，想揍谁就揍谁，可是自己何时得罪了皇后，历史上鼎鼎有名的贤后，干吗和我过不去？云烨百思不得其解。

圣旨上说左武卫全体拔营回京，克日到达。这就是说五天之内，就得动身，运粮之事交给地方官府。左武卫筹粮由云烨负责，这前前后后的账目，财务交接就不是一时半会儿可以交代清楚的，屁股被打成五花肉，绿了吧唧看不成了。粮食交接又是大事，不能委托他人，只好被亲兵抬着满军营忙碌。

天黑了，云烨又累又饿，屁股还疼得厉害，路过太子营帐瞄了一眼，顿时气炸了肺，凭什么我一打工仔就得带伤干活？你一太子趴在软榻上，有人一颗一颗地喂葡萄？还净挑好的，嘴里还念叨："小烨也挨了母后的揍，身体不适，剩下的葡萄就留给小烨吧。"

第四十三章
雷锋和牛魔王

很好，李承乾第一次被人打劫完全不知所措，只是眼睛瞪得老大，嘴里发出护食的怪叫，云烨在学校早练就了一身抢饭的过硬功夫，轻轻在李承乾屁股上抚摸一把，李承乾抱在怀里的葡萄就落在云烨手中。皇家侍卫握着刀柄不知要不要将这个大胆蟊贼就地正法。慌乱之中，云烨在李承乾的惨叫声中拎着一大串葡萄在内侍高山仰止的目光中出了寝帐，被抬着落荒而逃。

没人被处罚，也没人夺回赃物，李承乾已经习惯了这种游戏，他抢云烨的饭食早就不是一次两次了。只能趴在床榻上捶胸顿足地发誓一定要报葡萄被夺之耻。

云烨简化设计的独轮车被大量制作，这种一个人就可以操作的运输工具让牛进达叹为观止，人能行走的路独轮车就可行走。力大无穷的老牛让人在独轮车上装载了四石粮食，挂上风帆，在校场来回飞奔，如同幼儿得到一件最新的玩具。事实上云烨并没有做大的改动，这一传自三国时期的蜀地运输工具已进化得相当完善，云烨只不过增加了铁质轮轴，将圆木锯成的车轮制成带有轮辐的轻便车轮，再增加一副可调风帆，借风力而行轻便省力。即使其余军士没有老牛的变态力气，载上两石粮食还是没有问题的。程咬金早早准备好将整个左武卫变成运粮大队。除去必要的守卫力量，打算趁着大军回京的机会，一次带走十万石粮食。

云烨不知不觉已经有很多财产，由于在太子殿下的表彰会上露脸，陇右诸大族对这个什么什么侯爷甚是关注，传自酒泉的夜光杯，一送就是两对，让三花聚顶仁兄肉疼得直哆嗦。云烨看着四个黑不溜秋三扁四不圆的杯子有扔到垃圾堆的心思。后世三十块钱一对，比这精致多了，透过杯壁能隐约看到人影的极品你讲讲价二十元拿走还算友情价。你倒是直接上荤菜，真金白银的我又不嫌弃。面无表情让这些土财主心头志忑，这京师里来的侯爷胃口就是不一般，五百贯的杯子都看不上眼。于是波斯的银壶论套，和田的玉石论箱，在收到两块人头大小的玛瑙后，侯爷终于露出笑脸，这让陇右众人长出一口气。嘴里哼着发财啦、发财啦的小调回到营帐，却发现李承乾、程处默、长孙冲、李怀仁四位正在你一块我一块地分赃，怒发冲冠，大吼一声惊起饿狼四头，乌泱泱四散奔逃，也不知是哪个缺德鬼有意无意地用膝盖碰到云烨的屁股，在他的惨嚎声里，强盗满载而归，独留下伤心欲绝的云烨暗自垂泪……

大军拔营归京，陇右大小官员赶来相送，一杯送行酒饮下，麻衣单衫的牛进达推起独轮车扬声大喝："启程！"五百全副武装的骑兵在前面隆隆开进，程处默、李怀仁两骑并行压阵在后，率先踏上回京的归途。云烨率领后勤营赶着数百辆马车牛车满载着粮食物资随后出发。牛进达抛开公侯身份带着五千架独轮车紧紧跟随。老程与太子在后营，押运着缴获的战利品随时准备接应牛进达的独轮车队伍，必要时可以轮流推车。

五十里，这是大军在开拔前就定好的行程。从日出到午时休整，暂歇一个时辰，再行军直至目的地。由于是乘车，后勤营要快一些，在宿营地准备好饭食、热水，等待牛进达车队的到来。左武卫在云烨的建议下为节省吃饭时间统一做饭，直径一米的大锅一字排开百十口，一勺肉菜，一勺肉汤，一个硕大的干饼，就是军士全部的晚餐。

云烨一瘸一拐地拿着一个酒葫芦来到正在埋头吃饭的牛进达跟前，在竹杯里斟满烈酒双手捧给老牛，老牛一口抽干，云烨知道老牛好酒，又斟满一杯说："牛伯伯，再喝一杯吧，解解乏。"老牛头也不抬，温声道："军规不许，每晚一杯酒这已经违令了，老夫身为军法官焉能自乱法度，其他弟兄有没有？"

老牛还是一板一眼的性子，这或许是他惩罚了无数违纪将士却无人记恨的原因。

"每人都有一碗，这一杯是小侄的，就请您老代劳。"

老牛没说话，一仰脖又灌下一大杯，送回酒杯，冲云烨挥挥手，转身去巡视营帐。

两千三百里路，这是唐时从兰州到长安的距离，每日行军五十里，需要整整一个半月。从兰州出发不到三天就一头扎进茫茫群山，道路崎岖不平，蜿蜒曲折，前队已到山巅，后队才到山脚，勉强通过一辆马车的大路在唐时已是交通便捷的保证。云烨以前读到历史上唐朝丢失西域就充满失望，对大唐控制力减弱难过，现在才知道，长安要控制遥远的西域需要付出何等的代价。顽固的唐朝人为开拓疆域一代代人前赴后继慷慨赴死。可怜无定河边骨，犹是深闺梦里人。云烨不同意诗人的见解，他只看到无定河边的尸骨，却没看到丝绸古道的繁华，没有一支强大的军队守护，何谈大唐盛世。域外的牧羊人是野蛮的，没有是非观念，没有礼义廉耻，弱肉强食的自然法则给了他们强健的体魄，却没有给他们创造劳动的本能。向苍天抢食物，向大地抢食物，向邻居抢食物，如果必要，他们不介意向自己父母抢食物。他们什么都吃，包括吃人，只要自己的基因能遗传下来，拳头和弯刀就是他们利益的基础。

老牛脖子上青筋迸现，独轮车上高高的麻袋如山般沉重，他毕竟老了，独轮车上的粮食太多太重，他高估了自己的能力，这位发誓不要再有一人饿死的彪悍猛将衣衫被汗水湿透。云烨默默拉起独轮车前的绳索挂在肩上，一步一步往山上蹚。"谁能想到，一个国公在推车，一个侯爷在拉车？"云烨气喘吁吁地问老牛。

"狗屁的国公、侯爷，这世上国公侯爷多了去了，没见谁多长出一个鸟，还不是要吃喝拉撒睡，人啊，不能让自己太安逸了，身子安逸了，心就麻木了，这他娘的和咸鱼有什么区别？老子一生，造过反，杀过人，睡过的娘们儿不计其数，那又如何？要不是有那么一个念头撑着，不知道会变成什么样子，陛下对老夫有大恩，这一辈子就卖给他了。早年间爹娘、兄妹生生饿死，我就恨自己怎么没死，大哥把最后一块麸皮团子递给我，我想都没想就吞下去了，我活了，大哥死了，他给我的不是麸皮团子，是命啊！老夫这条命不光是自己的，还是我全家一十三口的，老夫怎敢不活得堂堂正正？有朝一日老夫活到头了，在地下见到大哥，老夫可以告诉他，这一辈子活得精彩，活得自在，活得堂堂正正，你给我的命，我没有糟蹋，一天都没糟蹋。"

　　天哪，老牛成了圣人，云烨发誓他看到老牛身上闪着金光，这金光刺得眼睛生疼，心里萎缩。以前听说过雷锋等圣人，总觉得有些假，现在看来，不是他们假，而是自己活得就假。皮袍下的小人说的就是自己这种人。

第四十四章
麦积山历险

　　英雄无善类，尤其是身后这位。他老人家在战阵上三荡三决勇不可当，这些年双手恐怕已经被血染成黑色了吧。凤凰山一战单雄信宁死不降的三千手下就被这位善良的老人家一夜间埋入黄土，而后在埋尸体的大坑上跑马三天，这样做的原因仅仅是不给老单余孽一个怀念的机会。老程提起这事都自愧不如。心狠手辣、杀人如麻的牛魔王为多运几斤粮食甘愿放下国公身份推独轮车，只是为了少饿死几个人。这话听起来是一个悖论，可事实如此，老牛杀起人来会一丝不苟，救起人来也会全心全意。看来身边充满了变态，云烨很为自己的将来担心。

　　一路上走，一路上观风景，山崖翠碧，流瀑飞溅，古树虬根盘结，苍松不惧严寒，顶着寒风给云烨展现最美的古朴景致，在最美的最老的一株松树根上痛快地撒一泡尿，就权当给它的回礼。旺财就在一边偷看，看见云烨给别家送礼，作为跟班自然不能落后，也痛快地尿一泡。正待跑云烨跟前报功不想屁股上就挨了一巴掌。

　　"滚远，没见到老夫又吃又喝的。"牛进达很不满意云烨这种煞风景的行为。只是对云烨的无耻早就见怪不怪了，觉得旺财还有救，这才教训一下。

　　"伯伯，咱们已经走了快二十天，想必离长安不远了吧？"五天前离开秦州时云烨很想去看看正在开凿的麦积山石窟。后世去晚了，好多佛头都被别人抢跑了，只留下枭首后的残躯摆在那里受人膜拜。现在去想必还在，早早下手，这可是无价之宝啊，留着传家多好。后世砍佛头官府会砍你的头，代价太大，思前想后云烨才控制住想要弄一佛头回家的渴望。

裴家老三与云烨共同在老牛手下受过大苦，自然相交莫逆，兄弟二人趁着大雾弥漫之际打着观摩石窟美景的机会潜上半山，看到后世被称为散花楼的石窟，恨意大增，就是这该死的地方，相机被硬生生抢走，美其名曰：保护古迹人人有责，不许照相。相机到出门之后才还给自己，不得不感叹佛祖的伟大，不到十分钟的时间，高档小日本制造的相机硬给变成国产相机。爱国你不能这么爱呀，多说两句就有膀大腰圆的保安带你去谈话。

山壁上的八部天龙或娇媚，或狰狞，根本镇压不住云烨的怒火，操起横刀就要找一个顺眼的下手，却听到一声暴喝："住手！"老程在一个老和尚的陪同下走过来，揪住正在仔细观摩飞天胸部的裴老三。老天爷，大将军怎么会在这里？

"见过大将军。"赶紧施礼，有外人在，不能喊伯伯。

"汝二人所为何来？为何在佛门净地行此无礼之事？"老程与麦积山的檀印一向有旧，今日大军路过麦积山，就在傍晚来找老和尚谈天，不想将云烨与裴老三抓个正着。

"卑职见到这石摩崖刻精美异常，不由得情不自禁，大将军请看这尊乐天，自由飞旋于鲜花与湘云的虚空之中，别出心裁独具一格地表现了轻盈优美，增加了流动感，真是美不胜收。"老僧连连点头，程咬金大有面子，云烨目瞪口呆，难道这四个人中只有老子是淫棍？明明看见这小子在很猥琐地抚摸雕塑胸部，怎么一转眼就变成了艺术欣赏？

"你拿着刀在干什么？难道你想毁坏佛像？"老程又把目光盯向云烨问道。

"下官怎敢生出如此歹意，只是眼见八部天龙个个杀气腾腾，仿佛要活过来择人而噬，下官是军人不由得生起自保的心思，让大师见笑了。"

老和尚呵呵大笑："今日傍晚老衲觉得有贵客登门，不想是两位小友，小友在八部天龙佛身面前有所感悟真是可喜可贺，八部天龙为我佛家的护法天神，最是煞气凝重，小将军能有所感悟定是深有佛缘。"

老和尚瘦了吧唧，筋骨却异常粗大，漆黑的双目嵌在深深眼窝中，话语慈祥眼中却无慈悲之意，有一种被狼盯上的感觉。这老和尚不简单，装作被佛像艺术吸引，一一参观过去，老僧一一讲解，倒也谈得上学识渊博。云烨大谈炎帝故里定当香火鼎盛，人杰地灵千古以来就是一句恭维人的好话，果然，老僧眼中寒意稍减，被猛兽盯上的感觉也消失无踪，兴奋之下走在前面口沫横飞地充当导游，什么"千佛廊，万佛堂，鹞子翻身牛儿堂"。那穿越山鼻的小洞尚未开凿，云烨打死都不拉着铁链往过荡。天哪！天王早就站在牛背上了，不是说慢慢站上去的吗？你看把牛犊踩的，伸长脖子叫唤，力大无穷也不能这么糟蹋。转身要问老僧为什么要开一个千年骗局，却看见老僧、老程、裴老三很奇怪地看着他，废话，你在别人家比主人还熟悉环境非奸即盗啊！在老和尚的压力下云烨忘记了现在身处唐朝，不是车马簇簇的后世，尴尬地嘿嘿一笑。

"这位小将军可是法华宗弟子？"妈的，老和尚眼中又不怀好意了。

"不是，我是恩师的弟子，不相信佛教。"

"小将军果然深具佛缘，能够未识先通真是怪哉，'千佛廊，万佛堂，鹞子翻身牛儿堂'这句民谣甚是有趣，只是牛儿堂这名字是贫僧昨晚才厘定的尚未告诉任何人，不知小将军如何得知？"他妈的你倒是早说啊，佛门中充满慈眉善目的骗子，就连它的下属机构都不能相信，在后世被导游欺骗，现在碰到正主，你叫我怎么圆话？云烨在心中怒吼。

"偶然，偶然，可能与大师一时间心意相通之故。"只能这么讲，虽说与和尚心意相通有些恶心，此时却顾不得许多了。

老僧轻哦一声便不再发问，云烨心中也安定下来，几人又恢复先前的游人模样。

用过简单的斋饭，品着放过各种古怪调料的怪味茶，其乐也融融。猛不防老僧又问云烨："令师为何方高人？贫僧也曾行脚天下说不定是故人。"

云烨差点被茶水呛死："家师自号'逍遥子'，不知大师可有耳闻？"

老和尚摇摇头，似乎陷入沉思不再言语。

程咬金与老僧告别，带着云烨和裴老三下了麦积山，在亲兵的簇拥下谈笑风生，一路和气。只是到了军营老程似笑非笑地看着二人："下次再干这种没名堂的事看准了再下手，那檀印老僧乃是少林寺十八棍僧之首，据说一套棍法已达宗师之境，今日如果老夫不在，你二人的狗腿不保啊。"说完笑呵呵地离去，留下二人长舒一口气，后怕不已。那老和尚恐怖如斯。

　　回想麦积山险遇，云烨就好奇不已，问过牛进达才知道，这檀印老僧在陛下还是秦王时就时常出入秦王府，陛下与皇后待之甚恭。惹了他不会有好下场。那裴家老三也不是普通人家出来的，他爷爷是大名鼎鼎的裴寂，以老谋深算著称于大唐朝野，纵横大唐两代而圣眷不减。这样一说云烨就明白了，传说中化名为石之轩的家伙就是他爷爷？一代邪王啊，打不死、煮不烂、炒不熟的铜豌豆一颗。自己身边怎么全是这种厉害到变态的家伙？就算云烨知道的石之轩是小说里的人物，可是能入到小说里的家伙，有几个是等闲之辈？算了，李二的朝堂哪里是朝堂，简直就是变态集中营。自己这样的小白珍惜生命还是远离的好。

　　剩下的旅途就轻松很多，随着大军消耗粮食，独轮车上的粮食已经被清空了三分之一。再加之大军已快到陈仓也就是后世的宝鸡市，道路逐渐变得平坦，人烟也逐渐多起来，只是寒风凛冽，冬天到底来临了。

　　云烨缩在马车上，全身裹满了各种皮裘，人臃肿得像一头熊。车外大军顶着风雪在驰道上行军，人人都成了雪人，只有呼出的白气，证明生机的存在。他们根本不怕冷，皮裘上的铁甲依然铮铮作响。离家两载，在这个风雪交加的日子踏上关中土地，区区寒气不能阻挡他们回家的热情。

　　"等待良人归来那一刻，眼泪为你歌唱。"云烨脑海中飘来这样一句歌词。

第二卷
梦里长安

第一章
风雪归人

拥马过灞桥，

无人送别，因为我是归客，

河上飘飞的白雪是我心底最深的渴望，

你种下的别柳，在寒风里摇荡

每一根枝条都是你温柔的臂膀。

我已归航，

但愿能在今晚进入你的梦乡。

袅袅的炊烟，

带给我最温暖的芬芳，

好啊！开启你雕花的门窗。

你从哪里来？

这让我热泪盈眶，

竹马嬉戏的地方，

变成悲伤的海洋。

不是旅人，是故人的回访。

　　云烨铁马横枪立于灞桥之上，红色的披风在寒风里飘荡，不时抖落一簇白雪。旺财裹着肚兜，把头放在云烨胯下母马的脖子上，努力地去咬云烨腰间的布袋。庄三停没有打搅云侯爷的诗情，听着侯爷喃喃自语地念一些听不懂的诗句。再见灞桥云烨止不住泪如雨下，抚摸着被折光树枝的柳树心痛如刀绞，离别时的突然，相聚的遥遥无期，相比于这个梦幻般的世界，他更希望听到妻子的唠叨，儿子的吵闹。现在是堂堂侯爵了，三千后勤军士听他号令，胯下马，掌中枪，全身铁甲，威风凛凛，比吕布还吕布，比赵云还赵云，可这都给谁看呢？老婆若在，会兴奋得疯掉，手机群发早就发了无数遍，会让他摆无数的姿势拍无数的照片，网上会转发得尽人皆知。没有儿子崇敬的目光，这一切都只是镜花水月，锦衣夜行啊！

灞桥下大军在行进。老牛看着云烨在雪地里发魔怔嘿然一笑，没有理会纵马扬鞭从旁边飞驰而过。没人能感觉云烨的悲伤。苍茫的古道，漫天的大雪，残枝少叶的杨柳构成绝美的古画。为什么独独没有汽车的轰鸣？这他娘的是西安吗？司机咆哮的叫骂，店铺里传出大减价的嘶嚎，这才是云烨最想见到的场景。都没有，关中人的大嗓门、熟悉的乡音都没有，这是西安吗？

"启禀侯爷，前军已到左武卫大营，大将军命侯爷催促后队速速赶回大营。"斥候的声音打断了云烨的胡思乱想，老程担心赶天黑到不了大营，雪越发大了。

"庄三停，传令下去，不必顾虑队形，收起战甲，五人一辆车，快速行军。"

庄三停大声应诺，转身去传达命令，五十名到达服役期的老兵成为云烨的家将，虽然年龄有些大了，但是跟随老程身经百战，是彻头彻尾的百战余生。老程顾虑到云烨要重整门楣，特地挑选了五十名悍卒给他。这些老兵也知道云烨的状况，从一无所有到蓝田县侯不过用了八个月的工夫，年纪只有十五岁，又满身学问，本事神奇无比，为人又和蔼，这样的主子不跟跟谁呀。现在不趁着侯爷年岁小投身进府还等什么时候？一旦成为云府供奉子孙三代不愁没好日子过。

云烨看着五十名老兵，有的头发都斑白了。将军白发征夫泪啊，不过这群家伙没一个流泪的，倒是满身杀气，军营里早练就了一副没心没肺的滚刀肉身板。不能再忽悠了，再忽悠就成了响马。刚才就说了一声"我们回家"，这些杀才就激动得嗷嗷直叫，要是再说给他们一人盖一院房子那还不得激动得抽风？

长安的城墙在漫天大雪中如同卧伏的猛兽，黑黝黝的绵延数十里，七层楼高的墙壁宏伟至极，"唐"字大旗被朔风吹得哗哗作响，在这白雪覆盖的世界里显得格外醒目。

回家的力量到底无比强大，车轮在雪地上疯转，牛车被赶得像马车，马车被赶得像汽车。数百辆大车在一个时辰后全部到达左武卫大营。大营在长安城金光门右侧，靠近西市，背靠城墙，面对灞水，占地两百余亩，由土坯筑成的矮墙环绕四周，箭楼碉垛密布，形成一个严密的军事堡垒。

云烨与亲兵在后压阵最后来到大营，天色已经暗了下来。左武卫大营门口围了好多人，以妇人女子居多，程裴氏正拉着程处默叨叨个没完，弄得小程抓耳挠腮浑身不自在。云老夫人掀开车帘，根本不顾漫天的大雪急切地望着前面的绵延不绝的车队，大丫小丫站在车架上举着伞，踮起脚尖远望。一个三十许的妇人不停地把小南往马车里塞，引起小南的不满，多日来的调养，小脸上终于有了一些幼儿的肥嫩。

程处默远远就看到硕大的"云"字将旗在庄三停马上翻飞，就大声给云老夫人说："老夫人，小烨回来了。"老夫人浑身颤抖着被旁边妇人搀扶下了马车。

马蹄轰鸣，五十余骑卷着雪花飞驰而来。云烨看到了大营门前的人群，放缓马速，来到近前，翻身下马，解去头盔，快步来到一位头发花白的妇人面前，不用猜，不用想，或许是天生的血缘关系，他一眼就认出面前的老妇人就是自己正牌的祖宗。想象过各种见面场景，悲伤的，欢乐的，激动的，唯独没有想到在漫天大雪中见到自己最想见到的人。没有了激情，没有了悲伤，只有淡淡的喜悦，笑看着面前的老妇人俯身下拜："祖母，孙儿回来了。"宛如归家的游子。

老妇人捧着云烨的脸，一遍又一遍地说："没错，我孙儿回来了，没错，我孙儿回来了。"拥抱着老妇人苍老的身躯，云烨的心从未有这样平静过。

"外面雪太大，您应该回到马车里。"说着抱起老妇人，往马车走去，老妇人感觉着孙子健壮有力的臂膀，心中无限的担忧顷刻间消散得无影无踪。

"大丫小丫？小南？大哥从陇右给你们带礼物了哟，等大哥交完军令，我们一起回家，保证你们会喜欢。"

安慰了三个小丫头，回头看看妇人："不知您是云烨的哪位长辈，容晚辈见礼。"

"她是你姑姑。"老妇人在旁边介绍。

"原来是姑母，小侄有礼了。"妇人连忙还礼，看得出她有些拘束。

"就有劳姑母照顾好祖母和三个小妹，军中大营不许你们进入，待小侄交回军令，再叙亲谊。"

第二章

家

　　拜别老夫人，云烨迈步进入大营，一一查点了所运输的物资，分门别类做好账目，核查一遍后见没有大的出入，就抱着账本来到节堂。他本不是一个细心的人，也不是一个能克制欲望的道学士，只是借着清理账目的机会来平静一下杂乱的心思。就在刚才，老夫人抱着他一会儿哭诉云家的苦难，一会儿又感谢苍天的仁慈，那一瞬间，这个可怜的妇人确确实实地认为自己就是云家所剩的唯一苗裔，心安理得地发泄十五年来的悲欢喜乐。云烨贪婪地享受着亲情的温暖，一面又遭受着心灵的鞭笞。好在自己也姓云，也曾祭拜过祖祠，就连自己也不相信血脉在绵延一千四百年后还有多少相似程度。不管了，云烨一向是个豁达的人，既然命运这么安排，就有这么安排的道理。老天最大嘛，没见老夫人在感谢苍天把孙子还给自己，理论上讲自己还真是老天给扔到唐朝的。既来之，则安之。想通之后脚步快了几分。

　　节堂，这是云烨的称呼，事实上它叫议事堂，老程坐上首主位，案几上插满令箭，一把仪剑放在剑座上，以示威严，旁边黄色锦盒里有半面虎符，这是调兵遣将的权力象征。这次陇右之行属于军事调动，意在威慑，不在征伐，所以老程只有半面虎符，以督军事，要不然自己就要称呼老程为某某总管，军政一手抓，权势熏天，像兰州这种小城早就战战兢兢任由大军出入，哪敢像前几月跋扈嚣张。老牛坐在左手第一位，黄志恩坐在老牛背后，桌案上摆着笔墨纸砚。他是作为书记官才有座位的，剩下的将校全都披挂整齐肃立两厢。

　　云烨报名入内，不敢不报，否则要杀头的。

"左武卫粮草都督事，蓝田侯云烨拜见大将军。"一个军中单腿屈膝礼拜了下去。没办法，李唐为了表现主将的威严，不论是谁，只要你是大将军属下，在这议事堂就必须正规行礼，稍有差错，轻则军棍，重则要命。

"本帅命你督运粮草，可有差池？"头一回听见老程语音里的金属意味。

"回禀大将军，左武卫粮食共计十万零六百石，足以供应大军十五个月。另有马粮一千八百石、食草五万束、盐五百石、肉干两万三千斤，其余杂粮七百石，现已全部抵达大营，请大将军查验。"说完双手递上账簿。亲兵接过账簿放在老程案几上。老程只是说声知道了，就挥手让云烨退下。

看来云烨是最后一个向大将军缴令的将官。

"老夫已向兵部缴令，后日大朝会，凡我左武卫六品以上将官都需上朝觐见陛下，不得失礼，不得逾矩，有违者重责。诸位两年未曾归家，老夫也不是不近人情之人，特许尔等两日假期与家人团聚。两日后的此时老夫聚将。无故不到者按军律处置，不得容情。现在散去吧。"众将齐声道诺，遂鱼贯出营。云烨刚要出去，被老程叫住，抛过来一个布袋，云烨接住打开看却是一布袋宝石，花花绿绿的乱晃人眼。

"这是老夫与你牛伯伯一点心意，你身无长物，与亲人相聚总得有拿得出手的礼物，你老师的遗物不许分给弟妹，老夫还要用它们为你求一门好亲事，记住了。"早就不怕老程给自己找老婆这回事了，能怎么样？自己的爱情早被老婆拿走了，现在就剩下一个躯壳，传宗接代是必须要考虑的事，只要不是太难以接受，管他是谁呢。

恭恭敬敬地拜谢了两位老师，结果被踹出议事厅，变态狂一样眉开眼笑地找到旺财和亲兵。自己要回家，这些有家的亲兵每人发十贯钱回家，等到回封地的时候一起再走。剩下十一位天地不收的光棍汉则随云烨到云府休息。

朝廷把早年间发卖的云氏老宅又收回来，并装潢一新，特地请老夫人看过，连里面的家具、瓷器、古玩、一应生活用具都配备齐全，这让老夫人又哭了一鼻子。

十三个人，十四匹马，快速穿过金光门，进到长安城，城关已闭，要不是老程向兵马司求来特许，就只有明天日出时再进长安。

云府新晋侍卫头头庄三停似乎知道侯爷的心思，一路快马领路穿过聚德坊、西市、延寿坊，最后来到云家所在的永安坊。云烨没心思看长安夜景，只觉得人来人往，甚是繁华，西市甚至尚未关闭，灯火通明买卖红火。

一个站在永安坊门口的下人看到十几匹马在宽阔的长安大道上飞驰且全身甲胄，就知道正主来了。撒丫子往回跑，边跑边喊："侯爷回府了，侯爷回府了！"引得路人侧目，也不知道是个什么侯爷这么大谱？

云府新修的高大门楼上挂着四个硕大的红灯笼，用黑笔上书巨大的"云"字，甚为嚣张，红色西域毛毡铺在门口，也不管才停的大雪，府中大大小小的女人带着三四十个全身素净青衣的仆人眺望坊门，路对面站着坊官，也就是居委会主任，全部恭敬地看着疾驰来的十几匹战马。云烨在府门勒住战马，就见云府中门大开，老夫人穿着诰命贵妇官服站在大门内泪眼盈盈地看着全身铠甲的云烨，这个祖母什么都好，就是太爱流眼泪了。

云烨幸福地腹诽着下了战马，其余战马都被仆人带去马厩，唯有旺财谁拉咬谁，固执地跟在云烨身后不离开。庄三停知道旺财在侯爷心里的地位，阻止了要强拉的仆人。

众人看着云烨跨过火盆，全身铠甲哗哗作响，威风凛凛地给老夫人行礼。老夫人旁边站着七八位三四十岁的妇人随着老夫人一声"卸甲"就齐齐上来，摘盔的摘盔，卸甲的卸甲，还有拿着碗往头上撒米的，待云烨卸去甲胄，全身锦袍，头发也被绾成髻，插一支白玉簪，倒也有几分侯爷的风采。

在大堂坐定，全家同辈的十三个姐妹齐齐跪拜，口称兄弟为国征战劳苦功高辛苦了，慌得云烨连忙起身就要扶起来，老夫人阻止了他无谓的行动，说这是关中千年以来的规矩。出征的将士归家，都会受到家人大礼参拜。

第三章
欢　宴

　　云烨泡在木桶内，水里夹杂的柏树叶子散发出一股松节油的味道，很不舒服，只有为增加摩擦力拖拉机皮带才加松节油，难道我早早就没了活力？不能拒绝，只要一说不，老太太眼中就泛泪花，旁边跟随的几个小丫头也做出大哭一场的准备。府中其余亲眷也战战兢兢地怕惹云烨不高兴，这不是正常的家庭气氛。为了不让她们拘束，云烨干脆听之任之，你叫干什么就干什么，别说弄松节油，你就是给我弄润滑油也随你。

　　往洗澡水里扔柏树叶子还有果干，把我当成八宝粥煮也就算了，干吗全家四十几口人看我洗澡？老太太拿草木灰给我洗头，小姑娘一盆一盆地加热水。云烨觉得必须说不了，要不然真的会被烫熟。还好老太太阻止了小丫头们谋杀的行为。

　　"烨儿，你这些年是怎么过来的？看你身上也没有伤痕，手脚上也没有茧子，谢天谢地你总算没有吃太多的苦。"老太太又开始掉眼泪。云烨就搞不明白，一个老人家抚养两个不满八岁的小丫头应该是一位十分坚强的人，怎么动不动就掉眼泪？

　　"祖母，孩儿其实谈不到受苦，听您说母亲拼死抱着孩儿跑出家门，就是要给孩儿挣一个活命的机会，也不知母亲是死是活，孩儿却被恩师所救，恩师乃世外高人又怎么会让我吃苦，虽说没有爹娘，恩师却将孩儿视同己出，关爱有加，别说受苦，就连饿肚子这种事也从没有过，您知道吗，程公爷都说孩儿被恩师惯坏了，不可口的不吃，不舒服的不穿，不顺手的不用，比世家公子还难伺候。"这时候不能提起难过的事情，说些轻松的话题活跃一下气氛，反正也是实话，老师就是后世教育、工作、生活的统称。

"你是个有福的，家里遭了这么大的难，全家只有你活得无忧无虑，还养得白白胖胖，这得是多大的福分啊。我这就去给你师父上几炷香，磕头谢他把我孙子照顾得这么好。"说完就要离去。

云烨大急："祖母，我衣服呢？您总不能叫我一直泡在水里吧。"这话说完满屋子的女人都笑了起来。刚认识的叔母走上前来接过老太太洗了一半的头发接着揉搓，嘴里还叨叨："你刚生下来叔母什么没看过，这时候还害羞，这一大家子以后就全靠你了，你姑姑、姐姐，夫家来接都没回去，就指着你给我们养老送终呢。"

"养老送终？这只是最基本的，小侄要让你们开开心心过以后的日子，抢了我的给我拿回来，吃了我的给我吐出来，他们当初撵姑姑、姐姐们出门，哪里念着一丝夫妻之情，连几个表妹都受到牵连，这简直是禽兽之举，若不让他们付出代价，难道真认为我云家好欺负不成？"军中多日养成的威严不自觉地显露出来，众亲眷这才想起木桶里的这位还是堂堂的蓝田县侯。

洗澡，更衣，祭祖，一套流程下来已到半夜，云府依然灯火通明，今日是家主第一次与家人见面，府中男仆、丫鬟个个垂首肃立在前堂，云烨大马金刀地坐在大堂门口，庄三停、刘金宝换上青衣腰挎横刀站在身边，冷森森的杀气让前堂的仆役战战兢兢，跟他们没法讲人权，柔弱反而会招来不恭敬，云烨早就放弃了后世的那一套，老程说得对，既然入世，就必须从众，从众最佳。

"看清楚，我就是家主，蓝田县侯云烨，这个家我说了算，我不在，老夫人说了算，云家现在连我算上也就四十四口人，上下尊卑要分清楚，这四十四口子人就是这个家的主人，不要让我听到有人怠慢，一经发现，绝不轻饶，我不管你是从皇宫里出来的，还是程府送过来的，既然到了云家，你就是云家的人，我会一视同仁，有功者赏、有过者罚，这就是云家家规。云家众人都是吃过苦的人，想必也不会无故欺辱下人，你们只要认真执役，云家也不会亏待，每三年，云家就会给五人除奴籍，如果愿意仍然可以在云家做事，这也是家规，家里的事我一般不会管的，有什么事找老夫人做主就是。你们好自为之。"

很好，很威严，云烨很满意，虽然声音里夹杂着一些变声期的鸡鸣，还是很完美的。你没见仆役们个个喜形于色？老夫人又宣布家主回归，每人赏赐三百文钱，更是赢得满场欢喜。

宴席，大宴席，全家狂欢，除了庄三停等五人在府中巡逻，其余众人开席二十桌，厨娘、丫鬟流水样端上鸡鸭羊肉，共同庆祝家主回归。

云烨怀里抱着大丫小丫，背上爬着小南，小东小北抱着腿，小西噘着嘴哭，两个大一些的一娘、润娘在旁边安慰小西，几个出嫁被退婚的姐姐边喝酒边流泪，早就认命的长辈在和老太太絮絮叨叨，不知道在说甚。

酒宴半酣，云烨从怀里掏出一个布袋，除了老太太，每人两颗。果然不愧是云家人，和后世自己两个姐姐见钻石一个模样，流泪的忘记了流泪，絮叨的忘记了絮叨。大丫小丫早拿着宝石给老太太显摆，小西乘机钻云烨怀里撒娇。也不知老程给了多少，每人两颗还剩不少，正打算再给一轮让她们再高兴些，却被老太太一把拿走，还骂一声败家子。

不知道喝了多少酒，唐朝酸涩的酒浆这时是如此地合口味，只记得自己躺在软榻上和几个妹妹玩老虎、棒子、鸡，然后就没了印象。

习惯是强大的，军营里被老牛操练得每天六点起床的习惯仍然在起作用，口渴得厉害，刚要起来喝水，立刻就有丫鬟倒了一杯温水递过来。云烨享受封建主义的优越性没有半点犹豫，咕咚咕咚喝完再次一头埋进毯子里。

家里的事我一般不会管的，有什么事找老夫人做主就是，听程处默说，男人家是不管家里鸡毛蒜皮的小事。只有家里和官家打交道才用得着家主出面。

窗户上蒙着厚厚的桑皮纸，光线透不进来，鸡已经叫了三遍，云烨翻来覆去地睡不着，又不想起床。正在为难之际，小丫穿着厚厚的皮裘和毛绒玩具一般溜进屋子，一双冰手钻进云烨被窝，却不防被云烨拖进毯子，紧紧捂住。兄妹嬉闹一番直到被老夫人轰出屋子洗漱，这才作罢。

　　老夫人要到大慈恩寺烧香还愿，说是她整整求了佛祖十年，才有了云家起死回生的奇迹，这愿得还。

第四章
贫民，贫僧

雪后初晴，太阳照在雪地上反射着耀眼的白光。整个世界都被照得透亮，不光是阳光照不到的角落，就连心底的阴暗也感受到一丝光明。云烨感觉自己似乎有了心理疾病，别人笑的时候自己也笑，别人哭的时候自己看情况哭，总觉得自己是看别人做出各种反应之后才能有所反应，跟个二傻子一样。小丫爬背上不下来，没关系，背着就背着，小丫头也没几斤重，不过惹得其他几个小不点不高兴，个个噘嘴，结果挨了老夫人一巴掌老实了，乖乖钻进马车。

云烨在陇右占公家便宜打造的独家马车昨夜就被属下送回府，被家里的木匠称为神作，百炼钢打造的车轴，上面铆接四根带有弹性的薄钢片，一副铜瓦抱着车轴转动自如，古藤条编制的车轮既轻又减少颠簸，车厢里又铺垫着不知是什么东西，又绵软又轻便，听送来的军爷说，侯爷就是坐这辆马车从陇右一路回到长安的，两千多里路就没怎么坏过。满长安比这辆马车富贵豪华的马车多的是，比这辆舒适的可没几辆。管家的姑姑在征求云烨的同意后，把它作为云家家主专用的马车，派一个技术高超的车夫专门打理这辆车。

老太太抱着小丫坐进这辆双马拖行的马车，侯府仪制规定了家主坐车必须是双马。云烨跨上那匹一直供自己骑乘的母马，随在马车旁边，刘金宝、庄三停前面开路，四个男仆手执旗幡，四个丫鬟提着香炉，一边八名护卫，浩浩荡荡地杀向慈恩寺。

事实上慈恩寺不远，就在长安城南边，穿过朱雀大街绕行五个里坊就到了慈恩寺。这时慈恩寺远远没有传说中的宏伟壮观，它只有到了贞观二十二年才由李二陛下下旨扩建，又由李治翻新，再加上玄奘和尚建造了大雁塔这才让它成为四大译经地之一，佛家的法相唯识宗就诞生在这里。

慈恩寺周边属于贫民区，破旧的坊墙被岁月侵蚀得斑驳不堪，黄土露在外面，全是被麻雀掏的空洞。此时布满墙壁的小洞后面一双双眼睛惊奇地看着云家堪称奢华的车队，小声评论着究竟是哪家大族驾临这污秽之地。

全身簇新的坊官早早打开坊门，内街上的尘土清扫一空，几位上年纪的老人躬身站立一边。

老夫人再也坐不住了，拉着大丫小丫从马车上下来，那几位老人见到老夫人，往前赶几步，又在坊官的训斥下退后。很明显，老夫人穷困之时与这几位老人相熟，如今富贵了，坊官认为这些穷老汉上前和以前一样攀谈有辱云家官体。

"刘老哥，何老哥，大全，仁柱，怎么不认识老妹子了？"老夫人不管不顾还用旧时称谓，脸上全是笑容，伸手拉住一位须发皆白的老汉，"刘老哥当年要不是你连夜背着大丫翻坊墙为她求医问药，早就没了这丫头的现在，今儿怎么反倒生分起来了？"大丫小丫早就抱着老人的腿爷爷、爷爷叫个不停。刘老汉将手在腿上蹭几下，小心地抱起两个小丫头，眼睛红红的，哆嗦着嘴说不出话来。大丫掏出一包牛肉干捡起一根塞老汉嘴里："这是哥哥从陇右好远好远带给大丫的，可好吃了，大丫一直给爷爷留着，好吃吗？"

老汉眼泪一下子就流下来了，努力地用没牙的嘴嚼着干硬的牛肉干，连连点头。

云烨见过这种场景，知道一旦感情的闸门打开，身份的距离就会荡然无存。果然躲在屋里的妇人纷纷出门，围着老夫人叽叽喳喳个不停，老太太满面红光，不停地把云烨扯来扯去，这个显摆两句，那个炫耀两下，在众街坊羡慕、敬畏的目光中充分地满足了虚荣心。

云烨整衣掸袖恭恭敬敬地向众街坊施一正礼，众老汉连称不敢。云烨正色道："贫贱之交见真情，云家蒙难满门妇孺皆受众高邻接济之恩，云烨终生不敢忘怀，今日略备薄礼难酬诸位恩义于万一，还望笑纳。"

后面的仆役拉过几大车礼物，老夫人穷困过自然知道穷人家需要什么，几大车麻布卷，一百石粮食，六口肥猪，甚至还有穷人家很少用到的木炭，盐、酒自是不缺。云烨赏了坊官一两银子，他实在是不耐烦装满身铜钱，乐得坊官见牙不见眼。既然是酬恩当然得甩开官府，连坊官这种半官方人士也得甩开。交给为首的几位老人分发便是。几个小丫头身边围满孩子，虽然衣衫破旧却兴高采烈，原来大丫小丫她们在给孩子们分发点心。看着他们捧着点心让爹娘尝一口的模样，云烨满心酸楚。

依依不舍地告别众街坊继续往慈恩寺进发，说到底现在的云家已不适合同贫民打成一片。不是云家自抬身价，而是阶级不一样，礼教的森严不是云烨这个新丁能打破的。

慈恩寺就在前面，破败的寺庙，穷困的僧侣，寒冷的天气里站在庙门外恭候，老夫人叫车夫加速，怕冻坏几位大师。

和尚一般自称贫僧，你看把这位大师贫的，一袭灰色僧袍套在身上，大冷天光头被冻得发青，身后跟着几位高僧，真是又瘦又高，衣服上缀满补丁，双手合十礼敬三宝。待云烨扶老夫人下了马车，上前见礼，一句南无阿弥陀佛都说不完整。老夫人与长老见礼完毕后，由长老领路，全家浩浩荡荡进入慈恩寺。

大雄宝殿也不大，高不过两丈，委屈得佛祖都只好头蹭着屋顶，身上的金漆斑斑驳驳仿佛害了皮肤病。这样一个破败的寺庙，僧不过五人，殿不过一座，佛不过三尊，占地也只有十亩，无论如何让云烨不能把它和以后的大慈恩寺联系起来，玄奘跑一趟印度，确实得到了巨大的回报。不说以后成为西安地标的大雁塔，就是历经战火天灾的残留建筑也不是这个慈恩寺可比的。

老太太献上供品，云烨似乎看见和尚们在流口水，隐隐听见肚子发出的咕咕声。老天爷，这样的庙也让老太太敬若神明？骗人你也出些资本好不好，没见后世寺庙，佛祖灵不灵先不论，进门先交买路钱要不然是见不到佛祖的，那些所谓的僧人把佛祖当成动物园里的猴子，买票参观，让人生不起一丝敬意，这世界上最不礼敬佛祖的就是那些所谓的僧人。

还好，这些和尚还是敬业的，坚持着操持完整个还愿过程，老太太虔诚地跪在蒲团上，嘴里念念有词，唯恐有一丝不敬会惹来佛祖的怪罪。不单是老太太，那些受过罪的亲眷也极度虔诚，在来之前洗澡，换衣，装扮，个个头顶着一个大桃子，问了才知道，这是今年最流行的胡人发式。努力把自己打扮到让佛祖看自己顺眼，好多降下来一些福运。八个大小孩子，学着大人的样子闭目念阿弥陀佛，虔诚的样子让人大生怜意。

也罢，云烨长叹一声，跪在佛像前感谢佛祖给了自己这样的亲人，失去的老天又还给了自己，它并未亏待自己，这一拜，不是拜这些泥塑木雕，而是跪拜命运的神奇，家庭的温暖。

果然，从古到今有一个不变的过程，那就是给钱，满满一箱子铜钱，十匹麻布，二十双僧鞋，二十套僧衣，五十石粮食，还有香烛、素油无数。老僧古井无波的面容上出现了兴奋的颜色，估计他在欢呼，这个冬天好过了。

老太太了了一件心事，孙子孙女环绕身边，笑得弥勒佛一样，精神焕发得厉害，这样下去再活二十年不成问题。

马交给仆役，老太太交给丫鬟照顾，长辈们不喜欢在大街上抛头露面，孙子辈就没有这些顾虑，大丫早早占据了云烨脖子上的位置，欢喜地给姐妹们做鬼脸。庄三停、刘金宝护卫着一群叽叽喳喳的大小女子，迈开步子向西市开路。

云烨不是没见过宽阔的马路，可没见过这么宽的马路，足有一百五十米宽，十里长。这时如果有世界杯还轮换什么场地啊，全部放到朱雀大街一起开赛就齐活了。开始还以为自己这样浩浩荡荡的人马够引人注目的了，没想到到处车马簇簇，衣香鬓影间，不知名的女子嫣然一笑，几乎让云烨倾倒，那女子见云烨犯傻一副土包子模样，掩嘴轻笑。大丫蒙住哥哥的眼睛不让他被狐狸精迷惑，还冲着那女子龇牙，那女子笑得更欢了。

可惜啊，张艺谋错了，没有露着半个乳房的宫装女子，只有裹得像熊猫的臃肿妇人。

云烨衷心希望夏天这些女子不要像冬天这样包得严严实实，老子好不容易到了唐朝，你好歹给点福利啊！

第五章
天下太平

穿梭在人群里，云烨却感到无比地寂寞，所有的声音仿佛都远去了，自己宛如身处梦乡，一切似乎离得很远又似乎很近。他努力要抓住那一丝真实的感觉，触手可及又高不可攀。矛与盾就这样不停地互相厮杀，这让他变得愤怒起来，自己的身体思想都不由自己做主吗？

手里抓着一个淡黄的花瓶，捏得吱吱作响，他在努力控制自己不要失态，不要被凌乱的不良思绪干扰正常的思维。

感觉到一娘在往自己身后躲藏，她在怕什么？还未弄明白，一个下巴刮得青虚虚的锦衣男子伸手就要去抓一娘。云烨一抬胳膊挡住那双脏手。

"小贱人，敢找情夫挡……"话音未落，云烨手中的花瓶就砸在他的脸上，没有惨叫，双手捂住脸，血从指缝里往外淌，嘴里呜咽作响。一娘害怕得瑟瑟发抖，云烨回身轻拥了她一下，拍拍她的后背，

"不要怕，哥哥在这儿，抱好大丫转过身去，马上就好。"他的声音平静无波。

锦衣男子的仆人大叫起来："杀人了，杀人了，二少爷被杀了，快来人啊！"庄三停、刘金宝抓住仆人一拳就打落了满嘴牙。

事情发生得太突然，周围的人群呼啦一声就围了过来，长安人爱看热闹的毛病几千年从未改过。有认识锦衣男子的人嚷嚷："啊，兄弟快跑，这是内府主簿贺仁庵家的老二，横惯了，你打了他，麻烦了，快跑。"

云烨听而不闻，内府主簿？太子都被老子抢劫过，主簿算什么，

了不起啊？又回到瓷器摊子跟前，抄起两个顺手的笔洗，这东西结实应该砸不坏。云烨对缩头缩脑的老板说一声："刚才的瓶子，这俩笔洗，我买了。"说完抛给老板一两银子。来到嗷嗷叫嚷的贺家老二跟前。一娘拉住哥哥解释："他以前要我去陪他喝酒，我……"

云烨用手掩住一娘的嘴："云家打这种杂碎不需要理由，更不要说他以前欺负过你，带好妹妹，这事用不着你管。"云烨用脚踩住贺家老二的右手，举起笔洗重重地砸在贺老二手上，一声撕心裂肺的惨号叫得各位观众心头一紧，场面安静了下来。这位爷是狠人啊！贺老二碰到这位爷算倒了血霉了。居住在长安各色游侠儿逞凶斗狠众人见得多了，比这凄惨十倍的场景也不是没有见过，却从来没有这样让人心寒，不是贺老二叫得有多么凄惨，而是行凶者的神情没有一丝变化，笔洗一次次砸在手上血肉横飞，他却面无表情的仿佛在砸石头。

一连砸了七八下云烨惊奇地发现居然有一根指头还是完整的，这让他很没面子，笔洗碎了，贺老二昏了，仆人满嘴血瞪大眼睛恐惧地望着云烨。整个市场静悄悄的，买卖声，讨价还价声，喧闹声，叫骂声，全不知哪儿去了。

云烨四处找称手的家伙，看到秤砣乐了，就它了，举起秤砣就要把最后一根手指砸扁。这时，捕快到了，人群分开一条道，刚要往前冲却被庄三停、刘金宝拦住。地头蛇有地头蛇的优势，见庄、刘二人满身杀气，手握制式横刀脸上全无惧色就知道面前的凶手不是普通人，自然就不往前跑了，正要说话被庄三停止住。

"不许过去，等侯爷出够了气自然就放手了。"

"侯爷？"捕快头子腿都软了，这满京城亲自动手打人的侯爷这位是第一位。他可不认为侯爷是冒充的，在长安冒充侯爷是要夷三族的，没人敢这么干，只有等侯爷出完气再说。

云烨心满意足地砸扁最后一根手指，站起来看自己的作品，左看不满意，右看不满意，总觉得缺点什么，看到这家伙湿漉漉的裤裆这才想起没除根。用手抓秤砣砸有些恶心，见秤砣上绑着一根结实的绳子有了主意，甩两下，有一点流星锤的意思，抡圆了就砸在贺老二的裤裆中间，有轻微的碎裂声，昏迷的贺老二像虾一样弯着身子在地上跳腾，哼哼一声再不动弹了。在场的男人不自觉地夹紧双腿，裤裆里凉飕飕的，女人掩着脸交头接耳窃窃私语。

长出了一口气，做两个扩胸动作，从腰间扯下左武卫腰牌甩给捕快，从吓傻的一娘手中接过大丫架在脖子上，一娘牵着云烨衣袖不松手，润娘傻大胆还在咯咯笑个不停揽着几个妹子直往地上出溜，几个孩子也没有害怕的意思一脸崇拜地望着自己的哥哥。小南挥舞着小胳膊笑得最大声："我就知道哥哥是最厉害的，上次那个胡子叔叔捏死胖少爷的狗，打掉胖少爷的牙，还把狗皮送给我当褥子，可暖和了，他都说哥哥是最厉害的。"

捕快头子翻看腰牌看到"左武卫粮草都督事，蓝田县侯云"这几个字，双手捧着腰牌恭恭敬敬地还给云烨。

没接，和声对捕快说："本侯今天怒火攻心，行为有所不妥，这小子虽然咎由自取，这么干到底不合大唐律法，让你难做了，腰牌在你手，也好对上官有个交代。"

"侯爷折煞小人了，贺家老二冲撞侯爷其罪在先，侯爷怒而出手在后，小人自然如实禀报，不敢有扰侯爷行程，至于腰牌大可不必。"捕快从没接触过这么尊贵的人，腰躬得更低了。

云烨点点头，收回腰牌，把妹妹一个个抱上马车，和庄三停、刘金宝转身离去，街是逛不成了。

长安县衙乱作一团，县令左奎更是焦头烂额，贺家主母的手指快要点到他额头上了，包得粽子一样的贺家老二躺在担架上不时惨嚎一声，贺仁庵穿着官袍，绿色袍服裹在身上勒得跟蚕一样，在大堂上走来走去，非常不安。从得到家人禀报起，他从怒火万丈到听说凶手是一位侯爷后的惴惴不安，这两种心思在心里纠缠不休，如果儿子只是手被打残，他根本不会将此事闹到如此地步，大夫说儿子今后恐怕子孙堪忧，家中悍妻顿时吵闹不休，和他纠缠厮打这才告到衙门。看着叫嚣不休的妻子，一股悲凉之意涌上心头，自己这是造了什么孽，不但有悍妻，尚有不知廉耻的孽子，快三十岁的人整日寻花问柳，自己堂堂内府主簿竟不能给他找一门门当户对的妻室，和别人一提起贺家二少无不退避三舍。如今惹下天大乱子，侯爷，侯爷是好惹的？听说还是一位军中大将，是凶名赫赫的程公爷手下，这案子就是打到陛下面前也不会赢，毕竟这孽子无礼在前。听着妻子犹在吵闹不休，无名火起，大吼一声："够了，你这蠢妇，平日里不好好教导儿子，让他闯下这滔天大祸，如今全家一百多口人危难就在眼前，你还吵闹不休，是要逼死我你才开心？"

那妇人从没见过丈夫这样大声向自己吼，心中也是有些怯意，虽然脸色不好看，却不再嚷嚷了。

贺仁庵向县令左奎拱拱手："今日之事全是孽子咎由自取不怪任何人，老夫这就撤状如何？"

左奎长长出口气，这位总算看清楚形势了，撤状也好，大家都没有麻烦，天下太平。

第六章
食不下咽

"天下太平？"

李二陛下站在一棵脱光树叶的桐树下，嘴里玩味着左奎的这句话。百骑司关注着长安城里发生的任何风吹草动。云烨殴打贺老二这件事自然禀报了他。右手五指全部粉碎，胯下子孙根也成肉饼，毫无康复的希望，这自然是贺老二的伤情诊断。云烨出手的狠辣让李二陛下暗自皱眉，虽说那纨绔子品行不端，但是遭此重创确实属池鱼之灾，这小子在立威啊！

明年七月预言中的蝗灾就要到来，准与不准就是效验那位传说中的高人是否存在的最好标尺。云烨是云氏族人已可确定，但是空白的十五年他在哪里？人过留名雁过留声，李二实在是不相信有隐居得如此彻底的高人，逍遥子，到底是一个什么样的人？他比云烨更加神秘，任凭百骑司如何调查，竟无丝毫头绪。仿佛人世间陡然多出来两个人。无根无底无过往。

李二发现自己这位蓝田侯满身秘密，这让他充满好奇，土豆的出现，锻体之术的神奇，随手拈来的冶铁妙法，小小年纪在枯燥无味的算学领域轻松击败学富五车的黄志恩，就连刘怀也对那两幅算学图解惊为天人，这算学一道自然超越了一代宗师的刘怀。学问作不了假，这是实实在在的东西，偷不来，抢不来。这些似乎已经可以确定逍遥子的存在，没有强大的传承，他不认为仅靠云烨一人就可演算出如此复杂的图解，加上他师父也是不够的。学问靠的是日积月累不可能一蹴而就，甚至一两代人也起不到立竿见影的效果。他自己就是学问大家，这道理无须问别人，求学之苦李二感同身受。

明日大朝会云烨就会上殿亲自向朝廷谢恩，朕就看看你小子到底是何方神圣，何以搅乱朕的心思。

旺财咬着云烨的衣角恋恋不舍，它很不习惯现在的状态，顶瓜皮上扎一支冲天小辫，后颈的鬃毛也绾成一个个的小髻，身上的防寒的裹兜也换成绣花的锦缎，两天见不到云烨很是想念。更何况家里几个小小的人整天缠着自己，在身上爬上爬下，要不是昨天咬了青衣的家伙被老大责罚过，自是不能容忍这几个小人骚扰自己。

把脸贴在旺财的长脸上亲昵一会儿，吩咐下人倒一碗米酒喂旺财喝，果然一醉解千愁，旺财烦恼尽去，打着响鼻迈着八字步回马棚里去了。

云烨要把家里吃饭的案几换成巨大的圆桌，顺便打造些椅子，一想到老程、老牛的性子就吩咐多打造了两套，免得他们上门来抢。他实在是受够了跪坐这一酷刑，所以画了图形甩给家里的木匠，要求越快越好，木匠拿了图形看不懂，解释好半天才模模糊糊弄个半懂，见云烨满脸的不耐烦，也不敢再问，跪在地上发誓赌咒绝不外传云云。老夫人站在身后不明白他在干什么，好不容易听懂了，脸色一变劈手从木匠手里夺过图纸，一指头点在云烨脑门上，满脸看败家子的神色。

"要家具祖母吩咐木匠做，以后不许随便乱画图，画了的图也要交给祖母收起来，敢给不相干的人试试。"说完由丫鬟搀扶着带着木匠去了侧厅。

这才是云家女主人的风采，只要云烨没成亲，府里她老人家说了算。

"以后要当心，侯爷脾气不好。"

"不是吧，侯爷挺和气的，今天我给侯爷上茶，还对我笑来着。"

"那是不发脾气的时候，没见内府那谁家的败家子被侯爷打成残废。"

"那是他惹了侯爷，侯爷是军伍上的人，火气上来那还有好？"

"那是咱侯爷忍住了气，这才把他那啥都弄碎了，要不然，哼哼。"

丫鬟甲和丫鬟乙的谈话被躺在窗户旁矮榻上的云烨听了个正着，嘴角往上提一提，看来自己这个混不吝的名声算是传出去了，很羡慕程咬金，朝堂上撒泼耍横惯了，别人认为他也就能带带兵打打仗，只要不惹他，与自家无害，犯不着去捅他这个马蜂窝。自自在在活了百岁，死后得封长寿鲁王，富贵一生，长寿一生，历经四帝而不倒，可谓是官场的奇葩。转头看看官场中奋勇拼杀的长孙无忌、房玄龄、杜如晦、魏徵等人的下场，自杀的自杀，抄家的抄家，灭族的灭族，鞭尸的鞭尸。这些在云烨眼里全是大神级的人物都不免下场悲凉，自己这个官场小白还是缩进脑袋老老实实当自己的乌龟，闷声发大财才是正经。明日大朝会能不出头就不出头，弄一个品级高、责任少、不管事的清闲职位，好好把这辈子混过去拉倒。

饭食不可口，家里的饭菜还没有军中可口，除了肉就是干菜，要么就是豆腐，一点绿菜都见不着，汤汤水水一桌子，小丫头吃得汤水淋漓，很是开心，云烨就可怜了，一筷子一筷子地吃米饭，菜是一口都不动。前天晚上回家的宴席因为心里高兴就是吃木头也觉得香甜。看着老夫人特地给自己煮的肥鸡，云烨强忍着喝了一碗汤，就放下筷子。老夫人担忧地看着他把鸡腿撕下来放在大丫小丫的饭盘里，又扯下鸡翅给了小南小北，把剩下的鸡肉分给几个年幼的妹妹，自己用咸菜拌米饭三两口吞进肚子一抹嘴用饭完毕。

"烨儿，你吃不惯家里的饭食？"老夫人观察他两天了，见他总是只吃米饭，连面食都不吃，这样下去身体怎么受得了。

全家都放下筷子看着自己，大丫提溜着鸡腿又放在云烨的饭盘里："哥哥，大丫不吃鸡腿，哥哥吃。"

云烨亲亲大丫满是饭粒的小脸，又把鸡腿放回流口水的大丫盘子里。

"哥哥毛病多，大丫要多吃才能长高，哥哥是好吃的吃多了，惯下的臭毛病，可不敢学哥哥，要不然就不乖了。"大丫这才抱着鸡腿撕咬起来。

堂堂侯府为一只少盐没味的鸡就推来让去，这多少让云烨有些心酸。

"明日晚饭我来做，咱全家也尝尝我和恩师平日里的饭食，也给大家解解馋。"

这话一出口，负责厨房的婶婶顿时低下头，吧嗒吧嗒流眼泪。云烨最怕女人哭了，因为一哭起来就像连阴雨没完没了，让人怒火万丈又发作不得。急忙劝解，又是解释，又是赔罪，又是赌咒发誓这才让连阴雨止住。

"王氏，你就让烨儿明日做一回，你在一旁学着，学会不就好了，我听程夫人说，程公爷对烨儿做的饭菜赞不绝口，老身也想尝尝到底怎么个美味让公爷念念不忘。"老夫人发话了，婶婶自然从善如流不再劝云烨了。

"你们明天留着肚子等我从宫里回来，给你们做一顿难忘的美味佳肴。"提到吃云烨还是很有把握的。

"我从小被师父抱着吃遍了大江南北、黄河两岸，说句不敬师长的话，他老人家就是一位好嘴的，所谓食不厌精，脍不厌细，寻常吃食哪里入得了他老人家法眼，西域的烤全羊，大食的烤肉串，都被师父定为粗粝之食。化外之民哪里知道我天朝饮食之精美，光鸡肉就有数十种做法，煎，烤，炖，煮，油炸，他老人家甚至用一团泥巴几张荷叶就能做出美味绝伦的叫化鸡。人人看不起，认为肮脏的猪肉在他手上都能变出数十道大餐。后来我长大了，师父就不再自己动手，食用都是我经手，再说我没学到师父浩如烟海的学问，却把做饭的本事学了个十成十，连师父都说我是天生的吃货。"云烨慢慢把自己的过往灌输给全家，这不是欺骗，为的是彻底融入这个家庭。于是后世的各种食物源源不断地出现在全家人的脑海里。

几个小丫头口水流得哗哗的，满脸神往，老夫人笑眯眯地听着云烨略带自嘲的说讲，就连刚才哭得稀里哗啦的婶婶也是听得入神。

云烨暗暗一笑，随即说起域外的绮丽风光、奇风怪俗，就一个各种颜色的人就让大家张大嘴巴。

"哥哥，那非洲人真的是黑色的吗？比炭还黑？"润娘看看盆子里的木炭问哥哥。

"除了牙齿是白的，全身都是黑的，掉木炭堆里不张嘴你就找不出来，再说，长安城里可能就有黑人，不过他们叫昆仑奴，有机会带你去见识一下。"

眼见天色渐暗，左武卫点卯的时辰就要到了，云烨正打算动身却见庄三停来报，程大将军特许云烨明日早朝再与队伍会和。小丫见哥哥不用离开，扑到云烨身上不下来，全家老小也全是欢喜之色。

她们开始接受我了，云烨这样想。

第七章
恐怖的叔伯

钟鼓敲过四下，蓝田侯府灯火依次点亮，仆役们忙着点火烧水，准备给主人洗漱，做早饭。马夫将大青马洗刷干净，鞴好鞍鞯，亲卫身穿新衣，把横刀插在护腰板带上。云姑姑忙前忙后不敢有一丝大意，今天是家主第一次大朝觐见陛下。

没有人权啊！云烨被老夫人从床上好不容易揪起来，浑浑噩噩地站在床边任由老夫人给他擦脸，刷牙。柳枝的苦涩也没有赶走他的睡意。老夫人不允许丫鬟动手，自己爱怜地给孙子用温水擦洗，大丫小丫在背后顶着哥哥怕他一不小心摔倒。穿上官服，戴上金冠，未成年所以不能戴官帽，脚下换上薄底的鹿皮快靴，仪剑牢牢拴在腰带上，直到老夫人要给脸上擦粉时，云烨才倏然惊醒，这个不能擦，我又不是人妖。连忙说时候不早了，就不擦粉了。老夫人满脸遗憾，觉得自己孙子应该能打扮得更漂亮一些。

三两口吞下一大碗稀粥。感觉魂魄又回到身体，自是精神焕发。

云府中门打开，丫鬟仆役站立两厢，老夫人抹着眼泪被管家姑姑搀扶着送云烨出门。小丫头们也哭得稀里哗啦，赶紧安慰，又不是生离死别，上个早朝而已。

由于未到开坊门时间，整个坊市静悄悄的，一弯清冷的月牙挂在天空，现在是凌晨四点钟，马蹄的嗒嗒声格外清脆。云烨呼出一口白气，再次腹诽没人性的早朝。云姑姑早就给坊官打过招呼，腰间挂满钥匙的坊官一一打开四道坊门，并请云烨画押。品级不到三品就没资格在坊墙上开侧门，唐律规定，任何人不得无故夜开坊门，有擅开者徙三千里，三千里啊，反正不是穷荒就是僻壤，不会让你舒服的。转出永安坊就来到朱雀大街，街上只有巡街的兵丁，没有其他官员走过。验过身份，兵马司的军士齐齐行礼，留下两位挑着硕大的灯笼在前面开路。

太极宫在城北，依山而建，云烨需要穿过大半个长安城才能抵达。面南背北而居这是皇家的特权，当然普通百姓家住在北屋也无伤大雅，李二不至于连这个都要管。

街上车马越来越多，见到侯府仪仗纷纷停马止车，待云烨趾高气扬地过去，才动身。云烨拿鞭子抽在刘金宝的身上："你他娘的就不能不要这么嚣张，弄得别人以为你是侯爷。"

刘金宝赶忙一缩脖子，回头嘿嘿冲侯爷傻笑，惹得周边亲卫一阵大笑。

皇城到了，远远看见门口灯火通明，人头涌动，互相拱手施礼，谈笑寒暄，一派和气，不过看到火把上四处飘摇的火苗就知道无数刀光剑影在酝酿中，等待早朝发难。

云烨是武官，眼前全是文官，见云烨一介少年却头戴紫金冠，身穿四品绯袍，腰间挎着代表武官身份的仪剑，脸面却很生僻，纷纷交头接耳地打听，却无人知晓，就武断地认为不知是哪家的孩子顶替了父辈的爵位来大朝会见识一下的。

"臭小子，你一介武官跑文官堆里干什么。"脖颈一疼，熟悉的感觉，就不挣扎了。老程根本无视文官们鄙夷的目光，提溜着云烨来到前面武官队伍，往自己身后一放，"老夫给你引见各位长辈，都是些生死战阵过来的好汉，不得无礼。"

云烨连忙称是，和一身绿袍的程处默交换一个眼神，一起跟上老程的步伐。

"这是你秦伯伯，老夫的生死之交，现在身体不好，你小子满身怪本事，明日好好给你秦伯伯看看！"一位面色蜡黄的高大男子就在前面笑眯眯地看着云烨，在云烨大礼参拜之后扶起他上上下下打量："好一个俊后生，你的事知节都告诉老夫了，只是无缘见到你师父，实在是一件憾事，你能把坏消息提前捅出来，老夫就认定你是一个好孩子，非大慈大悲之人所不行也，待家中安定到老夫家中我们详谈。"云烨一时无法将眼前和蔼的老人和《隋唐演义》里义气无双的秦琼秦叔宝联系起来，以前常见，几乎每家门上都有他老人家的画像。据说他老人家有名的朋友八百，无名的朋友无数，胯下黄膘马，头戴紫金冠，身披黄金锁子连环甲，背后一双熟铜锏，手执虎头钻金枪，于万军丛中取上将头颅如探囊取物。这样一个盖世豪杰却佝偻着腰，不时轻咳几声，望着这位还有不到十年生命的豪杰，云烨哽咽不能言。

老程脸色很差，云烨的反应他都看在眼里，惋惜？对，是惋惜，想老哥哥戎马一生，日抢三关，夜夺八寨，武力之强横天下少有，新皇登基得封翼国公，上柱国，有何可惋惜的？只有身体，才让老程担心。老哥哥也曾说过："少长戎马，所经二百余阵，屡中重创，计吾前后出血亦数斗矣，安得不病？"这小子不看好老哥哥的身体，明日，就明日，得抓这小子想想办法治好老哥哥的伤病。

云烨不知道老程已经在打他的主意，还在与秦琼低声交谈，一个劲地问老国公当年英姿，不时惹得秦琼呵呵大笑，对这个自来熟的小子大生好感。

"这小子就是蓝田侯吧？"一座黑黝黝的大山移动过来，身长八尺，腰围也是八尺，根本就没脖子，脸上乱须横生，拎起云烨面向自己，"老夫倒要好好看看什么样的小子能献上亩产五十石的粮食。"云烨感觉像是被夹在捕兽夹子里，浑身动弹不得，不用问这位就是尉迟大傻的父亲尉迟老傻，本来想叫尉迟伯父，但是一想到在牛进达手上的遭遇，心中不忿，不能谁来都把老子当小鸡一样拎来拎去的，就临时改变主意心里大叫几声尉迟老傻来安慰自己弱小的心灵。

"尉迟伯伯万安，小侄云烨给您请安了。"赶紧答话，再晚一会儿说不定又是半身瘫痪的下场。

"小子眉眼不错，就是身子单薄，拎在手上没分量，不像我们军伍上的好汉。"这家伙一张嘴就给云烨打上一个半残废的标签。

"像你一样没个人样子，老子七八个闺女嫁谁去？除了你家黑白两位弟妹瞎了眼看上你，别的姑娘见到你这活阎王的相貌还不得去跳井？"妈呀，谁呀？这么大胆？尉迟恭的玩笑也是你能随便开的？瞠目结舌地看着走过来的这位，风度翩翩，紫袍裁剪合度，怀中抱着朝笏，衣袖飘飞宛若神仙中人。

"牛鼻子，口中不吐人言，难怪你家中全是闺女，老天罚你呢！"尉迟老傻也不示弱，回嘴就开骂。云烨要是再不知道来的这位的名字《隋唐演义》就白看了。徐茂公，现在叫李世绩，将来李二挂了以后就叫李勣，得避讳皇帝的名字。强盗出身，心够狠，手够辣，跟随三位主公死了一对半，幸好李二鸿运当头一时半会儿还不会被克死。既然克不死李二就只好自己倒霉，将来他会生儿子，儿子会给他生一个孙子叫李敬业，非常敬业地造反，结果把全家造反到铁丘坟里去了。

离这家伙远点，这是一个不祥的人物，尤其是他闺女娶不得，谁娶谁倒霉，更不要说他有拿女婿开刀当替罪羊的习惯。仨女婿被他干掉俩，还有一个死里逃生成为传奇。这事即将发生在东征高句丽的时候，他闺女，长成天仙也不娶。

假仁假义地拜见了李叔叔，绝对做到了高山仰止，阿谀之词从口中滔滔不绝倾泻下来，二十一世纪的马屁是谁都能受得了的？李叔叔满面红光浑身打摆子，眼歪嘴斜似乎要吐，程处默摩挲着双臂一副全身起鸡皮疙瘩的状态，犹豫着要不要过来捂住云烨的嘴。老程有些愕然，秦琼面露异色，尉迟恭满脸怒火，刚才云烨都没有这样拍他马屁。

"李叔叔文成武德，傲笑天下，一抬手河水倒流，一反掌，山崩地裂，呜呜呜……"李勣终于受不了了，捂住云烨的嘴："臭小子，从哪儿学来的歪门邪道。"他被云烨拍马屁拍得有些晕了，还没有悟出这里面的道理，只是觉得这小子嘴碎，没军人的气节，从心底里对云烨看轻几分。

第八章
朝堂上的大坑

宫门缓缓打开，全身明光铠的御林军站立两厢，空出正对朱雀大街的朱雀门，文官一行，武官一行徐徐而进，每个人都肃穆庄严，怀抱朝笏，惶惶若干城之具也，云烨在心底恶补："果能建伊皋之业耶？"程咬金不顾规矩硬拖着云烨站在他身后，走了几步，忽然回头："小烨子，为何如此对待李勣？"

早料到老程会有此一问，云烨粲然一笑："如果程伯伯揍我，小烨甘之如饴；牛伯伯揍我，小烨处之泰然；秦伯伯揍我，小烨甘愿领罚；尉迟伯伯揍我，小烨会四处奔逃；至于李叔叔要揍我，云烨可能会还手。"

老程拍了云烨一巴掌，嘿然一笑，不再作声，老牛不知从哪里钻出来，怒目而视，指着云烨要待的地方不作声。见到老牛自然弯腰塌背缩脖子，乖乖站到队伍里。怪模怪样惹得群臣哄然大笑，维持秩序的侍卫恶狠狠地看着云烨，见是一介少年也就轻轻放过。队首的房玄龄本来不喜，得知为首作怪的是一少年人，就当是年幼无知一笑了之。

云烨切身感到年龄小的好处了，说错话，做错事，只要不是原则性的，总能找到原谅的理由。您总得给年轻人一个改错的机会吧，云烨无耻地想道。

太极宫，立于三十六级石阶之上，站在石阶下只能看到翘起的飞檐，檐首的吉兽狻猊、獬豸在微明的天光下显得威风凛凛。皇权至高无上，那几乎要刺破青天的尖檐将皇室的尊贵表露无遗，这他奶奶的不是找着被雷劈吗，还是青铜制成的，多好的导电器啊，还说夏天才被雷劈了几下，是老天不满李二陛下的作为，只是轻轻教训几下，民间都这么说，也有可能是上天在劝李二陛下不要做得太过，老爹就不要杀了。当然，这是云烨心头的恶意味，不能说出来，一出口脑袋就会落地，恼羞成怒的皇帝是不会管你有没有才，哪怕是奇才、怪才、大才，敢说这句话统统都会变成劈柴。

太监扯着嗓子吼："大朝觐开始，诸臣工觐见。"就这一句让云烨佩服不已，尖厉的嗓音硬是喊出煌煌正大的意味。人才啊，以后要亲近才是。

空荡荡的大殿顷刻间人声鼎沸，找位置的，偷拿别人垫子的，互相施礼请坐的，满嘴酒气居然声称自己滴酒不沾的，更过分的还有一位不要脸的放了一个臭屁，惹得周围众人纷纷扇鼻，意思是不是我放的。估计放屁的仁兄就在扇鼻子的人群里面。

平日里只有百十人早朝，大朝觐一下子塞进来两千多号人不乱才怪，队伍都排到殿外，估计程处默他们蹲在寒风中打摆子。云烨幸灾乐祸，幸亏老子是侯爵，这才能在大殿里坐着。周边全是四十岁以上的叔叔伯伯，甚至还有几个爷爷辈的，找不着被偷走的坐垫四处踅摸。云烨找了个好位置，背靠一个硕大的木制蟠龙柱，地上铺两个坐垫，背上靠一个坐垫，听说大朝觐没有四五个小时结束不了，现在好好休息，晚上还要给全家做一顿杀猪菜。特意吩咐管家姑姑选一口一百五六十斤重的猪，杀了，剖好，内脏不许丢掉，肠子、肚子用面粉细细搓了，弄干净等我回来动手。

李二出来了，通天冠，蟠龙袍，垂下的珍珠穗恰好与眼睛平齐，在九十九支牛油巨烛的照耀下，光华四射，就像后世乱抛媚眼的歌星，叫人头晕目眩，看不清楚人长什么模样，这大概就是通天冠的最大作用。

众臣山呼万岁，李二接受大家的跪拜，宣称免礼，大家跪坐在案几之后，低头垂目做肃穆状，云烨不好太出格，也陷入沉思状态，一双长腿从案几下伸出老远。

先是房玄龄歌颂了大唐在过去的一年所取得的巨大成就，平灭了多少叛乱，打败了多少反贼，缴获了多少粮食、军械还有女人，关内虽有小范围的蝗灾，但是不影响粮食的生产，虽低于去年，灾荒之年倒也说得过去。市面越发繁荣，税款越收越多，人口稳步增长，等等，总之，大唐过去的一年是胜利的一年，光辉的一年，完全是因为有了李二这位英明的皇帝，从而带动全天下民众创下如此业绩。

接着是杜如晦上前，接着房玄龄的马屁继续拍，大唐在过去的一年是平安的一年，虽有小小突厥作乱，但是有睿智的皇帝陛下在渭水三言两语哄走了突厥人，开了以弱胜强的最悬殊战例，六骑出长安，与突厥头子会盟渭水，通过外交努力，为大唐从胜利走向胜利打下了最坚实的基础，感谢李二陛下，我们在李二陛下光辉的照耀下正在茁壮成长，李二陛下的伟大业绩必将万古长存。

杜如晦的报告激励了每一个大唐官吏，刚要趁着气氛热烈多吹嘘几句，不想遭到当头一棒。千古人镜魏徵不干了，嗷，这大唐的事敢情全是陛下一个人干的？没我们什么事？我们全是酒囊饭袋，士兵全是软脚虾，百姓都是懒汉，天下太平？笑话，突厥掳走的边民算什么？长孙无忌刚刚平灭的幼良算什么？程咬金干掉的羌人难道是泥捏土造的？陛下是干了很多工作，但是不是全部，作为文官之首，房玄龄、杜如晦私德有亏，以全天下之功邀陛下一时之兴，佞臣也。

汤锅里的老鼠屎，面包里的鼻屎，说的就是魏徵这号的，这样的马屁力度也算私德有亏？你老兄是没听到过真正的政府报告，要是听到后世的政府报告你还不动手砍人？然后再全身爆裂而死？

贞观二年末尾的大朝觐是李二陛下第一次以皇帝身份主持的大朝觐，政府必须做过去一年的成绩汇报，再展望来年的前景。当然评判者是皇帝，报喜不报忧。一千四百年，一千四百年政府报告的演化只是从文言文变成白话，生涩难懂，曲折盘旋，说话的艺术被演绎得淋漓尽致。比相声还相声。

云烨打了一个悠长的哈欠，六部主官的报告就像催眠曲的音符从眼前滑过，惹人困倦。心里早就麻木了，官府，这一暴力统治工具从人类阶级产生就伴随我们成长，一成不改的是生硬，冰冷，固执，扯皮。没心思听他们讲废话，朝堂大政早就被几个所谓的精英确立了，现在说的全是废话。

偷眼一瞄，心中仰慕之情顿时如同黄河泛滥一发不可收，旁边这位伯叔，说不上来是伯伯还是叔叔的家伙，三绺长髯垂在胸前，摇头晃脑之际不忘点头赞许，似乎工部尚书温大雅的枯燥报告是一纸飘香奇文，闻之令人如饮琼浆，不忍释怀，如果不打呼噜，不流口水，云烨会惭愧自己的无知，深深为自己的无礼感到愧疚。既然这位叔伯在睡觉，云烨觉得自己打个瞌睡实在是不入流，小巫见大巫。

朝阳自大殿门口越升越高，光线穿过薄薄的雾霭，柔和地铺满整个太极宫，阳光天生就有驱散阴暗的功能，不论是物理上的，还是概念意义上的黑暗。大理寺少卿戴胄的声音越来越低，再也无法说出"天下太平"这四个字。

索性抛开写好的奏折："臣自贞观元年履新大理寺，民间风气淳朴，耍狠斗勇之事减少，作奸犯科之辈袖手，贞观新政大得人心。然监槛之内仍旧人头涌涌，所犯者大都是息王一系，平日里并无大恶，其中尚有几位道德大儒。吾皇仁慈之心烛照万里，为何不将帝王的慈悲遍洒我大唐每一个角落，如今天下大定，实不能再开杀戮，让无辜者的鲜血玷污我大唐圣洁的朝堂，臣今日就在太极宫大殿之上，在朝日的映照之下依律山呼：'陛下，三思。'"

这话一出口，就像一颗炸弹扔进茅厕里，引起无数纷争。赞同者有之，斥责者有之，茫然者有之，旁观者有之。李二陛下明显抖动了一下，估计息王李建成仍旧是他心头的一根竹刺，今日大朝觐上生生被人掀开疮疤，不知会有何种反应。云烨瞪大了眼睛观看李二的反应。

很失望，没有把戴胄拖下去砍头，所以也就没有装盘子里验看首级的一幕。云烨非常失望。李二放归了老弱妇孺，亲近的家人仆役。正主却没放过一个，大理寺必须严加审问，所有疑虑必须一一清除，李二对自己执政的合法性看得不是一般地牢。

乌云散尽，朝堂又恢复你好、我好、大家好的和气场景，胖胖的长孙无忌一上场，场面顿时欢畅，人长得胖，所以就喜庆。剿灭长乐王幼良自是功在社稷，加食邑三百户，再加骠骑大将军，再加齐国郡公，风头一时无两。程咬金满脸怒色，他只加卢国县公，食邑加百户，连副仪仗都没弄到手，这也就算了，你听听，齐国那是千乘之国，你再听听卢国？哪儿的？没听说过，说不定是哪个山沟里的小寨子自号为王的响马。老子出身响马，你也不能弄个响马的小寨子做老子的封地，严重的偏心，老程要求公正对待。

李二差点被气死，谁说卢国是响马寨子？不学无术，卢国是你老家的古称，你封地在老家还有什么不满意的？老程咧开大嘴满意了，原来卢国就在济州府啊。云烨心中满是感激，老程哪里是不知道卢国在哪里，是在暗地里提醒李二不要亏待了随后要封赏的云烨。牛进达官进三品不喜不怒，一脸的不相干。

"蓝田县侯云烨觐见陛下。"听到叫自己，赶忙出列，大礼朝拜皇帝。李二盯着云烨看，眼神仿佛带着钩子，还是铁的，弄得云烨满身不自在。

"汝自幼师从异人，陇右奇技制盐解我百姓缺盐之苦，此为一。汝进献军中锻体之术，两百健儿已成雄兵，此为二。汝改良冶铁之术，百炼钢日产百斤，此为三。汝进献千古奇粮土豆，功在社稷，利在千秋，朕感激不尽，在这朝堂之上，赏功罚过，人尽其才为上天赐予朕的权力，也是朕平生之志。你来说说，有何要求，朕会满足你。"

"你妹啊！"云烨在心头大骂，要赏赐老子，你倒是痛痛快快给俺，要老子自己说，我要你的皇位你倒是给我呀？我知道要什么？摆明了不给老子开口的机会，满大堂就他娘的坑老子一个人，不过柿子拣软的捏也是千古名言。

"臣自荒野死里逃生，已是侥天之幸，得我大唐军士相助方才逃脱狼吻之灾，以制盐小技相赠已觉厚颜，陛下大度以平安县男相许更是让臣感激涕零。锻体、冶铁为臣之本分焉敢以此向陛下邀功。土豆为海客从茫茫大海上寻得，臣不敢掠他人之美，请陛下明察。"你要我自己张口，老子偏偏不开口，把自己说得一钱不值，你是千古明君，就不相信你不给老子钱财。

"那海客现在何处？这等义士不可不赏。"李二紧追不放。

"那是家师的朋友，臣以晚辈之礼侍奉不敢问长辈名讳，家师每每以虬髯客相称。"风尘三侠不知是真是假，反正三侠中的两位就在你朝堂，你问他们好了。

果然，李靖越班而出抓着云烨就问："什么模样？"

"丑，满脸虬髯，黑，黑极了，身材壮硕，善使一把长刀，会说海外之言，要教我耍刀，他人丑就没学。"云烨决定忽悠战神。

扑通，李靖一脚踹飞了云烨，转身就跪在李二面前痛哭失声。

云烨哎哟半天才从地上爬起来，老程扶着云烨怒视李靖。

第九章
邪恶的白玉京

一向安稳如泰山的李靖居然趴地上痛哭失声，李二迷惑，众臣也迷惑，见李靖的哀痛不是临时装出来的，眼泪下来了，嗓音变得沙哑，一个劲地请求陛下放他长假，他要去找他兄弟，以慰多年相思之苦。

基情无处不见啊！云烨揉着屁股暗自感叹，只是小小试探一下就弄出这么大的动静，堂堂大将军要扔下千军万马、娇妻美妾跑去找一个传说中的黑炭头，两人间的感情看来早就超越了友谊，化作巨大的背背山，难道说，他和虬髯客才是一对，红拂女是奇怪的第三者？

"云烨，你来告诉李爱卿那虬髯客去了何方？不得隐瞒。"李二估计被烦得够呛，冲云烨怒吼。

"回禀陛下，那虬髯客去了白玉京，大概回不来了。"唐时皇权天授早已深入人心，这世界上到处都是不可知之地。昆仑山有王母，东海有龙王，天上有诸天神佛，地下有阎王。反正到处充满神仙，哪怕你蹲茅厕说不定都有一位猥琐的神仙在偷看，老子再加上一个白玉京有何不可？再说老子起的这名字一听就让人有去看看的欲望。云烨心中充满了恶趣味。

"胡说八道！白玉京是月亮的别称，谁能爬到月亮上去？"李靖不愧是文武全才第一反应就是云烨在胡说八道。

"李大将军好大的官威啊，刚才踹了侯爵一个大马趴，现在又指责他胡说八道，谁说月亮上没人？有嫦娥，有玉兔，说不定那虬髯客慕嫦娥之美色，有办法跑月亮上去见美人也无不可。"程咬金护短的脾气暴发，早就把云烨视为自家子侄，他一脚一脚踹来踹去没关系，别人来踹就不高兴。

李大将军军功太盛，早就惹得群臣不爽，难得有奚落李靖的机会，更待何时，所以满殿哄笑。

李二陛下脸都绿了，轻咳两声，大殿顿时安静下来，他恶狠狠地看着云烨问："白玉京怎么回事，老实道来，若是胡说八道，朕会让你去白玉京。"很凶残的威胁。

"微臣在这大殿上怎敢胡说八道，我也问过师父白玉京在哪儿。回答我的却是一通臭揍，师父第一次揍我，屁股都没知觉了，所以他老人家的话记得十分清楚。师父说：世人都想长生，从帝王到普通百姓都把生命的延长当作最深的梦想，却不知长生本身就是一个最大的笑话。佛家要求寂灭，道家要求无为，儒家在探索中正，殊途同归，到头来就是要把人变成石头。乌龟长寿是因为迟缓，树木长寿是因为不动，亘古长存的只有石头。灭人欲，绝人伦，断五觉，阻视听这还是人吗？不知寒暑，不识香臭，不辨是非，无家国之念，没有亲情之观，无喜乐，无悲欢，与朽木何异？人之所以异于禽兽者，就在于我们有思维，懂礼仪，知亲情，会劳动，会创造，会改造天地，也会创造天地，让世间万物为我所用。这才是人的本分。超越自己的能力妄图去追求虚无缥缈的长生，却不知上天早有安排，你想长生那就得变成石头，可笑世人愚昧如扑火的飞蛾哭着、抢着要变成石头，实在是可笑，老夫半只脚跨入白玉京却硬生生抽回来，就是不想成为天地间的石块。我要大喜，大悲，大哀，大痛，就是不要成为石头。师父还问我：要做百十年的人，还是要做一万年的石头。微臣回答自然要做人，百万年的石头也不做。师父甚是开心，摸着我的头念了一首诗：天上白玉京，九宫十二城。仙人抚我顶，结发受长生。微臣听了这首诗连着做了好几天的噩梦，老觉得有一位石头样的仙人要我和他一样变成石头，师父抱着我睡了两天才摆脱梦魇。这就是微臣知道的白玉京。"

云烨衷心希望李二能够听进去，不要再梦想长生这回事，多少英明的帝王栽在长生这个大坑里，徒留千古笑柄。

李靖不再作声，面孔上不知是喜还是忧，冲云烨拱拱手："不知你师父可曾说到我兄弟虬髯客到底如何？刚才是李某失礼了，还望云侯据实告知。"

"李伯伯，小侄就实话实说，您千万不要生气，"说着又朝满大殿的文武百官施礼，"晚辈就重复师父的话，请陛下不要怪罪，诸位叔伯千万担待，否则每人一脚，晚辈就成肉泥了。"

李二阴沉着脸说："你只管据实相告朕自有决断。"

"说好了，不怪罪的。"云烨赶紧敲定脚跟。

满堂大笑，群臣很好奇，他师父到底是怎么说的，难道要把这大殿上所有人都装进去？

"师父说：虬髯客这种有本事的笨蛋，进去的越多越好，现在天下又开始大治，老夫恨不能全天下的这种祸害都进去变成石头，这样天下也能多平安些年。虬髯客大概还进不去，有执念，有放不下的杂虑，即使到了白玉京不死也会脱层皮。"云烨一说完就跑到柱子后面藏起来，打定主意不出来了。

李靖怒火填胸，一想到虬髯客生死不明，云烨师父又幸灾乐祸就想逮住云烨出气，见他躲在柱子后面不好擒拿，只得"嘿"的一声不再言语。

房玄龄笑呵呵地出班启奏："陛下，老臣倒觉得这话糙理不糙，搅动天下风云者，无不是身手通天之辈，要是把这些雄才统统放入白玉京，老臣厚颜相随也心甘情愿。呵呵呵……"

一时间满朝堂争先恐后地要去白玉京，当然不乏自抬身价者，比如尉迟老傻，你他娘的本来就是石头一块，还争什么。

李二的朝堂变成菜市场，闹哄哄一片，看得李二直皱眉头，咳嗽半天才止住群臣的胡言乱语，见云烨躲在柱子后面伸出头往外看气不打一处来，吩咐内侍抓他出来。

"哼！好好的朝堂弄成市场，成何体统，既然李爱卿已经问完，那虬髯客福祸自取，就不要难过了。土豆神种虽是他取的，献于朕的却是云烨，朕说过，以侯爵酬奇功，以万金劳其苦，自不会食言，来人，将冠带献上。"两个内侍捧上紫金冠、绯红袍。

老程笑呵呵地向李二行礼："微臣之子与云烨甚为投契，不如由微臣为他正冠如何？"

李二笑而许之。

御陛两旁的雅乐奏响，礼部尚书王珪不知用哪种口音念着谕旨，甚是动听，四位宫娥缓步上来解去云烨外裳，摘下束发金冠，用梳子梳拢好头发，绾成髻，又为他穿好绯红袍，束上玉带，躬身施礼退下，老程一摇三晃地过来，取过紫金冠戴在云烨头上，用玉簪固定，系上额下的冠带，大声训话要忠心为国，报效陛下殊遇。雅乐止，训言止。房玄龄亲手为他系上紫金鱼袋，带着他三拜九叩拜谢皇恩。李二勉励几句，礼成。内侍宣布退朝，李二坐上御辇率先离去。

群臣围上来拱手祝贺，弄得云烨不知所措，手忙脚乱。

牛进达笑呵呵地说："你已成正牌侯爷，府中大宴何时开席？"

老程接话："这小子好嘴，弄出的饭食至今还让老夫流口水，不弄得热闹些可不成，回头让你婶婶去操办，你的家人还拿不出手。"

第十章
做好事人快乐

云烨没有得到新的官职，只是确定了他的贵族地位，不知道李二陛下是如何考虑的。朝堂上没有公开蝗灾即将到来的消息。朝廷在封锁消息，这是统治者惯用的伎俩。辞别老程云烨脸色顿时难看起来，不用说李二在怀疑，在怀疑消息的准确性，说不定还怀疑云烨这样做的目的。抬头看看灰暗的天空云烨苦笑一声，怀疑是统治者最大的美德，这句话是谁说的来着？云烨只希望历史记载是错的，希望连日来的大雪能够减轻灾情。让寒冷来得再猛烈一些吧！将蝗虫都冻死在这严寒的冬日。

我做我该做的，连不该做的也做了，我问心无愧。这就是云烨对自己的答复。我甚至向老天祈求降下大雪杀死蝗虫，一想到这里他就感觉自己变得高大起来。蝗虫来袭最晚也在五月，正是麦黄夏收时间，人要收割，蝗虫也要收割，就看谁快了。

管他呢，我又不是神仙，又不靠感恩活命，这里是封建王朝，是李氏天下，老子要是弄得满天下感恩估计离人头落地之日不远矣。子民只能感激一个人那就是李二，连李承乾都不敢沾集天下感恩于一身，这句评语，老子还是算了。大丫、小丫还在等候我给她们做好吃的，一想到这里，心情豁然开朗，撵走多余仆役，只带着庄三停、刘金宝快马杀到西市，做菜的调料药店比菜市场多。

桂皮，陈皮，八角，草果，花椒，这五种香料一直被当作草药在中医里广泛应用。酱油还不知什么时候才能出现，美味的红烧排骨就不要想了，卤排骨没问题，糖醋排骨也没问题。云烨一边吸着口水，一边诅咒物资缺乏的唐朝。他奶奶的连冰糖都没有，好在有糖霜，还是黑不拉几的，提纯问题没解决啊，有空弄几百斤试试看能不能制造出冰糖，财源啊！

在药店掌柜诡异的目光中，庄三停将药店中的五种香料席卷一空，满满当当五大袋子，告诉伙计送回侯府，毫不理会店内大夫的劝告，什么药材必须配伍，什么君臣使佐各有分定，寒热暑凉泾渭分明。这些该死的庸医知道什么，有本事你先能借命再说。在我家侯爷面前说药材，岂不是鲁班门前弄大斧，谁说药材就一定是用来熬药的，侯爷用药材做菜这么高深的事老子会告诉你？

上午的阳光暖暖地照在身上，让人整个身心放松，浑身懒洋洋的。主仆三人在西市上徜徉，见到有趣的物事就停下来瞧瞧，好玩的东西随手买下，抛给刘金宝装褡裢里，不多时俩家伙身上，手上，就装满东西，刘金宝嘴里叼着一个胡麻饼，边走边吃，嘴大就这点好。庄三停试图阻止刘金宝的不雅行为，为云烨所阻。庄三停总是不停地劝诫侯爷要树立门风，作为以军功起家的侯府要做到军事化，规范化，礼仪化，全部向左武卫看齐，这才符合将门规矩。

云烨一直没弄明白李二为什么把土豆等功绩算成军功，难道说要老子一辈子待在军营？文官对这些功绩眼红得厉害。春坊官喋喋不休地上奏皇帝说这天大的祥瑞自古闻所未闻，乃上苍赐予，应当祭天，以谢天恩。顺便把蓝田侯弄到司农寺培育祥瑞良种。这本是云烨最希望的结果，被李二一句尚未成年还不堪大任为由拒绝。左武卫差事也解除了，要云烨回府听用。但愿皇帝陛下能忘记自己，让老子舒舒服服过完一生。

西市上人群熙熙攘攘，虽然达不到挥袖如云的地步，却也算摩肩接踵。很奇怪，狭窄的街道上云烨到哪儿，哪里的人群自动散开，别说触碰，就连目光也不交接。云烨暗自为自己的王八之气自豪之时猛然间看到腰间悬挂的金鱼袋，旁边还有奶奶早晨才挂上的乳白色玉佩，交相辉映之下甚是富贵，再看看自己身上天青色的锦袍，头上的金冠，身后两个耀武扬威膀大腰圆的护卫，一下子明白旁人为什么不敢往身边凑了，老子早就不是兜里装十块钱满大街胡混的平民，而是堂堂侯爷。再看看街市上的游人，身穿各种颜色的麻布衣服，少有锦缎上身。由于到了年关，有钱没钱的都为妻儿扯几丈麻布缝制新衣。家境好些的弄半匹锦缎扛在身上说是为家里快出阁的丫头准备的，逢人就显摆，什么蜀中的锦缎就是贵了，可闺女要嫁给工部书吏，官宦人家面子不好出落，只好咬牙置办等等……

云烨知道自己丢大人了，一个满身锦袍的暴发户横行于平民出没的西市之上。后世自己就特别讨厌这种人，虽说有吃不着葡萄说葡萄酸的嫌疑，可确确实实讨厌暴发户，因为他们把自己的快乐建立在别人的痛苦之上。小市民只好在心里咒骂几句，云烨不认为大唐长安的市民会比后世的小市民高尚，以关中人嘴上的刁毒来看，自己祖宗恐怕早就被骂得千疮百孔了。

脸烧得厉害，耳朵滚烫，回头恶狠狠地看两个夯货，老子不记得贵族一般不涉足西市，难道说你们两个夯货也不知道？等着看老子笑话？提起脚狠狠踹了两人几脚。俩家伙根本不在乎，以侯爷的花拳绣腿还踹不疼自己。再说了侯爷是娇惯下的性子，有拿下人出气的习惯，不过也就是几脚的事，事后总有回报，你没见庄三停被踹来踹去的就踹成护院头子了？刘金宝总是有事没事就往侯爷面前凑，往往被踹一脚后就神清气爽地离开。

主仆三人狼狈地逃离西市，刚出坊市，庄三停猛地拽住云烨一闪身抢在云烨前面，手上的东西还未落地拳头就砸了出去。

一个人，准确地说是一个读书人，灰白的头发，瘦高的身材，身穿广袖襦袍，虽然洗得发白缀满补丁，却干干净净，补丁上针脚细密，看来很是爱惜。头上扎着布巾，脚上穿着足衣，一双鞋子散落一边。身子佝偻着发抖，刚才老庄的一拳不轻。

"侯爷，这小子从街市一直跟着我们，现在跳出来，小的担心他图谋不轨，就先下手了。"庄三停向云烨禀报。云烨拍拍老庄的胳膊，示意他放松。

"你为何跟着我们？你是一个读书人，应该不会有不轨的心思，为什么？"云烨蹲下身子问。

"给我十贯钱，我的命就是你的！"

这句话让云烨一愣，十贯钱，一条命？这是他娘的什么人啊？正要离开却看到一双血红的眼睛，里面全是恳求和悲伤，修长的双手紧紧攥着指甲断了都没知觉。云烨忽然觉得这个人很有意思，他无疑是骄傲的，虽然趴在地上却昂着头，鼻子里渗出血迹也不擦。死死看着自己，等待自己的决定。

"你是一个骄傲的人，为什么要作践自己？"

"我钱通潦倒半生，自问也曾熟读五经，为出人头地头悬梁锥刺股二十年苦读，又游学十载，却一事无成，还要靠妻子织布谋生养活。这叫我情何以堪？如今她病重，需要贵重药材方能活命，我欠她的，就用这条命来偿还。"

果然，古今相同啊！辛辛苦苦几十年一病回到解放前。云烨不打算去怀疑，后世虽然被欺骗无数次，这次云烨仍然固执地选择相信，他喜欢美好的事物，喜欢看到人世间的真情，区区钱财后世自己一介穷鬼都不在乎，更不要说现在自己腰缠万贯，十贯钱，小意思，就当行善了。

"男子汉大丈夫不要轻辱自己，区区十贯钱何足道哉，刚才我的护卫打伤你，作为赔礼，这两锭银饼就算汤药费，好自为之吧。"说完，云烨让刘金宝掏出两个十两的大银饼放在钱通手中，拱拱手转身离去。

钱通泪如雨下，抓着两个银饼眼见云烨离去，跪在地上叩拜三下，穿上鞋子，踉踉跄跄地奔向药房。

做了好事心情就是舒畅，刚才丢人的事早忘记了，取回寄放的马匹，三人说说笑笑地回到云府。

第十一章
美味与家事

云烨在家门口受到最热烈的欢迎，全家在门口欢迎家主回府，刚下马，小丫头们就围住哥哥七嘴八舌地向他反映以前欺负她们的坏蛋现在都跪在门外祈求得到原谅。

在门口就看见了，云烨当然知道是怎么回事，殴打贺老二和今天朝堂的风光给他们造成极大的困扰，担心云府掀以前的旧账。逃无可逃、避无可避唯有上门赔礼道歉，希望可以平息云家的怒火。

站得高，眼界就不同，以前云家不过是长安城里的富户，有几百亩祖田，三四家店铺，云家几位男丁在官府担任小吏，称得上与世无争。只因为受到鼎鼎大名的云定兴牵扯才遭此大难。云定兴何许人也？隋太子杨勇的老丈人，为人猥琐，品德不堪入目，以贪腐和反复无常著称于长安，风光无限之时就连李二陛下都曾在他手下任职。见到杨勇倒霉毅然决然地投入到隋炀帝杨广的麾下，追杀起女婿遗党比杨广还上心，亲手斩杀了女儿为杨勇生下的两个儿子。连亲外孙都下得了杀手，真正的禽兽行径。后来倒霉，小人得志时得罪人太多，所以也就没什么人站出来说话，逃得无影无踪。他逃了，长安城里姓云的就倒了大霉，不管有没有牵扯只要姓云就在打击行列，再加之杨玄感造反，云定兴又牵扯其中，注定了云家的悲剧命运。男丁几乎屠戮一空，女子财产都被他人趁势劫掠，命运悲惨。

云烨最想杀的就是云定兴，这个罪魁祸首，没有与野心相匹配的智慧就不要玩无间道，害人害己，自己无缘无故跑唐朝来有一半的原因可能是老天看不下去云家的惨状，把自己弄回来解救这些妇孺。当然老夫人日夜祈祷也起到了推波助澜的作用。

吃了我的给我吐出来，拿了我的给我还回来。欺负了我，就得有被我欺负的觉悟，跪在门口希望得到原谅？太幼稚了。没有作声，把小北抱起来，这丫头被挤到外面哇哇地哭，擦干小北的眼泪，对管家姑姑说："找出云家以前财产的明细，算算这些年该有多少收益加上两倍让他们赔。"说完就带着一群小丫头回府，这点小事还用不着本侯爷出面，一个家里的管事就足够了。现在，自己的当务之急是看看那口肥猪被收拾得怎么样了，全家还等着吃呢。

管家姑姑也觉得堂堂侯爷处理这样的事有些丢人，匆匆地去找老夫人商量看有没有被遗忘的云家产业。仆役关闭了云府大门，门外那些商家、小吏跪得更加恭敬，云家家主回来了……

一口大肥猪就挂在厨房外面的架子上，被屠夫收拾得干干净净，云烨指挥着屠夫将猪肉分解，排骨，里脊肉，五花肉肥膘特意留出，再找出肥瘦相依的后腿肉吩咐剁成肉末备用。四个猪蹄明显不够，云烨早在西市就买了一车猪蹄。若是让老程知道自己做美食没给他送，发起飙来一般人扛不住，为少挨几顿打还是连他的那份一起做了吧。

军营里打造的做饭家伙早就被送回来，唐朝的菜式除了煮就是烤，要么吃生的，就是烩一类的东西，不卫生，里面的寄生虫杀不死，会得各种各样的怪病，想起猪肉绦虫满肚子乱窜就毛骨悚然。后世有卫生检疫都不放心更别提现在了。炒菜大约起源于宋代，那是一个讲究吃穿，物质极大丰富的年代，文人的天堂，只要不是愤青，那是穿越者的首选年代。既然身在大唐一切就得自己来，没炒锅，打造；没铲子，打造；没调料，自己找；没味精，这个现在造不了，只好熬鸡汤；没酱油，回庄子再酿造，小时候在乡下，早就会了，没难度；没绿菜，这才是要人命的事，温汤监倒是有，可他只供应有限的几位皇族，就连太子，也是有一顿没一顿的，自己一介侯爵就别想了。手头只有萝卜、莲藕，小丫贡献出来的一盘子蒜苗，这是小丫头的心爱之物，因为哥哥不吃饭，所以大方地贡献出来。再就是豆腐和十几种干菜。今天主打猪肉、鱼肉，羊肉就不用了。

砂锅里煮上猪蹄，用了十个砂锅，大火烧开，倒掉水，再加入新水，投入姜、葱、蒜，把调料装在纱布里，小火慢炖，婶婶站在背后看得仔细，还叫来润娘记录，老夫人说见不得孙子下厨辛苦，就不来了。云烨想不明白，自己弄几口吃食怎么就辛苦了？

忙了两个时辰，眼见就要吃晚饭了，云烨把做好的猪蹄、莲藕红烧肉、红烧狮子头、糖醋排骨各样装两份，炸好的麻花、油饼、鸡块，也一并装上，吩咐管家姑姑给程府、牛府送去，聊表心意。

身后的一群小丫头早在云烨开始做饭就你一块、我一块地吃个不停，婶婶拦都拦不住，说是姑娘家家的，养成馋嘴的毛病可不好。云烨可不管，小时候自己就没少在妈妈做饭时偷吃，长大不也好好的？更别说几个小妹是吃过苦的，一想到五六岁的年纪就伺候主家，吃不饱穿不暖地熬了一年多，疼都来不及呢，还管偷不偷吃？

血肠灌好了，五香肠灌好了，猪腰子炒成腰花，满满当当两大桌子，看得老夫人目瞪口呆。

饭厅里一片吸口水的声音，外院抢饭食的声音远远传来。庄三停叫骂的嗓门特别大，看来战况激烈。

"烨儿，你和师父平日里就吃这样的饭食？"老太太觉得有些不可思议。红烧狮子头最对胃口，糖醋排骨也酸甜可口，猪蹄子绵软酥烂香气扑鼻，咬一口从心底让人满足。

"这算什么，只是一些粗陋的家常菜，等孙儿把缺少的几味调料种出来，您再好好尝尝。"云烨大吹大擂。后世的饭食之精美恐怕只能在梦里回味了，自己只是一个半吊子厨师，弄几道家常菜没问题，想做出南北大菜那是妄想。

云烨早吃饱了，现在殷勤地给老夫人布菜，几位长辈也没落下，小丫头们一人抱一只猪蹄啃，吃得满脸油腻，实在是怕她们撑坏，吩咐下人熬些山楂水回来，给她们消食。

饭没动，菜吃个精光，全家红光满面，心满意足。

婶婶掩着嘴不好意思地打个嗝，捋几下胸口才说："难怪烨哥儿不吃饭，吃过这样的饭食，别的饭菜可真是没法吃。烨哥儿跟着老神仙可是享福呢。"

"哈哈，婶婶这话说得对，满云家在遭罪就小侄一人随家师满世界享福，的确有些不应该，不过既然回来了，就没有我享福、你们受罪的道理，门外跪着的云家仇人，有谁欠过我家人命，有谁欠过我家钱财要一一算来，不用留情，陛下既然大张旗鼓地为我晋爵，就不会阻拦我报仇雪恨。你们看着办，有回夫家打算的长辈和姐姐给奶奶说，我不是不近人情的人，他们当年毫不留情地把我云家女儿赶出家门，那就要红红火火地再接回去，除了我云家人，他们休想登门一步。回到夫家若有受辱之事，我会叫他们生死两难！"刚才在厨房，婶婶就说有几位家里有孩子的姑姑和姐姐因为夫家来接，就想回去，说到底是抛不下骨肉亲情，男人道个歉，服个软，这些年遭的罪就全忘了。

"我不回去，哥哥，我不回去。"小西抱着云烨的腿号啕大哭，二姑姑一脸难色地看着他俩。

"小西当然不回去，以后就和哥哥过，以后嫁娶我自会安排，他们活腻味了就来家里要人。"云烨是半点情面不留，对二姑姑说完，给老夫人告了声退，带着八个小的离开饭厅，去花园里消食。

"老二啊，你是哪根筋不对了？好好的侯府不待，要跑回去遭罪？烨哥儿人和善，喜欢小西，又有孝心，回来这几天那可是真心把我们当长辈孝敬，你这样干，不是戳他心窝子吗？"大姑姑很生气。

老夫人止住了老大的埋怨："路是自己走的，鞋子合不合脚只有脚知道，你既然要回去，就回去吧，你夫家还有两个儿子，牵心也是情理之中，你不用担心烨哥儿，他年纪小，又是将军，脾气自然不好，小西他会安排得很好，比跟着你小门小户强太多了，你夫家不就是看云家又起来了，生起攀附的心思，有你在，烨哥儿总会给几分脸面。走时带上三百贯钱，这是你侄儿给你的私房，以备万一。"说完起身离开饭桌，被丫鬟扶着去了花园。

第十二章
秦怀玉

　　天色刚刚发白，云烨就起来了，不是他有多勤快而是被屋子里的炭气熏得无法入睡。该死的炭盆着了半个晚上，带不来多少热气，却他娘的生出许多一氧化碳，头昏沉沉的，再睡下去搞不好会出人命。特意去老夫人屋里看看，又到几个小丫头房间打开门窗换气。还好，没有发生中毒事件，小丫头睡得不省人事，厚厚的裘皮毯子盖在身上很暖和，给几个孩子掖好被角，悄声走出房间。老夫人就在窗外看着，眼睛有些湿润，这原本是她每天要干的事，现在哥哥关心她们几个，也不知这几个小女女前世积了什么德，这一辈子有这样一个知冷知热的哥哥。

　　沿着花园跑了几圈，又做了全套的广播体操，热身完毕，拎起兵器架上的长枪，将程处默教授的枪法演练几遍，不知是心情缘故，还是枪法有所长进，今天这套枪法演练得毫无生涩之处，流畅自然，浑然天成，兴之所至狂啸一声枪随腿走，化作一条长龙扎向院中箭垛，啪一声，穿透箭靶，枪尾还在上下摇晃，不错不错，正中三环。正在得意地品评自己的作品时见老庄从树后钻出来，一脸的心有余悸。

　　"侯爷这套传自赵子龙的百鸟朝凤枪法越发精湛了，五步之内正中箭靶，叫小的好生钦佩。"

　　"你是在夸我，还是在损我，什么五步之内正中箭靶，什么百鸟朝凤枪法，明明是军中大开大合的战阵之术。"

　　"那一定是小的记错了，在军中二十年竟然认不出军中枪术实在是该死。"

"滚！"

庄三停滚到半路，又回来了。

"侯爷您以后练枪就不要在人多的时候练，小的实在是担心府中的那八个小姐，万一被侯爷的霸气伤着就不好了。"说完闭嘴一副忠肝义胆的模样。

也罢，云烨感叹一声，老子就不是练武的材料，一套枪法练了小半年还被人家认错，硬说是赵子龙教的，他仿佛看见了白马银枪赵子龙悲愤的目光。

化悲愤为食欲，在吞了两碗小米粥，打算再吞一碗时，程处默来了。

这小子拉着一车礼物，在客厅恭恭敬敬地拜见了老夫人，然后拽着云烨来到偏厅，说早上来得急，没吃早饭，叫云烨给他弄几个猪蹄，再来一大碗红烧肉，酸甜排骨也要，最好把什么什么头的也来一大碗，昨晚太少，没吃几口，就被老程轰走，特意留着肚子早上来大吃一顿。

什么人一大早就吃那些东西？也不怕腻着？看程处默一脸希望，也不好再说什么，反正就没老程家不能消化的东西，吩咐下去，昨晚做好的卤猪蹄、卤猪肝，切一些拿上来，再热一碗扣肉，把红烧狮子头再做一碗，算了，还是自己来吧，厨房还做不出正确的味道。

程处默靠在厨房门框上啃着一大块猪肝看云烨给他做饭，两兄弟早就没什么见外的了，别家哪有客人趴门上等着吃饭，主家的男主人在厨房忙活的，尤其是一个小国公，一位侯爷。传出去绝对引起轰动，说不定会引来御史的弹劾。可他俩不在乎，一个觉得向自己兄弟要吃的天经地义，一个觉得给自己兄弟做吃的理所当然。厨子战战兢兢地跑得老远，觉得满足不了主家的要求是自己职业生涯的一大污点，可这侯爷也太难伺候了呀，昨晚尝了侯爷做的菜泪流满面，这哪里是人吃的，给神仙吃的估计也就这水准了。

就在厨房的小桌子上，程处默风卷残云地干完一桌子菜，抹一把油嘴，提起茶壶就着壶嘴咕咚咕咚灌下去半壶，这才长出一口气："老爹找你，要你把看病的家伙什带上，去翼国公府。"

"我又不是大夫，看病找大夫啊！"

"老爹觉得你看病的本事比大夫强多了，再说秦伯伯的病那些庸医有什么办法，怀玉求了我好几天了，要不是你才回来，家里的事没整利索，头天就来找你了。秦伯伯和老爹是生死之交，会放过你？"程处默剔着牙漫不经心地说。

秦琼肯定是贫血，早年间大量失血使得造血功能下降，血液活力少携带的氧分子不足，造成体弱多病，稍有个头疼脑热就会卧床不起，也不知输血会不会好点？本着把人当牲口治的医学原理，就去看看，不行再说。不管怎么说也比拿石灰当伤药的唐朝医生强点。

吩咐刘金宝去军营把自己的煤炉子弄回来，再弄些煤块。告诉老夫人找铁匠打造几个同样的炉子，再打几十节铁皮桶子备用。如果能打造铁皮水壶最好。老夫人当着外人不好教训孙子，只是让管家姑姑去慈恩寺找几个相熟的邻居，她记得有好几个铁匠，打造的东西如果好用，就把他们留家里。她打定主意不让孙子的秘方传给不相干的人。

云烨拿好急救包，又装了一小瓶烈酒，吩咐下人牵过大青马，就打算出门，却见程处默磨磨蹭蹭的不动身。

"你还要干什么？东西我已经准备好了，快走，看完病人，我还要回来装炉子，昨晚被炭气熏得一夜没睡好。"

"还缺几样东西。"程处默高深莫测的模样。

云烨检查一遍没少东西，都在，后来在军营里做的简易听诊器也在，不缺啊。

程处默指指厨房方向，他知道云烨的厨具都是特制的，翼国公府的厨房弄不来。

"你这是让我去看病还是让我去做饭？家里乱得一团糟，饭没法吃，觉没法睡，上个茅房都差点掉粪缸里，擦个屁股多用几张好纸被奶奶指着鼻子训了一天。日子没法过了，多洗几遍澡几个姐姐就得忙半天，床硬得像石板，毯子重得跟盖石头一样，你叫我怎么活？哪有工夫做饭，更别说他娘的连吃口青菜都没有，你看我手指上都长倒刺了。"说起这几日长安城里的悲催生活，云烨那真是眼泪一把，鼻涕一把的。

程处默看他跟看怪物一样，就刚才的饭食皇家吃的不一定有这么好吃，就这样还难以下咽？谁不是大冬天在屋子里生火盆，没见穷人连火盆都没有，盖皮裘那是贵族才有的享受。蹲茅房谁家不是用竹筹？皇上才用绫子，就现在陛下的脾气，说不定也使用竹筹刮屁股。吃青菜？大冬天吃青菜？温汤监每日不过百十斤产量，供应太上皇、皇上、皇后都不够哪有多余的给别人吃？就是有朝廷重臣身体有恙陛下偶尔赐下那么三两斤的。别人谁见过？

"兄弟啊，你和老神仙在一起自然不缺这些东西，你不是入世了吗？这人世间就是这么过的，别纠结了，苦日子不还得过？"程处默说完这话觉得自己该挨抽，赶紧又说，"鄂国公已经发脾气了，说昨晚的美食没有他的份，是你不孝敬老人，要上门揍你，老爹好说歹说才劝下来，这会儿跟卫公、英公在秦府等着你，赶紧让下人把家伙搬上，咱哥儿俩赶紧去，一会儿发起脾气来，还不是咱哥儿俩倒霉。"

得罪不起啊！响马窝子里出来的老家伙啊！无奈之下只好让仆役带着全套厨房装备随后跟来，调料也一并带上。

太气人了，实在是太气人了，凭什么老秦、老程、老牛他们家住在太平坊，我家就得住永安坊？太平坊和宫门就隔一条街，我家就离得十万八千里？后世北京天安门广场和八环以外的差别。公爵值钱，难道说我这个侯爵就是狗骨头一根？更可气的是老秦家门口俩石狮子一人多高，长相狰狞，气势嚣张，我家的俩狮子就像狮子狗。门边还插着两杆铁戟据说是李二钦赐的仪仗，让人自卑。

还好，钉满铜钉的朱红色大门开了一扇侧门，一个全身裘皮的少年站在门前。看到云烨和程处默快马赶至迎上前来："云兄弟，小弟秦怀玉迎接来迟，还望恕罪。"恭恭敬敬的礼仪、一本正经的面容看得让人想抽。云烨还只是想想，程处默已经动手，不，是动脚。不愧是练武的世家，一脚踹身上，只是上身一晃，脚下纹丝不动。

"小烨是我兄弟，再敢弄酸水踹不死你。"小程骂骂咧咧随手把马缰绳扔给仆人，拽着云烨就往门里进。给秦怀玉一个苦笑，抓住衣袖示意一起进去。

"怀玉兄见外了，秦伯伯身上有恙，作为晚辈早该来探望，今日方到，是小弟的不是，还请怀玉兄不要见怪。"

"云兄高人子弟，听丑牛说起你的种种事迹，小弟心向往之，前几日就打算前往府邸拜会，丑牛说云兄家事繁杂未能成行，今日请云兄为家父诊病，实在是惭愧。"

"你俩有完没完，秦伯伯还等着呢，一会儿揍开了可没人敢拦。"

转过花厅，来到前院，月亮门还没进就听见一声怒吼："臭小子，人带来没有？"

第十三章

夺血续命（一）

"那云烨去了翼国公府，听说又要施展夺血续命的本事。"李二陛下百无聊赖地把玩着一块翠色玉玦，对正在为自己梳拢头发的皇后说。

"陛下可是生了观摩的心思？"

"世间奇巧淫技多不胜数，往往以诡秘诈术掩盖其中不可告人之目的，夺血续命？哼哼……"

"那可不同，在陇右军中蓝田侯就曾施展奇术，救活人命，这是板上钉钉的事实，听说他现在的护卫就是被他救活的，武力无损与常人无异，承乾告诉妾身确有其事，军中亲眼见到的不是一两个人。"皇后慢条斯理地说。

"这样的话，朕就去瞧瞧，反正多日不见叔宝，也去探望探望。"

不明白啊！尉迟老傻就是喜欢擒拿敌将，捉小鸡一样拿住云烨往胳膊底下一夹，大步流星地来到后厅。腋下的大汗腺分泌出浓郁的气味，直往云烨脑子里钻，天哪！你有狐臭就不要随便把人往胳膊底下夹好不好？他强烈怀疑被他活捉的敌将不是被夹死的，而是被活活熏死的。到了地方把人往地上一蹾，脚都蹾麻了。

床榻上坐着四位国公，正围着一个小桌子喝酒，秦琼待屋里还一身皮裘，地上点着三个火盆，满屋子烟火气，不要说他一介病体，就是好人也受不了。他体虚怕冷这就形成怪圈，越是冷就越是加火盆取暖，越是加火盆屋子里的一氧化碳就越多，血液质量本来就不好输送氧气质量差，再多吸几口煤气……好得很，好得很，小酒再喝着，肉再吃着，能活到贞观十年是一个奇迹。

拉下脸给几位长辈请完安，回头就吩咐秦怀玉把屋子里的火盆全部撤掉，打开门窗通风。见秦怀玉一脸难色，推开他，打开门窗，把三个火盆扔到外面，再把老哥几个的酒壶、肉盘一并扔到屋外。看得小秦目瞪口呆，不知所措。那老哥几个不愧是刀山火海杀出来的，面对突变，仍然面不改色心不跳笑吟吟地看云烨施威，不说话也不阻拦。

"怀玉，请伯母出来，小弟有些医嘱需要告知。"不理会这几个老不朽的，他娘的纯粹是损友，难道说是怕老秦死得不够快？外面仆人丫鬟乱作一团，忙着收拾倾倒的火盆、砸碎的酒壶菜盘，弄不明白为什么有这么横的家伙，当着五位国公的面就敢掀场子，恐怕皇帝都不会这么干。

老程挤眉弄眼地对李勣说："怎么样？俺老程看上的小子，有几分脾气吧？"

"脾气是有，一会儿说不出个一二三来，看老夫怎么收拾他，敢掀我们兄弟的场子，活腻味了。"

李靖笑着不说话，尉迟老傻一脸的幸灾乐祸，老秦似有所思。

不一会儿，秦夫人急急忙忙地赶过来，见满地狼藉不知发生了何事。云烨上前拜见。

"秦婶婶，小侄前来给伯父看病，不想见到了最不想见到的场景，对伯父身体有大害的几件事刚才竟然占全了，伯父身体最见不得烟火气，这屋里火盆就有三个，酒、肉食会加重身体负担，伯父身体虚弱，再也经不得这些了，请婶婶记住。"

秦夫人对云烨的医术早有耳闻，听到这些连忙点头，再看秦琼的那几位损友眼光就有些幽怨。

老秦摸摸鼻子："老夫身体不过略有小恙，小子言过其实了吧？"

"小侄前日就发现伯父应该患有再生障碍性贫血，体虚，头昏脑涨，稍有头疼脑热就卧床不起，且不易好转，春日之时万物勃发，精神就会好许多，炎炎夏日则会终日昏昏欲睡，秋日又会减轻，冬天则是最难熬的时刻，食不知味，睡不安寝，胸口似压了一块石头，喘气都费劲，而您居然烧火盆，饮烈酒，再大口吃肉，岂不是视生命如同儿戏？"云烨说一句，秦夫人就点一次头，到后面被吓得脸都白了，云烨说得一点不差。

"老爷。"刚叫了一句,眼泪就下来了。弄得老秦手足无措,几位损友也有些讪讪。

"叫你来就是给我老哥哥看病的,你说那个什么贫血有没有办法治?"老程岔开话题问云烨。

"待小侄仔细检查过再说。"

请老秦躺在榻上,拿出手机对时间,摸了脉搏,很急促,可能是刚喝完酒,脉搏每分钟一百二十下,明显的心脏供血不足,脾的负担也很重。这些常识性的东西还难不住他。再用听诊器听了老秦的心肺,可惜没有血压计,如果有就会发现他的血压很低,心肺偏弱。麻烦了,果然是贫血,吩咐秦怀玉将老秦的脚抬高,用银针轻刺脚心,血液发黑,供氧量不足。"伯父今日喝了酒,造成脉搏紊乱,但是小侄已经可以断定,伯父就是严重贫血,这和早年间受伤太多有关,身体造血功能减弱,导致伯父气血两虚,需要长期静养,今日种种不可再现,否则小侄就是神仙也束手无策。"郑重警告老秦,他的身体由不得他胡来,早年间养成的大碗喝酒、大口吃肉的响马毛病要坚决戒除。

老程高兴得抓住云烨手说:"这么说我老哥哥的病有的治?"

"程伯伯,早年间的亏损哪是那么容易就补回来的?小侄现在只有通过食补、药补,先把伯父的身体调理好,再说治病,这里有两个食补方子,怀玉你记一下,其一,红枣莲子羹,取十枚红枣热水泡发,取二两莲子去心,红莲最佳,小火炖煮,加少许糖霜三碗水煮成一碗,喝汤食红枣,吃莲子,每晚一次。其二,仙人粥,取何首乌一两,熬至浓汤,滗去残渣同一两粳米五枚红枣同煮,米烂枣熟即可,平日里可做早餐。待我找到合用的人参再配制丸药。"

"小子听你说的意思就是老哥哥身体缺血吧?"老程发问。

"的确如此。"

"你直接抽血给我老哥哥不就是了,干吗这么麻烦?庄三停抽了羌人的血不活得好好的?"和老程没法讲,庄三停是没办法才直接输血的,老秦是自身有问题,身体自己造血不足,输血解决不了问题。

"小子,不要担心没血给二哥抽,牢里多的是死囚,弄几个出来还不成问题！"云烨总觉得跃跃欲试的尉迟老傻不是要治疗秦琼，而是要看怎么抽人血。

"诸位叔伯，输血的确是最快、最有效的办法，现在秦伯伯与庄三停不同，秦伯伯是自身造血功能减退，输了一次血，就会输第二次、第三次，这是最后的手段，不到不得已，不能轻用。"

"你就告诉老夫，输一次血之后能松快几天？"老秦对自己的病实在是忍无可忍，一天也不想病恹恹的了。也是，一位战阵上无敌的将军你要他站不稳，走不快，不能喝酒，不能吃肉，不能摸兵刃，如同耄耋老人颤颤巍巍地度过余生不如杀了他来得痛快。

"半年，或许还要少。"

第十四章
夺血续命（二）

"朕也很好奇，到底是如何夺血续命的，既然对秦卿身体有好处，不妨尽管施展，以乱臣贼子的命换我大唐柱国将军的身体好转还是值得的。这个恶名朕背又如何？"李二背着手施施然从外面走进来。满屋子的人顿时矮了一截，繁杂的礼数在李二一挥手间变得简单。秦琼正要训斥管家，被李二阻止了。

"朕今日只是来看看秦卿的病体如何，就直接到了后堂，些许俗礼，就免了吧！"说得云淡风轻，似乎直接到你家后堂是给你面子。云烨暗自腹诽。

"老臣贱体虽有小恙怎敢劳陛下亲自探望，真是折煞老臣了。"秦琼话说得没半点骨气。

"爱卿为我大唐出生入死，身披百创，只是爱卿身体不容饮酒，否则朕定要效仿孙权旧事，一道伤一杯酒以酬爱卿功绩。"这话说得秦琼眼眶发红，旁边四位国公也是唏嘘不已。

这就收买了人心？云烨觉得这老哥几位情商太低了，一句惠而不费的话就让几位感激涕零，瞧尉迟老傻激动得恨不能现在就抱着炸药包去炸敌人碉堡。在云烨看来，以老秦的功绩怎么样也要弄几万贯花花，美女也送几名，华宅弄上几套，还必须是一环以内的，这才值得感动一把，其他的全是扯淡。

"朕带来了十名死囚，全是恶贯满盈之辈，云卿你看可够？"说完手往外一指。众人看到门外跪着十个头罩黑布袋的死囚在寒风里打哆嗦。

云烨的心就像这寒风一般冰冷，这是人，还是汉人，他做不到像松井石根一样的禽兽行径。抽一点血死不了人，云烨知道，可满屋子的人不知道，那些死囚不知道，李二不知道，他们以为抽血就等于抽命，是把他人的生命抽到别人身上。是借命！这不是借你十两银子，今儿借了，明儿还。被借的还有命等着你吗？李二满脸的难以寻味，李靖眼睛一眨不眨地看云烨，李勣笑嘻嘻，程咬金脸上神色难明，尉迟恭一脸的期待，秦琼内心似乎在挣扎。都在等待云烨发话。

"云卿，为何还不动手施术？难道说这十人血不堪用？大牢里还有，朕再让他们送来如何？"云烨知道李二不会放他，他不亲眼见到输血是不会相信有这样的事。

"回禀陛下，只要通过验对就会知道，翼国公老大人的身体的确需要输血，他的血型是甲型，这是一种很普通的血型，很容易找到对应者，这十人中有八成的可能有甲型血的人。"

"哦？那你还不赶快验对？"

"不用验对了，那十个人血型对不对臣不知，有一人的血型是一定合适的。"云烨低着头说。

"是何人？"李二语气有些压迫感。

"为免大家担心，臣先讲一下输血是怎么回事。它没有传说中的神奇，只是一种简单的治疗方式，上次庄三停失血过多引发休克，但是他的伤还不足以致命，只要及时地补充血液就会好转，这没什么稀奇的。翼国公身体造血功能减退，身体血液不足，质量差不足以供养全身，这就造成体弱多病。输血会在最快的时间改变体质是一种有效的医治手段。血型就臣所知共有五种，甲、乙、丙、丁四种非常普通，我们几乎全部的人都是这四种类型，第五种是戊型血，极为罕见百万人中才有几例。由于父母血型不同，所以后代会有差别，有时父子血型不同不足为怪，可笑世人居然以滴血来认亲，何其地愚昧。一个人全身的血液量是一个人体重的不足一成，平时给别人输一点血并不会死亡，反而会刺激身体造出更多的血液来。上次那个羌人是被吓死的，不是被抽血抽死的。"

"果真如此？"李二满脸疑问。室内众人也面面相觑，半信半疑。

"为验证臣所说的话是实话，就由臣来给翼国公输血。很巧，臣的血型与国公同是甲型。"

"不可！"老程断然拒绝。

"不可！"秦琼也不同意。程处默拦着云烨不让他去输血："要输就输他们的。"他指着外面蒙头的死囚。

感激地抱一下程处默，推开他来到皇帝面前下拜："陛下，臣已讲明输血的原理，这就开始，请陛下恩准。"

李二有些迷惑，看看云烨，又看看屋外的死囚："汝因何不愿用死囚的血而愿意用自己的血来代替？"

"臣自束发就学以来家师就先教会了写'人'字，一撇为仁义，一捺为忠信，一撇一捺之间顶天立地，今日若用了死囚的血会让微臣失去做人的根本，小臣不取。再说朝廷法度森严，死囚自有死的缘由，哪怕刀砍斧磔是律条判罚。微臣不能以私坏法。"

"你在指责朕败坏律法？"李二明显脸红了，被一个十四五岁的小子指责有些脸面挂不住，"汝在陇右行径又如何解释？羌人不是人？"

"臣的仁慈只会给我大唐子民，至于敌人，臣还真没有把他们看作是人。家师与友人在域外一夜屠尽三百马贼归来举杯畅饮，小臣在一边持觞劝酒，不觉有何不妥。"师父的身影再次高大起来，高人子弟嘛，没见过几件热血沸腾的事件还成？

"好，好，朕准了，今日就看你如何将自己的血抽给翼国公，如果成功，朕准你入皇宫与诸皇子一起就读。"

天哪，云烨在心里惨叫，我从没有进你家读书的打算，就你家一家子变态，老子进去了能有好吗？这是奖励还是惩罚？自己挖坑埋自己啊！满屋子的人还羡慕得不行，尤其是李勣都有些妒忌了。

刚请秦琼躺下，用酒精消完毒，打算给自己胳膊消毒就听外面一个死囚头磕得梆梆直响。李二吩咐取下死囚嘴里的麻核，让他开口讲话。

"罪囚愿意抽血，罪囚愿意抽血，请给罪囚一个补过的机会。"说完又开始磕头，头都磕破了。

"云烨，他是自愿的，想必与你理念不相悖，你验验他的血，如果可用就用他的，如果能用，朕会免他一死。"

云烨当然不想用自己的血，那多疼啊，再说了，能给这哥们儿一个活命的机会何乐而不为之？救人一命胜造七级浮屠啊！去了两次寺庙云烨觉得自己善良了许多。但愿这哥们儿与老秦血型相同。

验过血，这兄弟很幸运，是O型，和老秦的血型相同，拍拍他的肩膀："你好运气啊！只要抽一斤血就可以换回一条命，这生意做得。"

这位也是一个傻大胆，居然咧着嘴笑，还对云烨说："大人不知，小的在街上砍死了人，也被人家砍了两刀，血流了一地也没见死了，就大胆求官家给个活命的机会。多谢大人，以后需要血找小的就好，只要抽不死随便抽。"这他娘的还做上生意了，惹得李二哭笑不得，满屋子的紧张气氛也松缓下来。

很顺利，傻大胆的血液质量很好，顺利地进入老秦的血管，两人躺得一样高，血压明显地不同，傻大胆的血压正常自然流进老秦低血压的身体。在一刻钟之后云烨结束了输血的过程。老秦气息舒缓，肺间听不见杂音，居然睡着了。旁边李二带来的御医摸着老秦的脉搏频频点头，并不时回头看看云烨，对输血的效果非常惊奇。

"秦卿身体如何？"李二问御医很是急迫。

"回禀陛下，翼国公脉搏强劲，气息悠长，已然入睡了。"老秦被病痛折磨气不够用，每晚入睡极轻，每晚能真正睡眠的时间很短，这一放松，不再胸闷，多日的困倦自然如潮水般袭来，呼噜打得山响。

李二吩咐秦夫人好生照顾带着众人来到前院，傻大胆也被带来，这家伙被抽了一斤多血，除了脸色发白这会儿跟没事一样，被尉迟老傻在身上敲得砰砰作响还举起双臂做有力状。

"看来输血不会死人，输血也能救人，世间之事真是神奇，朕自以为是了。家里安顿好就来宫里就学吧！"说完就摆驾回宫了。云烨连拒绝的机会都没有，侍卫头子还把一块腰牌送给他，说是进宫的凭证，还拉着云烨的手说："以后哥儿俩交流一下抽血的心得。"

老程满意了，李靖满意了，李勣很是惊讶，尉迟老傻很不满意说只看到续命没见夺血，说是要再见识一下，他喜欢看别人流血，这个变态。秦怀玉眼睛全是星星，亮得瘆人，人前人后云兄云兄地叫个不停，明明他比云烨大。正在志得意满之际，脖领子又被揪住，熟悉的狐臭，为了不再被夹胳肢窝里连忙叫停。

"小侄刚才心忧秦伯伯身体掀了几位伯伯的场子，让几位伯伯没有尽兴，实在是罪该万死，就容小侄亲手做几个菜，请伯伯们赏脸品尝如何？"

　　脖领子松了，几位国公一副给小辈面子的神态坐在案几后面品茶，等着云烨给他们弄吃的。

第十五章
煤炉和实验

清晨的长安静谧而优雅，全城笼罩在一片淡蓝色烟雾中，宛如害羞的少女。坊间的大门在依次打开，人们三三两两走出家门开始新的一天。

昭国坊的叮当声一夜都没有停歇，老栓抹了一把脸上的汗水，从茶壶里倒出一碗凉茶一仰脖灌了下去，被寒冷同化的粗茶让他打了个激灵，困倦一瞬间消失得无踪，从茶壶里捞出一块姜放嘴里美美地嚼着，还不到吃饭时间，婆娘娃还在睡觉，昨晚他们也太累了。老栓瞧瞧堆在墙角的木炭，每一块都核桃大小，非常均匀，这是最好的硬木炭，出了名的禁烧，就是太贵了，如果不是生意实在是好他无论如何也用不起这样的好炭。院子里摆着三个最新式的炉子，这是他和徒弟一夜的成果，今天就会有人来取走，每个炉子三百文工钱，再加上铁料的费用足足五百文啊！自己打几十把菜刀、门钉累死累活才能赚到五百文钱。现在自己一晚的工作就抵得上以前一个月的收入，还不愁卖。他从铁砧下的隐蔽小盒子里取出一张笺纸，那是富贵人家写信写拜帖用的好纸，厚实不易损坏，上面不知用什么笔画着炉子的图样，有从上面看的，有从旁边看的，还有从底下看的，甚至还有把炉子破开的图样，上面写满了字，老栓不认识，但是现在他却能把上面的字背下来，一个字都不会错。这是云家老夫人一个字一个字教的。自己打了一辈子的铁从没见过这样的图样，弄明白图样，傻铁匠也能打造出炉子来。这是传家宝贝，只能给栓柱，其他的几个孩子多给些钱就是了，想到这胸口就发热。云家人厚道啊！当年只是看在孤儿寡妇又是邻居的分上帮了几把，没想到回报来得这么快，来得这么猛烈。这是给了我老栓一家几代人的活路啊。云侯爷是跟了老神仙学的本事，是什么神仙来着？

和他抱同样心思的还有隔壁铁皮铺子的孙旺，他做梦都没想到铁皮可以像擀面一样擀出来，虽说没有用锤子敲出来的耐用，可它弄铁皮太快了，只要把铁水倒进料斗里，两个人推辘轳，在两个铁碾子中间就会一点点有铁皮出来，修一下外边就是一张好铁皮，套在铁锥上敲打，卷成一个一头略大的三尺铁桶，费不了多少功夫，现在昭国坊的铁炉子卖得满长安都是，这铁皮做的烟囱就少不了，再加上一把硕大的铁皮水壶全家随时都会有热水，舒坦啊。昨天云家老奶奶说府上要给几位小小姐找下人，自己家丫头眼看就十岁了，看能不能送进府里当丫鬟，云家人和气，又全是妇孺，听说云家下人一天吃三顿呢，丫头进去就是享福的，过几年年纪大了，凭着老邻居的面子求老奶奶给丫头配一个殷实人家，再说丫头是在侯府伺候小姐，调教几年不比在小门小户当野丫头强多了？

昭国坊从来没有像现在充满活力，每个人都有忙不完的伙计，云家侯爷说了，自己人知道就行了，不要四处招摇，发财要悄悄地进行，打枪的不要。虽然不明白打枪是什么意思，闭嘴总是会的。昭国坊坊官亲自守在门口，不相干的人一律不许进入，还警告坊民，亲戚来了就到门口说话，要住宿就安排到客栈，不许进坊。

全坊一百七十五户人家组成了最原始的工厂流水线，铁匠打造炉子，铆匠制烟囱，泥瓦匠买来没人要的炭粉和上胶泥做煤饼。蜂窝煤嘛，对云烨不存在难度。

程夫人带着云姑姑这些天东家进西家出，很快就和内宅的夫人小姐打得火热，顺便推销一下煤炉子，这种没有烟气的炉子瞬间就在大唐长安流传开来，没人愿意再用炭盆。美女不希望早上起来鼻孔里全是炭灰。老爷子围在火炉旁热一壶酸酒，烤两个面饼，得意扬扬地看外面大雪，偶尔说个大雪兆丰年的典故来忽悠小孙子。主妇最喜欢的就是炉子上的永远烧热的水，不再担心洗衣做饭把手冻得红肿，反正煤饼也不贵。

云烨有些郁闷，看着云府上空飘荡的煤烟把大雪后的天空染得乌七八糟就心情忐忑，不知后世的环境保护专家会不会拿自己当反面典型？

小丫头们坐在哥哥屋子里硕大的炕上游戏，把姑姑刚铺好的羔羊皮褥子弄得杂乱不堪。小丫脸上挂着猴子面具，手持鸡毛掸子正在追杀小西扮演的老鼠精，小北不情愿挂猪嘴，强烈要求和小东换乾坤圈。大丫最乖，小手捉着针线正在和一娘姐姐学缝衣服，哥哥的衣服都是紧身的，不要博袍大袖的，不暖和不说还忒费布料，做两身那种衣服，够云烨做三身的。不明白，明明物质还没有丰富到多余，怎么就不动动脑子，少用点布料？云家已经不再裹兜裆布了，程家也不再用那玩意儿了，估计老牛家、太子那里都不再用那玩意儿了。证明古人接受新生事物的能力也很强大嘛。

昭国坊只是云烨一时兴起弄的一个试点，顺便给自家捞俩钱花。那些邻居只是挣些劳力银子罢了，原先打算每人每天给三十文工钱，这已经让云烨觉得自己心肠可以当炭烧了。老邻居不干，云烨以为嫌少打算再加上十文，不料想邻居们以为云家在行善，自尊心受不了，说工钱多过二十文就宁可去要饭也不吃嗟来之食。

多给工钱还得道歉？云侯爷很生气地甩袖走了。坊民们胜利了，欢呼一片。一个煤炉生产线就可以养活一百七十五户人家，从业人数达到六百余人，还不算自己开店铺的铁匠、铆匠、铜匠。简单的生活造就了简单的就业，这些祖辈生长在长安城里的市民，作为最早的无产者在城市里干着最辛劳的工作，却得不到应有的尊重，他们没有土地，唐初新兴的土地分配制度独独忘记了他们，可怕的匠户制度，恐怖的商人歧视。不得做工，不得经商，又不能种地。只能以一种附庸的形式存在，这就是孙旺家里并不缺少女儿一口吃的，却执着地把女儿塞进云府的原因。

李二的侍卫头子是一个大好人，姓刘，大名为献，豪爽地让云烨叫他刘二，身世不明，经历不明，比云烨还要神秘，一下差拎着半个猪头兴冲冲地杀到云府，据说是要好好探讨一下为什么汉人被抽血就抽不死、羌人抽血就会被抽死这个神秘话题。

云烨实在不想谈论抽血这回事，自己都是半吊子，哪能给别人当老师，尤其是这种屠夫状的医生。刘二自称对医学极度感兴趣，当年在沙场上就没少研究人体，曾经用横刀把一个人仔细剖开研究了三天那个人才死。非常好奇头颅里白花花的脑浆子是干什么用的，心脏里全是大大小小的管子怎么就能让人记住那么多事情，人的心思到底在哪儿。问完双手一较劲把半个猪头硬硬撕开，一人一半就当是下酒菜了。

毫无疑问，这双手就碰过脑浆子，也抓过心脏，现在再抓猪头？云烨强忍着呕吐，不作声色地转换话题。老子又不是变态，和你一边讨论人脑，一边拿筷子挑猪脑子吃？详细地给他讲解了心理恐怖是怎么回事，举了一个小例子，你把一个人绑在柱子上让他看不见自己的手，你在他手腕子上划一刀，别划破，但是告诉他你割开了他的血管，他的血一直在流，一个时辰后就会流光。旁边再放一个木桶，桶上开一个小孔让水滴到铜盆里，告诉他这是他的血滴到铜盆里的声音。当桶里的水流光，这个人就死定了。其实他全身没有丝毫伤口。这就是心理恐怖，他自己杀死了自己。

刘二觉得自己可以出山了，已经继承了高人一部分的学问，现在就回去写下来传之于子孙，好流芳百世。

目送他离开，云烨笑着回到后堂继续和妹妹们游戏。只是他不知道，在他就要睡觉的时候，刘二正在向李二禀报：

"启奏陛下，蓝田侯说得丝毫不差，三个人犯果然全部死亡，全身上下没有一丝伤口。"

第十六章
见虎的脚

在没有成为大佬之前，一定要尊敬现在的大佬。这是云烨二十年职场的经验之谈。年关就在眼前，回家也快一个月了，虽说事务繁杂，要认识家人，要安排家人，要照顾家人，还要提防李二的小心眼儿，动不动要去秦府给秦琼看病，哪有时间到熟识的几位大佬家里探望？可不探望不行，老程等着美食，尉迟恭等着美食，李靖等着问虬髯客的下落，李勣声称受到云烨忽悠，在家等着云烨送上门来挨揍。这几位暂时可以不管，牛进达家里必须要去看看了，虽说人有些变态，却对云烨极好，有些时候老程都没他细心。这样的长辈一定要去拜望，今儿就去。

脑袋被奶奶拍了一巴掌，说是哪有不提前打招呼就匆匆上门的，不但无礼，还招人笑话。堂堂侯府丢不起那个人。她老人家把侯府的门风看得比天大，不容许有丝毫失礼之处。骤处高位，有些过于拘谨这可以理解，老人家嘛，顺着就是。对不对先不管，只要她顺心，能多活几年，就是云烨最大的幸福，有个奶奶疼比什么都好。

在云烨来说，上老牛家里拎一坛烈酒，包几样卤菜，便衣便服兴冲冲地去最好，不见怪，不摆阔，以晚辈礼拜见最好，老牛大概也喜欢，要是摆开仪仗轰轰烈烈地去，不挨揍是侥幸，挨揍是必然。

老奶奶又要给云烨擦粉，说唇红齿白的美少年不打扮可惜。老奶奶这话有王婆卖瓜的嫌疑，云烨宁死不从，擦了粉他有烧房子的心思，更不要说大姑姑手里还拿着一朵绢花。

旺财死活要去拦不住，就跟着吧，谁家的马有喜欢串邻居的。如今家里最悠闲的就数它了。早晨马夫陪着绕朱雀大街跑一圈，路上遇到卖食物的就上前闻闻，可口的就嚼两下，不可口的就打个响鼻转头离开，弄得马夫不是赔礼就是付账，你别说旺财的每个月的例份比马夫高。见到挑担子卖稠酒的最是高兴，不喝上两碗不动地方。现在每天都有卖酒的在这个时间等旺财，招呼打得跟遇到亲人一样，旺财还不独，每次喝酒都请马夫，也不知真假，反正马夫是这么说的，每天回来哥儿俩都摇摇晃晃的。云烨不管，旺财的例份够它吃个零嘴，喝个小酒，生死兄弟只要过得愉快，管它请谁喝酒。警告马夫，只要不亏待旺财，随他做主，要是旺财受到委屈，不是打两板子就能过去的。

老庄去了庄子上，要安排军中退役的老弟兄，拖家带口的也百十号人，城里安排不下，他们也喜欢到庄子上，开春还能领地种，都是庄稼人，离开土地就要老命了。新修的侯府听老奶奶说气派，十进的大屋子，占地几十亩，一水的青砖瓦房，院子多得让人老迷路。老奶奶最看重的就是超豪华的牌坊，离三里地都能看到硕大的云字。要不是孙子在京城，她根本不会到老宅子睹物伤情。

本打算让兄弟们都住到家里，遭到老奶奶、姑姑们，以及庄三停的集体反对。说哪怕屋子空着，也不能准许护卫进后宅，最多在前院待着，后院是禁地。非主人不得入内。这是什么怪习气，没有一点物尽其用的精神。说到最后，老奶奶烦了，说家里的事不要男人家操心，只管照顾好自己就行。

又到了太平坊，嫉妒心驱使云烨把这里叫太平房，一群老不死的，武力超群不说，没一位是自己这个小小侯爵能招惹得起的。老牛家很平常，或许是家里人不多的缘故，宅居显得朴实，青砖碧瓦的，一个字结实，墙上开的洞洞可以当射击孔，角楼视野开阔，便于指挥，就差在墙头放几架投石机，再安上几架床弩，就是一个完整的战阵堡垒。杀敌的利器。

驼背的老仆颤巍巍地前面带路，嘴里含混不清地唠叨说是家里好久没客人登门了气氛冷清，还说上次送吃食上门的女子长得好看，很希望再见到。云烨想抽他，给你家送吃的，你连人都惦记上了，太气人了，这样的阎王殿你指望宾客盈门？

老牛大马金刀地坐在矮榻上等着云烨见礼，旁边一个胖胖的妇人站在榻旁煮茶，右手的矮几边坐着一位面容清秀的裘衣年轻人，不用说这是老牛全家，他没有乱七八糟的妾侍，家里也没有花枝招展的丫鬟，送云烨到后宅的还是一位四十余岁的中年仆妇。老牛拒绝了公爵的封号，只愿做一位侯爷，低调得一塌糊涂。

腰还未直起来，就听老牛说：

"老夫当你眼睛长脑门上了，快一个月了都没来请安，侯府的门槛低了？"这老家伙嘴太毒了，一上来就扣一顶狗眼看人低的帽子，别说云烨顶不起，就是太子背这句评语也会寝食不安。

"牛伯伯哪里的话，迟迟未登门请安是小侄的不是，家里一塌糊涂方才理顺，这就急急忙忙跑您这里讨碗酒喝，除去给翼国公看病，您府上可是第一位呢。"

"哈哈哈，小子还是油嘴滑舌，性子讨人喜欢，知道怎么让人高兴，见过你婶婶。"老牛心满意足地给云烨介绍家人。

"小侄云烨给婶婶请安，婶婶安康否？"

"常听你牛伯伯说起你，是一代英才，婶婶一直盼着见你，今日相见果然一表人才，只盼着你多来家中坐坐，你见虎哥哥行走不便，少年人多亲近才是。"很和蔼的妇人，云烨很享受这种家庭式的谈话方式。

"小烨莫怪为兄，你头次回长安，为兄没能到府上拜见老夫人失礼了。"坐在毯子上的牛见虎努力地坐直身子给云烨见礼，他不是一个善于谈话的人，一句话下来就涨红了脸，手也局促得不知放哪里好。

"见虎哥哥多虑了，等会儿小弟给你看看伤腿。"云烨早就有这个打算，听说牛见虎十八岁时与旁人赛马，不幸失手从马上掉下来，被马踏伤小腿，由于伤情严重，只好锯掉一截腿，如果小腿存留一部分，云烨还有办法做一条假腿给他安上，只要经过一段时间锻炼，就会和常人无异。如果膝盖也锯掉，那就没办法了，以现在的条件，没办法制作出两个反关节，并保证它们运转自如。脚腕的活动范围相对较小，只要保证卡簧的质量，制作一只假脚还是有可能的。

牛见虎可能对自己的腿已经不抱希望，只是感激云烨记挂着自己的残疾。

老牛则不同，他见识过云烨的本事，不说别的，就给老秦施展夺血续命之事就传得整个长安城沸沸扬扬，为验证真假，他昨日亲自上秦府探望秦琼，几日没见，老秦现在满面红光，中气十足，虽说上阵杀敌不可能了，但是骑马行走如同常人，昨日还吹嘘，只要再将养些时日，就找尉迟老傻×拼枪法，绝不让这个老家伙专美于前。既然能让病骨嶙峋的老秦骑马就没理由不能让儿子站起来，这五年，眼看着以前生龙活虎的儿子逐渐消沉，成了他最大的心病，云烨这小子是出了名的不见兔子不撒鹰的主，他说给儿子看脚，那就有八分把握让儿子站起来。

　　"牛伯伯，小侄今日特地从家里带来一些吃食，还特意给您弄来一坛好酒，不如咱们今日午食就喝掉如何？"

　　"喝个屁！你见虎哥哥如今还瘸在地上起不来，你还有心思喝酒？这就给见虎看脚，只要让见虎站起来，老夫家里的酒随便你喝。"老牛噌地从矮榻上站起来，揪着云烨来到见虎面前。

　　"父亲，孩儿的脚都锯掉了，你就不要为难小烨了，再说，您这几年找遍了长安名医不也是没办法吗？"

　　"你懂个屁，那些庸医怎么和这小子相比，他要是有一天说男人能生孩子你老子我都信。"

　　"云哥儿，你真的有办法让虎儿站起来，如同常人一般？"牛夫人还是了解丈夫的，没希望的话，老头子不会再给儿子假的希望，她一时紧张得发抖，话都说不利索。

　　"只要见虎哥哥膝盖完好无损，就不是什么大问题。"云烨笑眯眯地说，能给别人带来希望，这种事多做些无妨。

　　话音刚落，牛夫人就"咯喽"一声晕过去了，老牛搂着老婆笑得须发皆张，老泪纵横。牛见虎跳着扑上来抓住云烨衣襟连声说："小烨，我只是没有脚，膝盖没事，你看，你看！"

　　扶住牛见虎让他坐在矮榻上，掀起衣袍，褪下包伤腿的布帛，检查骨骼，不错，胫骨、腓骨完好，他的脚自脚踝处断去，这对假肢制作不是难题，只要找到合适的材料，再辅以百炼钢板做骨架，不难，当年在成都考高级技师，变态老师出题就是用一堆硅胶、塑料自己制作模具，再一点点用切刀、用钳工工具修锉出外形，还要合乎尺寸，找来一位残疾人装上，让残疾人评判舒适度、合体度，各方面标准合格才可以评上高技。只是没有硅胶，这难不倒云烨，用牛筋来熬制，和硅胶几乎没区别，质量上甚至超越硅胶。在不考虑成本的条件下，大象筋估计老牛都会找来。

全家像等待宣判一样等待云烨发话。

"见虎哥哥不知你喜欢什么样的脚？告诉小弟这就给你弄出来。"

第十七章
黑暗的前途

又被老牛捏伤了。

老家伙说要谁的脚，这就去剁下来给儿子安上，慈眉善目的牛夫人也一副跃跃欲试的架势，匆忙间给老牛拿横刀，还一个劲地问要不要全身披挂。

好不容易拦住发疯的两口子，没见小牛眼睛都红了，哪怕现在让他在朱雀大街上当街砍人脚，他也会毫不犹豫地去干。也不可怜一下被砍的人。

"牛伯伯，砍下来的脚也用不成，只有小侄自己造一个给见虎哥哥安上。"

坏就坏在这句话上了，云烨回想起这段就有拿头撞墙的冲动。老牛听到这句话又抓住云烨胳膊使劲摇晃，地上牛见虎还搂着腿不让跑。要不是牛夫人见云烨面色痛苦给救下了，胳膊被捏断也不稀奇。

去的时候鲜衣怒马，回的时候被装车里抬回，这就要了老奶奶的命了，眼见孙子俩胳膊乌青发紫哭晕过去两回，小丫头们哭号不止，小北还踹老牛两脚。老牛面色尴尬，搓着手立在院子里不言语。牛夫人不断地给老奶奶赔不是，云烨也说没事，一点小伤无损筋骨，过几天就没事了，好说歹说才劝住老奶奶不晕过去。

"牛伯伯，小侄这一时半会儿的手是动不了了，给见虎哥哥做脚的事得缓缓，这事别人干不了，只有小侄自己动手。待小侄胳膊一好咱就开始，您放心，用不了几天还你一个活蹦乱跳的牛见虎。"

老牛嘴角发颤，红着眼要上来拍拍云烨肩膀却被牛夫人一把拍开：

"要不是你手底下没轻重云哥儿怎么会躺床上，早就给虎儿做脚了，云哥儿要是有个好歹老娘跟你没完，我可怜的儿啊，怎么就摊上这么一个爹啊！"

这话有歧义，我管老牛叫伯伯，不叫爹。云烨极其郁闷地想。

老牛一跺脚说："老夫这就进宫去求陛下让宫里的老供奉出马，用最快的法子治好小烨。"说完就一溜烟地跑了。云烨安慰牛夫人："婶婶莫急，给虎哥弄脚也不是一两天就能弄好的，先要准备材料，还要仔细测量虎哥的腿，这全是细致活，虎哥的左脚没了，平日里用力的都是右脚，这就造成两条腿力量上的不同，小侄养伤的这几天您要督促他多用左腿，我这就画一幅图，你回去按图做一副拐杖，要他多走路，左腿要绑上两斤重的沙袋，避免用力不均。"牛夫人背了两遍，看云烨用嘴叼着毛笔歪歪扭扭地画了图，拿了草图千恩万谢地回去给儿子做拐杖。

牛夫人一走家里就像进了黄鼠狼的鸡窝，乱作一团，这个姑姑看一眼云烨的胳膊掉几滴眼泪，咒骂一下老牛这个杀千刀的，那个婶婶小心地碰碰青紫的胳膊嚎两嗓子，要不是云烨已经十五岁了早搂怀里喂奶了。

云烨非常，非常享受现在的待遇，家里女子尖厉的声音从未这样动听过，嘴里嚼着大丫塞进来的麦芽糖，小西、小北鼓着腮帮子小心吹哥哥的胳膊，似乎这样做会减轻疼痛。老奶奶看一眼云烨就掉一阵眼泪，也不知哪来的那么多眼泪。总之他是痛并快乐着。

李二听老牛说到云烨要给老牛的儿子造一只脚，一口茶水就喷了出去，内侍梳理着李二的后背，手忙脚乱的，咳嗽半天才缓过来。刚刚给老秦来个夺血续命，这就要给牛见虎重造肢体，这是什么本事？神话里太乙真人能用莲藕重新给哪吒塑造身体让他重生，难道说云烨这小子也有这本事不成？这事引起李二浓厚的八卦心思，虽说心底里告诫自己上次用人命来检验云烨话语的真实性已算出格，这种事除了殷纣王干过，还没有别的帝王这么干过，得封锁消息，不能让大臣们知道，但是仍然压不下心里强烈的好奇。听老牛说要请宫里几位不出世的老供奉出马给人瞧病，就问：

"据朕观之那蓝田侯医术不在当世任何名医之下，爱卿为何舍近求远？"老牛一脸的尴尬，连忙把自己一不小心捏伤云烨的事告诉李二，惹得李二哈哈大笑，吩咐内侍去供奉处请老供奉出诊。自己拽着老牛来到后殿，请出皇后，两口子一起和老牛攀谈起云烨来。

　　唐朝嫔妃是不见外臣的，只有皇后是例外，她管辖内府，所有贵妇以她为尊。如果说李二是盘踞在长安的一条黄金龙，那么皇后长孙氏就是那只富贵绚烂的金凤凰。

　　"本后听说琅琊侯之子伤脚有望痊愈可是真的？"一上来长孙就问老牛，要确定事件的真实性。一提起这件事老牛满脸喜色："回禀娘娘，确有此事，今日蓝田侯来老臣府上拜会，见犬子脚伤难行就给他检查一番，发现膝盖完好就说，既然膝盖没事他有把握给犬子造出一只脚，安上以后行走坐卧会与常人无异，老臣一时激动就捏伤了蓝田侯双臂，实在是对不起这孩子，这已是老臣第二次捏伤他，这孩子心地善良也不记恨，胳膊不能动犹在记挂犬子的伤脚安慰老臣，实在是让老臣又是感激又是惭愧。"

　　"那就是说此事是真？"长孙皇后再次确认。

　　"千真万确，老臣确信不疑！"老牛确定得斩钉截铁。

　　"你怎么看蓝田侯？怎么看白玉京？"李二插话。

　　"白玉京虚无缥缈，蓝田侯也说不出究竟，只能从他师父的只言片语判断那里一定是普通人不可知之地，或许有高人能摸到边缘，比如虬髯客，这段往事老臣与李靖也算相交莫逆却从未听他说起过，蓝田侯又从何得知？可见他的确见过此人，以此相推，老臣认为白玉京或许真的存在，只是我等凡人接触不到罢了。至于蓝田侯，老臣的断语是：这是一个好孩子，一个真真正正的高人子弟。"

　　"何以见得？"

　　"大奸大恶之人老臣见得多了，云烨绝对不是，臣敢以身家性命担保。就老臣看来，能告诉朝廷明年有大灾，就足以证明这孩子的赤子心怀，就算有些小心思，也是本性使然，少年心性，又被师父娇惯，受不得委屈，骄傲了些，这没什么，就是因为这些毛病，老臣才更喜欢这孩子。"

看着离去的牛进达，李二若有所思，长孙嫣然一笑对李二说："二哥，我们的话可能问错了人，琅琊侯身受蓝田侯大恩自然不会说他的不是。"

"皇后啊！从你的口气里我发现你竟然不怀疑云烨能造出人脚这回事，何故？"

"二哥，你就是一副不到黄河不死心的性子，自他踏入人间，做的哪一件事不是出人意料的？蓝田侯屡屡出乎你的意料，让你产生错觉，以为这是一个连你也无法控制的人物，自然处处可疑。刚才妾身想通了一个问题，蓝田侯就不是我大唐能教育出的人物，他的所作所为与我大唐普通少年相差甚远，所思所虑简直千奇百怪，又暗合天理，妾身对他的师父敬仰万分，那是一位怎样的大德高人才能教育出这样的孩子。不过不要紧，他年后不是要进宫吗？交给妾身管教，不相信他能逃出我们的掌心。"长孙说着说着有些咬牙切齿。看皇后的样子，李二忍不住哈哈大笑起来。

只有云烨捂在厚厚的被子里全身发冷狠狠地打了个喷嚏，老奶奶以为孙子受了寒又加了一床厚厚的裘皮。

第十八章
九　衣

　　长孙冲、李怀仁、程处默联袂拜访，每人拖一车礼物，知道云烨的脾性，什么药材、锦缎、字画、文房四宝一样没带。巨大的珊瑚，整块的玉石，两个人才能搬起来的玛瑙，看得云烨心花怒放，对嘛，这才是看病人的样子，看到这些病就好了一大半。不像李承乾给弄过来两大箱子书，说是病人多看书有利于身体康复，书印得乌七八糟不说，还有脸说这是皇宫珍藏，自己费了老大劲才弄出来。没给好脸色，但是李承乾是一个自来熟的贱人，仗着自己太子的身份在云府大肆搜刮。平日里把家看得比大牢还严实的老奶奶竟然满脸笑容地鼓励太子殿下多拿些，什么新造的桌椅，新打造的铁炉子、铁锅，刚刚找铜匠新打的火锅也被打包带走。云烨急得直跳脚，大冷天原打算弄一顿热气腾腾的火锅暖和一下身子，这下全完了。后天就是新年，现找铜匠也来不及了，这就是俩胳膊还吊着，要不然早抄家伙了。看到云烨屋子里一木盘豌豆芽长得旺盛，顺手塞随从手里，说是大冬天里还有绿菜，没见过这么鲜嫩的，带回去给母后尝尝。云烨闭上眼睛眼不见为净。老奶奶恭恭敬敬地请李承乾到了前厅。厨子在宫里侍卫的监督下战战兢兢地用最大能力做了一桌子菜，红烧肉，糖醋排骨，炖猪手，凉拌豆芽，红肠也用油煎了，萝卜丝切得匀称，再配上蒜苗用麻油一泼，蒜香扑鼻，酸甜可口。堂堂太子殿下吃得连叫花子都不如。完了剔着牙强抢走了手艺最好的厨娘，弄得家里的厨子眼泪汪汪。

　　瘟神难打发，临出门这家伙拍着云烨胳膊说要好好养病，他在宫里等着兄弟共同求学，完全无视疼得咬牙切齿的云烨，排开太子仪仗满载而归。

丢人事在兄弟们面前一说就变成趣事，哈哈笑完之后就说，得知兄弟受伤来得急午饭都没吃，打算叨扰一顿，顺便连晚饭一起解决。

云府的饭食是不会让他们失望的，酒一口没动，菜吃得精光，一人给家里打包一份说是要孝敬老子、老娘。打发走仆役，已是华灯初上。哥四个坐在前厅喝茶，聊天，不觉就聊到了陇右见过的胡人，气氛顿时热烈，撵走伺候的丫鬟。客厅就变成色狼天下，乳波起浪，臀影飘飞。长孙冲狼嚎几声，哥四个默契地往外走，话说云烨早就想见识一下长安的红灯区——平康坊。

受了伤骑不了马，四个人挤上长孙冲的马车连骂带踹地催促马夫快马加鞭，马车在朱雀大街飞奔，路人急忙闪避，巡夜的官差连问都不敢问，长孙家的马车，躲还来不及谁有胆子去问？

好名字，燕来楼，四层的木质结构楼房灯火辉煌，人头涌涌，人未到脂粉香气随风迎客，俩伴当吆喝一声清开一条路。四位大爷大摇大晃地走进燕来楼，虽说有一位吊着俩胳膊有些难看，但是谁规定伤残人士不准逛青楼的？再说了，逛青楼一定要用手吗？

古往今来只要是青楼就一定会有一位识情知趣的老鸨子，果不其然，人还没迈进门槛，一个糯软的声音就先传过来：

"呀呀呀，我说今天喜鹊怎么叫个不停，婷芳姑娘怎么也不肯下楼接客，原来是长孙公子到了，您可是有些日子没来了，我那女儿可是天天以泪洗面啊。"

长孙冲笑得极其嚣张，伸手就搂住一位飘过来的妇人，年纪也不大也就二十来岁，面目也就算清秀，抵挡着长孙冲的咸猪手，眼睛骨碌碌地在其他三人身上瞅。

"别问，和本少爷同来的就不是普通人，找几个黄花闺女，再把婷芳给老子招来，酒菜招呼周到，其他不用你管。"说完，一颗龙眼大的珍珠就飞进妇人深深的乳沟不见了。

李怀仁口水都流出来了，进了楼眼睛都不会眨了，这混蛋是一个纯粹的食肉动物，看女人根本不看脸，只看胸部。老鸨子故意挺挺胸。李怀仁眼看着就要扑过去，程处默连忙拉住，别给哥四个丢人，美女还没看到就先折在老鸨子手上。

"哈，怀仁，想当年哥哥我的童子身就交给了窈娘，三年后你也扛不住啊！"说完一脸的沧桑。

老鸨子一扭身闪过，动作极为娴熟，显然平时常练。

"四位公子请随奴家到楼上雅间。"长长的裙裾拖在地上，见不到腿脚，只觉得她是在地板上飘。待到上楼梯，腰胯扭动得似有韵律，宛如舞蹈一般，长孙冲总是用手去抓，却总是抓不着。李怀仁盯着圆圆的臀部不眨眼，程处默似乎对上了年纪的妇人不感兴趣，边走边和云烨聊天，至于云烨嘛，这对他来说实在是小儿科，前世在苍井、小濑等老师的谆谆教诲之下早对一般俗物可以做到心如止水，不就是一个有几分姿色的女人吗，怀仁至于迷恋至此？

中年人的心思，少年人的皮囊，如今乍入花丛早没了当年坐马路牙子上冲美女吹口哨的兴致。四五十平方米的雅间地上铺着西域地毯，墙上挂着织花壁毯，中间一个巨大的铜质煤炉烧得屋子里温暖如春，踩在地毯上能没脚踝，绵软轻柔得如处云端。糖果盒一般精致，让人有沉入温柔乡不再醒来的欲望。

坐在绵软的案几后，看着案几上几种精美的点心云烨觉得自己没法做出来。香甜的哈密瓜也不知是如何留存到现在的，顿生食之而后快的心思。窈娘轻施一礼："四位公子身份高贵奴家不敢动问姓名，今日奴家女儿九衣新出行，还请四位公子捧场，奴家感激不尽。"

长孙冲笑着接话："我你是认得的。"指着李怀仁说他是李七郎，这是程三，至于手上有伤的你叫他云一就好。

重新见礼之后，窈娘半跪在地毯上，拾起桌上的金杵敲响矮几上的金钟，随着钟声袅袅，内壁上的几幅仕女图顷刻间翻转，几位怀抱乐器的乐娘鱼贯而出，边走边轻轻弹奏乐器。待至案几前已成前三后四的舞阵，琵琶作裂帛一声，乐声大作，众舞娘或做飞天状，或单腿独立，赤裸的足腕绑着白色的银铃，一抬腿，一移步铃声清脆，竟然穿透叮咚作响的琵琶声平地里生出几分活泼，随着敲手鼓的舞娘开始旋转，铃声越发地激烈，间杂琵琶的长滑音，宛如急风吹过檐角，惹得铃铛乱响，又仿佛急切盼望归人的怨妇的杂乱心思。四个色狼仿佛已经忘记来此的目的，满眼只见长裾飘飘，彩衣飞舞，嫩藕般的手臂急促地拨动各种乐器。这就是古代的热舞吗？云烨看得神驰目眩。鼓声骤歇，似急雨远去万物重归寂静。七位舞娘拜伏于地，旁边放着各自的乐器，只有背部起伏不定，刚才的舞蹈是极费体力的。

云烨手不方便，吩咐旁边不知何时进来的歌姬从怀里掏出一个布袋，里面有一些宝石，让歌姬掏出一粒放在窈娘捧着的银盘里。程处默、李怀仁也有赏赐，窈娘笑得脸若桃花，一场舞蹈就赏下了几十贯，难得碰上这样的豪客，看他们年纪轻轻却出手不凡也不知是哪家的豪门子弟。

舞娘拜谢之后退下。一个唇红齿白的白衣童子手牵着一根盲杖，一个身材高大的盲人背负着琴囊从门外进来，拱手施礼后在童子的帮助下坐在墙角，支好琴案，一张外表斑驳不堪的古琴被放在琴案上。

古朴的琴音响起，没有了刚才的热闹，半天才弹一下琴弦，琴音嗡嗡未绝，一个凄婉柔美的声音自屏风里传出，歌声悠扬，如诉如怨："有狐绥绥，在彼淇梁，心之忧矣，之子无裳。有狐绥绥，在彼淇厉，心之忧矣，之子无带。有狐绥绥，在彼淇侧，心之忧矣，之子无服。"

第十九章
有 狐

　　歌声清越，婉转而动听，其间夹杂狐鸣啾啾，仿佛真有一只狐狸在河边徘徊，琴音越拨越高，歌声也随之高亢，瞽目琴师双手由缓到急，渐渐只闻琴音如急雨敲打大地，其间一只白狐在雨中奔跑似乎在寻觅一个温暖的避身之所。古琴以君子之风为正音，如此嘈杂早失去了端庄、稳重之意，不知为什么混在歌声中却不唐突，竟似乐声原本就该如此。云烨如痴如醉，满怀伤感，程处默双目圆睁似乎在发怒，长孙冲摇头晃脑轻吟有声，至于李怀仁早就伸长了脖子迫不及待地要看美人。窈娘偷眼观察几位大爷，见到云烨、长孙冲心有喜意，看到程处默又有些担心，至于看李怀仁就如同看到一坨大便。

　　曲罢歌歇，瞽目琴师被小童牵着走了出去，没有施礼，没有告辞。

　　"何草不黄？何日不行？何人不将？经营四方。何草不玄？何人不矜？哀我征夫，独为匪民。匪兕匪虎，率彼旷野。哀我征夫，朝夕不暇。有芃者狐，率彼幽草。有栈之车，行彼周道。"长孙冲在歌唱，云烨不明白是什么意思，程处默暴怒，李怀仁十分惊讶。正在云烨想要问、程处默想要揍、李怀仁要闪的时候，一个清脆的声音传出：

　　"多谢公子以这首《何草不黄》相和，九衣感激不尽。"说完一个青衣女子从屏风后转出来。云烨大失所望，原来是一个萝莉，十三四岁的样子，脸上还有萝莉特有的婴儿肥，前面不凸，后面不翘，实在是没什么看头。要不是歌唱得实在是不错，云烨也想打人。长孙冲面孔朝天一副高人状，程处默满脸绯红抓起桌上的哈密瓜塞到长孙冲嘴里，噎得他直翻白眼。又把正要吐槽的李怀仁塞到案几底下，再恶狠狠看云烨，有异性没人性的家伙惹不起，连忙摇头，表示自己对九衣姑娘没有觊觎之心。

窈娘脸上笑得开怀心里却暗自吃惊，那长孙冲乃是皇后娘娘的亲侄子，平日里在长安纨绔中说一不二的人物，如今被人塞了一嘴哈密瓜却不恼怒，反而细嚼慢咽起来，似乎一点被冒犯的觉悟都没有。今日因为长孙冲在，特意把九衣放出来就是想让他给捧一捧，日后也好在长安立足。不想今日竟然来了三位身份相当的贵客，真是意外。不知这位程三公子是何等人物，也不知能不能护住九衣。

九衣小萝莉吃惊地看着程处默霸道的行径，完全搞不清为什么自己一出来，他们会打起来，有些害怕。

程处默一步蹿过案几，来到九衣面前，难得地有礼貌："我叫程处默，以后你就是我的人，有谁欺负你，你找我，老子揍他，你想欺负人，你找我，老子还揍他。"说完拉着九衣的手来到自己案几前并排坐下，轰走旁边伺候的歌姬，含情脉脉地看着九衣。

哥仨离他远远的，全部用鄙视的目光看他。长孙冲抹一把脸上的瓜浆子说："程三今天看来是回不了家了，他有美人相伴，我们哥仨怎么办？"等他回过头却发现云烨在吃瓜，李怀仁拉着窈娘和程处默一个样子，恨恨地甩甩手，自己回到座位拉着伺候的小歌姬谈心去了。

瓜不错，葡萄酿也好，这酥皮点心不油不腻，外皮酥脆内里绵软，也不知是如何做的，小丫一定喜欢。正沉浸在美食之中却发现一个香香的身子快钻到怀里了，却是伺候自己的歌姬。云烨很不习惯，前世还在上初中的小丫头自己实在下不去这牙口。窈娘的话或许能成，抬头却没看见人，李怀仁也不见了。程处默抓着羔羊一般的九衣喋喋不休，长孙冲正抱着歌姬往暗门里钻。混蛋啊！

云烨决定和小歌姬好好讨论一下人生，让小姑娘坐好，发给她一个宝石先安安心。然后就开始问她是哪里人会不会做点心，就是桌子上的这种。没想到这小姑娘也是美食爱好者，说起点心也是一套套的，什么平康坊的酥皮、瑞宁院的麻食、西市老王家的羹汤、胡人的麻饼粘上芝麻可香了。到底是年纪幼小，话一说开就叽叽喳喳说个不停，也就是天色已晚，要不然云烨早拉着她去找这些美食了，正说到刘婆婆家的酥酪加上果干是如何香甜时，程处默在背后拍他。你不去泡妞拍我干什么，不耐烦地转过头，程处默正在搓手，这混蛋一为难，求人的时候就这德行。

"干吗？没见我们正说得高兴？"

"兄弟，你会作诗不？"

"作什么诗？作谁家的诗？你什么时候对诗感兴趣了？"

"我刚才告诉九衣我兄弟无所不能，无所不通，这天底下就没有他不会的事，九衣很高兴说是正月里的应酬多，希望你给作几首诗撑场面，我刚才都答应了，说作十首都没问题，你愣着干吗？快作啊！我和九衣还等着用呢。"程处默一脸的不耐烦，九衣掩着嘴偷笑。

"你妹啊！"云烨彻底爆发了，你当作诗是你程家母猪下崽，一下子就十只？脸气得发青，浑身哆嗦，张口结舌说不出话。胳膊疼得厉害，举不起来，要不早掐死这混蛋了，你泡妞关老子屁事，拿我说事，还作诗？我总共能背下来的诗就那么十来首，全给你泡妞了，老子还混个屁啊？

"就一首歌，要不要说句话，今天没心思作诗。"作为公司里的著名麦霸，歌曲会唱无数首，从粤语到英文都能来几句，刚才九衣不是喜欢唱狐狸吗？就教会她唱《狐歌》这首歌好了。云烨发现自己似乎不懂得拒绝程处默。

"小女子能得云公子赠歌一曲，也是福缘不浅，这就洗耳聆听。"这丫头满脸戏谑之色，她见识了程处默的粗俗，便把云烨也看成粗俗的军汉，刚才让程处默作诗，就是一时起了顽皮心思，捉弄小程而已，没想到小程想都没想就找云烨代替他作诗。却不知在小程看来，再正常不过了，我兄弟无所不能，没甚事可以难住他。

"这首歌有个小故事先讲给你们听。话说三国年间，天下纷争不休，战乱不止，民间百姓颠沛流离，食不果腹，衣不蔽体，有一个少年有幸得到一只被人射伤的白狐狸，大喜之下准备把狐狸剥皮拆骨做一顿美餐，要知道他已经很久没有吃过饱饭了。就在他将要动手的时候，看见狐狸在流泪，嘴里发出啾啾哀鸣，似乎在求他放了自己，少年一时心软就给它包扎了伤口，放它离去。白狐狸绕了他三圈就钻到草丛里去了。少年不久之后被强征入伍，战死在沙场。白狐狸一直没有离去，就在远处看着少年战死，它看到少年的灵魂在世间飘荡，最后转世投胎，再成为婴儿，少年，成人，老去。一代又一代。此时的狐狸早已成精，只是不能蜕去畜生的皮毛，化作人形。转眼间到了前朝，那个少年再次成长为一个美少年，然而家境贫寒，他却一心向往读书，经过十年苦读终于读书有成，经过官府推荐，打算前往长安考取进士，不想在路过一座破庙时染上风寒，一病不起。狐狸看到非常着急，却没有办法，她去请教最老的狐狸，老狐狸告诉她，只要喝了她的药就会变成一个美丽的女子，只是再也无法成为仙人，而且她的尾巴还不能化形，也就是说一个美丽的女子永远会长着一条狐狸尾巴。白狐狸喝下了药，化作一位美丽的少女。她在破庙里照顾那个生病中的少年，直到痊愈。在养病的这段时间，少年爱上了这个美丽的姑娘，他们海誓山盟相许相爱到永远。少年离去，他们说好只要考试完毕就来接她成亲。可惜事与愿违啊！少年考得极好，得到皇帝的赏识，而且在世家大族为他定了一门亲事，就在皇榜公布的当天，少年也和世家小姐成亲。狐狸知道了这个消息赶到长安，却被法力高深的道长打伤，狐狸拼命逃脱，只能眼睁睁地看自己的爱人和别人洞房花烛，她在旷野中唱歌，在大漠中作舞，纪念自己做人的喜怒悲欢，直到天长地久。"

云烨没有理会眼睛红红的程处默，和两个哭得稀里哗啦的歌姬，低声唱起一首自写的《狐歌》，他很早就喜欢这个美丽凄凉的故事，身处大漠自是孤寂难耐，就自己写下了一首大漠狐歌：

> 月儿圆圆
> 心儿酸酸
> 人影小，背影远
> 你可看见
> 我的眼泪
> 没心的人看不见我的伤感
> 你看不见

相见欢欢

离别惨惨

花烛烧，美人艳

我已看见

你的福缘

千年的爱挡不住富贵红颜

你看不见

三生石写错姻缘

天地间没有狐女的感慨

远离人间

远离人间

在霞雾里打湿我的眼睑

远离人间

远离人间

在霞雾里打湿我的眼睑

第二十章
来自长孙皇后的威胁

　　事情出乎意料,她们很喜欢故事却不喜欢歌,这就让云烨伤心了,虽说有好兄弟程处默力挺,也架不住两萝莉猛烈的抨击,还说,歌艺是高雅的,高贵的,要用最优美的语言说出最美妙的爱情。用乡间俚曲来描述这样美丽的爱情有黄钟毁弃瓦釜雷鸣之感。不明白,明明都妓女了还在幻想爱情?已经可以断定九衣的爱情对象只可能是程处默,要是幻想别人的话,这个美妙的三角关系绝对会变成唐朝版的人鬼情未了。老子从小就学的是这东西,被无数大腕高人推崇备至的民谣怎么就成了上不了台面的东西?《茉莉花》还不是唱得满世界都知道?就这还因为老子是一位文艺青年才能胡乱吟出这样美妙的歌,要是换成我学生宿舍的几个哥们儿,大唱《十八摸》你还不活了?

　　这就怒了,吩咐侍女给老子弄一车哈密瓜,再把各种点心装上一车,这就打道回府,别问,长孙冲付钱!在燕来楼上上下下数百双眼睛的注视下,满载而归。

　　老奶奶又没睡,等着云烨回来,全家也没睡,小丫头们眼巴巴地望着门外,小丫头点得像小鸡吃米还在坚持。云烨有些惭愧,打算溜进院子,被眼尖的小西看到了,哗啦一下子就围上来一群人。好在早有准备,一人一个哈密瓜、一份点心。老奶奶也不问云烨到底去了哪儿,只是安排姐姐们给他准备洗澡水,婶婶把云烨上上下下洗了个干净,尤其是重点部位更是重点照顾。嘴里还叨叨个不停,说外面的人不干净,要是喜欢,就从好人家找个好女子,万一有了身孕,就更好了,清清白白的侯府子孙。说得云烨满脸通红,越是解释,婶婶越是鄙夷。

云烨发誓，手好之后，再也不让家里长辈给自己洗澡了，话说我心理年龄奔四，身体年龄也十五了，不是长辈随便揪个牛吃的小屁孩。

长安城无聊人士实在是多不胜数，一夜间云侯爷跑燕来楼强抢哈密瓜的事就传得沸沸扬扬，更有甚者两人密语间做惊愕状，一个嘀嘀咕咕，一个连连点头，就在瞬间强抢哈密瓜事件就成了云侯爷不喜美女，只喜欢哈密瓜，晚间都是抱着哈密瓜才能入睡云云。

程处默问和哈密瓜睡觉感觉如何，被狠狠踹了两脚。庄三停离云烨远远的不过来，刘金宝还在用热鸡蛋敷眼眶，这就是看云侯爷眼神怪怪的下场。

"男人家去青楼有什么丢人的，只是你弄一车瓜回来所为何事？"云烨想死，这位又不敢打。哈密瓜就是吃的，否则还能用来干什么？老牛连这都不知道活该被牛婶婶掐。

边给牛见虎测量小腿，边警告："不要用奇怪的眼神看我，小心我把你另一条腿也给你锯下来。"牛见虎赶忙闭嘴，只是脸憋得通红，一副大便不畅的样子。

胳膊能动了，老供奉的针灸功夫不是白给的，又活血，又化瘀，两天时间手就能动了，只是拿不了重物，所以现在只能做简单的准备工作。和老牛说好了，既然到了年关，那就过了十五再制作假肢。

不知不觉间新年到了，听不到噼噼啪啪的鞭炮声，闻不到呛人的火药味，似乎就少了年味。贴不了春联，两个神情诡异、面目狰狞的神仙被挂在大门。老奶奶亲自给灶王爷嘴上抹了蜜糖，用一只大红公鸡当灶王爷的坐骑，送他上天言好事。

祭拜祖宗，老奶奶笑眯眯地抚摸着爷爷的灵位没有半点伤感，只说让爷爷再等等她，她刚刚过几天好日子，还不打算现在就去见爷爷，怎么也要等到云烨大婚、小丫头们嫁人，这才能无牵无挂地去找他。云烨努力地用毛笔蘸着黑色树漆一笔一画地描着名义上父亲的牌位。灵堂里没有别人，就他们祖孙俩，冷清。老奶奶一个劲地叹息，说着人丁不旺的悲哀，想当年，灵堂里杵满了男性家人，如今只有一个孙子，让人心酸。不过顷刻间又趾高气扬地说，一屋子男丁也比不上一个孙子，我孙子如今是堂堂蓝田县侯，结交的都是王公之流。前几日连太子殿下都跑来给我这个老太太施礼你云家祖坟都冒青烟了。

云家祖坟冒没冒青烟云烨不知道，现在他开始冒青烟了，还是从鼻子里往外冒。

"太子殿下光临寒舍，寒舍真是蓬荜生辉，却不知殿下弄许多哈密瓜所为何来？"强忍着气咬牙问李承乾。

李承乾嘴里嚼着为过年才炸的麻花，含混不清地说："孤听到一个消息，得知蓝田侯最喜此胡瓜，以致日夜不离，东宫藏有甚多，就送一些给蓝田侯，以慰云侯相思之苦。"咽下一大块麻花后，一副知己的恶心模样。

"小侯能得太子馈赠，真是感激不尽，近日来小侯又研制出一种军械，可于十里之外杀敌于无形，不知太子殿下可否前去一观？"

"孤当然要看，云侯请。"

斥退护卫，两人一前一后来到书房，云烨关上书房，吩咐下去不要任何人打扰。李承乾兴致勃勃地翻云烨书桌上的书，头都不抬地问："是什么利器竟要如此神秘。"问了半天没人回答。才抬头就发现云烨恶狠狠地把他抓住扔到躺椅上，两只手使劲挠他痒痒。现在想跑已经晚了，李承乾痒得哈哈大笑，全身酸软用不上力，只能任由云烨施为。直到笑得眼泪鼻涕全下来了，求饶不已，云烨才放过他。烂泥一般躺在躺椅上的李承乾委屈地说："你使诈。"

"废话，我不使诈，在前厅这么干，会被你的护卫剁成肉酱，全是你自找的，拖一车瓜来笑话我，活该。"云烨气愤难平，指着李承乾哆嗦不已。

"这么说你真的喜欢胡瓜，不喜欢美女？对了，你干吗把胡瓜叫哈密瓜？"

"我又不是变态，当然喜欢美女，就燕来楼的那几个少胸没屁股的柴火妞会入我法眼？等找着我喜欢的美女会让你看看什么叫男人。"

"这种瓜我以前吃过，特意问了师父，师父说这东西产在西域哈密这个地方，不叫哈密瓜叫什么？"

"对了，你找我干吗？你是无事不登三宝殿，说事，没工夫和你磨牙，还要过年呢。"

"是我娘派我来的，让我告诉你，既然有闲情逛青楼，那就是说身体上的毛病好了，过了十五就进宫，她要好好管教管教你这个纨绔子弟。"李承乾有些幸灾乐祸，向来被皇后管教得够呛。

"你娘？皇后娘娘？你确定她老人家有管教我的心思？不是由别的大臣给我们上课吗？怎么你娘又跑出来了？"云烨有些慌了，堂堂皇后娘娘不好好在后宫管教嫔妃，顺便再来几场宫斗戏，跑出来祸害我这棵大唐幼苗。

"哈哈，终于有人陪我啦，我娘的管教，烨子，你受着吧，但愿我娘忙着管教你会放松对我的管教，你真是救苦救难的活菩萨。"李承乾拍着云烨的肩膀乐不可支。

"我是外臣，娘娘不方便管教吧？"抱着最后的一点希望问李承乾。

"你面子大，我娘是皇后，你是贵族侯爷，还未成年，这就是说，她有权力管教你，不关你是里臣外臣的事。"

这下悲催了，云烨很清楚长孙皇后是什么样的人，李二庞大的后宫被她管理得井井有条，没有半丝不和谐的事件传出，这得要多大的智慧才能做到这一点？后宫里的搏杀虽不见硝烟，却也是你死我活的战场。身经百战，百战百胜的一代女强人要担负起教育自己的重任。可以预见，没有任何问题。自己混了十几年还在社会底层当砖头，职场上的那点经验在她老人家眼里就是个渣渣。前些天制订的幸福生活计划可以扔到垃圾堆里去了。长孙皇后不把自己最后的一点油水榨出来是不会放手的。李二！你狠。

李承乾见云烨脸色一会儿白、一会儿黑就担心地问："你没事吧，小烨，我娘温柔端庄，最是善良不过。由她来管教你，这可是别人求都求不来的好事情，你干吗为难？"

"那是对你，对我就没那么容易善良，哥哥我的好日子算是到头了。"云烨哭丧着脸说。

李承乾也是满脸的戚戚然，他太清楚自己老娘的厉害。

送走李承乾，老奶奶问云烨出了什么事，怎么脸色这么难看。云烨就把皇后娘娘要亲自教导自己的事情告诉奶奶，老奶奶闭上眼睛思考了半天说："烨儿，奶奶见识浅，不知道这里面的利害，给不了你建议。但是奶奶活了六十多年却明白一个道理，皇家讲究顺之者昌，逆之者亡，你父亲、爷爷、叔伯就是在这句话下送了性命。奶奶不希望你步他们的后尘，期望你为我云家传宗接代，好好活着。放下你的骄傲，把你师父供在心里，娘娘既然想要改变你，就会用尽办法，现在只是用正大光明的手段对付你，显然，你的所作所为超出了他们的控制范围，他们想重新给你套个枷锁，让你为他们所用。你记住，无论何时你的性命是最重要的，不要牵挂我们。"

云烨上前抱住奶奶："不会的，奶奶，我要活着，你们也要活着，你要活一百岁。"

第二十一章
投降是一种习惯

节日自然是热闹的，长安城从今天到十五一直会金吾不禁。上龙坡上有无数的人在遥祭祖宗，远远望去满坡的烛火与星斗相接蔚为壮观。或许这是天人之间最近的距离了吧。

一直以来云烨都以一种局外人的态度来看待大唐的一切，将自己置于先知的地位，就仿佛穿越在一部非常真实又非常漫长的历史长剧中，他知道李二的死期，知道皇后的死期，知道李承乾必然的结局，所以对皇家没有敬畏感。如今，梦境照进了现实，剧中的人物忽然对自己产生了威胁，这就让云烨茫然间不知所措。有些怪自己，明知道李二两口子就没一个好对付的，自己还招惹，这和老虎头上拍苍蝇有什么区别？如果硬要说有区别，那就是自己拍的不是老虎，而是两只霸王龙。老程说得对啊，入世就要有入世的样子，不要人入了世，心思还是世外的一套，迟早要吃亏，还是大亏。太精辟了，粗头粗脸的老程才是真正的智者。老奶奶非常舍不得现在的生活，既有面子，又可光宗耀祖，磕破头也求不来的好光景谁能舍得？云烨明白，只要自己舍弃尊严，抛弃骄傲，凭自己的性子一定能讨好长孙皇后，做一个彻头彻尾的大唐臣子，这种幸福的生活就会一直延续下去，甚至更加幸福也不是不可能。

坚持自己的尊严？坚持自己的骄傲？封建社会不存在这些东西，家天下的制度注定永远有一个人站在你的头顶吆五喝六。除非你干掉他。无论是历史上，还是演义里，李二都是响当当的主角，千古一帝的名声不是白来的。造他的反，纯属活腻了。

花园里静悄悄的，只有风吹枯叶的沙沙声，天上没有月亮，幕布一样的天空缀满宝石，一闪一闪的，像是在对你眨眼。弄不下来啊！离着数百万光年呢。每到三十、初一，月亮就把黑暗的屁股对着地球，觍着脸对太阳献媚。我该不该向那只金凤凰献媚？虽然听老奶奶说那只凤凰长得极美，云烨也不想低下自己的头。来到这个熟悉而又陌生的世界，自己唯一能拥有的就是自己的精神。毛太祖说过，人是要有一点精神的，遵从他老人家的遗训，云烨想保有自己的精神世界不被封建主义占领。云烨的脑子里乱七八糟地跑马。

小丫吃力地抱着一件大氅从月亮门溜进来，她在门外面偷看好久了，哥哥一个人坐在秋千架上发呆。奶奶不让她进去打扰，哥哥冷得在发抖，不知犯了什么错，被奶奶罚。她偷偷抱了哥哥的大氅子给哥哥送来，但愿不要被奶奶看见。小丫头这样想。

云烨没有发现小丫，只是沉浸在胡思乱想的可怕场景里，方孝孺倒是坚持了自己的原则，在面对明成祖朱棣要诛他九族的威胁，他强硬地说："你诛我十族又如何。"气节坚挺，立场坚定，所以一千三百余人随他奔赴黄泉。坚持自己的骄傲，坚持自己的意志要付出这样的代价吗？

小丫够不着他的肩膀，就把氅子盖在云烨腿上，她不知道自己的一个小动作彻底毁了云烨刚刚建立起来的自信心。拿全家做赌注，这是脑残行为，不要说全家，就是拿小丫的一根毛发来赌，也是不可饶恕的。装狗熊就装狗熊，为小丫装乌龟都没问题。

披上氅子把小丫头抱在怀里，紧紧裹住。心里的烦恼早抛到脑后，兄妹俩坐在秋千架上轻轻摇晃。

"哥哥你做错事了吗？"

"哥哥做错事了，把一些无关紧要的心思看得比天还大，现在没关系了，烦人的事没了，抱紧，我俩荡秋千。"

听着传来的笑声，老奶奶紧绷着的心放松下来，小烨子终于跨过了那条心坎。双手合十虔诚地向佛祖祈祷，小烨子再也不要有这样的煎熬。

子夜的钟声敲响了，贞观三年到来了。

云烨决定妥协，向该死的封建王朝妥协，虽然他很享受现在的生活，在后世也没有多少尊严，但是一到唐朝尊严就变得格外重要，难怪说国人一个人是龙，三个人就变成虫了，他有切身的体会。

大碗喝酒，大块吃肉，这就是老程家的门风。太阳刚刚升起，酒宴就进入高潮，一个满脸胡子的大汉带着三个儿子陪一大早上门拜年的云烨，程处默，程处亮，程处弼，年龄分别是：十八，十五，十四，三条好汉，三条酒鬼。平底瓷碗装满三勒浆一仰脖就灌下去了，呼出一口酒气，一寸见方的红烧肉塞嘴里嚼都不嚼就下了肚。

"你小子就是瞎操心，早叫你多蒸些好酒出来，你就是不肯，灾民有皇上操心，你紧张个什么劲。现在家里只有三勒浆能勉强下肚，想想就晦气。"老程边喝酒边数落云烨。

"伯伯，那白酒极度耗费粮食，三斤粮食才能蒸出一斤酒，您也知道，小侄这回可是拿命当赌注押在我师父的一句话上了，要是明年真的有蝗灾，多留一口粮食说不定就能多救一条命。"

"皇后娘娘要亲自教导你，你小子好大的面子，朝堂上传遍了，弄得议论纷纷，要不是陛下乾纲独断下令不许多嘴，早有令官上本参奏你了。怎么样？一当官就处在风眼上，被油煎的感觉如何？"老程幸灾乐祸的口吻。

"关小侄何事，是皇后要管教我，又不是我上赶着求来的，参我干什么。云家小门小户的经不起折腾。"这事一提起来就火大。

"呀？还抖起来了，皇后是一国之母看得起你，怕你误入歧途把一个好好的奇才毁了这才要亲自管教，给你脸还不赶快兜着，当你是什么东西？这满天下奇才、怪才多了，为什么就你有这机会，别人就得窝在草棚子里吃糠喝稀？国朝从没有的好事落你头上还不赶快谢恩，跑我这里混吃喝，收起你高人子弟的嘴脸，老老实实去就学，娘娘说什么就是什么，对的是对的，错的还是对的，知道吗？"

云烨发现任何人只要投降一次，慢慢就会成为一种习惯，昨晚和奶奶说起来满肚子的不认同，今天老程骂骂咧咧硬逼着投降心里却没有一丝逆反。云烨知道自己天生就不是干大事的料，暂且在这封建主义大家庭胡混着吧。

第二十二章

红拂女

　　有程处默做伴心情好了许多，云烨今天打算把云府的新东西来个大奉送，昭国坊送来很多铁炉子、烟囱、水壶，再就是云烨按照沙发的样子用羊毛做了许多软椅，没有用弹簧，只是用牛筋编织承重层，又软又有弹性，实在是居家生活不可或缺的好东西。老程就是这么说的。作为云家的大债主，自然是要参与进来，捞钱吗，谁不喜欢。

　　云烨没有还老程家的债，哪怕是李二陛下赏赐下万贯钱财之时，也没有提还钱的事。老程最满意云烨的就是这一点，知情知趣。老程家的债不是钱财能还得清的。如果还钱就是说云家与程家从此互不相欠，有划清界限的意思，这样一来，云烨不愿意，老程会拿刀砍人。还是永远欠着为好，至少只要老程还在，这事就不能提。这是程咬金为老程家留下的一点香火之情，日后程家有难，云烨绝对不会袖手旁观。

　　程家凶神恶煞般的家丁在大街上横冲直撞，没有哪个不长眼的来整顿秩序。乌青着一只眼睛的刘金宝刚打算学习程家的做派，被老庄在头上抽了一下，就老老实实地跟在后面不言语了。

　　很冷清，堂堂卫公府上门可罗雀，虽说被人告了几次恶状，也不至于没人登门吧？太小心了。即使你没有参与李二杀兄屠弟的伟大战役，称不起心腹重臣，但你好歹也是一股肱重臣，把自己弄成受委屈的小媳妇也太过了吧。

　　帖子递进去半天没人言语，就把哥儿俩扔在门口没人管。程处默拉下了脸，云烨也不高兴，你卫公府再自命清高，也不能把客人撂在

311

外面不招呼。

就在两人准备把礼物交给门房打算离开之时，门开了。李靖的儿子李得誉匆匆走了出来，走到两人面前连连致歉，伸手不打笑脸人，哥儿俩只好忍下来，随李得誉进入卫公府。

刚进门就发现不对，家中没有丝毫节日气氛，仆役丫鬟脚步匆匆，神色紧张。李得誉干笑两声："程兄，云兄，刚才实在是怠慢了，家母正在发脾气，搞得家里一团糟。让二位见笑了。"

听说过李靖有些惧内，不想那红拂女霸道如斯，这不是为人妻、为人母的做派，云烨对李得誉说："既然李兄家中有所不便，小弟与处默就不打扰了，请李兄代我二人向两位长辈请安。"说完就要离去。

"小子，哪里走？"一个清脆的声音传来，紧接着一道寒光从云烨脸侧飞过，"当"的一声钉在旁边的桐树上，云烨脸变得煞白，差一点就扎在脑袋上了。程处默不防备有这样的事，大怒，把云烨靠在一边，握紧双拳就要扑上去。李得誉挡在程处默身前双臂扬起，嘴里大叫："母亲，这是客人。"

从客厅里闪出一个人影来，风姿袅娜，看上去也就二十几岁，身穿箭服，脚蹬薄底快靴，双袖被缚在胳膊上，好一个英姿飒爽的妇人。上前一步拎着李得誉的衣领就甩到一边。程处默见是一个妇人不好动手就止步不前。

"这是家母！"李得誉在旁边急忙说道。

云烨双手抱拳施了一礼："晚辈云烨见过夫人。"

红拂女上下打量了云烨几眼："你就是我家老爷说的那个小子？"

有些不想理会，云烨真的不喜欢这种自己不开心就不让全家舒服的女人，考虑到李靖的颜面就躬身回答："不知卫公所说何人？又与小子有何关联？"

"你师父可是叫什么逍遥子的？他见过我二哥？"明明儿子都快二十岁了，还一副小女孩的样子，再加上说话无礼，惹人生厌。

"晚辈不认识夫人口中的逍遥子，更不认识您的二哥，打扰夫人了，这就告退。"说完拉着程处默就要出门。红拂女身子一转挡在门前："你这小子，不告诉我二哥下落就别想出这个门。"

云烨脸色铁青，问李得誉："不知李兄有何见教，今日我兄弟二人依礼前来恭贺新禧，却不知犯了何错，竟遭此羞辱？"李得誉明显左右为难，只好把云烨拉到一边低声说："云兄休要见怪，家母身患奇症，平日里好好的，只是一犯病就当自己是十五岁的少女，总说有大灰狼咬她，还总有蛇舔她的脚，已经三天没睡觉了，现在哪儿还有半点平日里的威严端庄模样，让家父头疼不已，家父已去请孙道长前来医治，请云兄担待。"

居然是精神病患者，云烨终于弄明白了历史上传说红拂女年届八十依然青春烂漫的谜团。说到底就是一个顽固的精神分裂症，到了八十岁都没好，也不知她少女时期遭受了什么样的遭遇，导致她强烈暗示自己不去回想那段时期，这种压抑到了极致，就会形成第二人格，永远定格在十五岁，一旦心情平复，就会复原，却不记得自己发病时到底干了些什么，甚至不明白自己为什么会成为这个样子。

找到了可以原谅红拂女的借口，云烨也就借坡下驴："哦，原来如此，小弟不知，冒犯了伯母，还望不要见怪。"

"你们嘀嘀咕咕地说什么呢？小子，你还没有回答我的话。"红拂女噘着嘴扮可爱，李得誉脸涨得通红。

"我们在说有大灰狼来了，你干吗不跑？等狼吃你呢？"云烨一本正经地说。

李得誉愤怒地看着云烨，刚要请他俩出去，却见程处默冲他摇摇手，把他拉到旁边对他说："不要惊扰他们，小烨正在给伯母看病。"李得誉半信半疑，站在旁边不动了，焦急地看着自己母亲。

"哪里，哪里，哪里有灰狼？"果不其然，红拂女缩到墙角瞪着大眼睛左右乱看。

"灰狼就在你身边，看，它在用舌头舔你，口水都掉下来了，不好，又来了一条蛇，跑到你的脚上了。"云烨说得绘声绘色。红拂女惨叫一声，跳到影壁墙上，也不知她是怎么跳上去的，云烨眼睁睁地愣是没发现。李得誉愤怒得几乎要爆炸了，全身肌肉绷得紧紧的，握着拳头就要找云烨理论。一双大手按在他的肩头，让他动弹不得，回头才发现是自己老爹，跟前站着一位黑色胡须的老道。那老道兴致盎然地观看云烨吓唬红拂女。

"我是一只会飞的大公鸡，狼咬不着，蛇也咬不着。"站在墙头，红拂女得意扬扬。

"蛇顺着墙壁爬上去了，吐着舌头快够着你的脚了。"云烨继续吓唬红拂女。

"那怎么办？我忘了蛇会爬墙。"云烨总算见识了真正的花容失色。云烨弄了半天才把扎在桐树上的宝剑拔下来扔给红拂女："快砍它，蛇就在墙角。"趁着红拂女拼命砍砖头的时候对李得誉说，"弄一些红颜料来，用水和成血的样子，快！"李得誉拔腿就跑。李靖面不改色地看着疯狂的红拂女眼中尽是温柔。

云烨把红颜料泼到墙上，又在自己身上倒了一些嘴里大喊："呀呀！你把蛇砍死了，血流了一地，你干吗把血甩到我身上？大灰狼也跑了，你真厉害。"

红拂女咯咯娇笑着一边砍砖头，一边说："谁让你站在那里的，被弄一身血活该，我砍死你这该死的畜生，让你舔我的脚，让我不敢睡觉。"

"你把蛇砍死了，但是你要赔我衣服，你溅了我一身血，你要赔我衣服，你快下来。"云烨跳着脚在地上喊。红拂女跳下影壁，看着云烨："呀！真的弄你一身血，我叫我相公赔给你，真累啊！"说完打了一个长长的哈欠，身子软软地就往地上躺。李靖伸手捞住，却不见动静，探一探鼻息，却发现红拂女已经睡着了。

第二十三章

家主的义务

李靖很牛，抱着老婆目中无人，眼里只有睡着的妻子。一只手揽在红拂女腿弯，另一只手捧着后背，红拂女似乎很舒服，还在他怀里扭一扭。李得誉有些害羞挡在云烨前面，不让他看，这让云烨非常不满。多好的八卦啊，一代军神的情深意长有几个人能看到？程处默是个好孩子坚持非礼勿视的传统，满眼星星地向孙思邈献媚，孙思邈却没心思和他说话，在程处默头上拍一巴掌说："你老子废话就多，你怎么也那么多废话，这点不好，改改。"说完就拉着云烨到了前厅，也不管云烨满身颜料就问，"你没有用金针，没有用汤药，也没有用按摩，只是吓唬了李夫人一下，就让她脱出困境，安然入眠，是何道理？"

"李夫人只是陷入梦境无法自拔而已，驱除心魔自可不药而愈，小小手段，惹道长笑话了，还未请教道长名号。"能和李靖并排站一起的人物，云烨绝对不会小看。

"贫道孙思邈，早就听说长安城里有一位能够夺血续命的人物，年方十五，是少有的奇才，不想今日有幸得识，更亲眼见到翻手之间平息李夫人的恶疾，可见盛名之下果无虚士，贫道大开眼界，今后还要多多亲近才是，贫道有许多未解之谜尚要向云侯请教。"老道很正规地拱手施礼。

天哪，孙思邈要向我请教医学问题，想到这里云烨的脸一瞬间红到了脖子上。药王孙思邈在这个时代堪称圣人，几十年间踏遍关中，救死扶伤活命无数，医术精湛，道德高洁，是唐朝时代云烨少有的敬仰人物，不想今日在这种情况下见到，实在是有些意外。

"原来是孙神医当面，小子不知天高地厚，在神医面前卖弄些许末技，见笑了，见笑了。"赶紧见礼，李二都以家礼相待的神仙，自己还是恭敬些比较好。

"小友哪里话，所谓达者为先，有什么见笑不见笑的，小友今日所施展的手段，贫道就不知道，孔子曰：三人行，必有我师焉。贫道年纪稍长，见识得多一些罢了，多救了几个人，名头也被乡亲吹嘘大了，可越是治的人多，就越是担心出错，怕对不起来看病的乡亲，平生见识的许多疑难杂症让贫道夜不能寐，眼睁睁看病人因我等医者无能而死去，贫道就恨不能一日阅尽天下医书，以求得解，还望小友不吝赐教。"孙思邈话语恳切，语气低沉，虽然面貌和后世药王庙里的一点不一样，悲天悯人的情怀却有志一同。药王山上香火千年不绝，可见孙思邈遗泽之深厚。

"小子跟随家师倒是见过一些奇门异技，尤其是西方的一些医病手段堪称神奇，待小子找一个合适的时间，一定一一告知，希望能对道长有所裨益。"

孙思邈含笑答应，今日实在不是一个探讨医学的好时间，告诉云烨自己寄住的道观，也不向主人家告辞，就匆匆离去。李靖看云烨的神色有些奇怪，说不上是什么感觉，有些奇怪，又有些了然，甚至还有一些莫名其妙的亲切。上前来拍拍云烨的肩膀："今日慢怠你们哥儿俩了，待以后补上，总之，老夫领你们的情，你们还有几家要走动，这就去吧。"

目送云烨、程处默离开，李得誉问李靖为何不让云烨给母亲看病，他既然能让母亲放下心头往事，就有希望彻底治好母亲的奇症。李靖摇摇头说："你母亲的病治不好的，只能在病发时安抚，否则为父怎能放过他，那小子既然没有主动给你母亲看病就说明他也没办法。当年噩梦一般的场景令为父今日想来犹自胆寒，你母亲作为当事人承受得更多，能有现在的模样，偶尔发病一次已是邀天之幸，何敢强求？也罢！这是你爹娘的报应，就由我们来承受吧。"李得誉满脸的不解。

从李靖家出来程处默就不说话，这有悖于他的为人，既然他难得地在思考，云烨就不打算惊扰他，脑筋不时时转动一下，会锈死的。

这种状态一直保持了一天，在牛进达家里郁郁寡欢，在尉迟恭家里受到挑衅也不言语，甚至在李勣家里被一群花花绿绿的女子围绕也不露喜色。云烨有些担心，没心眼儿的人要是钻到死胡同里就没那么容易掉头出来。轰走了程府家丁回到家里亲自下厨做了四个菜，一碟子醋炝萝卜皮，一碟子清炒豆苗，一大碗扣肉，再来一只白斩鸡，年前新蒸的白酒摆在炕桌上，不要丫鬟伺候，就哥儿俩准备说说话。

程处默一上来就吮吮连干三杯，拣一片最大的扣肉塞嘴里过酒气。云烨慢慢啜着杯中酒等他先发话。

"小烨，我们是兄弟不？"

"屁话，不是兄弟我等你说话等一天了，有什么事快说，说完就快滚，大过年的也不让人有个好心情。"

"今天听你和孙神仙说话，为兄忽然觉得活着真没意思。"吭哧半天才整出一句，就这句就把云烨雷得外焦里嫩。

"没听清楚，你再说一遍。"云烨很想确定自己是不是听错了。

"我说我活得没意思。"这回听清楚了，这家伙活腻味了。

"那你要怎么办？拿刀抹脖子还是自挂东南枝？"

"小烨，你要振兴家业，孙神仙要解决天下疑难杂症，就连尉迟大傻都要勒石燕然，整个世界上就我一个人混吃等死，我家家业够大了，不能再扩张了，要不然会犯陛下的忌讳，家里功劳我爹一个人挣就行了，我娘把家里打点得井井有条，用不着我来管，上次去陇右可能是我最后一次出征，我是长子，大唐还不兴长子从军，乖乖地在家生儿育女等老爹过世了再继承爵位就好，想起这些我就想死。"明白了，作为一个大唐有志青年不甘心自己的一生被老爹安排得妥妥帖帖，希望凭自己的手打出一片天，海阔天空地任我逍遥。多好的一位有志青年啊！

"这些话你给程伯伯说了没有？"

"说了，老爹说再有这种心思腿给你打折。"

"你程家从五胡乱华时期就成为山东望族，虽说后来没落了，你爹辛辛苦苦拼杀多年才又使程家逐渐兴旺，有了现在的模样，你有没有想过你程家为这些付出了多少生命？有多少姓程的战死沙场？程伯伯的心思我明白，一心想程家绵延万年不倒。虽说是个希望，没有万年的家族，你是第二代，将来还会有第三代、第四代一代代传承下去，人说白了就是在争夺生存权，争夺生育权，争夺活命的资源，连野兽都明白的道理，到你这里就狗屁不通了？你上沙场建功立业，这算你命大，要是战死，你指望你的兄弟能把程家发扬光大？那程伯伯要你干什么？你自己倒是痛快了，程伯伯怎么想，自己累死累活养大，教育好的儿子成了炮灰？这炮灰的成本可是够大的。家国天下，家在第一位，有家才会有国，这种情况千年以内不会有太大的改变。"云烨不明白自己怎么把心里的话说了出来，这么自私的话出自一位生在新社会长在红旗下的新青年之口有些讽刺。保家卫国而奋不顾身的高尚情操在自己嘴里变成了没脑子的白痴行为，为什么？难道说我本来就是封建主义大家庭中的一员，且是其中的佼佼者？云烨被自己的话吓着了。

程处默瞪大眼睛看着他，有些陌生。云烨整理一下自己的思绪说："处默，我们都有热血，胸膛里装的是滚烫的心，不是冷冰冰的石头，当国难当头的时候，你我没有孬种，但在这之前做好自己家的事，除了上战场我们还有许多事要做，六月间的蝗灾，一定会如期到来，这一点不用质疑，大唐还没有充足的准备，你想想，铺天盖地的蝗虫飞来会造就漫山遍野的饥民，有多少王朝不就是毁在灾民手中？活不下去的人你指望有多少理智？处理不好，乱世又会出现。所以我今天特意与孙神仙约好以后交谈，就是要借重他的名望为六月的灾难做准备。与其好高骛远，不如低下头踏踏实实做一件事，这样对得起自己的良心，多年以后回想起来也不会后悔。处默，你能帮我吗？"

"刚才想揍你，现在不想了，我们是兄弟，当然会帮你。"

第二十四章

侯爷的苦日子

牛见虎非常高兴，虽然走起来一瘸一拐的像个大马猴依然挡不住他走路的兴趣。老牛、牛夫人眼泪流得哗哗的，这是五年来儿子第一次自己站起来。也就是这时候，老牛才发现牛见虎已经长高了许多，甚至超过了自己，牛夫人踮着脚尖用手帕擦拭儿子额头的汗水，笑一阵哭一阵的陷入疯魔。老管家抱着云烨做好的第二只假脚死不松手。云烨夺了半天才抢回来。喊住在院子里发疯的牛见虎："见虎哥哥，你先不要激动，再试试这只脚，感觉一下有什么不合适的我再去修改。"

"合适，合适，我现在都可以走了，没什么不合适的。"牛见虎一刻也不想离开那只假脚，人总是在失去后才懂得珍惜。他在榻上坐了五年，也不出门，也不见人，这一刻心情舒展，恨不得现在就从长安跑到洛阳。

"胡说八道，要是合适你怎么会一瘸一拐的，明显那只假脚做高了，换下来，我修修。"

牛筋熬成的软塑体充满了弹性，尤其再加入淡黄色染料，就与真脚区别不大，没有高硬度塑料，云烨把薄钢板嵌进去作为骨架，都是上好的百炼软钢，一只脚如果不出意外的话，用上个十年不是问题。尤其是雕刻出来的脚的模样与牛见虎的右脚非常相似，这是博艺轩老雕工的手艺，云烨奉为天人，想把他留在云府被无视了。

换上去的脚就好了许多，云烨让牛见虎抓住门框身体自然垂下，检查了一下安装好的脚，还好，一致性不错，考虑到双脚的重量必须一致，在假脚上做了配重。牛见虎走了几步，身体的颠簸程度减少了许多，剩下的就是熟悉程度，越熟悉，身体就越会自然调整重心，以后会与常人无异。

"也就是这个鬼样子，老夫见怪不怪了。"老程没心没肺地在旁边说风凉话，一下子打消了云烨要继续吹嘘的心思。

"你这老狗不吐人言，小烨给见虎做脚，这几日几乎不眠不休，老夫都看得心疼，你不夸奖几句，还要说怪话，莫非欺我老牛钢刀不利吗？"老牛先不干了，对着老程吹胡子瞪眼。

"你喜欢这孩子？要不是他云家就剩下他一根独苗，老夫早弄过来当儿子养了，你先前捏伤他两次老夫还未找你算账，现在还敢对我说大话，马上、马下随你挑，今日高兴正好大战三百回合。"说着就让家将牵马抬兵刃。

老程心里极是喜欢，老牛心里高兴得想大叫，两将军最常见的宣泄感情的方式就是打架，土匪窝里出来的谁敢指望他们有一个文明的发泄方法？

不理会两个在演武场打得乒乒乓乓的武疯子，牛婶婶、程婶婶拉着云烨来到暖房，和云家一模一样的大炕。牛家早学会了，满桌子的饭菜惹得云烨直流口水，鲜嫩的菠菜，水灵灵的黄瓜，要老命了，居然还有半个西瓜。云烨对肉食不屑一顾，掰了半截黄瓜塞嘴里嚼得咔咔作响，边吃还不忘给旁边的程处默半根，至于牛见虎早赶到院子里练习走路去了。

"你程伯伯知道你好嘴，特地跑皇宫里给你弄来的，惹得陛下老大的不高兴。"程婶婶一边给云烨布菜，一边把程处默往外轰。牛婶婶忙着给云烨脱掉大氅接话说："你看把这孩子馋的，大冬天的也见不到绿菜，遭罪啊！"

"小烨，你以前和师父在一起的时候冬天都吃什么？"程处默又抢过一根黄瓜。

"多了去了，有各种瓜果，橘子，西瓜，香蕉，菠萝，葡萄，苹果，梨子，还有一种叫人参果的东西，难吃死了，我偷偷扔掉还被抓住，罚我全部吃掉，连皮都不放过。绿菜什么都有，有辣椒、茄子，你们叫昆仑紫瓜的东西，油菜，白菜，反正多了去了，我也数不过来。天上飞的，地上跑的，水里游的一应俱全。"云烨太想念后世的普通生活，在大唐堪称省部级的高官活得没后世小市民自在，想想都觉得自己可怜，虽说把儿子扔人参果的事安自己身上有些丢人，可是谁知道呢？

"这不就是神仙才能过的日子吗，小烨，你入世亏大了。""要不说是我兄弟呢，就是理解人，我昨晚还梦到和师父在一起的日子。不过话说回来了，男子汉大丈夫就该光屁股打天下，没有这些东西，我们自己创造，就从吃开始，等开春了，先箍几口窑，烧砖、烧水泥，盖一大片暖房，再在下面通上烟道，把地给弄热了，我不相信冬天就种不出几种绿菜来，到时候卖得满长安都是。"云烨信口胡诌。

"这活交给我，你安排，我去干，再叫上见虎，这是一个发财的买卖啊！"程处默已经开始幻想满山都是绿菜的情形。俩婶婶见哥儿俩吹得热烈，就在一边打趣，说到时自己一定亲自提着菜篮到各大国公府上去卖菜。

"云侯爷又给牛大将军的儿子安了一只脚，听说刚安上，瘫榻上五年的牛小侯爷就跑得飞快，也不知安的是什么脚，莫非是传说中的飞毛脚？日行千里，夜走八百，踏大江大泽如履平地，过高山，越城寨更是小菜一碟。"

听到李承乾禀报上来的市井传言，李二陛下的眼睛都快凸出来了，日行千里？马都跑不了那么快，还穿城越寨？狗屁，难不成云烨给牛见虎装上的不是脚，而是插上了一对翅膀？

"乾儿，你相信云烨真的给牛见虎装上了一只脚？"李二问自己越来越有太子风范的儿子。

"启禀父皇，以孩儿对云烨的认识，给牛见虎装上脚的事恐怕是真的，但绝对不是什么日行千里的笑话，这里面只怕是有蹊跷，孩儿愚钝还弄不明白是何道理。"李承乾一本正经地回答。

"你能这么想，父皇很高兴，子不语怪力乱神，云侯或许是一个绝顶聪明的人，有一些特殊的法子可以让残疾之人如同常人一般，只是世人愚昧，找不到答案就胡乱猜测，凭空想象臆造出一个神仙般的人物来。"

第二十五章
自投罗网

云烨、程处默正在努力训练牛见虎，无他，就是把牛见虎双手绑在横杠上，双脚脚尖着地，类似渣滓洞酷刑，云烨手执一支马鞭，本着人道主义在鞭梢绑上了一小块皮毛，不时抽一下牛见虎完好的右脚，不让它借力，程处默兴致盎然地用手里的竹棍骚扰小牛的臀部。小牛如同浩气凛然的烈士，紧闭着嘴巴，涨红着脸，双目射出仇恨的目光，被捆绑的双手攥紧拳头，牙齿咬得咯咯作响。左脚假肢套上做工精致的牛皮软靴点在地上，这是支撑他身体的唯一支点。七天以来他已经可以熟练地运用假肢行走，只是不能跑。在检查过后，云烨认为是心理毛病，牛见虎总是不认同假肢就是身体的一部分，过于爱惜左脚。这不行，完全没有发挥假肢的作用，想当年，云烨看到残奥会上断脚的轻度残疾人士，在赛场上跑得飞快，自己无论如何是追不上的，没理由牛见虎只能走不能跑。

"见虎兄，今日你落在我兄弟手里，就不要指望能落得个周全，今日上门就是为报昨日请我吃哈密瓜之恨，现在无论是谁只要在我面前提起哈密瓜，就是我的敌人，满长安都知道我云侯的这个笑话，你还故意拿它来嘲笑我，实在是可恨，处默，用点力，你没吃饭啊！"云烨嘴里叼着一根小柳枝，痞声痞气地说。

"小烨你不知道，见虎兄的屁股甚为丰满，比燕来楼老鸨子窈娘的还大，小弟准备慢慢欣赏。"说完又给了一棍子，哥俩无视牛见虎的怒吼，嘻嘻哈哈地调戏小牛。

到底是将门子弟，大吼一声双臂一较劲，本来就绑得不甚结实的绳子顿时断裂，云烨、程处默见事不好，趁牛见虎解身上绳子的时候拔腿就跑。牛见虎大叫着"我要揍死你们两个混蛋"在后面紧紧追赶，从牛家演武场一路奔逃，穿过后花园，窜过花厅，撞翻了牛家的花架，打碎了牛夫人心爱的花瓶，在牛进达、牛夫人目瞪口呆中夺路而逃。牛进达正要喝骂却见儿子如同疯虎咆哮着冲了进来，也不答话就一阵风般地追了出去。

"老爷，刚才是虎儿跑出去了？妾身没看错？"牛夫人问老牛。老牛已经缓过神来，大概弄明白了是怎么回事，哈哈大笑："没错，老婆子你没看错，刚才就是虎儿在追杀那俩小子，唔，跑得着实不慢，哈哈哈。"

撞开牛家侧门，一头冲到街上，也不知是谁家的仪仗正在清街。膀大腰圆的护卫布满街道两边，一见俩小子冒冒失失地冲出来，就大喝一声围了上来，横刀刀出鞘，一片雪亮的刀光。正要拿下这两个刺客，却不防牛见虎又冲了出来，撞得人仰马翻。不用说哥仨全部被擒。

杀气腾腾的侍卫头子全身甲胄地跑过来，甲叶子哗哗作响，握刀的手上青筋乱窜，被气得不轻。正要审问却发现这三个刺客全认识。脸上怒火一瞬间消逝无踪，比川剧变脸还快。

熟人啊，云烨正暗自懊悔，不想遇到曾经向自己求教的大内侍卫头子，这就好办。脸上浮出一个大大的笑脸："原来是刘兄啊，小弟哥仨正在胡闹，不想无意中冲撞了仪架，请刘兄看在我兄弟年少无知的分上网开一面如何？"

"我当是刺客呢，原来是云侯、程小公爷、牛家小侯爷，咱兄弟当然好说，只是刚才娘娘已经知道了，为兄这就前去禀告，请娘娘消消气，希望娘娘不会见怪。"

天哪！云烨最怕见的人李二第一，排行第二的就是皇后娘娘，能让李二的贴身护卫随行的娘娘除了长孙皇后还会有谁？今日落她手里，云烨已经不指望有一个好结果了。

哥仨耷拉着脑袋等着被处置，还好，侍卫给面子没绑上。不一刻，前面传来话，娘娘要顺便拜访一下牛夫人，着令将三个胆大包天的小子带回牛府再做处置。

老牛和牛夫人早就听家丁回报，在大门口恭迎皇后大驾。

暖房之中牛夫人与皇后交谈得十分融洽，不时有笑声传出来。这多少安慰了一下哥仨忐忑不安的心情。暖房门开了，牛夫人走了出来，拿指头在三人脑袋上用力点几下。让哥仨随自己进去。

一进门，程处默就趴地上给皇后请安，这小子平时呆头呆脑的，这时候比云烨和牛见虎更有眼色，他们两个跟着程处默给长孙请安。头都不敢抬。

"你们三个站起来，让本宫好好看看是怎样的三个胆大包天的小子。"声音带着皇家特有的威严，又不失女性的温婉，李承乾比起来差了八条街。

奶奶没说错，是一位极为美丽的女子，说话间头上的丹凤朝阳金步摇一丝不动，两弯蛾眉下是一对漆黑如墨的眸子，看不出表情，脸上洋溢着一丝淡淡的微笑。身上穿着一袭青色绣花软袍，端着茶碗打量这哥仨。目光在云烨身上定格，轻启樱唇："你就是大名鼎鼎的蓝田侯云烨吧？"

"微臣愧不敢当，今日小臣实在是无礼，请娘娘降罪。"不敢油嘴滑舌，老老实实请罪为上。

长孙皇后没有言语，未作置评，又仔细看看牛见虎的腿，见他站立得稳稳的没有一丝残疾的影子，好奇地问牛夫人："牛姐姐，小妹记得见虎这孩子几年前骑马出了意外伤了脚，怎么现在好端端的，难道说是传言有误？"

提起这事牛夫人就高兴得眼睛都笑眯住了："多谢娘娘挂怀，见虎这孩子的确是伤了左脚，在榻上坐了快五年，要不是小烨本事大，给他做了两只脚，只怕现在还站不起来。"

"哦？有这等奇事？小妹倒是没见识过。"长孙很奇怪，她再是智慧无双也想不到人的脚可以做出来，血肉之躯如何再造？那是神仙的本事，看云家小子也普普通通，怎么会有如此逆天的本事。

既然皇后娘娘要看看牛夫人就俯身撩起牛见虎的衣袍，觉得不妥，又放下来，吩咐管家去少爷房中拿另一只脚。不一会儿脚拿来了，放在炕桌上长孙用手指轻轻戳一下假肢，觉得很有弹性，又放在手上掂掂重量，大概估算了一下说："换上这样的假脚可影响行走坐卧？"

牛见虎连忙说："回禀娘娘，小臣自安上假肢，行走坐卧全不影响，假肢用料柔软，安上之后很舒服。刚才就是小臣与云侯、处默玩耍追逐才冲撞了仪仗，小臣年龄最大，不知检点，带着他们胡闹，请娘娘降罪小臣一人。"

旁边的心腹女官也在一边敲边鼓："娘娘刚才您在凤辇上没看见，牛小侯爷跑得飞快一头撞进侍卫队里，那可是撞得人仰马翻啊。"

第二十六章
恩 典

长孙皇后是大度的，原谅了他们冲撞銮驾的罪过，赞扬了云烨高超的制造假肢的水准，又严厉批评云烨、程处默两个国家幼苗在李二陛下的雨露滋润下不知上进，整日游手好闲，把好好的两个国家未来的栋梁之材毁在放任自流上。她老人家作为大唐皇后绝对不会坐视不理，于是，伟大仁慈的皇后娘娘决定自己亲自教育云烨，顺便管一管不知所谓的程处默，是为恩典。择日不如撞日，就从明天早上开始。

送别了皇后娘娘，站在牛府大门外，云烨的心情宛如天上刮过的寒风。别了，我的懒觉，别了，我的自由，别了，我无忧无虑的生活。原来还抱着最后一丝侥幸心理希望皇后娘娘忘记这回事，现在看来，她从未忘记这回事，处心积虑地要改造自己。冲撞銮驾只是一剂催化剂而已。

牛进达很高兴，牛夫人也很高兴，认为云烨终于获得皇家的认可，可以步入大唐最高贵族圈子。至于牛见虎早就按着程处默在捶打。老牛夫妇无视眼前的一切，相伴着回到牛府。

家里的一切都变了样子，仆役丫鬟被支使得团团转。老奶奶亲自站在门廊上指挥，刚接到女官的旨意，明日五更就得送孙子入宫求学，这可是天大的恩典，云家必须认真对待，大姑姑、婶婶在缝制学子的衣衫，小姑姑特意请了一位饱学的儒生请教该带些什么书，给刘金宝裁制新衣，他必须每天陪侍爷到皇宫，再等到侯爷下学就送来。没书童，也没有丫鬟，皇宫里不许他们进去，刘金宝也只能在宫门等候。

悄悄回到卧室，云烨没有惊动他们，不想让他们为自己担忧。苦笑两声，自己去皇宫里就不是求学，是去接受有组织的改造，也不知皇后娘娘如何改造自己，一想到这里云烨就有些兴奋，见识过轮子功，探讨过传销，不知道大唐的洗脑教育是如何进行的，会超越后世的邪教吗？好奇心驱使他有些希望明日早些到来。

鸡叫两遍，云烨一腾身从炕上蹿起来，伺候他的丫鬟准备好了洗脸水，磨好了牙棍，小碟子里放一撮青盐。暖暖的水敷在脸上说不出地舒服。奶奶很奇怪今天自己没叫，云烨自己就爬起来了，高兴地给孙子准备好衣服，就说："程家小公爷已经到了家里，就在前厅等着你。"穿好衣服，当然是在奶奶的帮助下穿好的，话说云烨现在也没有弄明白唐装到底是如何穿身上的，太复杂了，比如穿足衣就需要光腿进行，还得用绳子绑在大腿上，后世除了见老婆穿那些乱七八糟的东西，就没见过男人有那么麻烦的。更何况老婆穿的是各种丝袜，一套上就好，不像现在奶奶在云烨腿上绑了半天才弄好。

程处默一脸的倦容靠在炉子边上喝茶，昨晚回家受到他老娘的表彰。四更天就被弄起来连饭都没给吃赶着去上学，还说要是学不好腿给你打折。可怜的娃，哥俩同病相怜一会儿就饱餐一顿一人带一个护卫赶去皇宫。

皇宫门口挂着八只硕大的牛皮灯笼照得地上一片雪白，早就有内侍来接哥俩，没走金水桥，从一个黑得吓人，也长得累人的小巷子里穿过。在接过云烨送上的俩银饼子，内侍也打开话匣子。原来这条道叫甬道，环绕整个皇宫，类似后世的环城路，只是这里只环皇宫而已，自己上学的地方叫听涛馆，是天下大儒专门给皇子、皇女上课的地方。有时候陛下、皇后娘娘也会去听几节课，顺便教导一下自己的子女。名字不好，叫什么听涛馆有些像饭馆的名字。嘴上虽然这样嘀咕脚下却不敢慢下来，忽听见一声悠扬的金钟声传来，那就是上课的信号。

晚了，在将要入门的时候一个三绺长须的老儒背着手缓缓走来，不敢学后世挤进去，只好老老实实地躬身站在外面，等待老儒教训。老儒倒是一位风趣的人，拈着长须说："老夫闻听有十里迎师者，不想今日见到三丈迎师，实在是让老夫心怀大慰，只是日后不得如此，若有再犯，戒尺十下，进去吧。"给老儒躬身一礼，哥俩快步进入教室。

李承乾早就坐在中间的一张明黄色的案几后冲他俩挤眉弄眼，找到两个空位刚刚坐定，老儒就进了屋子，先轻咳一声说："今日你们有了两位新的同窗，当互相友爱，位高者不得凌辱，勇力者不得恃强，聪慧者不得狡狯，汝等可明白？"一屋子的男男女女恭声应是。

"蓝衣者是蓝田侯云烨吧，老夫早就听说你是高人子弟，尤其擅长算学，能在算学一途折倒黄志恩也算是登堂入室了，却不知在经学上汝知道多少？"

云烨茫然地摇摇头，鬼才知道什么叫经学，算命的学问？还是女人学的玩意儿？

"咦？你竟然从未接触过经学？那你的课业到了几何？"

云烨依然摇头，老子在大唐从来没有上过学。

"司马相如的《凡将篇》，史游的《急就篇》，李长《元尚篇》，扬雄的《训纂篇》，贾纺的《游喜篇》，张揖的《埤苍》，蔡邕的《劝学》《圣皇篇》《黄初篇》《女史篇》，班固的《太甲篇》《在习篇》，崔瑗的《飞龙篇》，朱育的《幼学》，樊恭的《广苍》，陆机的《吴章》，周兴嗣的《千字文》，束晰的《发蒙记》，顾恺之的《敏蒙记》，以及《杂字指》和《俗语难字》，这些启蒙读物可曾学过？"

一大串从没有听说过的书名在耳中嗡嗡作响，云烨自己都有些不好意思了，但他还是坚定地摇摇头，表示不知。李承乾张大嘴巴，程处默眼睛瞪得溜圆，其他的小正太、小萝莉看他就像在看一只大猩猩。

"汝可识字？"老儒近前一步接着问。

云烨点头，老子当然识字。

"你可告诉老夫，你学的是什么吗？"没启过蒙却识字，老儒兴趣大增。

"学生启蒙用的是《三字经》《百家姓》《弟子规》等。"

"哦！那就先背一遍你所说的《三字经》，老夫首次得闻，倒要见识一下。"

第二十七章
大儒逍遥子

　　满屋子的人鸦雀无声，都打算听云烨背诵他们从未听说过的书。云烨清一清嗓子说："这是家师教的，他老人家认为以前的启蒙书籍晦涩难懂，根本不能激发孩童的读书兴趣，再加之许多文字没有经过用心的整理，不押韵，也不上口，背诵起来艰难，就特地给小子作了《三字经》以启发小子的读书兴趣，小子这就将家师所作的《三字经》背诵给大家听。'人之初，性本善。性相近，习相远。苟不教，性乃迁。教之道，贵以专。昔孟母，择邻处。子不学，断机杼……'"

　　云烨在教室里得意扬扬地背诵《三字经》却不知窗外长孙皇后心中如同巨浪翻滚，这就是明证啊，云烨的确是从不可知之地出来的，如果一个人撒谎，没有可能会准备得如此充分，高妙的格物，精深的算学，层出不穷的医疗手段，再加上独具匠心的启蒙书籍，这不是一两代人就能完成的，只要看宋濂捻断的胡须和张大的嘴巴就知道这位大儒心中的惊骇。长孙莞尔一笑，我大唐还真是洪福齐天，老天爷把这样一个活宝送到手里，想不兴盛都难啊！她推开门走了进去，没有惊动任何人，他们全部沉浸在朗朗上口的经文里。李承乾早就有准备，正在努力抄写，偶尔会遗漏几个字，他都做好标记，准备一会儿就去问云烨。

　　"人遗子，金满嬴。我教子，惟一经。勤有功，戏无益。戒之哉，宜勉力。"去除了隋朝以后的人和事件，云烨一口气背诵完了唐朝版的"三字经"，心头却涩涩的，这哪里是自己的启蒙书籍，这是儿子三岁时启蒙用的，为了教儿子，自己和儿子一起背诵，不知道儿子现在还记不记得这些，自己却深深地印在脑海里，一生都不会磨灭。

见云烨眼中蕴满泪水，长孙皇后以为他在哀悼自己过世的师父，人的真实情感如何瞒得过阅人无数的皇后，这种感情的迸发最是能够打动人心，到底是妇人，长孙这一刻也觉得鼻子酸酸的，对云烨的疑问也就彻底消散，说到底，他毕竟还只是一个十五岁的半大孩子。宋濂闭目不言，脸上抽动的肌肉却暴露了激动的心情。长长舒一口气，睁开双眼，微笑着面对云烨说："汝何须哀痛，令师一代大儒，留下这一部旷世奇典，足以光耀万世，区区生死何须在意，只要汝将这部经典传扬开来，教化万民，想必令师在九泉之下也会欣慰。"

宋濂轻抚着云烨的肩背又说："汝在令师门下所学想必已自成一家，与老夫胸中的圣人之言虽有出入，却殊途同归，大道至简，却又至繁，老夫不可教你，以免坏了你的学问，不伦不类想要再入厅堂就难了。待你心情平复，老夫还要听听那《百家姓》和《弟子规》，想必那也是两纸飘香奇文，老夫非常期待。"说完呵呵笑着对皇后施一礼转身离去。

云烨这才发现皇后就站在自己身旁，赶紧要施礼被长孙皇后拦住了："本宫今日方知人外有人，天外有天，令师逍遥子的确是一代奇人，生不见此人之面实在是一大遗憾。好在有你。你老实告诉本宫，你老师的学问你到底学了几成？"

我到底学了几成？云烨暗自问自己，数学刚刚完成制式教学的全部课程，物理也就知道一些和本专业相通的地方，化学几乎就是白痴，生物？那是什么？历史，除了唐朝其他的就不怎么熟悉，这还是自己是陕西人的缘故。英语就算了，现在没一点用处，堂堂侯爷要是跑去和胡子叽里哇啦说话，会被整个长安人民笑话致死，死不了也会被言官弹劾。被拉到朱雀大街上扇嘴巴就难看了。

见云烨犹豫不定长孙皇后就问："可学了五成？"

"没有。"天哪，后世谁敢说自己通晓了全部学问的一半，爱因斯坦也没说这话的勇气，牛顿还是站在巨人肩膀上才有一些发现。我？说这话会被人以为是棒子国的人。

"三成？"长孙脸上有些不好看了。

"没有！"云烨说得斩钉截铁。

"一成？"她脖子上的青筋有些凸起。

为了不让长孙皇后抓狂，云烨连忙说："娘娘容禀，家师的学问又不是他一个人的，是一群人钻研了好几代才有的结果，微臣只在家师身边学习了十年，有这些师父已经说不容易了。白玉京难进，更加难出，师父说好几百年就跑出来他一个人，就这已经严重损坏了他的健康，要不是牵挂小子，早就命赴黄泉，后来的十年还是强拖着不走，师父说他十年前就死了，是他生用药物吊着一口气照顾微臣长大。"云烨决定把自己师父塑造成一位善良仁慈、学问高深却又坚贞不屈的圣人。当然，医学、功夫总是要会一点的。

长孙皇后倒吸了一口凉气，死人硬生生活了十年，这是什么样的奇迹，现在，她对白玉京之事已经确信无疑，云烨说得对，逍遥子的学问就不是一个人能学得懂的，哪怕穷其一生也办不到，只有通过一代代人的努力积累，才会有质的变化。从古至今就没有一蹴而就的事情。叹了口气，对云烨说："也罢，世上不如意的事十之八九，有你在就是我大唐的福分，本宫要求得太多，也太贪心了。如今宋濂学士已经说了教不了你，你就在皇宫里自习，你今日伤了心神，就许你一天假，明日在学堂里把剩下的两篇启蒙文章默写出来，本宫要看，陛下也要看，知道吗？"

云烨连忙点头，心头大喜，总算不用同这一帮子龙子龙孙一同上学了，太危险了，别看现在还是一群正太和萝莉，过几年都是要吃人的霸王龙。珍惜生命远离危险是云烨的一向主张。

长孙走后，云烨就被一群小家伙围住，叽叽喳喳地问个不停，还好早有准备，姑姑新做的双肩书包里装满了云府秘制的炸鸡，一拿出来那些稀奇古怪的问题就消失了，一双双小手抓着炸鸡块吃得飞快，顾不上问云烨，只有李承乾嚼着炸鸡，扬着手里的纸张让云烨补充完整。

第二十八章

老 婆

在重新誊抄了一遍《三字经》后，云烨终于松了一口气，悄无声息地把隋朝之后的篇幅消除不知费了他多少脑细胞，就在课堂上背诵之时，差点露出马脚，凭着被老婆多年养成的急智，硬生生地把"唐高祖，起义师，除隋乱，创国基。二十传，三百载，梁灭之，国乃改。梁唐晋，及汉周，称五代，皆有由。"这一句吞进肚子。李渊没死呢，要是现在给他上庙号，就算李二会放过云烨，全天下的士人也会把云烨碎尸万段。又消除了隋朝以后的人物后《三字经》缩短了一大截。管他呢，小孩子有本书读就不错了，还敢追求完美？

不知为什么，另外的几位皇子并没有问云烨关于《三字经》的事，只是继续翻检云烨的背包，希望能找出更多的美味，他们不了解一本新的启蒙书籍的重要性？其中唇红齿白的李恪、胖墩墩的李泰竟然一脸的漠然，似乎炸鸡比《三字经》重要多了。今天没有老师，宋濂半路跑了，半日的课时就是在一群奶声奶气的子曰诗云中度过的。程处默趴在案几上呼呼大睡惹得云烨也直犯困。旁边就是一个大大的青铜暖炉，烤得人全身酸软。云烨到底没有抵挡住睡魔的入侵斜倚在矮几上去和周公交谈关于《三字经》的归属问题。

每日午时都有一顿免费的午餐吃，这很重要，尤其对两个睡了一上午的人来说更是及时雨。酥酪十分香甜，米饭又香又软，萝卜汤非常美味，不知是用什么动物的肉熬制的，呈奶白色，一看就有食欲，一人半只鸡，只是云烨的鸡腿上哪去了？难道说皇宫里的人不吃鸡腿？回头看见程处默正拎着一只鸡腿在厮杀。再看看李承乾饭盘里的半只鸡翘着油黄色的独腿在显耀自己的存在。厨子偷吃了！云烨大怒，他并不喜欢吃鸡腿，只是吃别人的口水就恶心了，刚要发怒却看见旁边端饭盘上来的宫女不自觉地抖了一下。偷腿贼找到了，云烨反而不生气，看来那个小姑娘十分喜欢吃鸡腿，可怜的人。如果因为一条鸡腿就让一个人倒霉，云烨觉得还是不要声张的好。就着萝卜汤连吞下去两碗米饭，筷子一放心满意足。李承乾见云烨饭盘里只撕去了鸡腿的半只鸡问云烨："怎么，宫里的饭食不合胃口？"

"没有，很好吃，就这一碗萝卜汤就不是一般厨子可以做出来的，我可是连吃了两碗饭。"

"胡说八道，我还不知道你？你往日最喜欢吃鸡脖子，今日却只吃了鸡腿，这还不奇怪吗？你不是一直说只有穷光蛋才喜欢吃鸡腿，贵族只吃鸡脖子和鸡翅。"

云烨凑近李承乾小声说："关你屁事。"

"蓝田侯，你可知一粥一饭当思来之不易，一丝一缕恒念物力维艰，你今日居然剩饭，这不符老师教诲，更不符君子之道。"这混蛋一脸正气，根本看不见自己饭盘里凌乱的残渣剩饭，却指着云烨饭盘里的鸡悲愤地大叫。

程处默跑过来一看乐了，抓起那半只鸡啃了起来，没几下吐出一根骨头，摸摸肚子幸福地打个饱嗝。

"没了，太子殿下，您身为我大唐储君自然要事事做出表率，我那只鸡就是留给处默吃的，您也知道我们兄弟从来都是不分彼此的。不知太子殿下饭盘里凌乱如同八国混战，有如响马入村是何缘故？"

李承乾见他的弟妹全部都出去了，就说："还不是你害的，自从在你家吃了那个叫什么杀猪菜，我就对宫里的饭食深恶痛绝，没想到堂堂皇宫饭食竟不如你家，就让我汗颜无地。你什么时候再弄一顿杀猪菜，叫弟兄们好好解个馋，说好了，那个扣肉要多做几碗，今天拿来的鸡也要多弄一些，刚才不好意思和弟妹们抢。"只要没人李承乾就立刻没了太子威仪，还原成陇右那个活蹦乱跳的贵族少年。

"我家的厨娘都被你见色起意地强抢而去，弄得我家厨子刘七哭了好几天，你别告诉我你真的把厨娘弄到床上而不是放到厨房里。"

"你这天杀的混蛋，就你家厨娘快两百斤的身子，鬼才会放床上，还不是我请父皇母后吃了一顿饭，父皇觉得很合胃口就把厨娘弄到御膳监里去了。我现在还是用以前的厨子。"李承乾快疯了，背上一个喜欢肥婆的名声不如死了算了。

"那完了，我家厨子彻底没指望了，宫门一如深似海，从此刘郎是路人啊。"云烨大发感慨，程处默哈哈大笑。李承乾也自觉好笑。

游览皇宫这种事情想都不要想，虽然云烨很想看看爆发历史事件的玄武门，却没人有胆子带他穿过整个皇宫来到正北面的案发地点。出宫走的还是那条甬道，围墙里飘来甜腻的脂粉香气，惹人遐思。莫名其妙地想起一段古赋：明星荧荧，开妆镜也；绿云扰扰，梳晓鬟也；渭流涨腻，弃脂水也……和眼前的场景十分吻合，想起来了，这是杜牧的《阿房宫赋》里的句子。取天下，供一人，这是何等地靡费，可眼下是封建王朝，李二是天下的主人，他拥有一切，也享用一切，顺理成章。蝗灾的警报递上去已经四个月了，除了左武卫从陇右购买了大批粮食外，再也没有别的动静。李二绝口不提，长孙绝口不提，就连号称不使天下有一人饿死的牛进达也似乎忘记了这回事。早知道是这样，自己根本就不该冒着风险提起这件事。云烨有些茫然，作为一个未来人，他明明知道前方有一个巨大的坑却被人群裹挟着往坑里掉，没有一丝抗拒的能力。

"成乾，不知蝗灾的事朝廷是如何准备的？"云烨猛然间的发问把李承乾问呆了。

"烨子，现在还是冬天，离蝗虫到来的时间还早。"

"唉！看来我还是人微言轻啊，没有人相信会有巨大的灾难将要来临，也罢，我既然知道灾祸会降临，就做一些力所能及的事吧，关中的活人能救得一个是一个，为大唐，为陛下尽一个臣子的忠敬。现在这种浑浑噩噩的日子我实在是过不下去了。"没想到，一心要混吃等死的我也会有这样的心思？云烨不停地拷问自己。李承乾期期艾艾的不说话，程处默拍拍云烨肩膀说："不管你打算做什么，我都会帮你。"

"成乾，处默，我本是人世间的一介蜉蝣，打算在人世间自生自灭，阴差阳错地步入殿堂，就该做一些大人物应该做的事，我见过恐怖的大洪水，见过赤地千里的旱灾，承受过瘟疫的肆虐，我清楚人的生命在大自然的淫威下是如何地脆弱，我心里明明知道我是一个脆弱的鸡蛋，却忍不住要和将要到来的灾难做一番碰撞。不求建立多大的功勋，只求我心平安，求人不如求己，我打算谢绝娘娘的好意，离开长安，在封地做一些布置好应对灾难。处默你的好意我心领了，这件事不同，你不能掺和进来，我不能让你陪我赌师父话语的正确性。"

程处默撇撇嘴："我早就闲得蛋疼，这么有意思的事怎么能少了我，再说我以后要独当一面的，不趁机锤炼一下将来怎么办？靠老爹，然后再靠你？"这话很实在，没有不倒的靠山，没有自立能力早晚会被淘汰出局，政治斗争是残酷的。有朝一日靠山山倒，靠人人走的时候，就凭的是自己，没人能帮得上。

李承乾仿佛有话要说却又生生咽了下去。云烨终于在这甬道之中悟出了一个道理，前怕狼、后怕虎的心思要不得。人不是乌龟可以把头缩到壳里不管外面天翻地覆，几个月的猥琐心思是因为有了家，有了年事已高的奶奶，有了年纪幼小的妹妹，总觉得要她们幸福快乐地生活就是自己最大的责任。哪怕自己做乌龟也没关系。后世的自己就是遵循了这一原则才混得窝窝囊囊，午夜梦回之时遥想自己当年发下的宏图大志想得热血沸腾一夜无眠，到了天亮又要对老板拍马溜须好混几个铜板养家糊口。总是在高尚和猥琐间转换角色，总之是了无生趣啊！

一阵脚步声打断了三个人各自的遐想，一个绿衣女子走了过来，没有女伴陪同，孤身一人走在寂静的甬道里就像走在热闹的街头，没有普通女子的急促。头上戴着纱帽，垂下来的白纱盖在脸上显得很神秘，看到李承乾也只是屈身一礼，连招呼都不打就要离去，李承乾居然还了一礼，也没有说话。云烨正在好奇，一股过堂风吹过掀开了面纱的一角，清秀的面庞正对着云烨。

"老婆？"云烨大叫。

绿衣女子愣住了，只是稍一停顿，又继续往前走，走了几步又回转，看着满脸惊喜的云烨提起脚重重地踩了下去。一声惨叫，云烨抱着脚在地上跳，嘴里却说："老婆你干什么，有事回家说，当着外人的面……"话没说完，一只粉嫩的拳头在眼前迅速放大，砰的一声过后，云烨躺在地上不省人事，绿衣女子拿手帕擦擦手，哼了一声就离去了。

第二十九章
追老婆

云烨一睁眼就看到程处默那双大大的牛眼，里面有戏谑，有鄙视，就是没有同情。想想也是，被一个花季少女揍得昏过去，还好意思说自己是将军？

顾不上管这些，云烨一翻身就爬了起来，从榻上跳下来鞋子也不穿就要往外冲，被程处默拦腰抱住又给扔回榻上。刚要骂却被死死按住手脚，旁边李承乾默契地递过一条带子，三两下就被捆成一个大粽子。程处默边捆边说："小烨，为兄知道你从小在师父身边长大，没见过美丽的女子，见到一个九衣还被哥哥弄走了，这是哥哥的不是，下次再遇到好的，兄弟你上，哥哥为你拦住后面的狂蜂浪蝶，宫里的女子就算了。"

李承乾抱着茶碗跷着二郎腿坐在从云家弄回来的椅子上，轻啜一口茶水，舒坦地长出一口气，一副坐在城楼观风景的悠闲模样。

"成乾，那女子是谁？"还好这次嘴没给堵上。

"宫内女眷，你觉得本太子会是那种出卖自家人的叛徒吗？"尊贵的太子殿下大义凛然地说，云烨觉得这副嘴脸最适合当拳击的靶子。

"一顿大餐，外加一大包炸鸡！"云烨开出价码。

"区区小利就能打动堂堂太子殿下？"虽然咽了几口唾沫，还是坚定地拒绝。

"三顿，再帮你培训几个厨子！"云烨一次就将价码开到底。

"成交，回头就派十个厨子去你家，不许偷工减料，否则，嘿嘿，你懂的。看你急不可耐的样子就不让你发急了，今儿碰到的那位，是我姐姐，李安澜！"

"胡说八道，陛下的子嗣里你不是最大的吗？"

"哼，以讹传讹，宫内之事外人岂可得知。"

在签订了无数不平等条约后云烨终于搞清楚了李安澜是何许人也。她是伟大的李二陛下酒后的产物，当时还是一介纨绔的李二时年十四岁，在搞大婢女的肚子后就把这件事忘记到九霄云外去了，由于母亲地位低下作为李二实质上的长女，却没有享受到应有的待遇，如果不是长孙皇后标榜自己是一代贤后，对秦王府里嫔妃子女假装视同己出，也不会发现李安澜的存在。当悲催的李安澜见到自己父亲时已经十二岁了，李二对自己的子女当然没的说，名字写进了牒册，就要给名分时，却又要忙着干掉自己的哥哥弟弟就把这件事搁置了。直到全家进了皇宫，才又重提此事，不想十二岁的李安澜脾气火暴异常，竟然不接受李二的册封，心中有愧却又不低头的李二将李安澜母女安置在皇宫里一个偏僻的角落，减少日用供给以示惩戒。李安澜也不是束手待毙的弱女子，竟然在皇宫里开垦了一片土地，自耕自食，虽然日用匮乏，却不向自己父亲低头。李二无奈，就只好由她去了。这个姐姐一直是宫里其他皇子皇女的钦佩对象，可是由于李安澜对待皇帝态度恶劣，众弟妹只好敬而远之。造就了她在皇宫里独来独往的风格。

"哈哈哈，我老婆果然不是凡人，有性格，我喜欢。"听完李承乾的介绍，云烨高兴得满床打滚。这人不但长得像后世的老婆，连火暴的性子都继承了，倔强，独立，玩命地追求自我掌控，了不得啊！这个老婆得赶快预定，要不然被哪头猪拱了自己哭都没眼泪。

"咦？小烨，你确定自己没发疯？我父皇也不是没有给她找驸马，她硬是以死相逼把亲事弄黄了，还说：她的夫婿必须是学富五车，风度翩翩，上马能整军，下马能安民的良才，更重要的是一辈子只能娶她一个。否则她宁可孤独一生也绝不苟且。你说，这样的夫婿哪里去找？就算有，会屈身娶她？"李承乾一脸的不屑。

"处默，小弟算得上风度翩翩吧？"

"比我强多了，左武卫没几个比你更帅的了。"

"小弟勉强算得上学富五车？"

"没有比你更聪明的人了，这是我爹说的。"

"那你说我这样风度翩翩学富五车的良才有没有机会把你弟妹给娶回来？"

"没说的，就一个字，上！"

李承乾看看程处默又看看云烨仿佛看到两个怪兽，什么人能自恋到这种程度？云烨虽然被捆着却一副将要入洞房的新郎官模样，程处默摩拳擦掌似乎这就要入皇宫抢人，不理会这两个神经病，自己还是考虑一下如何让云烨兑现诺言比较好。

李安澜非常生气，今天就遇到一个登徒子，当着太子的面就敢叫自己老婆，一看就是哪家的膏粱子弟。太子身边就没一个好的，全天下的窝囊废怎么都聚集在长安，个个打扮得油光水滑，肚子里全是草。想起前段时间父皇要把自己嫁给长平郡公张亮的次子就怒不可遏，那是一个怎样的混蛋啊！人长得丑也就算了，涂脂抹粉头上还插一朵碗口大的绢花，一张口就丑态百出。父皇都气乐了。一首《关雎》背得磕磕巴巴，城南五粮仓的粟米都算不整齐，这样的草包还硬说自己是马上将军，骑在马上晃晃悠悠，自己用石子惊了一下马，就抱着马脖子哭爹喊娘。父皇看来真的讨厌自己，随便找一个人就要把自己嫁掉。

正在她自哀自怜之时，小铃铛跑了过来，她今天被借到听涛馆听差，听说是要伺候两个新来的学子，这皇宫里只有自己的丫鬟被借来借去，自己不许，架不住母亲苦苦地哀求，唉！苦了小铃铛了。

"小姐小姐，我回来了。"梳着宫女发式的小铃铛欢叫着推开窗户，屋外的阳光洒在李安澜的身上，一下子就驱散了她心中的阴霾。小铃铛是一个彻底的乐天派，从不知忧愁为何物，见小姐在看她，就从怀里掏出一个荷叶包，小心地打开，里面是一只油黄的鸡腿，她把鸡腿递给小姐："小姐，快吃啊，这是我今天从一个傻相公饭盘里撕下来的，他都没有发现，味道可好了。"

李安澜心中一阵阵泛酸，自己乃是堂堂长公主，就是因为母亲身份低下才会被人遗忘一十二年，如今到了皇宫因为自己不满父皇忘记了自己，不想向他投降，就落得个自食其力的地步。平日里连肉食都少见。小铃铛吞咽口水的样子让她倍感凄凉。

她撕下一条鸡肉放嘴里慢慢嚼，仿佛要把那条肉里所有的东西都咽下去，把剩下的鸡肉给了小铃铛："我有这点就够了，这几日没什么胃口，你把剩下的都吃了吧。"

　　小铃铛想都不想就接过来，大口大口地咬起来，肉吃完了，美滋滋地吸吮着鸡骨头，发出滋滋的声音，似乎非常享受。"铃铛啊！那个傻相公叫什么名字？"

　　"听说叫云烨，是一位侯爷，我就是从他的饭盘里撕的鸡腿，他人很风趣，没了鸡腿，就喝了一大碗萝卜汤，剩下的鸡肉也不吃，本来我以为他发现了，他却什么都没说，太子问起来，也没说，明明没有吃鸡腿，却和太子争辩了半天，你说他傻不傻？"小铃铛为自己窃喜。

　　"傻丫头，他知道是你偷吃了，只是不说罢了，还在太子面前替你遮掩，这人还不错，像个读书人，有宽恕之心，不像我今天遇到的登徒子，居然在大庭广众之下叫我老婆，粗俗下流之辈，再见到他，我还会揍他，叫他再随便轻薄他人。"

　　主仆二人在自己屋子里咒骂登徒子之时，云烨在东宫用热鸡蛋敷眼眶，不论是谁顶着一个熊猫眼都不会风度翩翩的。他的心在狂喜，自从来到大唐他第一次发现了人生的乐趣，只要把李安澜弄回家，过两年再生个儿子，这里的一切就和后世没有什么区别了。自己的心，自己的家才算是真正称得上完整。看着模糊不清的铜镜，云烨咬牙切齿地说："安澜妹子，你是我的，谁要是跟我抢，我一定会把他碎尸万段。"

　　程处默、李承乾就在旁边看着他，闻听这句恶狠狠的话齐齐地打了个寒战。

　　"烨子，我们还是说说蝗灾的事吧，你真要见我母后，然后把你不想上学的事告诉她？"李承乾决定引开话题，云烨的爱情实在是太阴暗，太血腥。

　　"谁说的？上学这种事怎么可以半途而废，今后我会天天来皇宫接受娘娘的教诲，风雨无阻！"云烨话说得斩钉截铁。

　　"你确定是来接受我母后的教诲而不是等着看我姐姐？"李承乾有些狐疑。

"当然是来受教育，我发现自己最近堕落了许多，有必要多听听娘娘的金玉良言，如果顺便能见到你姐姐就太好了。"

"小烨，你刚才还说咱哥俩要去乡下救天下百姓，你又改主意了？"程处默有些郁闷，说心里话他真的不愿意来皇宫上课。

"蝗灾？什么蝗灾，有这回事？没见我要追我老婆了谁有工夫去救什么人，那是陛下的事情，我现在最重要的是把老婆弄到手。"听了云烨的话李承乾、程处默一起扑上来把他按在榻上，疯狂地蹂躏。

第三十章
向 往

云烨在窗前已经坐了许久，窗外月将圆，清冷的月光洒在身上倍显孤寂。在辽远的未来曾经有一位同样倔强、天真，却又热情似火的女子爱着自己。云烨可以清晰地用最美的语言描述出她的容颜，记得和她在一起的每一瞬间。甚至于她最狼狈、最不修边幅的样子在云烨看来都是那么的完美。他们一同经历过最倒霉的日子，哪怕住在废弃的荒屋子里也甘美如春。贫穷的生活没有拆散他们，却被一条虫洞生生地阻隔在千年的两端，多少次午夜梦回云烨泪流满面，用毯子捂着嘴呜咽。他对唐朝的贵族生活没有丝毫的留恋，如果可以回去，他可以把这里的一切毫不犹豫地抛弃投入妻子温馨的怀抱，就算每天工作累得跟狗一样，就算每天要回家做饭，就算每天要面对妻子的唠叨他也甘之如饴。

回不去啊！这是何等地绝望。再见到李安澜的时候就算她蒙着脸风姿绰约也引不起云烨多看一眼的欲望，只是那股调皮的风掀起了她的面纱，只是一瞥就与心中那张最美的面孔重合，他激动得想要大叫，想要大哭，想要立刻把她拥入怀抱，想要向她倾诉自己的痛苦。千言万语到了嘴边化作了一声："老婆！"李安澜或许不明白"老婆"这两个字的含义，但她听懂了这两个字所蕴含的感情，这种感情在她看来就是对自己的亵渎，所以在云烨脚上重重地踩下去，提醒他自己不是承载那种感情的载体。她是骄傲的李安澜。

一夜无眠，云烨几乎盼不到天亮了，钟楼、鼓楼上的更夫似乎死光了，这么久也没有敲响四更的鼓点。他盼望着天亮，盼望着能再见到那张让他魂牵梦绕的面孔。

把脸扎进冰冷刺骨的冰水里，毛孔骤然收缩，脸上着火了一般火辣辣地疼，要的就是这种效果。

程处默在嚎叫，痛苦地把头在柱子上碰得砰砰作响，四更天啊！鸡都没叫呢，星星还在天上睡觉呢。自从被云烨从温暖的被窝拽出来，就有自杀的倾向。昨晚跑去安慰了九衣，回到家已经快二更天了，被老娘抓住训斥了好久，才睡着又被兄弟抓起来，这样下去小程觉得还是死了比较好。

"兄弟，你真要当驸马？还是没有公主的驸马？"

"屁话，谁喜欢当驸马，我要娶的是李安澜，当谁家的驸马。"云烨断然否定。

"那弟妹是陛下的女儿吧？你要娶她，她就会有封号，还是公主封号，你怎么就不是驸马了？"程处默的逻辑有些混乱。

"我要说那李安澜是上天注定要嫁给我的，你信不信？"

"我信，你要是打那个女人的主意，哥哥我相信她一定逃不出你的手掌心。"

云烨肯定了程处默话语的正确性，赞扬了小程的睿智的眼光，惹得旁边拎着两个食盒的刘金宝直撇嘴。屁股上又挨了两脚，云烨一脚，小程一脚。

天黑漆漆的，黎明的时候最是黑暗，云烨不在乎，小程嘴里嚼着鸡腿，说身子虚得厉害要补补，也不怕天黑把鸡腿塞鼻子里。

没想到宫门前已经有人在等候，年纪不大也就三十几岁，留着短髯，未穿官服，戴着一顶纱帽，两只帽翅软软地耷拉在脑后，双手背插在袖筒，正在宫门前的空地上踱步，两个长随远远地跟在后面伺候。见云烨和程处默骑着马过来，就停下脚步。云烨和程处默相视一眼，不认识，但是一大早就在宫门前等候召见的一定是重要人物。不好无礼，从马上跳下来，快走几步。

"在下蓝田侯云烨，不知这位大人如何称呼？"

"下官朝议郎窦忠，不知是云侯当面，失礼，失礼。"这位满面沧桑的六品官员不知何事一大早就在宫门守候，也不知是何要紧的事情，抱着事不关己高高挂起的心思和这位朝议郎见礼后就站在一边等待宫门开启。

不一会儿，橐橐的靴声传来，尖厉的太监嗓音传来："陛下有旨，宣朝议郎窦忠觐见。"窦忠向云烨程处默告一声罪，就匆匆地跟随太监进宫去了。云烨总觉得仿佛有什么事情会发生，左思右想没有想起来，就不再多想，还觉自己多虑了。

五两的银饼子终于撬开了听涛馆内侍的嘴巴，李安澜就住在听涛馆后面，只有一个叫铃铛的小宫女伺候，日子过得极为清苦，昨日伺候云烨吃饭的就是铃铛。一想起失踪的鸡腿，云烨就感谢上天的巧妙的安排，今天自己带着食盒来简直太有远见了，留一篮子给李承乾的弟妹，另一篮子当然要送给李安澜，李承乾的以后再说。

今天讲课的是正议大夫王珪，通儒学，精百家，著有《梁史》六十一卷，把梁朝的建立者萧衍说了个底掉。今天就讲萧衍喜好佛法，为筹集钱财自己卖身入佛门，让臣子筹钱把自己赎出来的事，告诫诸皇子如果沉迷于神道就会活活饿死，残酷的政治斗争被他老人家说得活灵活现，尤其萧衍饿死于台城更是讲得凄惨无比。好像他就是那个悔恨不已的梁武帝。不知为何，他就站在云烨旁边讲课，澎湃的口水在云烨头顶洒下，让他有打伞的冲动。

在吩咐诸皇子写读后感之后就坐在云烨案几对面用他那双炯炯有神的眼睛盯着云烨看，看得他心头发毛。

"不知先生有何教诲，学生洗耳恭听。"云烨忍不住了，那边程处默睡得鼾声四起的你不管，我一个认真听讲的好学生你看什么看？

"老夫昨夜在宋师府上听到一部绝妙的发蒙妙文，名曰《三字经》，读之朗朗上口，闻之似飞瀑下山，各种典故妙闻层出不穷，让老夫叹为观止，又闻还有两部，不知老夫可否一观？"

和老夫子实在是没话说，痛痛快快地从怀里掏出《百家姓》《弟子规》改良版双手奉上，只希望他老人家赶快离开我一丈之地。我昨晚才让姐姐用香熏过的衣服啊！溅上口水我衣服就白熏了。云烨在心里苦笑，这些人如同闻到腐肉气息的苍蝇飞扑过来。昨晚宋濂的儿子就跑到家里要这两部文稿，给了。发动全家抄写了二十份，给相熟的大佬家里一一送到，声言是世外高人教育弟子的不传之秘，获得众王公的一致好评。家里又增添了许多名贵的字画，都是各家给的回礼。

乘着老夫子读《百家姓》读得摇头晃脑之际，尿遁出学堂早早来到饭厅，那个梳着双丫髻的小宫女正在布菜，眼看着案几上的鱼脍流口水，嘴里念念有词："不能再吃了，会被发现的，不能再吃了，会被发现的。"

"好啊！你偷吃，还我鸡腿。"云烨一下子就跳出来，吓得小宫女吱哇乱叫一个劲地说："我没有，我没有，我只是尝尝。"眼泪都吓出来了，回头看是云烨嘴一瘪大哭起来。弄得云烨满身不自在，赶忙劝说："你没有，是我偷吃的你看。"说着抓起一条鱼脍塞嘴里，还不错，非常鲜嫩。又抓了一盘子递给小宫女："我请你吃，不算偷吃。以后你要吃什么都是我吃的，这样可以了吧！"

小宫女到底还是孩子，经不住云烨的诱惑，再加上鱼脍十分鲜美，就接过来，塞嘴里，小小的嘴巴顷刻间就把一盘子鱼脍消灭干净了，好胃口，连料汁都没用。

第三十一章
简单中的不简单

小铃铛带走了云烨拿来的食盒，并带走了云烨关于昨天失礼的歉意。

铃铛对云烨充满了好感，觉得这个读书的相公人很好，不但让自己偷吃不告诉别人，还主动背黑锅，今天的鱼脍真是好吃啊！

目送小宫女离开，云烨笑得很贱，甚至有那么一丝阴险。征服一个人从她的胃开始不失为一个好办法，这一条不但适用于男人，也适用于女人。中华五千年总结出的美食经验它的战斗力总是那么强悍，云烨坚信，自己做的家常菜一定会征服李安澜的胃。

李承乾顺着云烨的目光看，只看见几株苍劲的老松，不明白他为什么发癔症。挠挠头就不理会他了，坐在自己的座位上开始进食。他总感到今天的饭食少了许多，而他又比较饿，皇家每个人的饭食是有定量的，不是传说中每餐大鱼大肉随便糟蹋，宫里侍女或许有偷吃的，但是绝不敢偷吃我堂堂太子的饭食，那会送命的。云烨的盘子里堆得高高的，比他的两份还多，不用说了，就是这个家伙把我的饭菜弄到他自己盘子里的。有些悲愤，又有些无奈，一位国侯偷帝国继承人的饭食传出去会让老百姓笑死，会被载入史册遗臭万年。李承乾只有打掉牙齿往肚子里咽，同时决定饭后云烨如果不把自己的肚子喂饱就告诉安澜云烨其实是一个恶棍。

没等到吃饭就有内侍赶来说娘娘宣太子和蓝田侯到甘露殿见驾。

不知道什么原因，不过甘露殿是皇上的书房，在那见面岂不是要面对历史上最恐怖的两口子？难道说与今早见到的那个六品官窦忠有关？我又不是你朝中管事的大臣，我只是一混俸禄的小人物，有事你找房玄龄、杜如晦啊，鼎鼎大名的房谋杜断你不找，拿我开什么心。云烨心中腹诽，脚下不敢有一丝缓慢。李承乾阴险地笑着在前面开路，他喜欢看到云烨在他老爹老娘面前手足无措的样子。

甘露殿里也盘着一个大炕，竹编的席子上面铺着厚厚的毡子，再来两层毛茸茸的毯子，人一坐会陷下去半个屁股。李二面前一个一米见方的方桌，上面摆着五六道菜。云烨看着眼熟，一道毛氏红烧肉，一道竹笋木耳肉丝，一碗倒扣在盘子里红色肉皮朝上的干菜扣肉，再加一道黄豆炖猪蹄。只是那道叫化鸡哪里去了？糟了，这不就是昨晚自己精心制作的六道菜中的五道吗？不是让铃铛给李安澜送去了吗？怎么会在李二的餐桌上？

"是不是有些眼熟？"李二挖一勺子猪蹄汤里的黄豆塞嘴里细嚼慢咽，看来是吃家，猪蹄汤里的黄豆味道最是醇厚，猪蹄的精华全在里面，咬一口绵软松香，他一下子就找准了命门下手。

"小臣昨日无意中对公主无礼，回到家中悔恨万分，不知如何赔罪，家里四壁空空，唯有一手厨艺还拿得出手，就做了几道菜送给安澜公主，希望可以平息她的怒火，也能减轻臣心中的愧疚。"

"不错，假话说得有水准，不愧是世外高人的弟子，无缘无故送美食于宫中这道罪名算你脱罪了，这东西你又如何解释？"李二从炕上抓起一个银饼子扔过来，五两的，上面云府秘制的铭文清晰可辨。

长孙皇后坐旁边给李二布菜，根本视云烨如无物，夹了一筷子竹笋木耳肉丝放到李二的饭盘里说："您尝尝这道菜，十分筋道，大冬天的也亏他能找来新鲜的笋子。"

强盗啊！我送给你女儿的菜，看太监没根没底的可怜打赏了几两银子都被你们夫妇掠夺，没天理啊，我给宫里送吃的，还是美食啊，怎么就犯了王法，这还有说理的地方吗？转眼一想，这不是后世，貌似李二陛下的话就是王法，现在还真没有说理的地方。贿赂太监打听李安澜的事还得解释。

"臣今早不到四更天就起身了，唯恐公主怪罪，遇到领路的内侍就多打听了几句安澜公主的喜好，准备投其所好，不想陛下明见万里，小臣一点龌龊心思都逃不过陛下法眼，请陛下恕罪。"

"父皇，蓝田侯昨日无意中冒犯了安澜姐姐悔恨不已，昨日在孩儿宫里就说要赔罪，向内侍打听姐姐喜好也是有的，请父皇念在他一片诚心的分上饶他一次。"李承乾到底是好兄弟啊，虽然平日里有些无耻，紧要关头上，还是兄弟靠得住。

俩唐朝最大的地主地主婆看都没看地上站着的哥俩，你一口，我一口地吃得十分惬意，一边吃一边品评云烨的手艺。李二似乎对于猪肉很是中意，一大片扣肉嚼在嘴里不停地点头。看气氛有些缓和，云烨就大着胆子一一介绍每样菜的特点。长孙皇后听得很仔细，偶尔还问几句。云烨、李承乾暗暗相视一笑，看来今天可以混过去了。

"你与你师父情同父子，为何将他遗骨化为灰烬，且撒入大河，给后人连个祭拜的余地都不留？"李二酒足饭饱，漱了口，饮了一口茶水问云烨。

"尘归尘土归土，从哪里来，到哪里去，师父常说，既然赤条条地来，就一定要赤条条地去，我已长大，师父在人世间最后的一点牵挂都没了，小臣遵照他的遗嘱让他归于天地，影像留在我的心间。"早准备好了答案，就知道他会问。

"这倒是高人行径，走得干净彻底，不留一点后患。今天你老实告诉朕，白玉京是怎样的存在，会不会对我大唐造成威胁，如今你也是大唐一员，一荣俱荣，一损俱损，你慎重回答。"李二在云烨面前第一次站在同伙的立场上谈话。

"陛下完全可以认为白玉京与东海龙宫、九霄之上的凌霄宝殿是一样的东西，就小臣猜测，白玉京是一种精神境界，而非是一个实实在在的地方，有人曾经飞到九天之上，白云之间也没发现有神仙跑来跑去，西王母的天池就在昆仑山上，花几年时间就会到达，上面除了冰雪就是一个大湖，冷得要死，气都喘不过来，小臣就不相信有什么东西可以在那种环境里常年生存，什么四时不谢之花，连杂草都没几根。想起来小臣就后悔去那里玩。"云烨心中暗笑，天池，我去过三个，东北的火山湖，天山的天池，再加上西藏的天池，说实话，如果去掉各种旅游设施，就他娘的纯粹是蛮荒之地，爬山爬得脚都没知觉，跑上去看一眼蓝色的湖泊亏大了。下了山还嘴硬，按照自己想象中的美景给别人一顿胡吹，自己吃了亏就不想别人好过。我一哥们儿就是被我忽悠去的，回来差点掐死我。等别人问起这趟旅游收获时，他满脸陶醉地形容，让我深恨自己语言的匮乏。

李二全家三口现在的表情就很像我上课回答不出问题时的样子，茫然，瞪着一双无知的眼睛发愣。

"人可以在天上飞？你去过西王母的天池？"很好，云烨发现自己是一个转移话题的高手，一下子就从师父哪儿去了这个话题转移到人能不能飞这个简单的科普问题，轻咳两声，一副博物馆解说员的姿态，让李家三口肃然起敬。

"陛下见过孔明灯吗？"

"那是祈福用的，朕当然见过，说人飞天这回事，不要东拉西扯。"李二脸有些抽抽。

"陛下，那人就是坐着孔明灯飞上天的。"

"胡说八道，谁家的孔明灯可以带着人飞天的。"李二噌的一声就从炕上蹿下来，凶恶的眼神死死盯着云烨看，如果不能有一个合理的解释，云烨今天就会死得比猪还难看。

"陛下莫恼听小臣把话说完。您看两尺见方的孔明灯可以把蜡烛或者火棉带上高空是吧？"

"这话没错，孩儿去年就放过一个三尺大小的孔明灯，连油盏都带跑了，那油盏足有三两。"李承乾在旁边帮腔。

"多谢太子殿下，您说得不错，三尺的孔明灯既然可以带起三两重的物体，那么比它大十倍的孔明灯岂不是可以带起十倍的重量？如果再加大火力，一个三十尺的圆球带起一个重百十斤的人岂不是轻而易举？小臣就坐过这东西，下面用猛火油喷出火焰，把热气往大球里吹。人坐在竹编的大筐里，随风在天空飘荡，云彩全是水汽，穿过云彩人都湿透了，天上好冷，大夏天得穿皮裘才能挺得住。地上的人，都变成蚂蚁大小，城池就像炕桌大小。陛下如果喜欢等小臣找到合用的棉布咱也造一个。"唐代没有化纤，不知道有没有既结实又密封还得防火的材料。

李二陛下坐回炕上盘着腿，他脑海里正在大起波澜，为什么？这么简单的事怎么就没有人尝试过？从三国诸葛孔明发明孔明灯以来已经快四百年了，就没有一个人这么想过吗？飞天啊！这是何等的壮举，就算有危险，在这么大的名利诱惑下就没有一个死士吗？难道说真如程咬金说云烨的话，这是一个极为聪明的小子，我大唐不是没有这样聪明的少年，甚至有些还要超过云烨，可为什么他的奇思妙想就能层出不穷呢？简单的制盐妙法，简单的炒钢，简单的夺血续命，简单的铁炉子竟然造就了一个产业，简单的蜂窝煤，加上黄土就变成烧柴，就连今日简单到被大唐上流人士遗忘的猪肉也会如此美味。我大唐这样简单的做法太少了，如果有百十个云烨大唐会变成什么样子？把简单变成不简单，说起来容易，做起来就难了，这需要怎样玲珑的心肝，这是一个怎样的怪胎啊！

李二大受打击，多年养成的高傲性格在云烨面前一败涂地，他没心思追究云烨贿赂内侍的问题，也没心思追究云烨要泡他女儿的事，现在只想静静地理一理思路，重新树立自己高高在上的心态，没有这种心态是做不好皇帝的。他挥挥手让云烨和太子退下，自己躺在炕上一言不发。

长孙皇后把刚才的情形都看在眼里，温柔地给李二揉按太阳穴，等待自己的丈夫理清楚思路，重新变成高高在上的帝王。

"观音婢，我们到底哪里出了问题？是我们太蠢还是这小子太聪明？"李二纳闷地问皇后。

"二哥，你想差了，那小子从小就在一群怪人中长大，或许说他从小就在一群高人中长大，见多识广，再加之从小受到的教育与承乾他们完全不同，听程咬金说，他学习的不仅有算学，还有格物，他叫物理，还有几何，还有几种妾身都不明白的课业。甚至于连胡说八道也是课业，有超出常人的心思也就不足为奇了。不过妾身一点都不担心他会出格。"皇后的一席话让李二精神一振，咬牙切齿地说："小子，想娶我女儿，没那么简单。"

第三十二章

征于色，发于声

　　云烨满面笑容一跳一跳地在花园小径上蹦着走，李承乾则很担心他的精神状况，没见过给女孩子送礼被捅到父母面前丢了老大个脸还喜笑颜开的，这货该不是被气疯了吧？悄悄往外走两步离他远点以防他暴起伤人。

　　"小烨，安澜她就这个脾气，没见她连我父皇的面子都不给，我父皇虽说减免了她一点用度，她就干脆一点都不要，还在听涛馆那边开了一小片农田，虽说收不了几颗粮食，她却乐此不疲，我母后去劝过，她只是哭，完了还是独来独往，她母亲地位低下却也是有名分的昭仪，经常送点东西给她，这才没被饿死。我父皇说她是犟驴一个，你就不要和她一般见识了。"李承乾其实很希望云烨成为他姐夫，毕竟这是他的第一个朋友，他不希望看到两人有一个受伤。

　　他哪里知道云烨心中的快活。云烨此时在心中大喊大叫："这就对了，这就对了，好姑娘是不会被一点小恩小惠打动的，想当年我老婆就是这样，一个月没吃早餐花了百多元买了兔子娃娃向她表白心迹，被她用墨汁把眼睛涂成黑色，弄得兔子不像兔子熊猫不像熊猫的还给我，最后还告诉老师我耍流氓，害得我在全班做检查，她笑嘻嘻地在旁边看，那又如何，最后还不是成了我娃他妈。你当我喜欢李安澜？如果不是那张脸和老婆一模一样，我会上赶着追她？弄回来，一定要弄回来，哪怕和她什么都不干，午夜梦回时看看也好。这种杀千刀的心思不敢给李承乾透露，否则他真会杀我千刀。

　　"谁说安澜没有接受我的礼物？我做了六道菜，陛下餐桌上只有五道，那一道叫化鸡哪里去了？你别告诉我安澜有扔食物的习惯。"

"叫化鸡？什么叫化鸡？吃的？"李承乾抓住了问题的核心。

"一道真真正正的美食，一岁大的鸡掏去内脏，用油盐、香料料酒腌了，再包上荷叶裹上黄泥，放火堆里烧，等黄泥干透了，鸡就熟了，泥壳子一打开香气四溢，就你家做的鸡拍马也赶不上。"反正高兴就给太子殿下上一堂美食课。

"咕咚"，李承乾咽了老大一口口水，眼睛都红了，拖着云烨就往东宫跑，路过听涛馆喊了声程处默，这货还在呼呼大睡，旁边几个小霸王龙用茅草捅他鼻孔也弄不醒他。李承乾木着脸轰走了弟妹，在程处默耳边轻轻说了句："吃饭了。"这家伙立刻站起来，眼睛都没睁开就往外走。

东宫，上次来就没仔细看看，这次一注意就发现李二在虐待少年，房屋一水地高大，门柱一水地粗壮，就是屋顶长草，门柱色彩斑斓，仔细一看不是漆的，是漆皮掉了露出里面的旧漆，也不知多少年没整修过了。屋子里倒是整洁，就是没什么人气，旁边站几个半死不活的太监，阴阳怪气地给三人见礼。没见到那个叫称心的美貌如花的娈童，也没看到年纪在三十岁以下的宫女。云烨和程处默对视一眼，再瞅瞅李承乾。

李承乾苦涩地一笑："母后说课业精于勤荒于嬉，李纲师傅说，少年人戒之在色，父皇说生于忧患，死于安乐，要我时时保持一颗警惕的心，不要在身外事上多用心思，小弟现在做得很好，经常得到父皇母后师傅的赞扬，他们要我再接再厉做一个优秀的大唐太子。"

不在沉默中爆发，就在沉默中死亡，在李承乾身上得到最佳的注释，以至于后世帝王无不以他为蓝本来告诫自己的接班人。在云烨看来李承乾后来倒行逆施有一大半应该归罪于李二两口子，严厉的皇族教育把本来就淡薄的亲情消磨殆尽，一个人处在高墙大院不学习突厥人的自由暴虐才是怪事。至于娈童，你不让他正常接触女子，只是一味地压制，少年人的逆反心理运作之下，这种恶心的事出现也就水到渠成了。

"哈哈，谁让你是太子，我们哥俩就没有这种苦恼，家里好屋子我们住，好吃的我们吃，想上青楼就上青楼，想上美女就上美女，何其快哉。"云烨没心没肺地向李承乾炫耀。

李承乾脸上苦涩的意味更加浓重，没心没肺的程处默都不忍再看。毕竟是太子，一个早熟的十二岁的少年，虽然心里的抗拒意念越来越强烈，却没有表现出来，淡淡地说一句："没关系，有一天我也会如此！"

这句话听得云烨心里直发凉，有一天，这一天是什么时候？造反的时候？吾若为帝，当肆吾欲，若有臣下谏，遂杀之，杀五百，岂不定？这句混账透顶的话彻底葬送了他，也葬送了他的帝王美梦。古人就说了，堵不如疏啊！恶念如同洪水猛兽是堵不住的，连几千年前的大禹都明白的道理，李二聪明一世怎么就弄不明白？眼前的少年谦恭有礼，风度翩翩，言谈举止高贵大方，有谁知道心里藏着一头吃人的恶兽？

"故天将降大任于是人也，必先苦其心志，劳其筋骨，饿其体肤，空乏其身，行拂乱其所为，所以动心忍性，曾益其所不能。"

李承乾接着背："人恒过，然后能改。困于心，衡于虑，而后作；征于色，发于声，而后喻。入则无法家拂士，出则无敌国外患者，国恒亡。然后知生于忧患而死于安乐也。"

背诵完了，李承乾问云烨："烨子，你也认为孟子的这些话是对的？"

不理会他眼里的绝望："当然是对的，非常适合对别人说，比如，我现在就可以对你说。"

他眼睛一亮，云烨知道他听明白了话的含意，只是以后李承乾嘴里边嚼着鸡腿边对别人说，故天将降大任于是人也，必先苦其心志之类的话，云烨打死也不承认是自己教会李承乾对别人说这句话的。

大道理谁都明白，如果你不是天生的圣人就不要遵从书里关于人应该怎么做的描述，那是文学作品，是用来教育人的，只能说它是一种普世价值观，我们可以赞扬书里描绘的美德，甚至偶尔出现一个圣人我们可以顶礼膜拜，把他的美德一代代传扬下去。知道正确的路，不一定要走，要是大家都沿着一条路走，那条路会不会出现堵车的现象？这个时候走远路的家伙说不定比你还先到家里，正坐在沙发上喝啤酒看球赛，而你堵在路上只能可怜地用塑料袋解决大小便的问题。

雷锋是圣人，我们都在学习他，甚至听说他的精神在美国也很有市场。能力所能及地帮助他人是我们做人的本分，刻意地那么做就超出了我们的能力范畴，说不定还会引来恶意的猜想。这就是云烨做人的底线。

李承乾似乎很兴奋，解决了困扰他多时的心结，虽然还有一点迷茫，但精神很不错。知道他这种满肚子鬼主意的小屁孩现在需要自己想想，正要给他这种思考的空间时，一阵雷鸣般的咕噜声传来，程处默恶狠狠地看着两个打哑谜的白痴，早过午时了饭还没吃呢。

东宫的内侍、属官快疯了，大唐太子殿下，大唐侯爷，大唐小公爷三人脱掉外袍，只穿着紧身的衣裤跑厨房里捉了七八只鸡，小公爷在杀鸡，侯爷在拔毛，太子殿下在弄火堆，满脸烟灰都快认不出来了。不好，侯爷又找来一把锄头在刨地，太子殿下在和泥，他们要砌墙吗？还吩咐找来包东西用的荷叶，云侯爷在鸡身上裹泥巴，然后埋到火堆里，要火化这几只可怜的鸡？

他们在喝酒，还好，是葡萄酿。

冬日的寒流被篝火驱散，阴霾的天空也难得地露出一丝晴空，东宫花园里三个贵族少年坐在石头上就着一个罐子在喝酒，不时互相殴打抢夺一番。累了就靠在老树根上喘口气。

"这是我这辈子最美的一天，回头就算被母后责罚也值了。"不胜酒力的李承乾脸上红扑扑地嘟囔着说。

"屁话，还一辈子，你还是嫩芽，花苞都没吐就说七老八十的话，你觉得你惨？等到你在史册上煌煌留名的时候就不说这话了，不过陛下注定会成为千古一帝，你压力好大哦！"

"强爷胜祖，俺老爹就是这么教我的，俺就不信会超不过俺老子，承乾你就该有志气，我大唐周边全是王八蛋，咱一个一个砸碎它，砸了这么多的王八蛋就不信超不过老一辈。"程处默从云烨这里就没学到好的。

三人都没发现就在不远处的竹林旁边李二、长孙就站在那里，没过来听三个少年人说话，周围的内侍宫女躲得远远的，本来怒气勃发的李二面色平静，长孙却有喜色。

"还记得我们在陇右学我师父的那篇文章吗？"

"好意思叫文章？只有一小段而已，不过倒是为我少年提气，借酒诵来倒是颇合意境。"

"什么文章，我们在一起会背文章？你傻了吧？"

"红日初升，其道大光。河出伏流，一泻汪洋。潜龙腾渊，鳞爪飞扬。乳虎啸谷，百兽震惶。鹰隼试翼，风尘翕张。奇花初胎，矞矞皇皇。干将发硎，有作其芒。天戴其苍，地履其黄。纵有千古，横有八荒。前途似海，来日方长。美哉我少年中国，与天不老！壮哉我中国少年，与国无疆！"开始只有云烨和李承乾在文绉绉地诵读，在程处默加入后逐渐变得雄浑，再诵读一遍觉得不过瘾，扯开嗓子又嚎叫一遍。文章本就有慷慨激昂风骨，最是适合大声吟诵。少年人的胸怀在此一刻得到开拓，只觉得一切蝇营狗苟在少年壮志之下都不足以论。

火渐渐熄灭，叫化鸡的外壳被火烤得硬邦邦的，鸡熟了，哥仨一顿哄抢，敲开外壳，白皙滑嫩的鸡肉裸露在三个饥饿的少年面前。

有人来了。

鸡没了，李二嚼着鸡腿走了，长孙掩着嘴笑着走了，最可恨的是两个内侍抬着一筐泥疙瘩跟着走了。独留下三个面面相觑的少年和每人屁股上的一个脚印。

第三十三章
给马穿鞋子

被人欺负了，云烨打算躲家里不出门了。

可惜树欲静而风不止啊，李二要找你你就算躲到天边他也会把你揪出来。一纸轻飘飘的旨意落在他头上，左武卫行军长史兼大唐格物院院判，院正是李承乾兼领。找遍大唐国家机构，愣是没人知道格物院是一个什么所在。最后问李承乾，他才在皇城延喜门边上找到一个巨大的院落，整个院落树木森森，占地足有五亩，在皇城里也算得上有数的院子，当然和隔壁的中书、门下二省是没法比的。

就是太旧了，门窗有些都脱落了，站在屋子里抬头就能看到瓦蓝的天空。来唐朝也有些日子了，知道李二现在很穷，尤其被颉利勒索一顿后就更穷了，听说他日常办公的紫宸殿也是夏日闷热，冬日苦寒，新修的宫殿现在还是烂尾楼，杵在皇城里很难看。可是这样的地方我怎么办公？这是一个机构，是我给李承乾说过的一个科学机构，需要踏实工作的地方，连窗户都没有的科研机构你指望能研究出什么东西？现在不是毛太祖时期，靠热情梦想就足以征服一切。云烨是一个彻底的功利主义者，要出成绩，那就得有相应的报酬。现在的处境与他想象中的格物院差得太远。

只有三十几个人，这还是从关中找来的格物高手，有老爷爷，有伯伯，有叔叔，就是没有兄弟，年轻的格物人才才是云烨急需的。这些人中有专攻土木建筑的，就是建筑师，还好有些靠谱，有专门给人家看风水定墓穴的，怎么风水师也派来了？有专门挖水渠的，好吧，这位是水利工程师。铁匠？瓦匠？木匠？篾匠？还有一位不要脸的愣说自己"穷理尽性以至于命",不知道是什么意思。云烨脑门上的青筋直跳,这就是自己梦想起飞的地方?

让建筑师计算整修整个院子需要多少钱,让风水师在院子里找一个方位最好的屋子给我当办公室,让各种工匠找来自己的徒子徒孙一起帮忙修整。让穷理尽性的伯伯充当文书记录自己的命令,再传达下去。不得不说唐人的服从性是杠杠的。一起动手花了三天的时间就整修出六间屋子。

李二陛下是慷慨的,共批下来两千石粮食作为云烨起家的资本。钱?没有。如果有钱,还要你干什么?这就是李二陛下的回答。

站在朝班里,云烨满脑子都是一会儿如何从户部尚书手里弄出一千贯铜钱,最不济也要有八百贯应急,再要不来钱,格物院就要断顿了,自己无所谓,就是一百年不发俸禄也没关系,可手底下的三十几个人不成啊,只有粮食在长安是混不下去的,粮食又不敢卖掉,这是私枭的大罪。

"一万贯?温尚书,我兵部车驾司每年用废的马匹就有上万匹,如果不重新补充新的战马,你叫我大唐骑兵蜕变成步兵不成?"李勣怒目圆睁,正在大声驳斥户部尚书的吝啬。

这位都要了一万贯还不知足,云烨很是希望自己的一千贯不要放在户部温尚书的眼里。

"战马靡费之因十之五六都是马蹄磨损、破裂造成的,这也是困扰骑兵出击的一大因素,这两年,我大唐士卒枕戈待旦,誓要雪耻,所以训练就刻苦一些,损伤些战马也是值得的。"李靖站出来替李勣帮腔。

"一万贯已是户部最大的能力,再多,就要等到明年。"温大雅寸步不让。

大唐初期的朝堂是宽松的,只要你有理就可以尽情阐诉,李二陛下坐在高高的御座上看着臣子们争论,这是他喜闻乐见的场景,每一个人的反应都是他观察目标,他发现躲在角落里的云烨似乎有话说,往前几步又退回去了。他不是忙着建立格物院吗?怎么会跑到朝堂上来的?再看他拉着太子嘀嘀咕咕就知道刚才李靖说的难事,他八成有办法解决。想起前几天他与太子、程处默吟诵的"少年说",心里就生起奇怪的心思，乳虎啸谷？奇花初胎？潜龙腾渊？朕就看看你吹嘘的格物院有何能耐解决千年以来都没有解决的难题。

在房玄龄训斥了吵吵闹闹的诸臣子后，李二开始说话了：

"蓝田侯云烨，朕见你似乎有话要说，你不妨大胆进言，只要有理，任何话都可说，你与太子初创的格物院虽说简陋了些，少年人筚路蓝缕走自己的路才更显风流嘛！"

没路走了，云烨牙一咬站出来伸出右手弹出三个指头："给我三千贯，微臣自会解决马蹄磨损的难题。"这是他第一次主动往自己身上揽事情。李承乾紧张地看着他，为他捏一把冷汗，这不是私下里兄弟们吹牛打趣，这里是朝堂讲究一口唾沫砸个坑，一旦把话说死，就没有回圜的余地。

李靖看了云烨一眼，不作声，李勣有些惊讶，温大雅向前一步，对云烨说："你可知此话一出，老夫就不当你是一个十几岁的孩子，而当你是我大唐蓝田侯。"

感激地对温尚书拱手一礼："您可以把这句话当成大唐格物院院判的话，三千贯，我现在就要，六天，这是解决问题的期限，这是格物院的承诺。"

温大雅眼中异彩连连，双手一击大声说："好，果然英雄出少年，马蹄磨损不但会造成大量靡费，更造成战机的误失，只要你解决难题，老夫咬咬牙从户部用度里再抠出一千贯助你格物院早日迈上坦途。"

云烨伸手与温大雅互击一掌。各自心满意足地归位。

李二笑看臣子的赌约已成，就说："蓝田侯，朕很好奇，你打算如何解决？解决到什么程度才算成功？"

云烨早就想好了，胸有成竹地说："长安到洛阳来回足有一千五百里，臣打算让骑士一人两骑从长安出发，到洛阳后由洛阳留守用印证明确实到达，再原路返回，回到长安后检查马蹄完好无损者臣就算赢了，反之算输。陛下以为如何？"

"一天五百里，这就是你要六天时间的原因？只是你有研制所需之物的时间吗？"牛进达有些担心。

"小臣不明白这样简单的事为何会千年以来都没人解决，我们人知道光脚走路会伤脚从而发明了鞋子，为何就不能给马穿上鞋子？"

第三十四章
昂贵的铁条

朝堂上一片哗然。

李纲站出来右手戟指云烨嘴哆嗦着说不出话，半天才挤出俩字："竖子！"

"臣弹劾蓝田侯云烨在朝堂之上大放厥词，哗众取宠，藐视陛下，不惩不足以戒示天下。"一位四十余岁的家伙义愤填膺地指责云烨胡说八道。

李靖满脸失望，老程忧心忡忡，温大雅也叹口气不言语了。

云烨站在朝堂中间笑嘻嘻地看混乱的大臣，做手势阻止了要出班为云烨求情的太子，老牛刚要上前被老程揪住，在他耳边小声说："你忘了这小子办事，没九成把握什么时候会冒冒失失地站出来？这小子现在恐怕憋着坏呢，他那个什么格物院穷得底掉，这些老夫子难逃他的魔掌。"他看见云烨对太子打的手势，拇指食指成圈，剩下三个指头上翘，听儿子说这是万事大吉的意思。放下忧心的老程老牛在旁边看云烨到底怎么戏弄这些老夫子。

房玄龄出班质问云烨："蓝田侯，你刚才所述，可是戏言？"

"回禀中书令大人，下官每句都是实言，奈何诸公不信而已。"还是那副吊儿郎当的欠揍模样。

"既然如此，老夫就要宣布你和温尚书的赌约从明日起施行，你若有差池，不是小小惩戒就可平息诸公怒火，想仔细了。"老头人不错，这时候还替云烨着想，有机会要报答一下，云烨心里想。

房玄龄走到中间，双手抱着笏板向李二施礼："启禀陛下，老臣刚才问过蓝田侯，他准备继续施行赌约没有食言的想法，为公平起见，就许他六日如何？"

"准奏！"李二言简意赅，他倒要看看云烨是如何化解这个死结的。

"微臣有话说。"云烨赶紧跑出来，千古难逢的敲竹杠的机会哪能错过。

"前些日子蒙陛下赏赐，微臣家中人口简单用不了万贯家财，既然与温尚书打赌，不妨与刚才训斥微臣的诸位大人再打个赌，就以这一万贯为赌注，微臣赌自己的想法会实现，不知诸位大人可有胆量一赌？"

"老夫孔颖达，家中虽然小康，区区一千贯还拿得出手，就与云侯赌了，老夫衷心希望云侯获胜，不过就老夫看来难难难……"

"老夫李纲……"

"老夫岑文本……"

"老夫……"

在一片赌云烨失败的声音里跑出几个不和谐的声音：

"老夫出五千贯赌云烨胜出。"

"老夫出三千贯赌云烨胜出。"

"回禀父皇，儿臣这几年也小有积蓄，出两千贯赌云侯胜出。"

听到这几句话，云烨就跟吃苍蝇一般难受，谁啊？老子赌钱赌得正要大杀四方，猛然间出来几个分红的，是可忍孰不可忍，是哪个混蛋？

回头恶狠狠地找人，只见老程、老牛、李承乾三个打劫的家伙正在相互拱手祝贺。

房玄龄笑呵呵地再加上一千贯赌云烨胜出就完成了赌局。只要云烨赢了，格物院五年之内不用再为经费担忧，如果输了，估计就得卖侯府了。

云烨不放心特意一一确认了赌注的有效性，小心地把赌约收到怀里，再看看周围的大臣笑嘻嘻地拱了拱手，

"诸位大人可以回家准备钱财了，格物院还等着付工钱呢。"终于到了云烨嚣张的时候。

"小子，想要老夫的三千贯，拿出实实在在的东西，马上就给你

用车拉来。否则，老夫看你侯府不错，打算再纳一房妾侍，就安排在你家了。"长孙无忌笑呵呵地打趣，惹得殿上众臣哄堂大笑，李二也撇撇嘴。

"长孙伯伯，别的大人不相信情有可原，您不相信就让人失望了，小冲骑着钉了马掌的马从陇右一路跑回长安，您会不知道？"又冲着李孝恭施礼，"多谢王爷的三千贯，晚辈笑纳了，至于马掌有没有用您回家问问怀仁哥哥就明白了。"

"小子，你是说我儿怀仁骑着穿了鞋子的马从陇右一路跑回长安？还有长孙家的长孙冲？"

"当然还有卢国公家里的程处默！"

李二陛下坐不住了，随即宣召长孙冲、程处默、李怀仁各自带着钉了马掌的三匹马火速进宫。

看着在扔满沙石、残破的兵刃的石板路上飞奔的三匹马，诸大臣下巴都要掉下来了。

这样也可以？只要在马蹄钉上四个半环形的铁条，就无须考虑蹄甲磨损的问题，一旦马蹄铁损坏，扔掉换新的就是，云侯说得对，这么简单的问题竟然困扰天下将帅近千年，可笑啊，可笑！

李二哭笑不得，李孝恭劈手就抽了儿子后脑勺一巴掌："有这事你怎么不告诉我，你知不知道你老子为你这四个铁片片花了三千贯啊！"

长孙无忌看儿子的面色也不善。

"父亲不知，小烨当初给孩儿的战马钉马蹄铁的时候就要孩儿发誓不告诉任何人，孩儿实在是不知道他用来坑您，否则孩儿怎敢隐瞒。"长孙冲哭丧着脸给他老子解释。

温大雅仰天长叹："老夫为四个铁条花了四千贯的国帑，还花得心服口服，老臣昏悖，见事不明，尚请陛下降罪。"

李二苦笑一声："爱卿何罪之有，以四千贯解决了困扰骑兵千年的难题是有功于社稷，今日的事，就在朕眼前发生，蓝田侯有化腐朽为神奇的本事，反手之间谋算我君臣于皇皇庙堂之上，自入彀中，怨不得旁人，只是日后切莫与这小子打赌，就算他有合理要求也要思之再三，不要让他再钻空子。"

温大雅极有同感地点头，这是云烨没有料到的，自己穷急眼做的事给大唐百官上了印象深刻的一课，以后他的奏章李二会反复研究以防不测，三省六部更是视他的表章如同洪水猛兽，再也不想发生四千贯钱买四个铁条的事。

老程笑得嘴里可以塞进去拳头，拍拍这个，拍拍那个，嘴里大方地说："老李，家里缺钱就告诉兄弟一声，给你宽限几日不是不可以，只是簪花楼就得你会账，哈哈。"

老牛呆板的脸上也露出难得的笑意，冲云烨点点头，一副欣慰状。李承乾早乐得见牙不见眼，李二看不习惯，就对他说："你还未成年，要那么多的钱财干什么，回头交给你母后，填补宫内用度。"李承乾的笑脸顷刻间变成苦瓜。

房玄龄笑呵呵地拍着云烨肩头说："好一个聪慧的孩子，这满朝文武被你一网打尽，老夫也跟风小有收获，待到休沐之日，来老夫家中小坐，你多和遗直、遗爱他们亲近亲近，年轻一辈在一起投缘，不像老夫，就剩下唠叨了，呵呵。"

李纲老先生是一位正直的人，硬邦邦地对云烨说："你少年聪慧，多智，原本是喜事，只是手段不合君子正直之风，老夫知道你并非贪好财货之辈，只是为格物院的建立不得已而为之，你既然要开创格物学之先河就要立身正直，莫要行差踏错，行事举止当有法度，宁可直中取不可曲中求，否则就算格物光耀一时，立身不正也难长久。"

云烨倏然一惊，这才是大家的见识。遂整衣弹冠恭恭敬敬地一礼及地："小子受教。"

孔颖达鼓掌欢喜地说："孺子可教，孺子可教。"

第三十五章
这不是我娘

　　李二坐在矮榻上神色阴晴不定，一会儿张嘴失笑，一会儿又咬牙切齿，长孙皇后端着一碗莲子羹进来他都没有发现。皇后把托盘放在矮几上，来到李二身后，轻轻为他按摩肩背，李二抓住长孙的手止住她的按摩，把她拉到自己面前，对她说："观音婢，说说家常，让我换个心思，今日朝堂上实在是乱得紧。"

　　长孙没有问朝堂上到底发生了什么事，只要是朝政，李二不说她就绝对不问。

　　"妾身今日特意准备了五百贯钱，打算交给承乾，他和云烨办格物院没有钱恐怕不行的，妾身就只能帮他们这么多，剩下的就要靠他们自己了。二哥，云烨恐怕是承乾第一个朋友吧，前些日子咱们在东宫看到三个人胡闹，妾身没来由地有些感慨，承乾从来没有像那天那样快活过，妾身感觉得出来。"

　　李二有些懊恼，似乎只要听到云烨这个名字脑仁就疼。端起那碗温度正好合适的莲子羹两口就干了下去。

　　"哟，可是妾身说了什么不合时宜的话？"长孙擦拭着李二的嘴角，笑着问。

　　没好气地把长孙皇后的手拉到一边："我现在听到那小子的名字头就疼，你也不用再准备钱给承乾，他们自己解决了。"

　　"自己解决了，您在朝堂上给他们批了银子？"

　　"是啊，批了，足足批了两万多贯。"李二想想都肉疼，四个铁片子硬生生从自己这里挖去了四千贯，还不算那些大臣的赌注，没有人会赖账，最多到后天，云烨手里就会有不下两万六千贯铜钱，这是什么道理，朕皇宫里的宫殿都没钱修建破破烂烂地扔在那里都半年了，这小子修一个五亩大小的院子用得了两万多贯？

"啊！陛下，你怎么会给格物院这么多钱，臣妾计算有个一千贯就足够。"长孙皇后大惊失色。

"你当我愿意啊！"李二就把今日朝堂上发生的事一一告诉了皇后。长孙掩着胸口长出一口气，愤愤地说："太胡闹了，两万六千贯啊，可以为朝廷办多少事，哪能任由一个未成年的小子胡乱糟蹋，妾身这就宣云烨进宫，给他留上六千贯剩下的纳入府库，做其他用途，最不济也要修修皇宫才是。陛下不好说，臣妾就没这顾虑，他还未成年，正是臣妾该管的时候。"

看着皇后娉婷袅娜的背影，李二的心情忽然好了起来，无论是谁平白有两万贯入账，还解决了大麻烦心情都会好起来的，皇帝也不免俗。

云烨、李承乾、程处默、长孙冲、李怀仁五个人正在举杯庆祝。长孙无忌是个痛快人让儿子拖了两大车铜钱送过来，说是愿赌服输，李孝恭也不含糊，同样的两大车，倒在院子里堆成山了。

格物院的同仁对侯爷的敬仰犹如黄河溃堤一发不可收，白发的老爷爷抱着十贯钱就往库房里搬，脚下连绊子都不打，六十斤重啊，看来有钱能使鬼推磨这句话是真的。穷理尽性的仁兄充当账房嗓门大得不能再大，惹得旁边两省的闲散官员伸长脖子往里看。知道的晓得这里是格物院，不知道的以为改钱库了。

福顺楼，侯爷发话了，今天收拾完了，提前一个时辰下差，格物院全体都上福顺楼，侯爷包了场子。是个人都知道福顺楼是个什么地方，那就不是普通老百姓去的地方，也不是下级小吏去的地方。坐落在东市，蛮横地霸占了东市口上的黄金地段，里面听说比皇宫差不了多少，伺候的全是高级权贵，如果不是侯爷包场，咱们这些人这辈子就别想进去瞧瞧。沾侯爷的光沾大了，后半辈子在街坊面前有吹了。

送别程处默、长孙冲、李怀仁后，云烨站在他院子里等一个人，李承乾不明白他在等谁，问他，也不说，只好陪他站院子里。

冬日的午后阳光洒在身上，晒得人懒洋洋的，此时的长安气候湿润怡人，没有后世西安的干冷，竹子还是绿的，松树青翠依然，除了光秃秃的桐树，几乎让人感觉不到身处严冬。冬天不冷这对云烨来说不是一个好消息，浅土层里的蝗虫卵不会被冻死，意味着六月一场巨大的蝗灾就会如约而至，朝廷做了准备，看陛下的心思有承受损失的准备，就不知道关中百姓有没有这样的心理准备。

捡了一根树枝，下意识地在小花园挖土，没找着蝗虫卵，但愿史书上记载有误，云烨此时宁可被别人嘲笑，也不愿自己料事如神。

长孙皇后该来了吧，李二陛下有千古一帝的胸襟不会打自己这两万贯的主意，皇后娘娘会放过才怪，就这些天的接触来看，历史上贤明聪慧的皇后就是一个彻头彻尾的地主婆，还是有知识的那种。能有为她丈夫分忧解难的机会她绝对不会放过，两万贯能买多少粮食啊！云烨似乎听到皇后娘娘的心声，她老人家换算钱财的本能就是看粮堆的大小，不会考虑这两万贯要是由云烨运作一年会有多大的收益。这是一个经济荒漠的时代，人们还基本处在以物易物的初级阶段，普通百姓家里找不出一文钱这绝不是笑话，但是家境却颇为殷实，有牛，有羊，有鸡，有粮食，今儿少了盐，拿一只鸡去换，明家里要给娃娃扯几尺布，好办，家里还有一只羊……如果云烨放下身子去做商人，用不了多久，以前的大唐第一富商就会成为一个笑话。

"又起什么坏心思呢？骗了陛下，骗了群臣，你还打算骗谁？"长孙好听的声音在脑后响起。

"娘娘容禀，这是你情我愿的事情，怎么就扯到骗子身上去了，再说小臣也是为了格物院，这格物院可挂着皇家两字，要真说起来陛下与小臣可是一伙的。这骗子的名头要是传扬出去，谁还敢和微臣打交道。"赶紧辩驳，骗子的名头顶不起啊！

"果然其心可诛，你居然拉陛下下水，早在你要求挂皇家两字时，本宫就觉得不对，却不知是哪里出错，现在看来你就是仗着七窍里的那些聪明劲胡作非为，今天你如果没有一个交代，这件事就过不去。"长孙就差点说赶快把钱财交出来饶你不死的话了。

李承乾第一次感觉自己和老妈还有云烨差得太远，不是学问，绝对不是学问，那两个字打死他也说不出来。

"娘娘的仁慈足以照耀我大唐每一个角落，微臣感激不尽，正好小臣得到一批铜臭之物，在娘娘的感召之下，小臣决定献上一半，以供娘娘惠泽万民。"云烨一副痛改前非的诚恳模样。

"本宫母仪天下，区区铜臭之物何足道哉。"长孙也不把话说透。

狠啊！云烨在心里哀号，一半还不满足，你不能叫我白忙乎一场啊！

"娘娘的胸襟广阔实在是让微臣汗颜无地，小臣决定献上两万贯博娘娘一哂。"没办法，这是云烨最后的防线了，再不满足，他就准备撒泼打滚了。

"唉，你这孩子就是知情识趣，看在你一片诚心的分上，本宫就勉为其难地收下了，自会代你广布恩泽于天下。"考虑再三，娘娘大人满面凄苦地收下了云烨承诺的两万贯，留下两个账房，回宫去了。

"烨子，这是我娘？"李承乾有些不相信。

"没错，这就是皇后娘娘。"云烨漫不经心敷衍李承乾。

"我娘不是这样的。"

"所以我说这是皇后娘娘。承乾啊！你还要好好学习啊！"

"是啊！是啊！"

第三十六章

诱 骗

云府老奶奶悠然自得地在自家花房里转悠，后面跟着四个大大小小的孙女。

整个北屋被孙子打开隔断弄成一间大屋子，前后两堵墙被掏空，连上烟囱就成了孙子说的火墙，外面虽说还有些寒冷，屋子里却温暖如春。

展现春色的不只是火墙，还有满屋子的绿菜，绿莹莹的菠菜菜，微黄的嫩韭，泛黑的油菜，甚至还有几畦黄瓜正开着黄色的小花，一娘用毛笔在花蕊上东沾沾西沾沾，孙子说了每朵花都要沾到要不然就结不出黄瓜，也不知是何道理。

一排排的木盒子被木匠钻出一个个的小洞，上面铺上被开水煮过的旧麻布，再盖上一层半尺厚的腐土，煮过的黄豆水放炉子边上烤几天就发出恶臭，孙子就拿这水隔些日子就浇一遍菜，别说这些菜长得比庄稼人种的还好。

老奶奶满意地看着矮缸里的黄瓜，幻想着隔些日子就结出鲜嫩的黄瓜的样子。

辣椒老奶奶是不许这些毛手毛脚的小丫头动的，好不容易才长出十几棵，孙子说要是这些辣椒苗死了，他就去跳河。可不敢让孙子跳河，他要是跳了河，我老太婆还活个什么劲。

花是白色的，没味道，已经有一些长得快的结出绿色的小角角。听孙子说这东西是海客从几万里外的大洋弄回来的，死了就没了。

昆仑紫瓜长得也好，大大的叶子已经快要把花盆盖满，几个枝杈上结了小小的果子，顶花还没落哪。

朝阳的墙上开满了窗户，要不是屋子里顶满了柱子，这房早塌了。窗户多阳光就多，每到午时阳光最猛烈的时候就要打开，让绿菜见见光，直到太阳快落山寒气上来了，再关上窗户。

这些活计都是一娘、润娘的。烨儿说了，这是她们嫁妆的一部分，不管是嫁到豪门还是普通人家，有这个手艺就受不了欺负，可以快快活活地过一辈子。

一娘头上插着一个金步摇，一步三晃，及笄的大姑娘了，眼看就十四了。前些日子程夫人做的大媒，许给了裴家的一个远亲，小伙子十五岁，长得浓眉大眼没什么好挑剔的，知书达礼的好小伙子，多看一眼都害羞。一点都不像孙子大大咧咧的。小伙子的父亲在剑南一个县里做县令，虽说官小了点，也是书香门第。

问了一娘，一娘羞得不说话，孙子就说把那小子赶出去，再把腿给打折，被一娘死死抱住。惹得亲家母、程夫人笑得气都喘不上来。

亲事定了，孙子却不许现在就成亲。告诉亲家母，不是云家拿乔，是因为两个孩子身子都没长成，早早成亲有害无益，甚至会影响子嗣。别人家十三四岁成亲那是脑袋被门夹了，小小的人筋骨未定，精元未固就像还没到日子的庄稼，早早收割，你还指望有个好收成？唐律规定男子十八、女子十六这是有道理的。再过三年等俩孩子长大一些，再成亲不迟。

老奶奶唤过一娘，小脸被屋子里的热气蒸得红红的好看。见奶奶在看她想起定亲那天的事又羞得要蒙脸。老奶奶亲昵地点点她的脑门说："又是个有福的。"

小丫骑坐在哥哥脖子上嘴里嚼着锅巴，小西小北在背后用力推，人太小力气不够秋千荡不起来，就跑远远的再猛扑过来，秋千屹然不动，气得要去找姐姐们帮忙。

云烨嘴里嘟嘟囔囔地哼着歌，好心情啊！

去皇宫里见宋濂老大人说《三字经》普及的事遇到了小铃铛。

小铃铛看云烨眼中全是星星，见云烨手里没有食盒又失望无比。待到云烨变魔术一般从怀里掏出一大包糖炒栗子，嘴里的两颗兔牙似乎都在颤抖。欢呼一声就跑过来抢栗子，云烨往背后一藏，对小铃铛说：

"上次的叫化鸡好吃吗？"

小铃铛连连点头。

"别的菜更好吃，为什么不吃？"

小铃铛满脸委屈。

"我猜是公主一个人吃光了，没让你吃？"

小铃铛坚决摇头。

"你看，我做你家公主的驸马如何？"

小铃铛眼睛睁得非常大。

"我家有好多好多好吃的，皇宫都比不上，有叫化鸡，有红烧肉，有糖醋排骨，有油炸丸子，还有灌汤包子，汤圆团子，烧卖，韭菜合子，好多好多，你和公主到我家想怎么吃就怎么吃，吃得胖胖的也没关系。"云烨这会儿觉得自己像金鱼佬。

小铃铛陷入幻想，嘴角有一丝晶亮口水滑下都没发现。

"公主说你是坏蛋。"

好，终于让小丫头说话了，只要开口，云烨有足够的把握绕晕她。

"那天是个误会，我见到你家漂亮的公主不由自主地就胡说八道了，只觉得似乎上辈子就认识你家公主，这辈子又相遇了。回到家里我非常后悔，连夜做了六道好菜给你和公主送来，没想到你家公主自己舍不得吃送给了陛下。结果我被陛下惩罚，不准再来上课，还要在什么格物院上差，你不知道，那格物院破破烂烂连窗户都没有，我都被冻了好几天了。"

装可怜，希望可以引发小铃铛的同情心，好帮我完成把李安澜弄回家的愿望。

小铃铛不说话，只是看他身后。云烨以为她在看糖炒栗子，就大方地把栗子塞她手里。

"登徒子！上次的教训你还没受够？现在还在欺骗小铃铛，实在是可恶。"坏了，李安澜什么时候来的？刚才感情代入得太投入，没发现。

脑后有风声传来，不好，是兵刃！云烨撒腿就跑，晚一点就没命了。

不得不说唐朝的女子是凶悍的，更别说李家从小就把女儿当男孩子养，骑马射箭样样精通，连平阳公主这样的极品都培育得出来，这样的门风熏陶之下出现几个强悍的公主也就不足为奇了。

云烨在前面跑，李安澜拎着小花锄在后面追，小铃铛剥着糖炒栗子在后面慢慢跟上。

远远看到宋濂踱着方步从听涛馆出来，云烨放缓脚步，调匀气息，站在路边等候宋濂的到来，早早就躬身施礼，一副尊敬师长的好学子模样。

宋濂刚要说无须多礼的话，却见李安澜从旁边冲出来，举起花锄就要敲云烨的腿。

"住手！"宋濂怒了，在皇宫之中一个皇女要殴打一位国侯，这还了得。多年的教育都白费了。

李安澜这才发现宋濂，这位老夫子几乎是皇宫里所有皇子、皇女的老师，她也不例外。这是一位古板方正的严师，偏偏被他看见，大事不好啊。

"成何体统，成何体统，往日教你的恭谦贤礼让都上哪儿去了，一介皇女慌张跑路已是失礼，居然要殴打一位国侯，老夫倒要问问皇后娘娘是如何教导你妇人之礼的。"老宋很生气，后果很严重啊！尽管云烨心里都笑抽了，却一本正经地给老宋见礼。

"宋师且息怒，这一切是小子的错，前些天小子无意中冒犯了公主，已经赔礼道歉了，想来公主殿下心中还有些怒气。小子受两杖让公主殿下消消气也是应该的，请先生不要见怪。"

"胡说，对就是对，错就是错，你无意冒犯，既然已经表示歉意，她就该豁达原谅，这才不负老夫多年教诲，心存怨恨事后报复哪一点、哪一条符合君子之风？"

大概被气昏头了，李安澜想都没想脱口而出："谁要你假惺惺地求情。"

好嘛，老宋的怒火彻底被点燃了，指着李安澜说："回房间自省，抄《女诫》百遍，老夫自会与皇后娘娘禀报。"

李安澜委屈地大哭着回房间自省，小铃铛抱着糖炒栗子小心地缩在花坛后面偷听。

"宋师容禀，前些日子的确是小子的错，这安澜公主自幼孤苦，性情难免有些偏激，还请宋师饶她一次。"说完长揖不起。

老宋叹口气："也罢，此女性情偏激，日后难免给自己招祸，你既然求情，老夫就饶她一次。"说完就走了，连找云烨问《三字经》之事也忘记了。

小铃铛只觉得这位小相公实在是好人，公主欺负他，也不在意，还为公主求情，实在是一个大大的好人，公主选他做驸马好像也不错。

第三十七章
心酸的福气

云烨的奏章被驳回了，上面有李二朱笔写的不知所谓四个大字，每个字都让云烨有一种被嘲弄的感觉。心情糟透了，他只不过要求今年的科考能多招录一些格物人才而已，这些人才是将来大唐的顶梁柱，他们会分布在三省六部，甚至于每个州县，会让大唐多一些实干的人才，而不是多几个会吟几首歪诗的酸丁。

在云烨看来，唐时的科考只是一个笑话，它采用的是考试与推荐相结合的录取制度。考卷的优劣只是考评的一个方面，主考官更要照顾到举荐者的人情和面子。应试举人为了增加及第的"砝码"，便将自己的诗文加以编辑，写成卷轴，在考前托关系呈送给社会上有地位的人，以求推荐，即"行卷"。

这样一来，官员的子弟就有了先天优势，平民子弟就只是一个陪衬。先天的不足让他们在科场两眼一抹黑。秀才科已多年未有人报名了，明算科多是酒囊饭袋之辈。也不知李二凭什么说"天下英才进入吾彀中"这句志得意满的话。

也罢！你李二不是看不起那些落榜的平民子弟吗？我就从中间找出几个可用之材，看你录中的所谓英才厉害，还是我从落榜子弟中找出的人物厉害。反正今年的科考，大名鼎鼎的马周会落榜，刘仁轨也会被分配到宝鸡当县尉，只要找着这两个家伙，你李二找的人就是个渣渣。

阿Q的自我安慰法起到了应有的作用，云烨感觉好了许多，之前找算学大师刘怀借人不想人没有借到，反而被他抓去讲了好几堂课。

没有自己的子弟兵啊，太吃亏了，不行，既然叫格物院老子干脆把它当成学校得了。因为学校在皇城里，就不信招不到学生。

格物从娃娃抓起，这就是云烨对李承乾说的大意。既然所有人不重视，那老子就干出一番事业让他们瞧瞧，到时候亮瞎他们的狗眼。

李承乾很害怕，因为云烨很激动，站在桌子上口沫横飞慷慨激昂如同疯狗。双手挥舞得如同抽筋。

"没有学生，我给你买几个总成了吧。"在他看来，云烨就是想当老师想疯了，赶紧给他买几个学生哄走拉倒。

云烨不抽风了，重重地在脑袋上拍一巴掌，我怎么忘了自己在万恶的唐朝，人口是可以买卖的，没几个钱，尤其是孩子，十贯钱可以买仨。

从桌子上跳下来，这就回家，找姑姑问问，到哪儿去买些孩子回来。心情激动之下根本听不见李承乾的吆喝声。

一个头发半白的人直挺挺地跪在云府门口，旁边还跪着一个妇人，后面站着俩孩子。家里的仆役要他们离开，那男子却说他是侯爷用二十贯钱买来的，就在这里等侯爷出来。告诉他侯爷去了皇宫，他就说他可以等。

云烨骑着马匆匆赶回来远远看见府门口挤了一堆人，以为发生了什么事，刚到跟前仆役发现侯爷回府了，刚喊了一嗓子，看热闹的轰一声全跑了。

"你叫那个那个……对了，你叫钱通？西市口那个卖自己的？"

"老奴叩见侯爷。"钱通在地上梆梆地磕头。

"赶紧滚起来，也不怕别人笑话，你是谁家的老奴，爷高兴看你可怜赏了俩银饼子，有什么呀。"

"侯爷高义，钱通心领了，当初侯爷扔下二十贯钱急匆匆地走了，侯爷可以当没这回事，钱通不能，如今我浑家病好了，自当来府上效命。"还真是一个守信的人，云烨心里赞叹一声。

"既然你一心要报答，我身边刚好缺一个幕僚，就你了，现在和我去办事，那个谁，你去告诉管家姑姑要她安排一下钱夫人母子，就说我请了钱先生。"云烨缺人都缺疯了自然不会放过钱通这个有用的人。

钱通也不是一个矫情的人，反正他自认是云府的人自是不会在乎是奴仆还是幕僚，拱手说一句："谨受命。"便吩咐自家娘子几句，就站到云烨旁边等候安排。

　　钱通不愧是老长安人，原以为很复杂的买人环节被他简单化了。一排四五个人牙子站在云烨面前，任由侯爷挑拣。

　　云烨没有挑拣，只是告诉人牙子，自己需要十岁到十四岁的男童，要聪明的，识字最好，人数控制在十五人，如果有极为聪慧的女童也可以收下。

　　"钱我是不问的，但是来路一定要清白，如果有拐骗来的，本侯爷会让你生不如死。"在最后云烨告诫了这几个人牙子，他不想成为拐骗孩子的罪魁祸首。

　　人牙子个个拍着胸口说不会干那种天打雷劈的事，再说了，官府管得严，出了这种事，不用侯爷动手，牙行也会扒了他的皮。

　　人市啊！封建王朝的另一个特色，小时候学历史看到里面的插图，一个健壮的男子被胖胖的奴隶主掰开嘴看牙齿，就感觉和买牲口没有区别，女奴就要面对更残酷的现实，每天都要面对无休止的猥亵，在大唐律法里奴仆等同大牲口，甚至还不如，私自宰杀耕牛会被官上问话，还要被罚款，搞不好会被关几天以儆效尤，没听说打死奴仆有官上过问的。《唐律疏议》上虽然明确规定了无故杀奴婢会被杖一百，但是没有人因为这条罪受过处罚。

　　程处默说每天都有无名死尸被扔在乱葬岗，他们金吾卫每次巡查都能看见，只要没有苦主，就无人过问，所谓的民不告官不究就是此理。

　　钱通很好用，来家里几天就把上下理得顺顺当当，是一个干练的人。老奶奶让管家姑姑退下来，只管内院就好，外院就交给钱通处理。他们一家人住在一个小院子里倒也自得其乐。

　　"老钱，给家里当管家委屈你了，等我找到合适的人选，你就不要干这差事了，到我身边帮我如何？"云烨有些愧疚，明明说好了是幕僚的，不知怎么就变成了管家。

　　"呵呵，侯爷多虑了，老夫人事前问过我当管家是否委屈了，我告诉老夫人在来云府之前,我就把自己的身份改成了贱民,既然已失去了尊严,这良民的身份就不适合我了,当初伸了手,就注定了成了贱民,要不是侯爷援手,我恐怕连二十两银子也卖不了,贱内的身体也早就埋进了黄土。侯爷如今意气风发,正是扶摇直上的时候,我钱通卖身投靠说不定是我的福气。"

他看得很开,没有委屈的神色,想必多年的颠沛流离生活早就把心里的英雄气消磨殆尽。如今在云府刚刚获得一些平静富足的日子,就心满意足了。管家姑姑悄悄告诉云烨,刚安排钱夫人全家住进小跨院,钱夫人就哭得稀里哗啦,一遍又一遍地摸屋子里的家什,还总是问"这真的是我们住的屋子"。

贫贱夫妻百事哀,且不管钱通口中的福气到底为何物,只要他愿意,就是好福气。我心安处是故乡!

第三十八章
民以食为天

书房里静悄悄的，云烨在奋笔疾书。这样的状态他已经保持了六天。

格物院一穷二白，在这之前从没有人想到过要建立这样一个机构，如果不是云烨一再坚持，并保证自给自足，皇帝不会养一个看似笑话的机构。在他看来，格物院就是太子和云烨的玩具，如果有收获就是意外的惊喜，如果没有收获，也无伤大雅。

他料错了云烨，作为一个现代人早见惯了这种创业模式，只要皇帝给政策，他就可以白手起家。李二没有计算他无形的投入，光皇家这俩字就足以抵得上一万贯钱财，更何况在千疮百孔的唐律里钻漏洞云烨觉得可以赶着马车来回跑。

格物院在紧锣密鼓地整修，那三十几个老人分成六组，各干各的事，有条不紊。雇用了数十人在日夜誊抄从工部借来的山川地理资料，云烨想重新认识一下大唐。军械属于机密，军器监不给面子，严词拒绝了格物院的非分要求，就连李承乾都碰了一鼻子灰。将作监还好说话，借出了一些民用器械的图纸，并申明这是看在太子殿下的分上特别给的优待。

敝帚自珍！这是云烨的断语，越是翻看各种资料，云烨就越是生气。你看这张直辕犁的图形，不但画得难看，就连各部尺寸都不标，整图说明只说用料几何，没有施工说明，鬼才知道怎么造出来。再说了犁头就一个正三角形，连必要的刃口都没有，怪不得只能用牛耕田，马根本拉不动，垃圾！

锄头用生铁打制，垃圾；镰刀只有一尺长，垃圾。什么？种子是用手撒地里的？那种犁尖有洞的耧哪里去了？不是汉朝就发明了吗？怎么大唐农业最发达的关中居然还在用手播种？这些混蛋，连中国最早的联合播种机都弄没了，实在是不可原谅。

民以食为天，农具就是格物院现在的主攻方向。历朝历代都把农事看得比天还大，春种要祭祀，秋收要祭祀，皇帝、皇后都要亲自下地耕作，虽说是作秀，能让皇帝皇后作秀的事，在这个时代并不多见，不像后世，连总统亲自买个雪糕都归类到作秀行列。

将作监，你给我面子，我就给你面子，新制作出的农具就交给你们传播，功劳大家人人有份，皆大欢喜。

军器监，你不是牛吗？说老子非分？就你那些破烂，什么云梯、攻城车、投石车……我会看到眼里？老子知道什么叫回回炮，就是不告诉你。

正当云烨沉浸在极度的意淫之中不能自拔的时候，书房外面传来一阵骚动，云烨有些不高兴，不是吩咐过了不得在书房附近走动，怎么回事？

"老庄，怎么回事？谁在吵闹？"

"侯爷，是程公爷和牛家侯爷联袂来访，老奶奶说侯爷吩咐过这几天很重要不许打搅，所以请两位老爷子到了客厅。"

云烨这几天吃住都在书房，由于要保持机密性，云烨不打算闹得满城皆知，所以谢绝了所有访客，准备给满朝文武一个突然袭击，要他们对格物院有一个基本的认识，那就是格物院很重要，非常重要，不是他们木头脑袋所想的格物院可有可无。

老程、老牛在云烨眼里就是纯粹的长辈，瞒全天下的人也不会瞒这俩老汉。奶奶有些大惊小怪了，她总是认为孙子想出来的新东西只有她能看，虽然看不懂，却不妨碍她老人家收藏的热情，她连一张写了字的纸片都要锁到箱子里，钥匙只有她有。

自打孙子回来，随手画几张图就把整个穷困破烂的昭国坊带动得生机勃勃，现在家里有三成的收入就是那些铁炉子、煤球带来的。孙子辛辛苦苦跟老神仙学的本事，可不能给不相干的人学去了，不用说她老人家又起了这种怪心思。

"请两位长辈到书房来，就说我不方便离开。"云烨一边吩咐庄三停去请老程、老牛，一边整理这几天记录的摘要和画的几张图纸。有些东西的确见不得人，比如这张脑门上写着猪头二字的李二画像。

在把罪证湮灭之后，老程、老牛到了。

"几天不见架子大了许多，老夫降尊到你府上看望，连迎都不迎一下，家教哪儿去了？"就喜欢听老程唠叨，看来自己的长辈缺乏症越发严重了。

"胡说什么，这孩子什么脾性你不知道？要不是有重要的事情，他会对你我失礼？到他这里跟到家有何区别，多走两步路罢了，就你多事。"老牛不理嘴里碎碎念的老程，接过云烨斟好的热茶。

"小子，你这些天在干什么？也不见你找丑牛、见虎他们一起玩耍，一个人闷家里算怎么回事？为那两万贯钱的事？如果是那事，老夫告诉你，小子，你赚大了，除了你，你听说过陛下、娘娘勒索过别人吗？两万贯！在普通人眼里是钱，在陛下眼里什么都不是。如果真的缺钱，你觉得陛下会没地方弄钱非得勒索你？这是没把你当外人看，你没见太子赢的钱被充了公，你赢的钱被充了公，我们俩赢的比太子还多，怎么就不见陛下吭一声？酒呢？怎么拿茶水来糊弄老夫？"

赶紧吩咐上酒上菜，请两位上了书房里的小炕，云烨坐下首陪同。

"程伯伯，两万贯小侄还没看在眼里，娘娘就是不说，我也会自动上缴，这钱是赢百官的，好拿不好消化，不找个大腿抱着，小侄连六千贯都拿不安稳，娘娘是好心，你当小侄不知道？"云烨翻着眼睛没好气地说，"小侄年纪小不假，又不是傻子，好赖都分不清楚？"

老牛哈哈大笑，指着老程说："老夫说过，这小子是人精，这点小事会看不清楚？用得着咱俩来给他宽心思？说你多虑了，还不信！"

老程挠挠头有些不好意思。这时姑姑亲自端着酒菜来到书房，把酒菜摆好，头都不抬就下去了。

"你这书房是你家的禁地？"老牛夹一筷子猪肝边吃边问。

"是奶奶硬给划下的，说这里全是机密，不许家人乱闯，下人进来估计会被活埋。"

"机密？墙上的这些图画？"老程干了一杯云府佳酿眯着眼睛问。

"这是我大唐将作监送来的图册，说是天下最好的农具。"云烨有些不置可否。

　　"那你认为呢？"老牛认真了。

　　"垃圾！"在这两人面前没必要掩饰，如果是别人，两百字的赞美之词是少不了的。

　　"噗！"老程还没咽下去的一口酒飞了出去，喷了老牛一脸，老牛似乎没有知觉，丝毫不顾脸上的酒水低声问道：

　　"你有不是垃圾的农具？"

　　给老牛递上一条手帕，从地上的花缸里抽出几幅卷轴递给老程。

　　"曲辕犁？"

　　"一头牛就可以耕作的犁，可以深翻土地，达到精耕细作的目的。"

　　"耧车？这是什么？干什么用的？"老牛也打开一幅。

　　"相传是汉时赵过所制，为何关中竟然没有？将作监一群饭桶，把这么重要的农具都遗失了，《正论》中就有记载，一天可播种六百六十七公亩的利器居然没人知道，什么道理？"

　　老牛眼睛快睁圆了："你说这个一天可播种六百余亩的好东西早在汉时就有？"

　　"没错，你老人家只要查查东汉崔寔写的《正论》上面就有提到。"云烨当然不会告诉他这是参观兵马俑时，被搭售旁边民俗博物馆门票，从讲解员嘴里知道的。

　　"一群杀才，好东西都守不住，老夫要上本参奏这些尸位素餐之辈。"

第三十九章
传承和学生

传承是个大问题，中华民族从来就不缺少智慧，多少智慧的光辉湮灭在异族的铁蹄之下。每一次中华的社会发展到极致，都会遇到强盗来袭，他们用铁蹄和马刀肆意地蹂躏这个星球上最伟大的民族。我们善于从废墟上建立华夏，这是我们的骄傲，也是我们的悲哀。善于创造的民族却不善于战斗，上苍之主在它的周围布满了最凶悍的饿狼。从周朝的犬戎，再到匈奴到突厥，直到蒙古、女真，中华民族如同韭菜被一茬一茬地割，每割一次，我们就得从头再来，每割一次，先人的智慧财富就被伤害一次。珍贵的书籍被当作引火之物，奇巧的农具成为草原上孩童的玩物。

有过一个反抗的英雄，他叫冉闵，他告诉了上苍之主，他要杀光胡族，他真的那样做了，胡人因他死了几百万。他后来战死了，就没有多少人再关心他了，只是说：冉闵死，遏陉山草木悉枯，蝗虫大起，天以不雨以示大哀无泪。天地大恸无非屈圣贤辱，千年不得昭雪。连上苍都知道冉闵的冤屈，上天都感动了。

人心没有感动！

没有人知道冉闵的杀胡令解救了多少汉人，也不知他为汉文化的传承做了多少贡献。男人依旧喝酒，女人依旧喝药，就在江南的弹丸之地！衣冠风流的名士们穿着晋式独有的开裆裤吟风颂月，对着人群高歌："我要书尽天下歌赋，藏于南山，传诸后世。"

所以，我们有幸读到了：关关雎鸠，在河之洲，窈窕淑女，君子好逑。很美的句子，一个有文化的文士见到美丽的女子发出了最深刻的意淫！

炒钢法没了，楼车没了，传说中的五彩琉璃没了，秦朝的流水线工作法没了，只有那支死亡的兵团在地下默默守护那些逝去的辉煌。

老程没有说话，老牛也不作声，只是轻轻啜着杯中酒，听云烨诉说整个中华文明的悲惨命运。

"你小子传承了多少？"老程抬头问。

"小侄只是在大海边上捡到了几枚美丽的贝壳……"

老牛不说话，只是小心地卷起那几张卷轴，顺手扯下云烨窗户上新做的窗帘，把它们包起来，挽成一个包袱，捆在胸前。

"老夫家里还有几千贯，没用处，找人给你拉过来，格物院用得着。"

"牛伯伯太小看小侄了，如果只是简单的钱财问题，小侄有的是办法弄钱，把国库掏空也不是没办法，说实话，小侄还真没看上国库里的那几十万贯。"云烨自信满满地说。

"大话精！"这是老程给云烨下的定语。

"人啊！没人啊！满世界能真正称得上合格的人才就小侄一个，这年头，人才最重要！"

"啪！"脑袋上挨了一记，抽得云烨一头栽炕上，老程打人从来就不看地方，程处默大概就是被他打傻的，他要把我弄得向他儿子看齐？云烨嘀咕着又坐好。

"左武卫里先给你弄一百人。"老程很大方。

"小侄要他们干什么？帮我吃饭？能在格物院真正有用的人太少了，就是国子监、崇贤馆的大儒也不一定够格，您左武卫的大头兵就算了。"话说出口就感觉不妙，今天怎么了？有些热血上头，怎么什么话都说，敢说左武卫的坏话，是活腻了？

正要抱头逃窜，却听老程叹口气：

"小子，你当我不知道那些人不合用？可你让老夫上哪儿去给你找会念书、会写字，能上知天文、下识地理的人？还要懂器，会制图，心思灵活。会这些的人早就名扬四海了，哪会等你招揽，你也是左武卫的人，家底你也知道，老夫和老牛在左武卫千挑万选才挑出一百个识字的，能帮你的就这么多了，你看着办。"老程有些颓唐。

"我不要他们，我要处亮和处弼，小侄还从人牙子手上买了十几个孩子，打算自己教。"云烨给老程交底。

"胡来！"老牛发怒了。

"你打算将来让你的孩子喊贱人为师兄？你怎么知道没人看得起你的学问？是你不开口，你在算学一道上可与刘怀比肩，格物学更是前无古人后无来者，通百工，精杂艺，就是你师父的一部《三字经》已经让长安城里的大家豪门奉为启蒙经典，《三字经》刻本已经卖得满长安都是，宋濂亲自作序，陛下作跋，娘娘写后记，天大的荣宠你不知道？只要你一开口，学生会踏破你家大门。"

"原来我已经这么厉害，都不知道，对了，既然书出版了，版费哪里去了？"云烨很生气，有人贪污自己的稿费，亏大了。话还没说完，就被老程一脚踹得掉下炕。

"你这孽障，清清白白的学问，你硬往钱财上拉扯，也不怕天打雷劈，你云家列祖列宗在地下都会被气死。"老程还打算继续行凶被老牛劝住。

天哪！我写书要稿费天经地义啊，为什么会被踹？还用病句诅咒我家祖宗？你有本事把死人再气死一次我看看？

"小子你听好了，千万不要再提什么版费，要钱会被认为是长安城里的耻辱，老夫两个就会去跳河，丢脸啊！没法活了。"

知道俩老家伙已经拿自己当亲儿子看待，我要是干出这事，他们虽然不会去跳河，脸面无光倒是真的。

"处亮、处弼就交给你，不教好的你试试，再给你找些学生，得从武臣子弟里挑，我大唐武臣里面好不容易出了一个大家，不能让文臣们占便宜，以前给丑牛找有学问的师傅被寒碜惨了，说什么朽木不可雕也，去他奶奶的，我老程的儿子会是朽木？找学生的事你就不要管了，有我和老牛做主，别人问起来就推到我们身上。"

很严厉，不敢问会给我找些什么样的学生，想起尉迟家的几个傻小子就祈祷千万不要有他们，教这样的学生会教死老师。也千万不敢有李勣家的那个阴谋家李震，那小子就是心眼太多才早死的，你知道他生的儿子是谁吗？李敬业！！大反贼，弄得全家死光光的超级衰人，谁沾上谁倒霉。秦家的还不错，李靖家里的也可以考虑，只要不找我给他娘看病就行。长孙家的？不知会不会入老程、老牛的法眼。管他是谁呢，我只要认真教好就行。

老奶奶趁孙子陷入思考的时候和姑姑悄悄抬走了木箱，云烨知道奶奶是在阻止他严重的败家行为，没见老牛走的时候背着一个包袱。

"这天杀的老东西又占我家的便宜！"老奶奶这样想。

第四十章
知识的力量

人牙子到底送来十二个孩子，十男两女，年纪都不到十岁，瘦弱得就像风中的小草，衣衫倒还算整洁，大概来之前刚刚换过，穿着绿衫子的小姑娘努力地用手捋平腰间的褶皱，旁边一个稍微大一点的男孩子把她的手扯下来，要她站好。云烨注意到他的手上全是裂开的血口子，小姑娘却没有，这是一对兄妹，哥哥把妹妹照顾得很好。

云烨脸上带着微笑，什么也没说，这些孩子的智商已经不是主要问题了，能被带到家里的，就是幸运儿。云烨或许救不了全大唐的奴隶，这十二个孩子还不是问题。就像一个在海边将努力的搁浅的鱼儿扔回海里的少年，今天云烨扔回了十二条小鱼，其中还有一对兄妹。

仆人带他们去厨房吃饭。云烨扫视了一眼台阶下的人牙子："人我很满意，价钱你们去和管家商议，我只要你们保证一点，这些孩子的来路明确，没有拐卖者，他们都是自愿的。"

一个年纪稍大的人牙子弯腰回答："回禀侯爷，这十二个孩子都是自愿的，没有人强迫他们，其中六个是父母卖给小人的，剩下的六个都是官府发卖的，小人这里有官契，请侯爷过目。"

没错，都是官府的契约，有的还有第三方明证，假不了。看到这些云烨心里的堵塞才松动一点。毕竟是长在红旗下的人，就算再没心没肺，牵扯到自己做人的底线，心理没有阴影才是怪事。

挥手赶走了人牙子，这些人他一分钟都不想见到。

一辆碧油车驶进了云府，管家钱通神色怪异地来找侯爷，说是有重要的客人要见侯爷，不知是谁，这么大谱？

李二站在云烨书房里拿着一支鹅毛笔正在研究，在纸上写写画画，还拿着云烨让木匠给他制作的画图工具，比画比画，最后大概弄懂了圆规的用途，在纸上画一个又一个的圆。太诡异了！在书房门口见到了扮作乖宝宝的李承乾。哥俩交换一下眼神，李承乾给了他一个爱莫能助的动作，就是俩手摊开耸肩膀。

"给朕滚进来。"李二还是那样有霸气。

一进门云烨就装出一副诚惶诚恐的模样，弯腰塌背缩脖子，早就练出来了："微臣不知陛下驾到，请恕微臣失礼之罪。"

李二抬腿又想踢云烨，想想觉得不妥，撇撇嘴："你弄出了什么东西？惹得程、牛两位爱卿大闹将作监，从来不碰书本的人，居然拿着《正论》说是要打死将作监里的那些败家子。"

程咬金、牛进达还没有把那几张图纸递上去，看来是要制造出来再禀报李二。这次大闹将作监明显是要替云烨分担来自朝廷的急风暴雨，想到这里，胸膛暖暖的。

"微臣偶尔阅读《正论》之时无意中发现有一种极为先进的农具，名曰耧，好奇之下就从字里行间推算出它本来的面目，制作好图纸，就拜托程公、牛侯两位长辈找最好的木匠打算复原这件精巧的农具。"

"据书上记载，这件耧每日可播种六百亩，可是事实？"李二平静无波，连语气都没有什么变化。

"书上记载多少有些夸大，在制作出六行耧之前，六百亩只是一个奋斗的目标。"云烨不打算夸大，也不准备贬低。用事实来说话最好。

"图纸现在何处？你欲如何处理？"李二放松了身子坐在云烨的太师椅上，很是悠闲。

"回禀陛下，这是我格物院的第一次科研成果，微臣等待实物制成，效验过后自然要禀报朝廷，再索要些人力、财力。"

"你倒是实话实说，也罢，你也就这性子了。看你雄心勃勃，此物应该会有用，有功不赏不是我大唐作风，待朝廷效验过后，自会如你之意。"说完拍拍坐着的椅子又说，"这东西不错，送宫里十套。"

总算知道李承乾的强盗性子从哪儿来的了，他老子就是最大的响马。还好，前天把罪证毁灭了，今天要是被他看见自己画像上顶着猪头两字，不知会不会在老子脑门上刻这俩字。云烨心中暗自庆幸。

"你家朕是头回来，带朕转转。"

李二说得很随意，云烨很鄙视李二，就你带来的护卫早把云家翻了个底朝天，还要我带路？你老人家不就是想看看云家与别家有何不同。

云烨陪同李二父子在云府东转西转，他非常想避开花房，不想李二却发现了这间与众不同的房子，要进去看看。

"陛下，这间屋子里的东西是微臣给妹妹准备的嫁妆，不知陛下可否有意一观？"他都停下来，只好打开房门让他进去。

李二一进门就倒吸了一口凉气，这是什么地方啊！一眼望去满眼的绿色让人心旷神怡，草木特有的清香扑面而来。靠门口的木盒子里全是绿油油的菠菜，叶子肥嫩，已到了收割的时候。这是油菜？这是韭菜？这是黄瓜？居然已经能够吃了。听李二自言自语，那还等什么，摘了两个巴掌长的嫩黄瓜，在屋子里的水缸洗干净，李承乾把每个黄瓜都掰下一截，和云烨一起嚼得咔咔作响。还是皇家的臭毛病。李二没有等待他俩毒发身亡，劈手夺过一根比较大的，大大咬一口，似乎在品尝，只是速度有些快。

"这是什么菜？"他注意到了辣椒，没见过，只觉得绿莹莹的小角角长得十分可爱。

"陛下，这是海外的一种蔬菜，名叫辣椒，味道辛辣，成熟后就会变成红色，微臣很喜欢。这些是作为种子栽种的，想必到了明年，微臣就会有许多辣椒，到时候请陛下品尝。"

"这就是你给妹妹准备的嫁妆？是这些菜，还是种菜的方法？"李二手里拿着一个昆仑紫瓜一抛一抛地在手上把玩。

"是种菜的方法，微臣认为与其给她准备金银玛瑙，不如教会她一道自立的本事，金银有用完的时候，手艺不会，只要她勤劳，就永远不会再有饿肚子这回事。云家遭到过大难，衣食无着的时候，谁也靠不住，只有靠自己，靠自己的双手养活自己，这将是云家家训，每一个云家子弟，无论男女，都必须掌握一门手艺，哪怕是最低贱的。"

"授人以鱼莫如授人以渔，你是一个真正聪明的人，云家兴旺指日可待。"李二有些感慨。

"多谢陛下吉言。"云烨躬身致谢，皇帝一般不说这种话，一旦说了，就有了保护的责任。

"难道说这就是格物的厉害之处吗？朕实在是小看了这门学问。"在现实面前，李二也需承认知识力量的强大。

《网络文学名家名作导读丛书》已出版书目

第一辑：

辰东与《遮天》/ 肖惊鸿 著

骷髅精灵与《星战风暴》/ 乌兰其木格 著

猫腻与《将夜》/ 庄庸 著

我吃西红柿与《吞噬星空》/ 夏烈 著

血红与《巫神纪》/ 西篱 著

第二辑：

子与2与《唐砖》/ 马文运 著

林海听涛与《冠军教父》/ 桫椤 著

忘语与《凡人修仙传》/ 庄庸 安迪斯晨风 著

希行与《诛砂》/ 肖惊鸿 薛静 著

zhttty 与《无限恐怖》/ 周志雄 王婉波 著

图书在版编目（CIP）数据

子与2与《唐砖》/ 马文运著 . -- 北京：作家出版社，
2020.5

（网络文学名家名作导读丛书）

ISBN 978 - 7 - 5212 - 0857 - 3

Ⅰ . ①子… Ⅱ . ①马… Ⅲ . ①网络文学 – 长篇小说 –
小说研究 – 中国 – 当代 Ⅳ . ①I207.425

中国版本图书馆 CIP 数据核字（2019）第 287552 号

子与2与《唐砖》

作　　者：马文运
责任编辑：袁艺方　王　烨
装帧设计：天行云翼·宋晓亮
出版发行：作家出版社有限公司
社　　址：北京农展馆南里 10 号　　　　邮　　编：100125
电话传真：86 - 10 - 65067186（发行中心及邮购部）
　　　　　86 - 10 - 65004079（总编室）
E – mail: zuojia@zuojia. net. cn
http: // www. zuojiachubanshe. com
印　　刷：天津中印联印务有限公司
成品尺寸：152 × 230
字　　数：360 千
印　　张：25.25
版　　次：2020 年 5 月第 1 版
印　　次：2020 年 5 月第 1 次印刷
ISBN 978 - 7 - 5212 - 0857 - 3
定　　价：48.00 元